KB081198

마술사 오펜
뜻밖의 여행

나의 신에게 활을 당기라, 배신자(上)

「자, 잠까아아아아아아아아안!」
무지막지한 통증과 분노가 밀려와
오펜은 벌떡 일어섰다.

여신은 목이 꺾여 공중에 매달린 채
녹색 눈동자로 똑똑히 오펜을 바라보았다.

그곳에는 수십 명의 신관들이
마치 졸업 사진이라도 찍는 것처럼 줄줄이 늘어서 있었다.

일러스트 쿠사카 유야   **번역** 문기업   **디자인** 백진화
편집 정성학 김일철   **마케팅** 김정훈   **책임편집** 박관형

일러스트 쿠사카 유야 **번역** 문기업 **디자인** 백진화
편집 정성학 김일철 **마케팅** 김정훈 **책임편집** 박관형

나의 신에게 활을 당기라, 배신자 (上)

프롤로그

모든 것은 거의 예상했던 대로였다. 이유는 없다——피부를 감싸는 공기의 질(質). 바람 소리. 어딘가에서 살며시 다가오는 습기. 하지만 그것이 이유는 아니었다.

그냥 알았다. 그는 가슴속에서 무의식적으로 확신했다. 옛날부터 마치 약속된 것처럼, 그는 알았다.

실제로 이 일은 옛날부터 약속되어 있었다——그에게 있어서는 순간이었을지언정.

그는 눈을 감고 있었다. 그녀의 마술이 그를 감싼 뒤로 계속 눈을 감고 있었지만, 그렇다고 귀를 기울이지도 않은 채 그냥 의식만을 날카롭게 가다듬었다. 조용히 밤의 어둠속에서 감각을 갈고 닦았다.

아직 오감(五感)이 익숙지 않았다. 그런 이유도 있어 그는 신중하게 움직였다. 천천히——힘을 담아 손가락의 형태를 일그러뜨렸다. 몇 초에 걸쳐 주먹을 쥔 뒤, 그는 다시 아까보다도 두 배나 되는 시간에 걸쳐 주먹을 펼쳤다. 손가락이 움직였다. 밤의 한기에 닿아 손가락이 조금 위축되는 그 감촉마저도 신선했다.

그는 눈을 떴다.

빛은 적었다. 그의 머리 위에서 거대한 나무들이 나뭇가지와 잎으로 천개(天蓋)를 만들었다. 달은 그 어디에서도 보이지 않았다. 아무리 찾아도 없을지 모른다. 그는 쓴웃음을 지었다——그럴 수도 있었기 때문이다. 세계는 변한다. 그가 알고 있는 세계와 지금 이곳에 그가 서 있는 세계. 무엇이 똑같고, 무엇이 변한 것인가.

알았다. 그렇다기보다는 다른 이에게서 들었다. 그녀의 말이라면 한 단어, 한 구절까지 기억해 낼 수 있었다. 모두——그래. 태어난 뒤로 그녀에게 들은 모든 말을 떠올릴 수 있지 않은가. 그렇게 되도록 짜인 그녀의 마술은 매우 강했고——그에 응답해야 하는 그의 마음은 더욱 강했다.

틀림없이 강하다.

그는 스스로에게 반복해서 말했다. 대답을 말로 해야 할 필요는 없었다. 단지 그는 천천히 등을 쭉 폈다.

"즉——."

대답과는 관계없는 말을 혼자서 중얼거렸다.

"……이곳이…… 그런 건가?"

자신의 목소리와 중얼거림에 그는 눈을 날카롭게 치켜떴다.

"세계는…… 멸망하지 않았어."

과연 그런가? 의심이 들었다.

그는 가슴 깊이 숨을 들이쉰 뒤, 뱉어 냈다. 차가운 밤공기가 기분 좋았다. 그는 다시 숨을 들이쉬었다. 이번엔 그다지 깊게 들이쉬지 않았다.

맑은 공기가 더할 나위 없을 만큼 폐를 만족시켰다. 무심결에 살짝 미소가 새어 나왔다. 그래. 내기를 해도 좋다——이 공기마저도 멸망한 세계의 것이라고 한다면. 좋다. 멸망을 감수해도 상관없다.

하지만 그는 그렇지 않다고 자신하기 시작했다.

활짝 펼쳐진 오른손을 하늘을 향해 들었다. 어둠 속에서 흰 손바닥만이 떠올랐다. 그 손바닥을——도저히 자신의 것이라고는 생각하기 힘든 손을 바라보면서 그는 참았던 숨을 내뱉었다.

주문과 함께.

"빛이여."

그의 손목과 손끝, 그 두 점을 이용해 삼각형을 그리는 나머지 한 점에 소리도 없이 빛이 깃들었다. 불꽃이 아니었다. 전혀 흔들림이 없는 순간의 섬광을 시간을 멈춰 고정시킨 듯한 그런 반짝임이었다. 색도 전혀 없는 흰 빛. 마술의 빛.

빛은 나타나는 동시에 무언가에 부딪친 것처럼 살짝 위를 향해 튀었다. 그리고 그대로 살짝 움직임을 멈췄다.

그는 환하게 빛나는 주변을 돌아보았다. 숲속. 그 점 이외에는 알 수 없었다. 어딘가 고지대인 것 같긴 한데——나무에 가려져 별이 보이지 않아 위치를 정확하게 알 수 없었다. 그는 한숨을 쉬고 시선을 내렸다. 흰 빛에 반사되어 나무들은 껍질까지 희었다. 흰 흙. 흰 잡초. 나무의 줄기를 뒤덮은 이끼도 하얀 색이다.

흰 손바닥.

그는 쓴웃음을 지었다. 아마 그 웃음조차도 희지 않을지——그 자신에게는 보이지 않지만.

그러나 그가 걸치고 있는 검은 로브는 그 자신이 만들어 낸 마술 불빛에 물들지 않았다. 여전히 검었다. 디자인을 한 사람의 말에 따르면, 한 치의 망설임도 용서하지 않는 색이기 때문이라고 한다. 그리고 확실히 그 말대로 열려 있는 그의 주변 세계 중에서 유일하게 자신만의 색을 유지했다.

'흐음, 글쎄……?'

그는 얄궂다는 듯이 그렇게 생각했다. 색을 유지하는 것과 색을 바꾸지 않는다는 것. 비슷하다는 점은 인정할 수밖에 없다. 하지만 다르다.

"달라. 물론 그러든 말든이지만."

그는 불을 껐다. 조금 전보다 더 깊어진 어둠이 모든 것을 닫아 버렸다.

어둠 속에서 그의 눈동자만이 반짝였다. 그 빛을 그도 느낄 수 있었다. 그는 더듬더듬 품속에서 은색 물건을 꺼냈다. 칼집에서 빼낸 단검. 은색 칼날. 손에 익은 손잡이의 감촉.

어쩌면 이것만이 변하지 않은 것일지도 모른다.

그는 걷기 시작했다. 하지만 발소리는 나지 않았다. 그리고 그의 가슴속에는———

주어진 단 하나의 과제가 있었다.

제1장 은색 칼날의 역할을

조용히——.

흐릿한 빛이 성당에 따뜻한 공기를 가득 채웠다.

쿠오 바디스 파테르는 발소리를 내지 않고 빛 안으로 나아갔다. 흐릿하고 어딘가 모르게 낮간지럽게 물결치는 오렌지색 빛. 빛은 둥글게 방사상으로 뻗어 갔다. 그 누구의 발길도 거부하지 않는 부드럽고 따뜻한 빛이다.

성당은 이 신전 중앙에 있는 대성당과는 달리 더욱 사적인 의미를 지녔다——물론 교회의 최고위직인 제세자(済世者), 교주 라모니로크에게 사적인 면이 존재했을 때의 이야기이지만…….

결국 성당에게 '사적인' 부분이 있다면 단 두 가지뿐——일단은 그 넓이다.

'……성당이라는 말이 딱 어울리는군.'

아무런 표정도 없이——아니, 애초에 그의 얼굴에서 무언가 감정 같은 것이 드러날 리가 없었지만——그는 혼자서 중얼거렸다.

이 성당은 화려하게 지어졌지만 아무것도 없다. 이곳에 있는 가구는 모두 최고급품이었다——왕도(王都)에서 왕가가 하사품으로서 기증한 것도 많았다. 하지만 그 어떤 것도 사람이 생활했던 흔적이 남아 있지 않았다. 교주의 개인실로 사용되었을 텐데도. 개인실이기 때문에 그다지 넓지는 않았다. 하나, 그럼에도 불구하고 빛이 약해 실내 전체가 환하게 보이지는 않았다.

성당은 항상 빛에 휩싸여 있었다. 그 빛을 접할 수 있는 인간은 아주 일부에 지나지 않았다. 빛은——그 불길한 최종 배알보다도 엄격하게 제한되었다.

빛의 정체는 사실 알고 보면 별것 아니다. 촛불의 빛이었다. 성당은 내부를 아주 얇은 종이 한 장으로 차단하고 있었고——촛불은 모두 종이 너머에서 밖을 밝혔다. 종이는 작게 거품을 내듯 흐릿하게 빛을 통과시켜 그림자 하나를 비추었다.

얇은 종이 너머에 앉아 있는 성자(聖者)를.

킴라크 교회에서 가장 높은 자, 교주 라모니로크.

교주는 전혀 움직이지 않았지만, 그 그림자는 촛불의 불꽃과 함께 흔들려——커졌다가 작아지는 등, 한시도 정지해 있지 않았다. 그래서 그림자만으로는 그 모습을 쉽게 상상하기 힘들었다.

뿐만 아니라, 실제로 교주의 모습을 본 자도 없다.

그래. 없다…….

"쿠오 교사님."

부르는 소리를 듣고 그는 시선만 옆으로 돌렸다——사실은 될 수 있는 한 보고 싶지 않았기 때문이다.

"……아나스타샤인가. 어떻게 나라는 걸 알았지?"

성당 구석에 가만히 서 있던 여자는 맑은 목소리로 곧장 대답했다.

"발소리를 듣고 당신이 아닐까 했습니다."

아나스타샤는 눈을 감은 채, 특별히 어디라고 할 것도 없이 실내의 한가운데를 바라보며 서 있었다. 아직 젊었던 걸로 기억하는데——변변찮은 고용인 같은 모습을 하고 있어서 아주 늙어 보였다. 푸석푸석한 머리만이 소녀라고 해야 할지, 그녀에게 어린아이같은 느낌을 더해 주었다. 그리고 원래는 검었던 머리카락이 회색을 띠어 그런지 생기가 없어 보였다.

머리카락에 반쯤 가려진 눈가에는 거친 흉터가 엿보였다. 왼쪽 눈 꼬리에서 미간을 지나 다른 쪽의 눈꺼풀 쪽으로. 양쪽의 안구를 에어 낸 흉터.

'이제 익숙해져도 이상하지 않을 흉터인데…….'

그는 조용히 독설을 내뱉었다. 소녀의 얼굴에서 자신이 낸 흉터를 보니 기분이 썩 좋지 못했다.

그녀——아나스타샤는 조용히, 마치 어린아이를 상대하듯이 말했다.

"교사님은 제게 축복을 내려 주셨기 때문에, 마치 부모님처럼 절로 알아채고 맙니다."

"……그런가."

쿠오는 최대한 짧게 대답한 뒤, 그녀에게서 시선을 돌렸다. 보지만 않으면 기분이 나빠질 일도 없다고 자신을 다독이면서.

"교주님께 말씀을 들을 수 있을까?"

그렇게 물으면서 그는 얇은 종이에 비친 그림자를 바라보았다. 그림자는 움직였다. 하지만 그림자 너머의 본인이 움직이는지 어떤지는 알 수 없었다.

"교주님은."

아나스타샤는 말을 하다 말고, 공손히 양손을 조합해 성인(聖印)을 만들어 예를 갖춘 뒤 말을 계속했다.

"3일 전부터 아무에게도 말씀을 해 주지 않고 계십니다."

"그런가."

또다시 짧은 대답을 한 뒤, 쿠오는 발길을 되돌리려고 했다. 원래의 법도대로라면 오래도록 성언(聖言)이라도 하고 가야 했지만, 안 한다고 해도 상관은 없었다──적어도 부하가 보고 있을 때가 아니라면 말이다.

그렇게 생각하며 입구를 향해 가려고 하자 그의 거대한 몸을 감싸고 있던 갑옷과 검대(劍帶)가 잘그락 하는 소리를 냈다. 평소에는 나지 않는 소리다. 특히 지금 그가 몸에 걸치고 있는 진홍의 갑주는 특별했다. 물론 방어구로서는 아무리 봐도 불완전한 물건이긴 했다──가슴과 등만을 감싸 줄 뿐, 복부나 어깨, 목덜미를 지키는 부품이 전혀 없기 때문이다. 등에는 새의 날개처럼 판자 모양의 장갑이 두 장 튀어나와 있었지만, 장식이라고 하기에는 너무 멋이 없었고, 지나치게 컸다.

검은 두 자루였다. 검대에 걸려 있는 것은 호화로운 칼집에 꽂혀 있는 장검──그리고 허리 뒤쪽으로 검대가 아니라 바지의 벨트에 꽂아 둔 30센티미터 정도 되는 길이의 검. 칠흑의 손잡이에 칠흑의 칼집. 디자인이나 소재에 대해 잘 아는 것은 아니지만, 재질이 흔한 강철과는 다르다는 것을 곧바로 알 수 있었다.

그런 무기들이 소리를 내는 일은 거의 없었다. 갑옷은 부품이 적은 만큼, 한 장으로 이루어져 있었다. 검 두 자루도 서로 부딪치지 않도록 신중하게 꽂아 두었다. 하지만 아무래도 성당 밖으로 나가려고 너무 서둘렀던 모양이다.

그리고──.

"무장하고 있었던 건가…… 쿠오."

잠에 취한 듯 멍한 남자의 목소리를 듣고 쿠오는 재빨리 몸을 돌렸다──성당 안쪽으로.

이번엔 소리가 나던 나지 않던 상관할 바가 아니었다. 그는 그 자리에서 무릎을 꿇고 성인을 만든 뒤, 정해진 대로 성언을 외치기 시작했다.

"우리의 태초의 피는 거룩하다──."

"아니. 됐다. 쿠오여. 무장을 하고 있는가?"

긴 음절을 몇 개로 나누듯 작게 숨을 이어서 쉬면서──교주가 속삭이듯이 말했다. 쿠오는 힐끔 곁눈질로 아나스타샤가 바닥에 웅크려 최고의 예를 갖추고 있는 모습을 본 뒤, 천천히 고개를 들었다…….

"예."

그는 확실하게 대답했다. 어떤 경우이든 말을 머뭇거리는 일──그것은 신관으로서 결코 해서는 안 되는 일이었다.

"왜지?"

교주의 목소리는 젊은 사람의 목소리로도, 늙은 사람의 목소리처럼도 들렸다. 그리고 그 목소리는 의미를 겨우 알아들을 수 있을 만큼 억양이 거의 없었다. 마치 이제 막 말을 배운 어린아이처럼 매우 불안정했다.

쿠오는 살짝 고개를 숙인 뒤,

"……침입자를 '외륜' 쪽에서 부하가 포착한 듯한데, 돌파당했다면 틀림없이 침입자가 이 성지에 발을 들일 것이라 생각했기 때문입니다.

"또 마술사인가…….."

"네."

"왕도의 심복인가?"

"확인 중입니다. 하나, 아마도 아니리라 생각합니다."

만약 《십삼사도》라면——

절대로 이길 수 없습니다만. 그는 마음속으로 그렇게 덧붙였다.

그런데 교주는 그때까지와 전혀 다를 바 없는 말투로 조금 전과는 완전히 상관없는 말을 했다.

"검이 부러졌다. 조금 전에…… 알게 된 일이다만."

"…………?!"

순간 눈썹을 찌푸리면서, 쿠오는 무심결에 상체까지 번쩍 일으켰다. 검이라고 한다면——그들에게 검이란 단 한 가지만을 의미했다.

쿠오 자신도 검대에 차고 있는——죽음의 교사의 상징, 유리검.

교주는 담담하게 계속 말했다.

"'네트워크' ……가 탐지했다. 유리검이 부러졌다. 지하에서."

"네임입니다. 네임 온리. 돌파당한 모양입니다."

대답을 기다릴 여유는 없었다. 쿠오는 자리에서 일어서 투박한 손가락을 굽혀 주먹을 쥐었다.

하지만 교주의 목소리는 변화가 없었다. 교주는 메마른 목소리로 물었다.

"지하……라면, 목표는 《시성(時聖)의 방》인가……?"

"아마도 그럴 것이라 생각합니다."

"오늘 밤의 경비는 어떻게 되지?"

"카로타는 없습니다. 오로지 저 혼자입니다."

"그런가. 허가하마."

허가를 받을 필요도 없는 일이었지만, 쿠오는 군이 반론하지 않았다. 물론 설마 하니 교주가 '부탁한다'라고 말할 리는 없었고, 쿠오 역시 그런 말을 듣기를 바라지 않았다.

하지만 그래도──중얼거렸다.

"······하다못해 오레일이 있었더라면."

"안 된다."

돌아온 목소리에는 아무런 주저도 없었다.

"녀석은 교주의 얼굴을 보았다. 언젠가는 죽여라. 알겠나, 쿠오여."

"네."

쿠오는 고개를 끄덕이고 성당 밖으로 나가려고 했다. 하지만──.

"그러고 보니──."

교주의 말은 그것으로 끝이 아니었다.

"너는 이전에 교주의 얼굴을 본 남자를 한 명 놓쳤었지? 너는 카로타에게 살해당해라. 알았나, 쿠오여."

"······네."

그는 다시 곧장 고개를 끄덕였다. 절대로 머뭇거려서는 안 되었기 때문이었다.

쿠오는 다리를 멈추지 않고 나아가 출구에 다다랐다. 그런데 그때 또 교주가 말을 걸었다.

"쿠오여."

"네."

쿠오 바디스 파테르는 멈추어 섰다. 성자를 어깨 너머로 돌아보아서는 안 되었기 때문에, 그는 완전히 뒤로 돌아서서 가볍게 예를 갖췄다.

얇은 종이 너머로 그림자만 보이는 성자는 엄숙하게 말했다——.

"우리의 태초의^{유미르} 피는 거룩하다."

성언. 쿠오는 침착하게 교주의 말을 반복했다.

"거룩하다."

교주는 그대로 말을 계속했다.

"탄생은 아름답도다."

"아름답도다."

"운명은 올바르구나."

"올바르구나."

마지막으로 교주는 잠시 한 박자를 쉬었다. 아마도 딱히 의미는 없을 것이다. 단순히 너무 말을 많이 해서 지쳤을 뿐이 아닐지.

쿠오에게는 고통이었지만.

"죽음은 거룩하다."

"거룩하다."

마지막으로 대답을 반복한 다음, 쿠오는 성인을 그었다. 그리고 아직도 바닥에 웅크려 있는 소녀의 모습을 흘끔 바라보았다——.

소녀는 최고의 예를 다한 자세를 유지한 채, 손으로 강하게 양쪽 귀를 막았다. 이 성당에서 유일하게 성자와 직접 접촉할 수 있는 자는, 봐서는 안 되는 것을 보아서는 안 되고, 꼭 들어야 하는 말은 절대로 놓쳐서는 안 되며, 들어선 안 되는 것이 있을 때에는 결코 들어서는 안 되었다.

'누구나 마찬가지겠지만…….'

그런 말을 중얼거리면서 쿠오는 성인을 풀었다. 지금은 한밤중. 내일 새벽이 한없이 멀게만 느껴졌다.

◆◇◆◇◆

통증을 느낄 때는 어떻게 하지?

별것 없는 의문이었다. 외치거나, 울거나. 화를 낼지도 모른다. 만약 정말 어떻게 할 수 없을 정도의 통증이라면?——그는 조용히 결론을 내렸다. 조용하고도 빠르게.

미소를 짓는다. 힘없이.

입꼬리를 일그러뜨리고, 눈썹을 모으며 숨을 내쉬었다. 그것은 틀림없이 미소였다. 자칫하면 곧장 우는 얼굴로 변할 만큼 아주 약하게 그는 미소 지었다. 소리는 내지 않았다. 확실히 우는 목소리가 나올 테니까. 그 사실은 알고 있었다.

"스승……님……?"

등 뒤에서 들려오는 불안한 목소리를 듣고 그는 움찔하며 고개를 움직였다. 천천히 고개를 들어 더욱 느린 동작으로 어깨 너머를 돌아보았다. 그곳에는 낯익은 소년이 서 있었다.

그는 어느새 불빛이 주변을 비추고 있다는 사실을 깨닫지 못했다——그는 지금 비로소 소년의 옆에 떠 있는, 마술로 만든 도깨비불을 발견했다. 새하얀 불꽃은 흔들거리며 그와 소년, 그리고 다른 모든 것을 비추었다.

그.

자신을 내려다본 것은 아니었다. 하지만 그는 무심코 가슴속에 자신의 모습을 떠올렸다. 변하지 않은 것은 머리카락 색, 눈동자의 색——검정색. 윤기가 있고, 온화한 검은색. 붉은 반다나를 빼면 몸에 걸치고 있는 것은 원래 입고 있던 그의 옷이 아니었다. 몸에 익숙하지 않은 삼베 원단의 상하의. 흰 원단은 흠뻑 뒤집어쓴 흙탕물 때문에 황토색이 되었다.

소년.

소년도 비슷했다. 소년은 검은 셔츠 위에 옷을 숨기려는 듯 흰 망토를 걸쳤다. 그리고 어딘가 믿음직해 보이지 않는 눈빛으로, 맥이 빠진 듯 어리둥절한 표정을 지으며 오펜을 바라보았다.

그 외에 모두.

그래, 그 외에 모두다.

그는 그것들을 순서대로 관찰했다. 소년이 마술로 만들어 냈을 도깨비불——그것이 작게 흔들렸다. 파동처럼 방출하는 그 빛도, 같은 형태로 흔들렸다. 빛이 모든 것을 비추었다. 빛이 없으면 모든 것은 어둠 속으로 가라앉는다.

그들이 있는 곳은 거대한 지하도였다. 유래는 확실히 알 수 없었다. 하지만 어딘가 본 적이 있는 광경이라는 생각이 들었다. 한없이 광대한 이 통로——이곳저곳의 기둥이 초석만 남긴 채 대부분 무너져 있었는데, 통로 그 자체는 무너지지 않았다. 아무리 생각해도 부자연스러운 일이었다. 하지만 실제로 통로는 무너지지 않았다. 막막한 어둠을 둘러싸고 허무하게 웃고 있는 것처럼 보였다. 끝없이 펼쳐진 어둠에 살짝 색을 더하듯 누런 흙먼지가 날렸다.

지상에서는 비——가 내리고 있어, 지하는 더욱 공기가 습한 듯했다. 목 안쪽에서 통증이 느껴졌다. 힘없이 절규하는 그의 목.

눈꺼풀도 아팠다. 울고 싶었지만 눈물이 나오지 않는 그의 눈.

그 외에도 외상에 의한 통증이 몸 안쪽으로 파고들었다. 몸에 난 몇 군데의 열상(裂傷)은 칼날에 베인 것이었다. 덩어리 진 피가 끈적하게 그의 몸을 적셨다. 등과 어깨에는 타박상. 뇌진탕에 걸렸을지도 모른다——그리고 부러진 오른팔. 오른쪽 손목이 전혀 움직이지 않았다. 골절이 되지는 않은 듯했지만, 확실히 금이 가 있었다. 싸우고 난 그의 몸은.

약하다. 약한 몸이다.

그는 갑자기 의식했다. 그래. 약한 몸이다. 너무 많은 상처를 입었다.

자신의 몸이 아닌 것 같은 냉담한 눈으로 그는 스스로를 내려다보았다. 그리고 당연히 다른 모든 것도. 소년이 업고 있는 금발 소녀——그 소녀는 머리에서 피를 흘린 채 의식을 잃었다. 오펜을 향해 꼬리를 내민 상태로 소년의 어깨에 올라가 있는 검정 강아지. 아니, 검정 털을 지닌 강대한 딥 드래곤 종족의 새끼이다.

'그래, 너무 약해…….'

관찰하면서도 그의 눈은 소년도, 소녀도, 드래곤도, 전혀 보지 않았다. 그가 진짜 바라보고 있는 것은 상처를 입은 자신의 몸뚱이뿐이었다. 그리고——그리고 상처 입은 또 다른 남자의 몸.

너무 많은 상처를 입어 더 이상 움직이지 않는 남자의 몸.

남자는 그의 바로 근처에 쓰레기처럼 나뒹굴고 있었다. 얼굴이며 목이며 피가 잔뜩 묻은 가운데, 눈을 뜬 채로 굳어서 이제 움직이지 않았다.

남자는 죽었다.

그는——즉, 오펜은——아픈 몸을 보이지 않는 손으로 일으키듯이 그 자리에서 일어섰다. 조용한 지하도에 아무리 노력해도 사라지지 않는 소리가 귀에 남았다. 단지 주의를 끄는 것이 목적인 듯한 날카로운 이명이.

오펜은 숨을 쉬었다. 소년이 머뭇거리면서도 반복해서 말했다.

"스승님……?"

불안한 눈빛. 소년의 푸른 눈이 일그러진 것처럼 보였다.

"이 사람……."

그는 소녀를 업은 채, 뒹굴고 있는 시체를 가리켰다. 아니——손끝은 미묘하게 시체에서 어긋난 엉뚱한 바닥을 가리켰다. 시체를 가리킬 만큼 소년의 마음도 강하지 않은 듯했다.

'모두, 약하다…….'

오펜은 시체를 내려다보았다. 새삼 시선을 움직일 필요는 없었다. 어디를 향해 있든——그의 시선의 초점은 그 시체에 있었다. 파열된 안구에서 피를 흘리면서도, 유열에 휩싸인 듯 만족스러운 미소를 지으며 죽은 그 남자.

킴라크 교회 총본산——즉, 이 지하도 위에 있는 신성 도시 킴라크를 수호하는 죽음의 교사의 시체였다.

"죽었어."

오펜은 작게 중얼거렸다. 목이 욱신거리며 아팠다——조금 전에 절규했을 때 상당히 목에 무리가 간 듯했다. 담즙 냄새가 섞인 피 맛이 입안에 퍼졌다.

"죽어요……?"

신기하다는 듯이 단어를 반복하는 소년을 바라보며——오펜은 희미하게 웃었다. 아니, 상대에 따라서는 우는 얼굴처럼 보였을지도 모른다.

"죽었어. 내가 죽인 거지. 이 녀석은 나한테 달려들었거든. 나는…… 죽일 수밖에 없었다. 다른 방법이——."

단숨에 거기까지 말하여 폐 안의 공기를 다 사용한 오펜은 말을 끊었다. 그리고…….

고개를 저었다.

"아니. 있었어. 죽이지 않아도……. 이 녀석은 그냥 인간이었으니까. 마술도 아무것도 없는, 그냥 평범한. 지금까지처럼 이길 수 있었을 거야……."

"스승님?"

소년은 세 번째로 말을 걸었다. 오펜은 소년을 바라보고서야 비로소 자신이 소년에게 말을 하고 있었다는 사실을 자각했다.

'변명을 하고 있었던…… 건가? 나는.'

사람을 왜 죽였는지 변명을.

그는 다시 고개를 저었다——이번엔 강하게.

"나는 그렇게…… 약하지…… 윽!"

몸이 저릴 만큼 타박상의 통증이 강해졌다. 충격을 받은 듯이 근육이 마비되었고, 무릎에서 쭈욱 힘이 빠져 절로 몸을 꺾었다. 오펜은 웅크리듯이 머리를 감싸고——.

"젠장!"

"스승님?!"

네 번째였다. 소년은 업고 있는 소녀가 무겁다는 듯이 질질 끌면서 달려왔다. 오펜은 손톱을 세워 바닥을 쥐어뜯으면서, 쓰러진 그의 옆에서 소년이 무릎을 꿇는 모습을 곁눈질로 바라보았다. 약한 손이 자신의 어깨에 닿았다.

"왜 그러세요?! 이거——부상이 엄청나지 않나요?"

"만지지…… 마……라."

몸을 떨며, 담즙의 맛을 새삼 되새긴 오펜이 목소리를 쥐어짰다. 그리고 뜻대로 움직이지 않는 오른팔을 뻗어 간신히 상반신을 일으켰다. 부러진 손목에서는 이미 아무런 통증도 느껴지지 않았다. 공기 중에 떠오른 흙먼지도 내뱉은 입김에 날려 이리저리 흩어졌다. 그의 눈앞에서——내던져진 것처럼 흩어졌다.

"내가, 죽였, 다. 알겠지? ——이 녀석은 죽음의 교사로, 나를 속였어. 함정을 파고 나를 덮쳤지. 나는…… 평소처럼 싸웠을 뿐이야."

'변명이다——변명하지 마라!'

오펜은 가슴속 외침을 무시한 채 말을 계속했다. 입안에서는 담즙과는 또 다른 씁쓸함이 퍼져 나갔다.

"빌어먹을——생각해 보면, 지금까지도 이렇게 될 가능성은 얼마든지 있었다. 난 마술사니까! 그런데…… 나는 제어할 수 없었어……."

"제어?"

소년이 어리둥절하다는 듯이 되물었다.

"마술에 실패한 건가요?"

오펜은——웃을 수밖에 없었다.

"아니."

다시 고개를 저었다. 하지만 이번에는 지금까지 중에 가장 작게 고개를 저었다.

"스스로를 제어하지 못한 거다."

"…………."

소년은 무슨 말인지 이해하지 못했는지, 아무런 말도 하지 않았다. 하지만 시체를 힐끔 본 뒤——시체를 바라보던 그 눈빛 그대로 오펜을 바라보며 작은 목소리로 말했다.

"무슨 말인지는 잘 모르겠지만…… 아무튼 어쩔 수 없었던 거죠? 스승님도 굉장히 많이 다치셨고……."

"어쩔 수 없어?"

되물었다.

어쩔 수 없다.

반복했다.

"어쩔 수 없다……고?"

오펜은 겁을 먹은 것처럼 떨리는 목소리로 말했다. 스스로도 표정 근육이 경련을 일으키고 있다는 사실을 알 수 있을 정도였다.

그 표정을 보여 주지 않겠다는 듯——그런 것은 아니었지만, 오펜은 소년에게서 얼굴을 돌려 아무런 말도 없는 시체를 다시 바라보았다.

"내가 자신을 제어하지 못한 것이, 어쩔 수 없었던 일이라고?"

"그렇게——말을 하려던 건……."

소년이 작은 목소리로 말했다.

알았다. 소년이 무슨 뜻으로 그런 말을 했는지, 오펜도 잘 알았다. 즉, 이 소년은——.

'이해를 못하고…… 있군.'

두통이 그치지 않는 뇌 안을 직접 마구 휘젓고 싶다는 듯이 오펜은 자신의 머리를 마구 헝클었다. 땀과 지하수로 머리카락은 아직 젖어 있었다. 끈적한 머리카락이 몇 가닥, 손가락에 뒤얽혀 뽑혔다. 그 통증도 기분 좋았다. 끝없는 고통 속에서는 오히려 작은 통증에 쾌감을 느끼는 법이었다. 폐가 날뛰어 숨을 쉬기 힘들었다. 그는 머리를 긁다 말고 양손을 가슴에 댔다.

"우·와·아·아·아──."

그는 경직된 입을 억지로 열었다. 목소리와 함께 흘러넘치는 타액이 느껴졌다. 어쩌면 그것은 계속 깨물고 있던 입술에서 흐르는 피일 가능성도 있었지만.

외침은 아니었다──그 정도로 격렬한 목소리는 아니었다. 하지만 오열처럼 약하지는 않은 정도로, 띄엄띄엄 목소리가 밖으로 새어나왔다. 오펜은 고통 때문에 소리를 지르며 그 자리에 맥없이 주저앉았다──.

"스승님!"

소년이 외치며 가까이 다가왔다. 일단 근처 바닥에 업고 있던 소녀를 눕히고.

"괜찮으세요? 하지만 저어──클리오도 많이 다쳤나 봐요. 정신을 잃기도 했고, 피를 흘려요. 하지만 저는 고칠 수 없……죠? 레키도 도움이 안 되고…… 스승님!"

소년의 목소리는 귀가 아니라 머릿속에서 울렸다. 유난히 높지만 귀에 들어왔을 때에는 별것 없는 그냥 소년의 목소리라도──머릿속에서 무한히 메아리치는 동안에는 한없이 히스테릭하게 변화해 갔다.

"시끄러워……."

오펜은 그렇게 신음소리를 뱉어 내며, 소년의 손을 뿌리쳤다.

소년은 그래도 그만두지 않았다. 오히려 더욱 거칠게 소리쳤다…….

"스승님──!"

"시끄럿!"

다시 뿌리친 손이──우연히── 소년의 뺨을 때렸다.

"…………아………….."

흘러나온 목소리에 의미가 섞이기도 전에──.

천천히 소년이 엉덩방아를 찧듯이 쓰러졌다.

얻어맞은 뺨에 손을 댄 채 소년은 멍한 표정을 지으며 미처 대처하지도 못한 채 넘어졌다. 돌바닥에 앉아 있던 그와 몇 초간 시선이 마주쳤다.

때린 손은 아프지 않았다. 닿은 감각조차 남아 있지 않았다.

그 손──왼손을 안듯이 되돌린 뒤, 오펜은 중얼거리듯이 말했다.

"아──미, 미안."

그 말을 듣고──갑자기──소년의 안색이 바뀌었다.

"대체 뭐예요, 이게!"

소년은 그렇게 외치면서 벌떡 일어났다. 가는 어깨에 잔뜩 힘을 주고 분노한 목소리를 터뜨렸다.

"아…… 아니, 저어, 그건 말이지."

오펜은 말을 우물거리면서 일단 잔뜩 격앙된 소년에게서 몸을 지키려는 듯 뒷걸음질을 쳤다. 하지만 소년은 상관없이 말을 계속했다.

"아니도 저어도 그건 말이지도 필요 없어요! 갑자기 떨어지고, 뭐가 뭔지 정신없는 사이에 그렇게 엄청난 부상을 당하고! 게다가 걱정이 되어서 가까이 다가갔는데 얻어맞다니. 이래선 제가 일방적으로 손해잖아요!"

큰 목소리로——그 큰 목소리 탓에 갑자기 뿜어져 나온 물길에 서로 떨어지게 된 일을 기억하지 못하는지, 소년은 힘껏 음량을 높여 말했다. 조금 전까지는 허를 찔린 듯한 표정이었는데, 지금은 확실히 제정신을 차린 모습이었다.

"스승님. 평소에 저를 보고 계속 제 몫을 못 한다, 못 한다 하셨으니, 확실히 지켜 주셔야 하는 거 아닌가요?! 그런데 결국 저도 스승님이 어딘가에 가 계신 사이에, 흰 옷을 입은 녀석들에게 둘러싸였었거든요?!"

마구 말을 뱉어 낸 소년이 오펜을 가리켰다.

"이 도시에 들어온 뒤로 스승님은 계속 이상해요! 꼭 자신감이 없는 사람처럼 흐느적거리기나 하고! 평소에는 더 확실한 몸놀림으로 보이는 걸 전부 쓰러뜨렸잖아요!!"

"아니…… 지금까지 그런 짓을 한 기억은 없는데……."

맥 빠진 목소리로 그렇게 말하면서 오펜은 아픈 오른팔을 살며시 쓰다듬어 보았다. 완전히 손목이 꺾인 것도 모자라, 뼈에도 이상이 느껴졌다. 이 정도면 고치지 못할 것은 없지만…….

'고쳐?——뭘 사용해서?'

갑작스럽게 이유를 알 수 없는 의문이 마음속에 떠올라 오펜은 어리둥절한 표정을 지었다. 하지만 곧장 기억이 떠올랐다.

'마술로, 겠지. 당연하잖아? 멍청하긴…….'

곧장 생각을 해냈다고 생각했는데——꼭 그렇지 않았을지도 모른다. 상당히 기다린 것처럼 애가 탔는지 소년이 큰 소리로 화를 내서, 오펜은 다시 현실로 되돌아왔다.

"스승님!!"

오펜은 번뜩 정신이 들었다.

"왜, 왜 그러는데?"

아픈 머리에 왼손을 대며 오펜이 되물었다. 소년은 많이 초조했는지, 단순한 분노는 서서히 가라앉은 듯했다. 대신 불안한 듯 눈썹을 모으면서 바닥에 누워 있는 소녀를 가리켰다.

소녀는 잠든 것처럼——그저 나쁜 꿈이라도 꾸는 것처럼 눈을 감고 늘어져 있었다. 호흡은 뚜렷했다. 작은 몸이 떨리고 있지는 않았지만, 옷이 물에 젖었기 때문에 상당히 체온이 내려갔을 가능성은 있었다. 관자놀이에 작은 상처가 있었다. 피는 흘렀지만, 큰 상처는 아니었다.

오히려 상처가 벌어질 정도로 관자놀이의 두개골 부분에 강한 충격을 받았다는 것이 문제였다.

소년은 얼굴의 반 정도만 오펜을 바라보듯 시선을 올리며 말했다.

"클리오의…… 모습이 이상해요. 왜 그런지는 모르겠지만 움직이질 않아요."

"기절했으니 움직이지 않는 게 당연한 거지."

오펜은 나른하게 대답을 하면서 소년과 나란히 선 뒤, 소녀 옆에 웅크리고 앉았다. 그리고 손끝으로 살짝 소녀의 금발을 치우고 상처를 확인했다.

역시 상처는 깊지 않았다.

"……내가 훨씬 더 중상이잖아."

오펜은 그렇게 중얼거리며 탄식했다.

"하지만 스승님과 클리오는 근본적인 체력이 다르잖아요."

납득할 것 같으면서도 납득하지 못한 듯 그렇게 말을 하는 소년에게 오펜은 묘한 표정을 지어 보였다.

"꼭 그렇게만도 생각하기 힘든데. 애당초 이 녀석은 전부터——."

오펜이 그렇게 말하며 소녀를 가리켰다. 그런데.

살짝 오른손으로 가리키려고 했다가, 오펜은 서둘러 팔을 거뒀다. 마비되어 있었던 손목에서 둔탁한 통증이 느껴졌기 때문이다.

"괜찮으세요?"

걱정스럽게 묻는 소년에게 오펜은 간신히 고개를 끄덕여 대답했다.

"으, 으응——어어어……."

오펜은 따끔거리며 점멸하는 시야를 몇 번인가 눈을 깜빡여 교정하려고 했다. 그래도 통증은 가시지 않았지만 못 참을 정도는 아니었다.

크게 숨을 들이쉬고, 그리고——오펜은 무언가를 잊어버렸다는 사실을 깨달았다.

"……무슨 이야기를 하고 있었지?"

"…………."

소년은 의아하다는 듯이 오펜을 보고 말했다.

"정말로 괜찮나요?"

"으응? 그럼…… 그냥 기절했을 뿐이야. 그냥 놔둬도 일어나겠지."

"아니, 그게 아니라. 스승님도 좀 이상해서요."

이상해?

그 말을 듣자 갑자기…… 얼굴에서 힘이 빠졌다.

소년은 의아한 표정을 지으며 말을 계속했다.

"특별히 어디가 어떻게 이상하다고는 말을 못 하겠지만…… 아무튼 클리오를 치료해 주세요. 아, 젖지 않은 곳에 눕힌 뒤에 치료하는 편이 좋겠죠? 아마 일어나면 불평을 할 테니까요."

"으, 으응."

오펜이 고개를 끄덕였다. 하지만 거기서 말이 끊겼다.

오펜은 자신이 소년에게서 시선을 돌리려 한다는 듯한 착각을 느끼면서 소녀를 내려다보았다. 소녀는 의식을 잃은 채 눈을 감고 있었다. 그런 소녀 주변을 작고 검은 강아지 같은 동물이 어슬렁거렸다.

별것 아닌 상처였다. 적어도 상처 그 자체는. 마술로 간단히 고칠 수 있는 상처였다.

오펜은 의식을 집중하기 시작했다. 익숙한 일이었다. 아무런 걱정을 할 필요도 없었다. 거의 의식하지 않고, 마술을 구성하기 위해 이미지를 엮기 시작했다──.

동시에 그의 마음속에 주변 공간에 투사해야 하는 구성을 대신해 주변의 다른 정보가 들어왔다. 간섭하려고 하는 대상은 눈앞의 소녀. 근처에는 소년과 강아지 같은 동물. 그들이 있는 곳은 너무나도 광대한 지하도. 누런 흙먼지가 날리고, 공기는 눅눅하고, 광원이라고는 흰색 도깨비불뿐.

지상에는 비가 내린다. 시체는 단 하나. 저 멀리 떨어진 곳에 졸도한 것으로 보이는 흰 옷을 입은 병사가 여덟 명. 시체는 하나. 그가 죽인 시체가 하나.

소년.

그러고 보니──이 소년의 이름은 뭐였더라?

그리고 이 소녀의 이름은?

'어……? 뭐지?'

오펜은 문득 이상한 느낌을 받았다. 그리고――.

시야가 일그러지더니, 그대로 오펜은 졸도했다.

아무런 전조도 없이 도틴은 눈을 번쩍 뜨며 일어났다. 이미 하루 종일 계속 내리고 있는 빗소리가 조용히 밤을 채색했다.

방 안은 컴컴했다. 창문이 살짝 반사광을 내고 있는 것 이외에는 빛다운 빛이 하나도 없고, 어둡기만 했다. 볼칸이 코를 고는 소리가 들렸다――그렇다는 것은.

'이건 형의 다리겠구나.'

도틴은 얼굴을 짓누르던 다리를 대충 밀어젖히고(코골이는 멈추지 않았지만), 자리에서 일어났다. 그리고 더듬더듬 촛불을 찾은 뒤 촛대에 꽂혀 있던 성냥을 켰다. 도틴은 화륵. 피어오른 둥근 불빛을 촛불에 옮겨 붙였다. 어둠을 압도할 만큼 크지는 않았지만, 그래도 크게 도움이 되는 불빛이 방 안을 비추었다. 누런 흙먼지에 반사되어 불빛은 생각보다 훨씬 밝았다.

도틴은 성냥에 바람을 불어 불을 끈 다음 의아해했다――.

그들――즉, 도틴과 그 형인 볼칸은 바닥에서 잠이 들었다. 볼칸은 지금 방 한가운데에서 큰대자로 누워 크게 코를 골고 있다. 그들 '지인(地人)'이 항상 걸치는 모피 망토만 있으면 침구(寢具)는 딱히 필요 없었다. 하지만 이 방에는 딱 하나 침대가 있었다. 방과 마찬가지로 별로 넓지도 않고, 간소하지만 고급스럽지도 않은 질이 나쁜 침대.

그 침대가 텅 비어 있었다.

그는 은색 칼날의 역할을 잊어버렸던 것은 아니었다. 그녀는 그의 바로 앞에 서 있었다──칼날 끝에 살짝 닿은 것이 아닌가 할 정도로.

위압적인 이스타시바의 눈동자에 그는 꼼짝 못 하고 가만히 서 있었다.

눈동자, 그리고 그녀의 말에.

"……멸망……?"

그는 되물었다.

이스타시바는 꿈쩍도 하지 않았다. 대답도 하지 않았다. 단지 그 침착한 시선으로 무언가 한 가지를 가리켰다.

"당신은……."

뭐가 뭔지 모르면서도 그는 무심결에 중얼거렸다. 쉰 목소리로 속삭이듯이.

"당신은 진실을 말할 생각이군요……."

"진실?"

이번에 되물은 사람은 이스타시바였다. 자신의 말 덕분에 자신의 구속이 풀렸다는 듯 말과 동시에 조용히 몸을 움직이면서──그러자 그녀가 걸친 녹색 로브가 사라락 하고 소리를 냈다. 그리고 우아하게 등을 보인 이스타시바는──.

어쩌면 은색 칼날의 역할을 잊은 것일지도 모른다. 그가 가지고 있는 칼날이 그녀를 죽이기 위해 준비되었다는 것을.

또는, 어쩌면——잊지 않았을지도 모른다.

"진실……."

그 단어를 반복하는 이스타시바의 등을 바라보면서, 그는 그녀의 시선에 뒤지지 않을 만큼 그녀의 등에도 압도되었다. 그는 움직일 수 없었다——.

'자신은 이스타시바를 죽이기 위한 스태버^{암살자}인데!'

그때, 이스타시바가 뒤를 돌아보았다.

한없이 우아하면서도 자연스러운 힘이 느껴지도록, 그녀가 꽉 주먹을 쥐었다. 아름다운 로브는 온화하게 옷이 스치는 소리를 연주했다——하지만 역시 몸은 계속 긴장되어 뻣뻣하게 굳어 있었다.

시스터 이스타시바. 월드 드래곤 종족의 단 한 명뿐인 사제.

이스타시바는 그런 여자였다.

"내가 지금부터 하는 말은…… 진실과는 달리 아름다운 것이 아니다."

그렇게 말하며 녹색의 두 눈에 검은 침이 꽂히듯 한 줄기 그림자가 깃들었다.

"게다가 그래서는 속죄가 되지 않지."

그림자는 바로 사라졌다. 그림자가 사라지자 그녀의 눈에 남은 것은 밝은 시선뿐——한없이 투명하고, 세계의 그 어떤 그림자도 모두 비출 것처럼 단단히 결심을 한 눈동자.

이스타시바가 말했다.

"지금까지 그대들에게 아무것도 말하지 않았던 죄——그 죄를 가장 더러운 말로 진실을 밝히는 것으로 속죄하겠다."

그는 확신했다.

은색 칼날의 역할을———.

제2장 그녀는 잊지 않았다고

아테렌스 핀란디.

머서 핀란디.

눈을 뜨기 직전에 그 이름이 가슴속에 떠올랐다——그리고 눈을 떠 빛이 눈으로 들어오자 오펜은 그 이름을 잊어버렸다.

이름은 잊었지만…… 그것이 자신을 낳은 사람들의 이름이라는 사실만은 기억에 남았다.

낳은 사람이다. 부모였던 적은 거의 없었다. 부모님 모두 여행을 하는 중에 별 볼 일 없는 사고로 돌아가셨다.

오펜이 막 태어났을 무렵의 일이다. 어차피 그 일을 원망한 적은 한 번도 없었다. 사실은 주변 사람들 대부분이 그와 비슷한 처지였다. 그가 자란 《송곳니 탑》에서는 의지할 곳 없는 아이들을 스카우트하여 흑마술사로 육성하는 일이 매우 많았다…….

'그건 그렇고…… 나는 왜 그런 것을 떠올렸을까?'

자신이 살아 있다는 사실을 확인하고 싶었는지도 모른다. 그런 것보다, 자신이 누군가에게서 태어난 사람이라는 것을 확인하고 싶었는지도 모른다.

이마를 무겁게 짓누르는 무언가를 뿌리치면서——실제로는 아무것도 없었지만—— 그는 의식을 시야에 모았다. 똑바로 누워 쓰러져 있는 그를 내려다보듯이 환하게 빛나는 도깨비불이 공중에 떠 있었다. 도깨비불의 흰 빛 속에 금색 흙먼지가 섞여 있어 마치 태양 같았다.

이런 빛은 간단한 마술로 만들어 낼 수 있었다──만드는 것 정도라면. 어떤 마술에도 적용이 되는 이야기지만, 특히 이런 불빛은 어느 정도 오랜 시간 동안 유지되지 않으면 의미가 없기 때문에 나름대로 난이도가 높은 부류에 속한다고 할 수 있었다. 물론 그렇다고는 해도 본격적으로 어려워지는 것은 중력 중화처럼 완전한 '초고난이도' 카테고리에 들어간 뒤부터이기 때문에 별로 관계가 없다고 한다면 없다고도 할 수 있지만.

'간단한…… 마술. 그래…… 이 정도의 구성으로……'

크게 의식하지 않고 기억을 떠올리려다가 오펜은 두통으로 인해 몸을 움츠렸다──아직도 뇌진탕의 여파가 남아 있는지 복잡한 생각을 하려고 들면 집중이 되지 않았다. 뇌의 혈관이 한쪽 끝에서부터 막힌 듯한 위화감이 그의 의식을 뒤흔들었다.

'그건 그렇고 이건…… 진짜 아프네. 진짜 너무 아파. 진짜로 너무 아프잖아……'

그렇게 혼잣말하던 그는 자신의 상황을 문득 깨달았다.

"자, 잠까아아아아아아아아안!"

상반신의 탄력만으로 그는 벌떡 일어섰다──단, 발목을 묶고 있는 로프가 허용하는 곳까지만이었지만.

양쪽 발목에 로프가 묶인 채, 짐처럼 지면에 질질 끌리면서 오펜은 마구 소리쳤다.

"갑자기 왜 질질 끌려가고 있는 거야, 나는?!"

"스승님?!"

로프를 붙잡고 그를 끌고 있었던 사람은──

매지크였다. 매지크는 기절한 클리오를 끈으로 묶어 업고 어깨에는 레키를 태우고 있었다. 매지크는 뒤를 돌아보더니 활짝 밝은 표정을 지었다.

"정신 차리셨나요?!"

"이렇게 울퉁불퉁한 곳에서 포대에 사람을 올리고 끌면 당연히 번쩍 눈이 뜨이지, 이 자식아!"

오펜은 화를 내면서 발목을 비틀어 순식간에 로프에서 오른발을 빼냈다. 한쪽 발이 빠지자, 다른 쪽도 금세 빠졌다.

지면에 먼지를 일으키며 껑충 자리에서 일어선 오펜을 보고 매지크가 짝 하고 손을 마주치더니 감탄하듯이 말했다.

"우와아. 스승님, 가끔 보면 신기한 특기를 가지고 계시네요. 평소에는 별로 도움이 되지 않을 것 같은 특기요."

"젠장. 시끄러워!"

입에서 침을 튀기면서 오펜은 매지크의 멱살을 잡아 올렸다.

"왜 발목에 로프를 묶고 질질 끌고 다니는 거야?!"

"목을 묶으면 죽잖아요."

"음, 그야 그렇지만~."

묻자마자 대답한 매지크의 말을 듣고 무심코 고개를 끄덕인 오펜이 서둘러 고개를 저었다.

"그게 변명이 돼?! 크게 다친 나를 질질 끌다니!"

매지크의 멱살을 잡은 오른손에 더욱 힘을 주었다가――문득 깨달았다.

"어?"

오펜은 매지크의 셔츠에서 손을 떼고, 오른손을 눈높이까지 들어 올렸다. 그리고 꽉꽉 주먹을 쥐었다. 그런데 전혀 통증이 없었다.

"다친 곳은 다 나았어요."

머뭇거리며 매지크가 말했다. 크게 소리를 쳐서 그런지 몸은 반쯤 도망간 상태였지만, 눈으로는 계속 오펜을 바라보았다.

"아무튼 어떻게든 해 보려고 마술을 써 봤거든요. 제가."

"호오……."

오펜이 눈을 게슴츠레 뜨고 자신의 오른손을 관찰했다——그리고 그 외에도 몸을 찰딱찰딱 만져 보았다. 확실히 외상은 다 사라지고 없었다. 아문 피부 아래에 아주 희미하게 통증이 남아 있기는 했지만, 이런 일은 자주 있다.

매지크는 레키를 어깨에 올린 채 흐흥, 하고 가슴을 활짝 폈다.

"어떤가요? 굉장하죠? 스승님."

잠시 소년의 의기양양한 얼굴을 바라보면서——

오펜은 오른손의 손목을 왼손으로 붙잡고 큰 소리로 말했다.

"우와아아아아아아아아?!"

"왜, 왜 그러세요?"

깜짝 놀랐는지 눈을 휘둥그렇게 뜨고 매지크가 물었다. 오펜은 오른손을 부르르 떨면서 오싹한 목소리로 신음소리를 내뱉었다.

"너, 제어에 실패했지?! 손가락이 하나 더 늘었잖아!"

"네에에에에에에?! 그럴 리가. 정말이에요?!"

경악한 것처럼 소리를 지르는 매지크에게——

오펜은 갑자기 냉정한 시선을 내던진 뒤 아무 말 없이 주먹을 들어 올렸다.

"정말인가는 무슨."

그리고 따악, 매지크의 금발 머리에 꿀밤을 먹였다.

"자신감을 가지고 '그럴 리가 없잖아요!!' 하고 부정을 해야지. 그러니까 제 몫을 못한다는 소릴 듣는 거야, 너는."

"으으으. 너무해요~."

매지크는 눈물을 글썽이면서 몸을 움츠렸다. 클리오는 매지크에게 업힌 채 흐느적거리며 흰자위를 드러내 놓고 있었다. 그때 매지크 어깨에 있던 레키가 클리오의 얼굴 위로 깡총 뛰어 올랐다.

시체처럼 목이 뒤로 젖혀진 클리오를 보고 오펜은 팔짱을 끼었다. 그렇게 몸을 움직여도 확실히 통증은 느껴지지 않았다──.

'음, 확실히 대단하긴 하네.'

칭찬을 가슴에 담아 둔 채, 뚱한 표정으로 오펜이 중얼거렸다.

"그건 그렇고, 왜 클리오는 아직도 기절해 있냐?"

"마술로 고치고는 싶은데, 실패할까 봐 무서워서요."

태연한 모습으로 그렇게 대답하는 매지크를 게슴츠레하게 바라보며 오펜이 물었다.

"……난 괜찮고?"

"스승님은 가만 내버려 두면 정말 죽을 것 같았거든요. 게다가 제가 기절시킨 병사들도 금방 눈을 뜰 것 같더라고요. 그런데 그 자리에 계속 있을 수는 없잖아요? 그러니 역시 끌고 가야 한다고 생각해서요."

"뭔가 말이야."

코로 크게 숨을 내뱉으면서 오펜이 중얼거렸다. 그리고 주변을 둘러본 뒤──적어도 매지크가 도깨비불을 비춘 범위 안을 보면 결국 원래 있던 곳과 별로 다르지 않은 광경으로 보였는데── 오펜은 머리를 긁었다.

"그건 그렇고 날 얼마나 질질 끈 거지?"

"글쎄요······. 쉬엄쉬엄 끌면서 두 시간 정도는 걸었던 것 같아요."

"가끔 보면 너, 은근히 체력이 넘치더라~. 그거야 뭐 됐고. 그런데 똑바로 걸어오긴 걸어왔다고 자신 있게 말할 수 있어?"

"아니요."

유난히 딱 잘라──뭐가 그렇게 자신이 있는지는 모르겠지만──고개를 끄덕이는 매지크를 보고 오펜이 생긋 웃으며 고개를 끄덕여 주었다. 그리고 주머니에서 종잇조각 하나를 꺼냈다.

"실은 여기에 이 지하도의 지도가 있어······."

그렇게 말하면서.

오펜은 딱 한 가지를 확신했다.

길을 잃었다.

화재. 습격. 전쟁.

위기가 닥친 상황이라고 하면 여러 가지가 있겠지만──.

조난은 최악의 상황 중 하나가 아닐까.

오펜은 우울한 마음으로 지도를 확인했다.

누런 흙먼지가 날리는 지하도는 끝없이──마치 우리를 비웃듯 끝없이──이어져 있었다. 끝에서 끝까지 몇 번이고 지도를 확인한 뒤, 오펜은 어쩔 수 없이 인정했다.

"······이 지하도, 엄청나게 커."

"정말요?"

클리오를 메마른 곳에 눕힌 매지크가 종종거리며 다가왔다. 조금 전까지 클리오 위에 쌓인 흙먼지를 탁탁 털어 주었지만 아무래도 10분이나 계속했더니 질린 모양이었다. 오펜은 아직도 계속되는 두통을 한숨을 내쉬어 최대한 잊으려고 노력하면서 상대에게도 보이도록 지도를 펼쳤다.

"일단 보기엔 모든 통로가 다 똑같은 넓이인가 봐──이곳과 완전히 똑같은 넓이라는 거지. 이 지도는 그 술집의 지하에서 출구까지의 길이 겨우 그려져 있을 뿐인 듯한데, 축척만큼은 나름 정확한 것 같아. 그렇다면…….''

오펜은 출발 지점에서 목적지까지 손가락으로 스윽 가리킨 뒤 말했다.

"대충 어림잡아 10킬로미터 이상은 된다는 건데. 대체 무슨 생각으로 이렇게까지 땅을 판 거지?''

"파다니, 뭐를요?''

어리둥절한 표정을 짓는 매지크를 오펜이 기가 막히다는 표정으로 바라보았다.

"뭐냐니, 너──이 지하도지. 아무리 봐도 석회 동굴로는 안 보이니, 당연히 누가 파지 않았겠어?''

"그거야 그렇지만요…….''

매지크는 주변을 둘러보고 말했다.

"그런데 지하에는 참 많네요.''

"뭐가?''

오펜은 다시 지도를 뚫어져라 바라보면서 건성으로 대답했다. 그때 매지크가 천장을 올려다보는 모습이 시야 끝에 포착되었다. 매지크가 지상을 의식하고 있는지는 모르겠지만──이 지하도 안에는 오르막길과 내리막길이 있기 때문에 이곳이 지하 몇 미터나 되는지는 정확하게 알 수 없었다. 100미터씩이나 아래로 내려간 지하는 아닐 테지만.

멍하니 매지크가 중얼거렸다.

"……유적 말이에요. 일전에, 아렌하탐 지하에 있었던 것도 그렇고, 얼마 전의 극장도, 그리고 이곳도——."

"천인의 유적은 확실히 대체로 지하에 있는데——그 고대 마술사들은 원래 지하 종족이었다고 하더군. 그래 놓고 천인이라는 호칭도 좀 그렇지만. 어쨌든."

오펜은 지도를 보면서 대충 손을 들어 주변을 가리켰다.

"이곳은 천인의 유적이 아냐. 사람이 팠다고도 생각하긴 힘들지만 말이지. 이렇게 큰 지하도를 팔 기술은 왕도에도 없었을 테니까."

"천인의 유적이 아니라고요?"

매지크가 그렇게 되묻자, 오펜은 아주 살짝 고개를 들었다. 그리고 오펜을 바라보는 매지크의 얼굴——여전히 잠들어 있는 클리오와 그 옆에서 어슬렁거리는 레키를 순서대로 본 뒤, 오펜은 어깨를 으쓱 들어 올렸다.

"천인들은 보통 자신들의 거처를 마술을 써서 방어하거든. 천인들의 침묵마술은 매체가 되는 마술문자(월드 그라프)를 억지로 파괴하지 않는 한 불멸의 효과를 지니기 때문에 이곳이 만약 천인의 유적이었다면——."

오펜은 설명하면서 자신이 걸터앉아 있는 쓰러진 기둥의 파편을 타악 하고 두드렸다.

"이렇게 부서져 있을 리가 없어. 전의 지하 극장도 그렇잖아? 나무로 만든 벽인데도 광열파를 직접 맞고도 상처 하나 나지 않았지.
물질 붕괴라도 일으키지 않는 한, 파괴하고 싶어도 파괴할 수 없
을걸?"

"물질 붕괴요?"

매지크의 질문을 듣고 오펜이 문득 깊이 생각했다. 말을 해 두어도
괜찮을지 모른다.

또 어깨를 으쓱 들어 올린 뒤 오펜이 입을 열었다.

"어차피 네가 사용할 수는 없을 테지만, 웬만하면 최대한 기억해
둬. 마술 구성의 궁극형, 그 한 가지다."

"네에……."

"너한테는 이론적인 내용을 하나도 가르쳐 주지 않았던 것 같은데
——머지않아 가르쳐 주겠지만—— 내 선생님이신 차일드맨은 흑마
술을 사용했을 때 일어나는 현상이 최종적으로는 세 가지로 집약된
다고 결론 내리셨지. 그것이 바로 물질의 붕괴, 파동의 정체, 의미의
소멸이다. 들은 대로 이 모든 것은 무언가가 사라지는 걸 의미해. 하
지만 물질이 붕괴하면 파동이 흐르고, 파동이 정체되면 물질이 결속
하지. 단지 그 두 가지만큼은 소멸해서는 안 돼. 무(無)로 소멸된다
고 한다면, 무에서 무언가가 생겨나는 것도 인정해야 하기 때문이야.
단, 의미의 소멸은 경우가 달라——그리고 의미의 소멸이 일어나면
그 두 가지, 양쪽이 발생해."

"……저어, 스승님. 대체 무슨 말씀인지——."

"즉, 물리 법칙은 별로 관계없다는 말이야. 이러한 법칙은 어디까
지나 음성마술에 의해 형성된 구성의 보편적인 특징에 의해 결정돼.
그러니까 인간 이외의 사고 패턴을 지닌 존재가 음성마술을 사용하

면, 완전히 법칙이 다른 음성마술을 쓸 가능성도 있다는 거지."

"여전히 하나도 모르겠는데요……."

"드래곤 종족의 마술이 종족에 따라 완전히 다른 것도 그게 이유인 모양이야. 사고 패턴이 무엇에 의해 결정되는지 실험을 할 방법이 없기 때문에 판명되지는 않았지만, 언어나 자란 환경이 관련되어 있다는 것이 현재로서는 타당한 결론이지."

"ㅇ ㅇ ㅇ ㅇ."

"야~. 애송이~."

훌쩍거리는 매지크를 보고 오펜이 마지막에는 야유를 날리면서, 어흠 하고 헛기침을 했다. 그리고 지도를 가리키며 본론으로 돌아갔다.

"그건 그렇다 치고. 천인의 유적이라고 한다면 만들어진 지 1000년 이상은 지난 셈이 돼. 천인 종족이 이쪽 대륙에 온 시기가 1000년 전이니까. 그리고 그 여자들이 지상에서 모습을 감춘 시기가 대충 200년 전──이 정도의 세월로는……이라고 하기엔 엄청난 세월이지만, 아무튼 그 정도로는 풍화되지 않아. 그만큼 그들의 마술은 엄청나다는 거다."

"우리의 마술은……."

오펜은 상공의 도깨비불을 가리켰다.

"저렇게 간단한 것조차 겨우 한 시간 정도만 유지하는 정도니, 차원이 다르지."

"그러네요~."

절절하게 동의하는 매지크를 보면서 오펜이 정말로 화제를 다시 되돌렸다.

"……그래서 이 지하도 말인데, 아무래도 이야기를 들어 보니, 지도에 그려져 있는 범위 밖으로 나온 것 같아. 그렇다고 돌아가는 것도 역시 좀……. 아까 기절시켰던 신관병들이 의식을 되찾았을지도 모르니까."

"다른 출구는 없나요?"

주변을 둘러보면서 매지크가 중얼거렸다. 지하도의 넓이에 비하면 도깨비불의 광량은 한참 부족했다——그래서 어느 쪽을 바라봐도 어둠이 시야를 차단했다. 벽도 천장도 보이지 않았다. 우리는 밤중에 홀로 남겨진 어린아이처럼 주변을 두리번거릴 수밖에 없었다.

오펜은 지도를 다시 접어 넣으며 흐음 하고 소리를 냈다. 그리고 관자놀이를 문지르면서 생각했다. 좀처럼 두통이 낫질 않아서 영 마음이 개운하지 않았다.

"결국 우린 이 지하도가 왜 만들어졌는지조차 모른다는 거야. 그걸 알면 뭔가 방법을 생각할 수도 있을 텐데……."

"하지만…… 어딘가 모르게……."

매지크가 검지를 세우고 말했다.

"아렌하탐 지하에 있었던 바질리콕 요새였던가요? 역시 분위기가 거기랑 비슷한 것 같은데요."

"요새?"

오펜은 그렇게 되물은 뒤, 숨을 내쉬었다. 그리고 자리에서 일어서 허리에 양손을 대고 등을 쭉 폈다. 마술을 이용해 억지로 상처를 고치면, 한동안 몸이 무겁게 느껴지는 일이 자주 있었다.

"지하에 무언가를 만들 생각이었다면 이렇게 큰 공간을 파낼 필요는 전혀 없지 않나? 반대로 이렇게 엄청난 공간이 필요한 시설이라면 그냥 지상에 만들면 되고 말이야. 이렇게 큰 구멍을 파면 그 파낸 흙만으로도 산이 하나 만들어질 텐데? 게다가 지금은 아무런 용도도 없으니. 보통 쓸데없는 게 아냐."

"적어도 킴라크 사람들이 판 건 아닐 것 같아요."

턱에 손을 대고 생각을 하며 그렇게 말하는 매지크를 보고 오펜이 따악 하고 손가락을 튕겼다.

"그거야. 전부터 신경이 쓰였는데, 이 마을 녀석들은 왜 이렇게 외진 곳에서 사는 거지? 킴라크 교회 발상지가 이 대륙의 북쪽이라고 하는데, 그것과 이 지하도가 관계있을지도 몰라."

"킴라크 교회라고 하면, 그거죠? 분명히 여신이 어쩌고 했던."

매지크가 굉장히 애매모호하게 말했다. 오펜은 어깨를 늘어뜨리며 매지크에게 말했다.

"너는 그런 것도 모르고 여기까지 온 거야? 운명의 세 여신이잖아. 거인의 대륙에서 드래곤 종족에게 마술의 비법을 도둑맞았다는 신들 중 세 여신 말이야."

"…………."

갑자기――.

매지크가 입을 닫았다.

항상 애교가 서린 눈동자에 무언가 심각한 감정을 띠우면서.

오펜은 작게 흠칫 놀라며 말했다.

"왜 그래? 별로 험한 소릴 하진 않았는데."

"아니요, 그런 게 아니라."

소년은 애매한 미소를 지었다. 그리고 이 마을에 들어올 때부터 검은 복장을 숨기기 위해 걸친 흰 망토를 붙잡았다. 마치 본인이 스스로를 껴안는 것 같은 몸짓으로.

"지금 우리 머리 위에 그런 의문에 대답해 줄 수 있는 사람들이 몇 천 명, 몇 만 명이나 살고 있는 거죠? 그런 생각을 했더니 엄청나다는 생각이 들어서요."

"…………."

그 말을 들은 오펜도 잠시 아무 말도 하지 않다가——.

"그러게."

자조 섞인 미소를 지었다.

매지크는 이제야 피로를 느꼈는지 힘없이 그 자리에 털썩 주저앉은 뒤, 느릿하게 말을 계속했다.

"힘들지만 길을 되돌아가서 그 신관병이라는 사람들에게 물으면 대답을 해 줄지도 모르겠네요. 하지만……."

매지크는 그렇게 말하며 작은 어깨를 겁이 난다는 듯 움츠렸다.

"그전에 뭇매를 맞고 살해당할지도."

"…………."

오펜은 대답하지 않았다. 자신들이——그리고 다른 사람들이——하는 일이 매우 허무한 일이라는 자각이 있기는 했지만, 다른 사람에게 그런 말을 들으니 그러한 사실이 더욱 마음에 사무치게 느껴졌다.

하지만 말을 하고 있는 당사자인 매지크는 그보다도 더욱 강하게 느끼고 있는지도 모른다.

그런 것치고는 말이 많기는 했지만.

"하지만 어쩌면 우리가 단지 그렇지 않을까 생각하고 있는 것뿐일지도 몰라요. 아무도 확인하고 싶지 않으니, 확인을 안 하고 있을 뿐일지도 모르죠……."

매지크가 익숙지 않은 쓴웃음을 지으며 웃었다.

"이건 대체 뭘까요? 조금 전에 스승님이 한 말을 그대로 빌릴 생각은 없지만, 이런 것이야말로 정말로 쓸데없는 거라고 할 수 있을지도 모르겠네요."

그런 매지크의 중얼거리는 소리를 들으면서———.

오펜은 별로 관계없는 일을 생각했다.

"알고는 있었지만……."

오펜은 눈을 감았다.

"너희들에겐 정말 미안하다."

어?——— 하고 매지크가 깜짝 놀랐다는 듯이 말했다.

가볍게 웃으면서 오펜이 말을 계속했다.

"너희들은 그냥 내가 하고 싶어 하는 일에 말려들었을 뿐이야. 나를 따라왔다는 이유만으로 아무런 상관도 없는 성가신 일을 겪어야 하다니. 솔직히 말하면 나도 왜 내가 이런 곳에 와야만 했는지 잘 모르겠어. 얼마 전에 네가 말한 대로———난 내 누나를 쫓아 이곳에 왔다."

오펜은 주머니에 손을 넣다가 자신이 지금 평소의 검은 복장을 입고 있지 않다는 사실을 깨달았다. 무기도, 오펜과 오펜의 누나를 위한 두 개의 드래곤 문장도 옷과 함께 행방불명이다.

주머니에서 손을 빼고 오펜은 주먹을 쥐었다.

"내 누나—사실은 친누나가 아니지만, 아자리는 분명히 이 마을에 왔어. 나는 아자리에 대해서는 더 이상 모르는 게 없을 정도로 잘 알고 있다고 할 수 있지———일단 말을 했으면 꼭 하는 사람이야. 아자리는 이 마을 어딘가에서 아마 이 마을의 중심부, 그러니까 유그드라실 신전으로 가겠지. 나는 그 뒤를 쫓고 있다. 하지만……."

오펜은 탄식을 내뱉은 뒤 주먹을 폈다.

"그 뒤를 쫓은 다음 뭘 하고 싶은지, 무슨 말을 하고 싶은지, 스스로도 잘 모르겠어. 아자리를 돕고 싶은 건지, 아자리를 방해하고 싶은 건지. 아니면──."

그다음으로 떠오른 말을 오펜은 집어삼켰다. 생각을 하는 것보다도 빨리 집어삼켰을지도 모른다.

그렇기 때문에 가슴에 아픔을 느끼면서도 자신이 무엇을 떠올렸는지, 오펜은 이해하지 못했다.

오펜은 고개를 저었다. 그러자──

"그거야 당연한 거 아닌가요?"

명랑하게 매지크가 말을 건넸다.

"남매잖아요? 한 마디로 스승님은 그 사람과 사이좋게 지내고 싶은 거예요."

"사이좋게, 라……."

그 단어는 매우 복잡한 의미를 지녔다. 그리고 어떻게 보면 특별한 의미를 지니기도 했다.

오펜이 알 수 있는 것이라고는 매지크가 그 단어에 복잡하고 특별한 면이 있다는 사실을 제대로 의식하지 못한 채 그런 단어를 꺼냈다는 것뿐이었다. 하지만 사실은 스스로도 잘 몰랐다.

"나는 옛날부터 아자리를 거역하지 못했어……. 그게 결국 이런────."

그렇게 말을 하다가 말고 오펜은 시선을 돌렸다. 특정한 곳을 바라보지 않은 채, 그냥 이런저런 생각을 했을 뿐인데, 그런데──

어느 장소를 보자마자 오펜은 몸이 얼어 버렸다.

표정의 변화를 눈치챘는지 매지크가 의아하다는 듯이 오펜을 바라보았다. 그리고 곧장 오펜을 따라 시선을 돌렸다.

어떻게 된 일인지는 알 수 없었다.

단지, 어느새, 아무런 전조도 없이——

클리오와 레키의 모습이 보이지 않았다.

"에에잇. 젠장. 대체 뭐가 뭔지!"

그렇게 불평을 늘어놓은 오펜은 몇 분 전까지 클리오가 누워 있던 장소에 네 발로 엎드려 얼굴을 가까이 댔다. 매지크도 황망히 다가왔다.

"어떤가요? 대체 어떻게 된 일이죠? 클리오가 사라지다니!"

"뭐 하나 대답할 수가 없네. 아니, 잠깐만——."

무뚝뚝하게 그렇게 말한 뒤, 오펜은 요란하게 떠드는 소년을 제지했다. 모래가 쌓여 있는 바닥에 희미하게——.

"발자국이다!"

오펜은 모래 위에 아주 작게 남아 있는 자국을 가리키면서 중얼거렸다. 큰 소리로 외쳤으면 미세한 흙먼지는 허무하게 다 날아가 버렸을지도 모른다.

오펜은 매지크를 올려다보았다.

"매지크, 빛을 더 밝게 해 봐. 발자국을 따라가면 어디로 갔는지 알 수 있겠지만, 어두워서 잘 안 보여."

"아—— 네."

대답과 동시에——아니, 조금 기다렸지만—— 도깨비불이 더 밝아졌다. 이렇게 하면 도깨비불의 지속 시간은 줄어들지만, 이런 때에 그런 거야 아무런 상관도 없다.

발자국은 모래 위에 점점이 일정한 보폭에 따라 규칙적으로 이어져 있었다. 거의 줄자로 거리를 재면서 걸어간 게 아닐까 할 만큼 일정했다. 오펜은 아주 잠깐 눈썹을 모으며 수상하다고 생각했지만, 일단은 굳이 신경을 쓰지 않기로 했다. 그 말괄량이가 이렇게 훈련을 받은 것처럼 걷는 모습을 본 적은 없었지만, 절대로 없었다고는 단언할 수 없었다.

"저쪽을 향해서 똑바로 걸어갔나 봐요……."

매지크가 발자국이 이어진 방향을 가리며 말했다.

그래. 대답을 하면서 오펜도 그쪽을 바라보았다. 원래 자신들이 지나왔던 방향이 아니었다.

"쫓아갈 수밖에 없겠어."

"하지만…… 왜일까요? 만약에 땅바닥에 눕혀 놔서 화가 났다면 클리오 성격에 막 화를 내며 그 자리에서 달려들었으면 달려들었지, 이런 식으로 아무 말 안 하고 어딘가로 가 버릴 리가 없는데."

"네 말대로야──. '리가 없는데'다."

오펜은 엄지를 혀로 핥았다.

"그런데 그랬다──또는 그렇게 할 수밖에 없었으니, 무슨 일이 있었던 거겠지. 서두르자."

발자국을 따라가는 일 자체는 그다지 힘들지 않았다──보폭은 계속 일정했고, 그것도 똑바로 이어져 있었기 때문이다. 쓰러진 기둥이나 잔해, 커다란 바닥의 갈라진 틈도 우회하지 않고 발자국은 계속 똑바로 이어져 있었다.

아무리 나아가도 지하도의 모습은 똑같았다. 끝없이 어둡고 넓은 공간이 이어져 있을 뿐이었다.

오펜도 될 수 있는 한 빨리 걸었다. 그리고——

"응?"

그렇게 중얼거린 뒤, 오펜은 집중해서 앞을 바라보았다. 도깨비불이 비친 앞쪽에 깜빡이듯이 황금색이 보인 것 같았기 때문이다.

얼마 안 있어 불빛에 비쳐 클리오의 뒷모습이 보였다.

"있네."

오펜은 매지크에게 신호를 보낸 다음 더욱 빠르게 걸음을 재촉했다. 오펜을 눈치채지 못 한 듯, 생각보다도 빠르게 걷는 소녀를 오펜은 잔해를 뛰어넘으며 쫓아갔다. 그리고 계속 걷는 소녀의 옆을 빠져나가듯 추월한 뒤——

뒤를 돌아 클리오를 바라보았다. 하지만 그러든 말든 클리오는 눈을 감은 채 계속 걸었다. 관자놀이의 상처는 이미 사라지고 없었다——. 일단 그 상처만큼은 매지크가 고쳐 준 듯했다.

클리오는 눈을 감고 걷고 있었지만, 오펜은 별로 놀라지 않았다——처음부터 빛도 없는 곳을 걸었으니까. 그런데도 클리오는 무언가에 걸리는 일도 없었다. 클리오의 금발 머리 위에는 녹색 눈동자를 반짝이는 검은 새끼 드래곤이 있었다.

"……그렇구나."

오펜은 일단 걷는 속도를 클리오에게 맞추고는 중얼거렸다. 뒤를 쫓아오며 매지크가 물었다.

"뭐가요?"

"어렴풋이 이런 게 아닐까 생각은 했었어. 이 너석 짓이야."

오펜이 그렇게 말하며 레키를 가리켰다.

"얘요?"

매지크도 레키를 가리키자, 레키가 위협을 하듯이 송곳니를 드러 냈다. 화가 난 건지도 모른다.

"피에나 기억나지? 전에 《펜릴의 숲》에 있던 여자."

"네."

클리오의 걸음이 빨랐기 때문에 두 사람 모두 빠르게 걸음을 걸으 면서 오펜이 매지크에게 설명하기 시작했다.

"그 여자아이, 그 숲에 있던 딥 드래곤의 사역마 역할을 했던 모양 이야."

"사역마요?"

"그래. 강력한 정신지배로 다른 생물과 오감(五感)을 공유할 수가 있는데, 그 단계가 되면 어느 정도 그 상대를 자기 뜻대로 조종할 수 가 있거든. 아무래도 레키가 클리오에게 마술을 걸어 조종하고 있는 가 봐. 지금 말이지."

"……이곳은 캄캄해서 마술을 사용할 수 없지 않을까 생각했는 데요."

인간 마술사가 목소리를 매개로 마술을 다루는 데 반해, 딥 드래곤 종족의 암흑마술은 시야를 매체로 이용한다. 즉, 시야가 닿는 곳에만 효과가 미친다는 말이다.

오펜이 어깨를 으쓱 들어 올렸다.

"밤눈이 밝은가 보지. 나는 그런 것보다 이 검은 악마가 클리오의 지시도 없이 무언가를 할 수 있다는 점이 더 놀라워."

"하지만——"

매지크는 신기하다는 듯이 고개를 갸웃했다.

"왜 이 털뭉치는 이런 짓을 하는 거죠?"

오펜은 떨떠름한 표정을 지으면서도 곧장 대답을 해 주었다.

"아마도…… 우리가 계속 고쳐 줄 생각을 안 하니까, 도와줄 다른 사람을 찾으려고 하는 거겠지. 너무 애 같은 생각이긴 하지만, 솔직히 이 녀석은 아직 새끼잖아."

"짐승이기도 하고요~."

응응 하고 고개를 끄덕이던 매지크――그런데 갑자기 소년은 뭔가에 걸려 넘어지며 얼굴부터 땅에 박았다.

클리오, 아니 레키는 소년이 그러든 말든 상관 않고 계속 앞으로 걸었다. 오펜은 클리오를 바라보면서 일단 걸음을 멈췄다. 그리고 일단 클리오는 걱정 없을 거라 생각하고 매지크에게 다가갔다.

"야, 뭐 하냐?"

"아야야야야……."

매지크가 얼굴을 문지르면서 일어났다.

"가다가 움푹 들어간 곳에 다리가 빠져서――아, 클리오, 가 버리겠어요."

"응?"

매지크가 가리키는 방향이 예상외여서 오펜이 조금 놀라며 뒤를 돌아보았다. 보니 클리오가 갑자기 방향을 바꾸어 걷기 시작했다.

"뭐지? 그냥 똑바로만 걸을 거라고 생각했는데, 목적지가 있었던 건가?"

오펜은 혼자서 그렇게 중얼거린 뒤, 매지크에게 손을 뻗었다. 그리고 매지크를 일으켜 세우고 다시 클리오의 뒤를 쫓았다.

빛이 닿지 않는 곳까지 멀어져 어둠에 섞여 들어가려는 소녀를 쫓는 일은 숲속에서 야생동물을 추적하는 것 정도는 아니지만, 나름 어려운 일이었다. 이곳에서는 어둠뿐만이 아니라 이례적으로 농도가 더욱 강한 흙먼지도 시야를 방해했다. 꼬리처럼 어둠 속에서 흔들리는 금발이 눈에 띄기 때문에 완전히 놓칠 가능성은 크지 않았지만.

"혹시……."

그렇게 말을 하며 오펜이 옆에서 걷고 있는 매지크의 얼굴을 바라보았다. 매지크도 역시 같은 생각을 한 모양이었다.

"네. 저 드래곤이 클리오를 도와줄 사람을 찾고 있다고 한다면……. 어쩌면 냄새인가 뭔가로 이쪽에 사람이 있다는 사실을 알고 있을지도 몰라요."

"……그게 누구일지는 굳이 생각할 것도 없지만 말이야."

이런 곳에 있다고 한다면, 어떤 사람일지는 생각할 필요도 없었다——.

아무튼 간에 킴라크의 주민인 이상 오펜 일행의 편일 리는 없다.

"하지만 이걸로 출구를 발견할지도 몰라요."

"최악의 출구만 아니라면 환영회라도 열어 주자."

오펜은 아무리 생각해도 낙관적으로는 생각할 수 없어서 만약을 대비했다.

그리고 갑자기——

"앗?!"

매지크가 비명 같은 소리를 질렀다. 클리오의 모습이 갑자기 사라졌기 때문이었다.

오펜은 침착하게 주변을 돌아보았다. 그리고 눈치챘다.

"또 방향을 틀었어. 저쪽이다."

오펜이 손가락으로 가리킨 그곳에는.

클리오의 모습이 보였다. 오펜에 등을 보인 채, 황금색 빛을 샤워하듯 머리위에서 맞으면서 서 있었다. 황금색 빛.

매지크의 도깨비불이——아니었다.

"출구다!"

소년의 높은 외침이 지하도에 울려 퍼졌다.

앞에는 단층 비슷한 것이 솟아 있었다.

무언가 거대한 산사태라도 일어난 것처럼 앞쪽 지하도는 크게 무너진 상태였다. 훤히 드러난 지층. 무너져서 쌓인 토사, 잔해. 지하도 자체가 끊어져 무너졌기 때문에——벽면이 딱 급경사처럼 언덕길이었다. 대각선으로 기운 단층은 절벽에 가까울 만큼 급경사였지만, 어떻게든 발 디딜 곳을 찾아 올라갈 수는 있을 듯했다. 그리고 단층의 천장에서——천장의 균열에서 황금색 빛이 아래로 쏟아졌다.

빛 자체는 그다지 강하지 않았기 때문에, 오펜의 눈에는 그게 마치 횃불의 불빛 같았다. 적어도 달빛은 아니었다. 만약 날이 샜다면 태양빛일 가능성도 있었다. 도시의 어느 장소로 연결된 출구인지는 모르겠지만.

클리오는 단층 아래에서 오도카니 서 있었다. 오펜도 그쪽으로 달려가다가——문득 걸음을 멈췄다.

"……이 냄새는 뭐죠?"

매지크의 중얼거리는 소리가 들렸다.

"냄새만 맡아도 안다는 말이 딱 어울리는 장면이군."

손으로 코를 가리고 오펜이 대답했다.

코를 찌르는 이상한 냄새가 주변에서 떠돌았다. 어떻게 형용을 하더라도 받아들이기 힘들 만큼 정말 지독한 악취였다. 뇌수를 후비는 듯한 엄청난 냄새에 잠시 잊고 있던 오펜의 두통이 더욱 심해졌다. 매지크는 재빨리 망토를 머리에 뒤집어쓰고 신음을 흘렸다.

내장 모두가 일치단결하여 비참하게 구토를 일으키려 했지만, 오펜은 간신히 참으면서 축축해진 눈을 깜빡였다. 후각은 이미 거의 마비되어서 악취가 난다는 정보만 머릿속을 휘돌았다. 오펜은 눈에서 눈물을 흘리며 계속 앞으로 나아갔다.

지하도에는 당연히 바람이 불지 않기 때문에 냄새가 그 자리에 가만히 머물러 있어 농도가 매우 높았다. 오펜은 의미도 없이 손으로 냄새를 휘저어 눌어붙을 듯한 악취를 가르고 계속 걸었다. 아무튼 앞으로 나아가야만 한다는 초조함이 오펜을 앞쪽으로 계속 재촉했다.

'불길한 예감이…… 들어?'

지금까지 나쁜 예감만큼은 빗나간 적이 없었다.

가까이 다가갈수록 멈춰 서 있는 클리오의 발치에 굴러다니는 무수한 잔해가 사실은 무엇이었는지 뚜렷하게 보이기 시작했다.

그것은———.

틀림없이 무수히 많은 사람의 뼈였다.

손 안의 검이 미끄러졌다.

미끄러져 떨어진 곳에 있었던 것은———어둠 속의 기척 하나.

등 뒤에 있는 창문이 활짝 열려 얇은 커튼이 천천히 나부꼈다. 비구름에 뒤덮인 칠흑 같은 하늘에서 비와 함께 바람이 떨어져 내려와 방 안으로 불어 들어왔다.

"······일어나는 편이 좋지 않을까? 카르."

그녀의 손가락에 완전히 익은 검은 꿈적도 하지 않은 채, 침대에 누워 있는 사람의 그림자를 향해 있었다. 어깨를 지키는 가죽 갑옷의 무게를 느끼면서, 메첸 아미크는 눈을 날카롭게 떴다. 차갑고, 어두운 밤의 침실.

방에 불빛은 없었다――필요 없겠지. 메첸은 비아냥거림을 섞어 그렇게 생각했다. 침대 근처에 놓여 있는 작고 둥근 테이블 위에 작은 금색 벨이 놓여 있었다. 이걸 울리면 불빛을 비춰 줄 고용인이 한두 사람 정도는 나타날 게 분명했다.

그래서 큰 소리는 낼 수 없었다. 메첸은 목소리를 억누르고 숨까지 죽이면서 침대 위의 사람 그림자를 응시했다.

천개(天蓋)가 달린 침대는 터무니없이 넓었고, 그 한가운데에서 자는 사람에게 검을 들이대기 위해서는 한쪽 다리를 침대 위에 올려야만 했다. 신발을 신은 채였지만, 그거야 뭐 어쩔 수 없는 일이었다. 어차피 흠뻑 젖은 채 창문으로 침입해 온 시점에서 그런 예의를 차려 봐야 소용없는 일이었다.

'이 여자라면――뭐에 관해 화를 낼까? 한밤중에 깨웠다고? 검을 들이댔다고? 아니면 양탄자를 적셨다고?'

문득 그런 생각을 했다. 잠시 뒤――메첸은 침대의 사람 그림자가 몸을 움직였다는 사실을 깨달았다.

긴 블론드 머리카락에 묻혀 있던 흰 얼굴에 작게 눈빛이 켜졌다. 눈을 뜬 것이다.

"잠에서 덜 깬 척을 해 봐야 소용없어. 당신의 친구처럼 속아 넘어갈 생각은 없거든——당신이 결코 잠에서 덜 깨는 일이 없을 거라는 것 정도는 아주 잘 알아. 카르…… 카로타 마우센."

"……마치 내 수법을 모두 알고 있는 것 같은 말투인걸? 응? 귀여운 메첸."

침대 위에서 여자가 일어났다.

카로타 마우센이라는 여자의 사적인 모습을 처음 보고 메첸이 반사적으로 생각한 것은—— 단 하나였다.

'달라…….'

메첸은 표정으로 드러내지 않은 채 혀를 찼다.

'몇 년 전부터——처음 봤을 때부터 마음에 안 들어서——대체 이 화려한 여자는 뭔가 하고 생각했는데…….'

잘못 봤다.

카로타는 수수한 여자였다.

물론——흑표범 같은 수수함을 과연 수수하다고 부를 수 있을지는 모르겠지만.

그래. 카로타는 그런 의미에서 수수한 여자였다. 카로타는 이불을 가슴까지 끌어올려 네글리제를 감췄다. 어두워서 무슨 색인지까지는 알 수 없었다. 그러나 카로타는 경계심 없는 온화한 눈빛으로 메첸을 바라보았다.

메첸은 시선의 정면에 있는 카로타의 미간을 향해 검을 들이댔다.

입매에 미소를 지으면서, 그리고 너무나도 웃기다는 듯이 코웃음을 치면서 카로타가 말했다.

"……검을 들이대고 사람을 위협하려고 한다면 목이라든가 옆구리에 끝을 대야 하는 게 아닐까――아무리 당신이 굉장한 실력이라도 검으로 두개골을 꿰뚫을 수는 없을 텐데, 내가 혹시라도 반격을 시작하면 어쩌려고 그래?"

"난 그렇게 생각하지 않아."

대답한 뒤, 메첸은 입술을 핥았다. 그리고 말을 계속했다.

"당신이 얼굴에 상처가 날 위험을 무릅쓸 리가 없으니까."

"……그거야 기껏 가지고 태어난 자질이니까. 소중하게 간직해야지."

카로타가 계속해서――메첸보다 더욱 더――목소리를 낮추고 있다는 사실을 그녀는 깨달았다. 큰 소리를 내면 곧장 사람을 부를 수 있는 상태였다. 하지만 메첸은 처음부터 예측하고 있었다.

'사람을 불러 메첸 교사가 검을 들이대고 있다는 상식 밖의 스캔들이 자기 집안사람들에게 퍼지기를 원할 리가 없으니…….'

메첸은 확신했다.

카로타는 잠에 취해 있을 인물이 아니다. 잠에 취해 있다가 소란을 피울 리가 없다. 냉정하게 항상 계산적으로, 자신이 손해 보는 일은 절대 하지 않는다.

그래. 그러니까――얼굴에 상처를 내지는 않을 생각이었다.

메첸은 검을 쥔 손가락에 땀이 차기 시작했다는 사실을 깨달았다. 비를 맞아 온몸이 흠뻑 젖어 있으니 이제 와서 그런 거야 상관없는 일이지만.

메첸은 속삭였다.

"묻고 싶은 건 하나뿐이야. 사루아는 어쨌지? 설마 이런 시기에 마을 밖으로 내보내지는 않았을 텐데――?"

"자백하자면 말이지."

칼끝이 눈앞에 있는데도 불구하고 카로타는 동공조차도 흔들리지 않았다. 그리고 그 모습 그대로 대답했다.

"이 마을에 동료고 뭐고 아무도 없을 때, 당신에 오들거리며 떠는 모습을 보고 싶었거든."

쳇——.

메첸은 혀를 차고, 검을 딱 3센티미터만큼 더 앞으로 내밀었다. 메첸에게는 설사 안구를 에어 내더라도 카로타가 소리를 지르지 않으리라는 확신이 있었다.

하지만.

순간, 메첸은 오른팔을 강타한 격렬한 통증에 몸을 비틀었다. 그리고 흘러나오는 비명을 왼손으로 막고 침대 뒤로 크게 뛰어 물러섰다. 검을 놓지는 않았지만, 간신히 손가락으로 쥐고 있을 뿐 검을 겨누고 있을 수는 없었다. 오른쪽 팔 위쪽에서 뜨거운 통증이 스며 나왔다. 스며 나오는 것이 통각뿐만이 아니라 피도 함께라는 사실은 의심할 여지가 없었다——.

침대에서 굴러서 떨어져 엉덩방아를 찧듯이 바닥에 쓰러지면서 그녀는 통증으로 얼얼한 곳을 만져 보았다. 뜨뜻미지근한 액체가 끝없이 넘쳐 났다. 상처는 상당히 깊은 듯했다.

절망적인 마비가 몸을 지배하려고 했다. 온몸으로 마비에 저항하면서——메첸은 고개를 들었다. 그리고 처절한 눈빛으로 카로타를 꿰뚫었다.

——꿰뚫어도 정작 카로타는 아무렇지도 않은 표정이었지만.

"……당신은 내 수법을 단 하나도 알지 못해. 그렇지?"

이불에서 거의 상식적으로는 생각할 수 없는 각도에서, 흰 발이 튀어나왔다. 카로타 마우센의 발——얼어붙은 것처럼 희게 빛나는 왼발. 발의 엄지와 검지로 가는 나이프를 들고 있었다.

"침대 안에 나이프를 숨기고 있는 것 정도는 예상을 했어도 좋았을 텐데."

"큭……!"

메첸은 침을 뱉은 뒤, 검을 의지해 간신히 일어섰다——복도에서 타닥타닥 하고 여러 사람이 다가오는 발소리가 들렸다. 목소리야 어쨌든 바닥에 쓰러지는 소리는 저택 안에, 이 광대한 저택 모든 곳에 울려 퍼졌을 게 분명했다.

"가여워라, 메첸……."

발을 이불 아래에 숨기고, 카로타는 하품까지 섞으며 그렇게 중얼거렸다.

"당신은 드디어 이 마을에서 혼자가 된 거야. 겨우 혼자서 쿠오에게 이길 수 있을까?"

어느새 카로타는 나이프를 손에 들고 가볍게 공중으로 던졌다가 받았다. 그리고 미끄러지듯이 침대에서 내려와 메첸을 바라보았다.

"……이 방에 있는 무기는 이것뿐이야. 이 작은 나이프 하나뿐. 당신에게 아직도 오른팔을 휘두를 체력이 남아 있는지는 모르겠지만, 전투용 장검과 겨루기에는 미덥지 않지."

그다음——카로타는 힐끔 이 넓은 방의 입구를 쳐다보았다. 복도를 달리는 고용인들의 발소리를 의식하고 있는 것은 확실했다.

한 박자를 쉬고 어깨를 으쓱 들어 올린 뒤, 카로타가 말을 계속했다.

"도망치려면 지금뿐인데?"

'……나를 도망치게 할 셈이구나…….'

그건 틀림없었다. 이 장소에서——카로타의 저택 안에서, 더 구체적으로 말한다면 카로타의 침실에서——교사를 죽일 수는 없었다.

그냥 괴롭힐 목적으로 이 장소에서 죽어 버릴까?

그런 생각이 유난히 감미롭게 메첸을 유혹했다. 무엇보다도 그것이 가장 즐거울 것 같다는 이유로. 입술을 깨물며 메첸이 고개를 저었다——.

"언젠가 죽여 주마."

메첸은 그렇게 말을 흘렸다. 카로타는 그냥 미소를 지을 뿐이었다. 그리고 나이프를 든 채, 침대 옆의 흰 테이블로 가까이 가서——주전자와 함께 놓아 두었던 유리잔을 들었다.

"죽이려면 쿠오나 죽이는 게 좋지 않을까."

농담처럼도, 진심처럼도 들리는 그런 말투——그런 평소와 똑같은 말투였다.

다리를 끌듯이 움직여 메첸은 창문까지 서둘러 이동했다. 입구 밖에서 방문을 가볍게 노크하는 소리가 들렸다.

"아가씨. 무슨 일이십니까?"

초로의 남자 목소리. 입술을 굳게 닫고, 이를 악물고, 혀를 깨물며 메첸은 창틀을 뛰어넘었다. 비바람이 치는 곳으로, 들러붙는 커튼을 뿌리치며 떨어져 굴렀다.

등 뒤에서 쨍그랑 하고 유리가 깨지는 소리가 났다. 그리고 카로타의 목소리가 들렸다.

"……타우니! 유리잔을 깨서 손을 베었어. 이불과 양탄자가 피로 물들었으니, 얼룩을 제거할 수 있는 아이를 데려와 줘——."

비바람이 세차게 불었다.

메첸은 상처의 통증과 몸에서 빠져나가는 체온에 바르르 떨면서 도망쳤다. 날이 밝으려면 아직도 먼 어두운 밤길을.

그녀는 잊지 않았다고.

알게 된 탓인지 그에게는 그녀의 목소리가 한없이 차갑게 들렸다. 마치 유언처럼——.

이스타시바의 목소리.

"사실을 말하지. 그대는 실패작이다."

그녀의 미소에는 틈이 없었다. 끼어 들어갈 수 없을 정도의 깊은 자조.

"최고가 되었어야 할, 우리들의 마술——그 실패작이다. 우리에게 도움이 되지 않는 실패작. 우리의 '시조'에게 더 많은 힘이 있었다면 존재하지 않았을 실패작. 우리 종족이 신에게 저항하지 못했기 때문에 존재하는…… 실패작. 그 마술의 목적은——"

순간 말을 머뭇거렸다.

말이 나오지 않았던 것은 아니다——그는 어떤 요소도 놓치지 않겠다는 듯이 그녀의 표정을 바라보았다. 그리고 눈치챘다. 앞니가 부러져도 이상하지 않을 만큼, 그녀가 이를 꽉 악물고 있다는 것을.

"우리의 목적은——"

이어서 나온 그녀의 목소리는 괴로움으로 가득 차 있었다.

"멸망을 막는 것⋯⋯."

"우리들을 산 제물로 사용해서, 말입니까?"

제3장 "산 제물?"

킴라크——.

대륙에 있는 모든 교회의 총본산인 북쪽의 도시. 그곳에 비가 내리고 있었다.

어두운 밤하늘에서 끝없이 빗방울이 쏟아졌다. 위를 올려다보면 물방울의 궤적이 방사상으로 펼쳐졌다. 도시의 밤은 어둡다. 그런 어두운 밤에 비가 회색빛 줄기를 무수히 많이 새겼다.

기세 좋게 낙하하는 차가운 물방울을 얼굴에 맞으면서 그녀는 혼자서 가만히 서 있었다.

오로지 앞을 향해 쭈욱 뻗은 밤길. 어쩌면 새벽으로 연결되어 있을지도 모르지만, 그것이 목적지라고 하더라도 지금은 아직 보이지 않았다. 새벽이라는 멀기만 한 종착점은 무척 기대되기도 했지만——막상 찾아오면 아깝게 느껴질 것 같기도 했다.

어제부터 내려진 계엄령 탓에 거리에는 사람이 없었다. 물론 이렇게 비가 내리는데 거리를 걸어다는 별난 사람이 있을 리가 없지만. 항상 이 거리를 채우는 흙먼지가 비에 씻겨 나가 건물이란 건물, 길이란 길이 모두 진흙투성이였다.

'진정으로 강대한 힘을 본 적이 있어……'

문득 그녀가 혼잣말을 했다. 비가 내리는 거리를 올려다보면서.

'대륙에서도 최강이었던 흑마술사가 나의 선생님이었다—— 나도 그 최강의 마술사 집단의 일원이 되었다. 그리고 그것보다도 더욱 차원이 다른 드래곤 종족의 압도적인 힘도 본 적이 있다. 하지만.'

얄궂다는 생각이 들어 그녀는 입을 일그러뜨렸다.

거리를 뒤덮은 검고 어두운 광경이 끝없이 계속되었다. 빗소리 이외에는 사람이고 뭐고 아무것도 없는 돌로 된 마을. 지붕이라는 지붕은 모두 자신을 내려다보면서 묵직한 빗방울 대군에도 아랑곳없이 거만하게 솟구쳐 있었다.

외륜의 슬럼과는 달리 이 마을의 중추인 신전가는 그녀 자신의 마을을 떠올리게 했다. 흑마술사들의 마을 타프렘 시. 이곳은 그곳에 지지 않을 만큼 건물이 질서정연하고 호화로웠다. 조용하고 아무 일도 없는 거리의 경치. 자신에게 어떤 힘이 있든——설사 보이지 않는 건축물을 모두 휩쓸어 버릴 수 있을 정도의 힘이 있다고 하더라도 이 '마을'의 모든 것을 파괴하기란 불가능했다.

만약 그 일이 가능한 사람이 있다면 그 사람은 미쳐 버리겠지.

'그래……. 결국 그것이 최강의 힘…….'

그것에 비하면 어떤 힘도 강하다고 할 수 없다.

그녀는 빗속을 걸어갔다.

시간은 이미 한밤중을 지났다——달이 보이지 않았기 때문에 정확하게는 알 수 없었지만.

그녀는 칠흑처럼 검은 전투복을 몸에 두르고, 손에는 길고 커다란 검을 든 채, 정확한 보폭에 맞춰 걸었다. 칼은 간소한 가죽 칼집에 꽂혀 있었다. 표준보다 상당히 긴 검으로, 그야말로 말 위에서 사용하는 것에도 필적할 정도의 물건이었다. 장식용 검이 그렇듯이, 검 자체에도 장식이 되어 있었다. 가장 눈에 띄는 것은 손잡이에 설치된 달과 마물의 문장(紋章)이었다.

그녀 자신도 키가 컸지만, 그래도 검이 더 길었다. 검신이 1미터를 넘었다.

얼굴에 달라붙은 검은 머리카락을 따라서 비가 뚝뚝 떨어졌다. 흘러내리는 빗물을 왼손으로 닦고——그녀는 얼굴을 찌푸렸다. 아니, 그렇다고 하기보다는 표정에서 감정을 지우려 했다. 감정 그 자체가 감상(感傷)처럼 느껴졌기 때문이다.

나아가려고 하는 앞쪽에는 검고 유난히 높은 건물이 보였다. 묘비처럼 살풍경하고 거대한 신전. 킴라크 교회의 중추 중의 중추에 있는 유그드라실 신전이었다.

아주 먼 고대——그리고 저 먼 영원한 미래로 이어지는 신화. 전설상으로는 유그드라실이라고 불리는 신들의 세계에 킴라크 신도가 숭배하는 운명의 세 여신이 산다고 한다. 모든 생명의 탄생과 함께하며, 그들의 운명을 엮어 투망처럼 끼얹는 그 세 여신. 일부 사람들은 그녀들을 마녀라고 불렀다——국교인 킴라크 교회의 눈치를 보느라 큰 소리로 떠들지는 못했지만.

운명을 관장하는 세 명의 여신. 또는 마녀.

신들의 세계, 세계수.^{유그드라실}

그 이름을 본뜬 신전이 비를 맞고 있었다.

신화만큼의 장대한 역사는 필요 없다. 하지만 이 대륙에 있는 신전은 오랜 세월 동안 무수히 많은 빗방울을 맞았다. 사람의 생사가 반복되는 역사 속에서 이 거리를 무대로 살아왔던 자들은 모두가 이 신전을 올려다보았다.

이 거리에서 살지 않았던 사람들조차도 꿈속에서 이 모습을 떠올렸을지도 모른다.

그녀——아자리는 다시 걸음을 멈췄다. 사실을 말하자면 단단히 결심을 하고 은신처에서 나온 후부터 걷다가 멈추길 반복했었지만.

걸음을 멈추고, 부츠의 발끝을 경계로 흙탕물이 나뉘어 흐르는 모습을 내려다보면서 아자리는 중얼거렸다.

'……결국 내가 하려고 하는 일은 그 강대한 힘에 맞서는 것일지도 모르지만……'

하지만 아자리는 일찍이 같은 일을 했던 사람을 알고 있다.

'선생님은── 10년 전에 여기에 있었어. 틀림없이……'

상상에 불과한 것이라는 사실을 잘 알면서도 아자리는 확신했다.

'차일드맨 파우더필드 교사, 아니, 암살자^{스태버} 차일드맨은 틀림없이 이 길을 지나 저 신전으로 갔다. 나는 알 수 있다……'

그렇게 생각하며 아자리는 고개를 들었다. 신전은 당연히 아직 그곳에 있었다. 밤하늘에 거만한 검은 그림자를 드리우며.

가야만 한다. 아자리에게는 가지 않으면 영원히 스승을 이해할 수 없을 것이란 확신이 있었다.

아자리는 걸었다. 더 이상 멈춰 서는 일은 없다. 밤은 반드시 끝난다. 목적지에도 반드시 도착한다.

'만약 당신을 이해할 수 있다면──'

아자리는 소리를 내지 않고 혼자서 중얼거렸다.

'혹시라도 저를 용서해 주시겠습니까, 선생님……'

천마의 마녀는 큰 힘을 사용해 입을 꾹 다물었다.

그렇지 않으면 눈물을 쏟을 것 같았기 때문에.

"어떻게 된 거지?!"

제대로 숨을 쉴 수 없을 정도의 악취 탓에 할 수 있는 말이라고는 —— 그것뿐이었다.

산더미처럼 겹겹이 쌓인 사람 뼈. 강력한 악취는 그곳에 사람 뼈 이외에 또 무언가가 있었다는 사실을 시사했다. 이곳저곳에서 아직 인간의 형태를 유지한 채 짓무르고 부패한 시체가 보였다. 시체의 종류는 다양했다. 남자, 여자, 노인, 아이.

냉정하게 관찰해 보면 몇 미터나 쌓인 눈앞의 산더미가 모두 사람의 뼈가 아니라는 사실을 알 수 있었다. 즉, 누군가가 잔해 더미 위에 사람의 뼈를 버린 것이다.

구역질과 공포. 양쪽 모두 비슷한 것이었지만, 오펜은 그렇기에 더욱 그 두 가지 감정이 동시에 자신을 덮치고 있다는 느낌에 사로잡혔다.

"시, 시체를 버려 두는 곳인가요? 여기?"

빙빙 눈을 돌리며——문자 그대로 동공이 빙글빙글 돌았다—— 매지크가 그렇게 말했다. 오펜은 눈을 반쯤 뜨고 말했다.

"그런 것치고는 고상함이라고 해야 할지, 위엄이라고 해야 할지. 그런 게 너무 부족한 거 같지 않냐?"

오펜은 그렇게 신음하듯 말하다가, 발밑에 흙먼지와 흰 석회 가루 비슷한 것이 뒤섞여 있다는 사실을 깨달았다. 뼈가 풍화되어 가루가 된 것인 듯한데, 그렇다면 꽤 오래된 시체도 섞여 있다는 말이다.

떨어져 있는 백골(白骨)도 부러지거나 부서진 것이 대부분이었다.

"……아무래도 저쪽에서 전부 떨어진 모양이야."

오펜은 올려다보면서 그렇게 중얼거렸다. 저 멀리 위쪽——지하도의 천장에 뚫린 구멍. 그런 생각을 하며 자세히 관찰해 보니, 그곳은 균열이 난 것이 아니라 누군가가 인공적으로 뚫어 놓은 사각형 구멍이었다.

"혹시 시체 처리를 위한 더스트 슈트(dust chute) 같은 걸지도 모르겠군."

"……보통은 시체를 쓰레기처럼 버리거나 하지는 않을 거라 생각하는데……."

매지크가 코를 잡은 채로 코맹맹이 소리를 내며 중얼거렸다.

그거야 그렇지만──하고, 숨을 쉬기 싫어 마음속으로 대답을 한 뒤, 오펜은 클리오를 돌아보았다. 클리오는, 아니, 정확하게 말하면 레키는 느릿느릿 산더미 같은 잔해 위를 기어오르는 중이었다. 확실히 보기에는 벽의 단층을 잘 타고 올라가면 저 천장의 구멍으로 들어갈 수 있을 것 같긴 한데…….

아니, 그렇지 않았다. 갑자기, 아무런 전조도 없이 레키가 조금 천장을 올려다보자마자──클리오와 레키, 둘의 모습이 순식간에 사라졌다.

"전이(轉移)를 했어!"

오펜이 그렇게 소리치더니 클리오가 서 있던 장소로 서둘러 뛰어올라 갔다. 딥 드래곤 종족의 마술은 시선이 매체이기 때문에, 술자가 서 있는 곳에서 보이는 범위 안에서만 전이가 가능하다. 밤눈이 밝다면 사람과는 시선의 범위도 다를지 모르지만.

아무튼 간에 오펜은 잔해 위로 올라가──아무래도 잔해나 뼈와는 다른 물컹하고 부드러운 것을 밟았다는 사실은 억지로 무시한 채── 천장의 구멍을 올려다보았다.

구멍은 천장의 구석 쪽에 뚫려 있었다. 하지만 완전히 구석은 아니었다. 구멍은 4~5미터 정도 안쪽으로 나 있었다. 확실하게 말하기는 어려웠지만, 구멍은 비스듬하게 뚫려 있는 듯했다. 그리고 살짝 흘러나오는 빛을 차단하는 형태로 클리오의 것으로 보이는 실루엣이 비쳐 보였다. 레키는 클리오와 함께 구멍 입구까지 전이했다는 말이다.

"어, 어떻게 할까요……?"

뒤따라 올라온 매지크가 난처한 듯 그렇게 말했다.

"어떻게 하냐니……."

오펜은 머리를 긁적이며 그렇게 웅얼거렸다. 지독한 냄새 탓에 점점 더 심해지는 두통으로 현기증까지 나기 시작해, 순간적으로 그냥 자포자기하고 싶은 심정이 됐지만——.

"저 단층 위로 올라가——볼 수밖에…… 없겠지. 별로 내키진 않지만."

오펜은 마지못해 크게 부서진 벽면을 가리켰다.

지하도는 마치 큰 산사태가 난 것처럼 무너져 있었다. 지하도를 원통이라고 생각하면, 그게 도중에 뚝 잘려 반 정도가 뒤로 밀려 있는 것 같았다. 아무튼 그런 것 같았다. 근처에 산더미처럼 쌓여 있는 잔해도 아마 그 때문인 듯했다. 원인은 알 수 없지만, 균열이 대각선으로 나 있었기 때문에, 딱 발을 딛고 올라가기 좋은 형태였다. 제일 가까운 발판은 마침 이 잔해의 위치에서 뛰어올라 갈 수 있는 위치에 있었다.

천장의 구멍도 균열로 인해 생긴 틈새를 넓힌 형태였기 때문에 이 단층을 올라가면 충분히 도착 가능했다——단,

멍하니 매지크가 중얼거리는 소리가 들렸다.

"천장에 달라붙어 5미터는 더 가야 구멍을 통과할 수 있을 것 같은데요."

"………."

자신의 학생이 적확하고 틀림없는 완벽한 추론을 했지만, 오펜은 아무래도 칭찬을 하고 싶지가 않았다.

앞에서도 말했지만 구멍은 지하도의 벽에 딱 붙어서 난 것이 아니라, 살짝 통로 안쪽으로 치우쳐져 있었다. 즉——매지크의 말대로 거미처럼 천장에 달라붙어 기어갈 수 있는 생물이 아니면 구멍 속으로 들어갈 수 없을 듯했다.

'……저 정도의 거리라면…… 중력을 중화해서 공중 부유를 못할 것도 없으려나?'

스스로 자문을 했지만 곧장 대답을 못해서 오펜은 팔짱을 꼈다.

말할 수 있는 것은 한 가지뿐이었다——.

"아무튼 가자."

"……뭐 좋은 수라도 있나요?"

기대에 찬 눈빛을 보내며 매지크가 물었다.

오펜은 한숨을 내쉬며 고개를 저었다.

"아니. 단지, 조금이라도 천장에 가까워지면——."

하고 말하며, 오펜은 대충 근처를 가리켰다. 오펜은 이미 단층을 향해 걷기 시작한 상태였다.

"이 녀석들에게서 멀어질 수 있잖아."

"……그건 그러네요."

무시무시하다는 듯이 근처를——근처에 흩어져 있던 사람 뼈와 시체를 돌아보며 매지크가 고개를 끄덕였다.

두 사람은 비탈길 같은 단층을 올라가기 시작했다.

생각보다 급한 경사를 두 사람은 10미터 정도 올라갔다. 그 정도 올라가니 악취는 어느 정도 버틸 만해졌지만, 그 대신 아래쪽의 시체가 아주 잘 내려다보였다. 천장 구멍에서 쏟아지는 빛에 산더미 같은 사람 뼈가 흐릿하게 빛나는 광경은 불쾌하기 짝이 없었다.

"가……간신히."

오펜은 마지막으로 발을 디딜 수 있는 곳을 밟으면서 천장 근처까지 올라갔다. 그리고 헉헉, 헉 하고 숨을 헐떡이며 턱 아래의 땀을 닦았다.

"도착했, 네."

"이제부터가 문제지만요."

매지크가 냉정한 목소리로 그렇게 지적했다.

일단은 아래를 보고 오펜이 질린 표정을 지었다.

"……날아가기는 위험하겠어."

당연한 이야기지만 바닥까지는 올라온 만큼의 거리가 있다. 힘들게 올라왔는데, 1초도 안 되는 사이에 떨어져야 한다니, 생각만으로도 오펜은 우울해졌다. 여기저기 흩어져 있는 사람 뼈와 시체를 보고 적어도 외톨이는 되지 않겠다는 생각도 해 봤지만, 별로 위로는 되지 않았다.

중력 중화를 이용한 공중 부유는 제어가 어렵다. 찰나라면 몰라도 입을 벌리고 있는 구멍까지의 거리——5미터 내외의——정도면 성공률이 낮다고는 할 수 없지만, 상당히 애매한 숫자이다. 공간전이라면 더욱 말할 것도 없다.

'할 수 있을까……?'

그래도 오펜은 일단 시험 삼아 중력 중화 구성을 짜려고 했다. 하지만──.

복잡한 구성은 곧장 무산되어 버렸다. 두통 때문에 집중을 할 수 없었기 때문이다.

"상처는 다 나았는데 말이야……."

뇌진탕 등으로 인한 후유증은 좀처럼 사라지지 않는다. 오펜은 욕설을 내뱉은 뒤 매지크의 얼굴을 바라보았다.

그리고 무언가 말을 하려고 입을 열었다. 하지만 그냥 숨만 나왔다.

"왜 그러세요, 스승님?"

그렇게 묻는 매지크에게 오펜은 힘없이 손을 흔들었다.

"……아니. 네가 할 수 없을까 생각을 해 봤는데, 그런 생각을 했다는 것 자체가 시간낭비군."

그렇게 말한 뒤, 오펜은 어떻게 해서든 다음 수단을 생각하려고 손톱을 깨물었다. 그냥 그뿐이었다. 그뿐이었을 텐데.

오펜이 거의 예상하지 못한 반응이 돌아왔다. 발끈하는 매지크의 목소리.

"시간낭비라니요. 한번 해 볼게요."

"야."

오펜은 어깨를 축 늘어뜨리고, 어이없다는 듯이 중얼거렸다.

"발끈하는 건 좋은데, 이건 의욕만 있다고 되는 게 아냐. 마력의 강력함은 확실히 선천적으로 타고나는 것이니 네가 뛰어나다는 것은 인정하지만, 구성을 짤 때의 정밀도나 마술의 제어력은 훈련을 통해 쌓아야 해. 네가 못나서 내가 그런 말을 했다고 생각하냐? 단지 미숙

할 뿐이라고 말한 거야. 그런 것 정도는 언젠가 반드시 극복할 수 있으니까——."

서두를 것 없어. 그렇게 말하려다가——

오펜은 문득 움직임을 멈췄다. 매지크는 이미 오펜을 보고 있지 않았다.

대신 양손을 가슴 앞에서 모으고——단지 맞대고 있지는 않았다—— 손 사이의 공간을 가만히 바라보았다. 그곳에 무언가가 있기 때문은 아니었다. 단지, 어떤 기운만이 그곳으로 모여들었다.

그리고 확실하게 보였다. 매지크의 몸 주변에서 몇 겹이나 펼쳐지는 막대한 구성. 거대하고 복잡하지만, 어떤 의미에서는 단순한 하나의 구성.

"너——."

오싹한 심정으로 오펜이 외쳤다.

"그만둬!"

오펜이 말렸지만 집중하고 있기 때문인지——아니면 다른 이유가 있는 건지——매지크는 움직이지 않았다. 오펜은 순간적으로 소년의 몸을 붙잡으려고 손을 뻗었다.

하지만, 그 순간

"나 도약하노라——."

늠름한 매지크의 목소리가 울렸다.

"하늘의 은령(銀嶺)!"

이어서 마술이 발동되었다.

'늦었구나……!'

각오를 다진 오펜은 이를 악물었다.

그리고 감각이 사라졌다.

다음 순간, 두 사람의 몸이 공중에 떴다. 천천히——그때까지 딱 달라붙어 있었던 단층에서 떨어져 허공을 향해 앞으로 나아갔다.

의지할 곳 없이 공중에 떠서 앞으로 나아가는 자신의 몸을 오펜은 식은땀을 흘리며 내려다보았다. 팔도 다리도 공중에 떠올라 어떻게 저항할 수도 없이 오펜은 계속 앞으로 나아갔다. 바로 옆에서 매지크가 조금 전의 그 자세를 유지하며 의식을 집중해 필사적으로 마술을 제어하는 모습이 보였다.

깜짝 놀란 표정을 지은 채, 오펜은 그 모습을 계속 바라보았다. 솔직히 말해서 매지크는 아주 잘하고 있다고 할 수 있었다—— 오펜은 그 사실을 인정할 수밖에 없었다. 매지크는 어려운 구성을 완성해 유지하는 중이었다. 사실 무중력 상태에서는 감각도 불안정해지고, 위도 아래도 없는 상태이기 때문에 정상적인 집중력을 유지하기가 어려웠다. 오펜이 바라보는 중에도 매지크는 핏발이 선 눈으로 몸을 떨었다. 괴롭게 신음소리를 내쉬며 호흡을 하는 매지크. 제어가 몸에 부담을 주고 있는 것만큼은 확실했다. 이윽고 두 사람 모두 천장에 뚫린 구멍 안으로 들어갔다…….

구멍은 대각선으로 뚫려 있는데, 조금 전에 말한 대로 더스트 슈트처럼 보였다. 크기는 가로세로 2미터 정도——이 정도면 시체를 굴러 떨어뜨려도 중간에 걸리는 일은 없다. 꽤 경사가 급했지만 벽면에는 울퉁불퉁한 곳이 있었기 때문에 기어 올라가는 데는 문제가 없을 듯했다.

——그렇게 생각하는 중에 몸에 무게가 되돌아왔다.

"——?!"

오펜은 곧장 손을 뻗어 가장 가까운 벽면의 움푹 들어간 곳에 손끝을 박아 넣었다. 그리고 급경사에 발이 미끄러지는 상황에서도 어떻게든 버티면서 다른 한 손으로 매직크의 몸을 붙잡았다.

매직크는 완전히 마술로 힘을 다 사용했는지——아니, 원래 피곤해서 여력이 얼마 남지 않았겠지만, 저항도 하지 못한 채 굴러 떨어지기 직전이었다. 오펜은 아슬아슬하게 손끝을 망토의 옷깃에 건 뒤, 간신히 다시 손으로 고쳐 잡았다. 그러자 벽면에 박아 넣은 손끝에 마치 쥐가 난 것처럼 통증이 느껴졌다——아무래도 손톱이 두세 개는 벗겨진 듯했다. 오펜은 흐르는 피 때문에 손끝이 미끄러질 뻔해 깜짝 놀라면서도, 무릎 근육에 힘을 빼어 균형을 잡았다.

그리고 몇 초간 간신히 그 자세를 유지하면서 서서히 양팔을 좁혔다.

매직크는 축 늘어진 채, 아래를 내려다보았다. 오펜은 작게 몸을 떠는 소년을 천천히 끌어당긴 뒤——.

"이——."

소리를 질렀다.

"멍청아! 대체 무슨 생각이야?!"

"으…… 으……."

오펜은 보지도 않고 매직크가 신음소리를 내듯이 말했다.

"잘…… 됐잖아요?"

"헛소리하지 마!"

아래를——즉, 10미터 아래의 바닥을 계속 바라보는 매직크에게 오펜이 더욱 거칠게 소리쳤다. 매직크는 더 이상 체력이 남지 않았는지, 불쌍할 정도로 어깨를 움츠리고 있었다. 오펜은 힘이 빠진 매지

크의 몸을 팔 하나로 붙잡은 채, 혼신의 힘을 쥐어짜냈다. 벽의 움푹 들어간 곳을 다시 붙잡으며 몸을 경사의 기울기에 맞춰 세웠다.

매지크는 자신도 벽에 대고 팔을 세워 보려고 했지만——팔을 조금 떨었을 뿐, 움직이지는 못 했다. 그 모습을 보면서 오펜은 작게 중얼거렸다.

"……못 움직이겠지?"

"………."

매지크는 대답하지 않았다.

일그러지는 표정——험악해지는 표정이 성가시다고 생각하면서, 오펜은 말을 계속했다.

"너 혹시 마술을 사용한 다음에는 대체로 다 이 모양이냐?"

"큰 마술을 사용하면…… 피곤해요. 하지만 제어에 성공만 하면 문제가 없고——이런 건 당연한 일이잖아요?"

"왜 지금까지 나한테 상의를 안 한 거야?!"

오펜은 내뱉듯이 그렇게 말한 뒤, 지금까지 아무것도 묻지 않았던 자신을 저주했다. 말을 해 두어야 했지만 눈치채지 못했다——자신이 마술 제어에 실패한 적이 거의 없었던 탓에 미처 생각을 못 한 것이다.

"넌 지금 이게 얼마나 위험한 상태인지 몰라."

"하지만 이건 당연——."

"아는 척하지 마!"

오펜은 매지크를 큰 소리로 나무랐다. 그러자 매지크가 몸을 움츠리는 모습이 보였다. 하지만 왜 혼나는지 모르겠다는 듯이 어리둥절한 표정으로 오펜을 마주보았다.

매지크는 머리를 감싸고 싶었겠지만 지금은 팔이 부족했다. 물론 때리고 싶어도 팔이 부족해서 때릴 수 없었다. 혀를 찬 뒤, 오펜은 말을 계속했다.

"생각해 본 적 없어? 제어에 성공하면 피로를 느끼지 않았잖아. 미리 말해 두는데, 마술을 쓰고 난 뒤의 피로는 제어의 성공 여부와는 관계없어. 관계없다고! 제어에 실패했을 때 몸이 움직이지 않을 정도로 피로하다고 한다면, 성공했을 때도 똑같은 정도로 체력을 사용해야 정상이지."

알아들었는지 못 알아들었는지, 매지크가 눈만 껌뻑거렸다. 오펜은 목소리를 떨며 말했다.

"그럼 왜 너는 피로를 느끼기도 하고, 느끼지 않기도 하는 걸까? 너는 지금 피로를 느끼는 중이 아니라 그냥 쇠약해진 거야."

오펜은 목덜미를 붙잡은 손에 더욱 힘을 주며 말했다.

"그래! 마술은 물리 법칙에서 완전히 독립되어 있어. 하지만 그럼에도 불구하고 물리 현상이 적용돼――이게 무슨 의미인지 모르겠냐? 마술은 제어되어야 비로소 마술이야. 그리고 제어되고 있을 때만 마술로서 작용하지. 제어를 못하면 그냥 물리력으로 되돌아갈 뿐이야. 즉, 물리 법칙을 따르기 시작한단 말이다. 그럴 때 가장 먼저 나타나는 게 어떤 현상인 줄 알아? 반작용이야. 수습 마술사는 사망률이 극단적으로 높은데, 그게 바로 이유다!"

겁을 먹은 듯 시선을 피하는 매지크를 보고 오펜이 눈을 치켜 올렸다.

"너는 간신히 마술을 제어하고 있는 것에 지나지 않아. 발생한 반작용은 너 자신에게도 영향을 미치고 있어! 알겠냐――지금보다 조금 더 낮은 수준의 마술을 사용할 때 제어에 실패하면, 넌 분명 죽을 거야!"

진즉에 말을 해 두었어야 했다——.

'처음부터 말을 해 뒀어야 하는데! 빌어먹을!'

오펜이 노려보았지만, 매지크는 여전히 시선을 피하고 있었다. 자신의 관자놀이에서 들리는 맥박 소리와 두통이 겹쳐, 오펜은 뇌간에 이상할 정도의 통증을 느끼는 중이었다.

그리고——갑자기 매지크가 번뜩 오펜을 돌아보았다.

"하지만…… 스승님은 아무것도 못했잖아요."

"……응?"

무슨 말을 하는지 이해가 되지 않아 오펜은 그렇게 되물었다. 매지크는 그걸로 반격할 틈을 발견했는지, 목덜미를 붙잡은 오펜을 손목을 꽉 붙잡았다.

"스승님이 아무것도 못할 것 같아서 제가 한 거예요. 그럼 스승님에게 혼이 날 이유가 없는 거 아닌가요?"

"너 진짜——."

오펜이 뭐라고 대답을 하기도 전에 매지크가 손을 뿌리쳤다. 매지크는 잠시 균형을 잃을 뻔했지만, 간신히 잡을 수 있는 곳을 발견해 그곳에 달라붙었다. 별로 멋진 자세는 아니었지만, 매지크가 진지한 눈빛으로 오펜을 보고 말했다.

"스승님은……."

소년은 말을 하다가 잠시 주저했다. 하지만 무언가를 삼키듯 목을 울리더니, 조용한 목소리로 속삭이듯이 말했다.

"스승님은 꼭 저를 질투하는 것 같아요."

혈관이 크게 맥동하고──.

두통까지 격심해져 오펜은 몸을 떨었다. 순간.

"꺄아아아아아아아아아아!"

구멍 위쪽에서 클리오의 비명이 울려 퍼졌다.

"─────?!"

목소리는 바로 근처에서 났다──.

급경사가 계속되는 위를 본 오펜은 매지크에게서 손을 뗐다. 그리고 벽에 손을 대고 올라가기 시작했다.

일부러 뒤를 돌아보지는 않았지만, 기척을 통해 매지크가 따라오고 있다는 사실은 알 수 있었다. 오펜은 발이 미끄러지지 않게 조심하면서 계속 서둘렀다.

구멍 자체는 몇 미터나 길게 이어져 있지 않았다. 기껏해야 3미터 정도인가. 발붙일 곳이 별로라 쉽게 올라가기는 힘들었지만, 그래도 오펜은 1분 정도 만에 구멍 밖으로 몸을 내미는 데 성공했다. 시체를 떨어뜨리기 위한 구멍. 굴러 떨어뜨리기 위한 경사. 오펜은 그곳으로 얼굴을 내밀었다.

그곳은 통로였다.

오펜은 더스트 슈트라는 표현도 꼭 틀리지 않았을지 모른다는 생각을 하기 시작했다. 구멍은 통로와 직각을 이룬 모습으로 뚫려 있었다. 즉, 누군가가 시체를 이 통로까지 옮겨 온 뒤, 이 구멍으로 떨어뜨리면── 시체는 지하도로 떨어져 풍화되어 가는 것이다. 이 구멍에서 새어 들어오는 희미한 빛을 받으면서.

하지만 시체를 버리는 더스트 슈트라는 것이 있을 리가 없다.

"아니……."

오펜은 통로로 나와 입술을 깨물었다. 있다.

오펜은 통로의 좌우를 둘러보았다. 매지크가 머뭇거리며——겸연쩍은 듯 구멍에서 고개를 내밀었다. 그런데 조금 전의 일이 신경 쓰이는지, 오펜과 눈을 마주치려고 하지 않았다.

하지만 지금은 그게 중요한 일이 아니었다.

오펜은 이마에 살짝 손을 대고 작게 웅얼거렸다.

"최악의 상황일지도 몰라."

통로에는 지하 감옥이 쭉 늘어서 있었다.

감옥의 문은 모두 붉은 녹이 잔뜩 슬었고, 매우 무거워 보였다. 통로의 벽은 모두 단단한 돌로, 군데군데 횃불이 불타고 있을 뿐 불빛이 없었다—— 눅눅한 공기도, 숨이 막힐 듯한 분위기도, 그리고 너무나도 조용한 그림자도, 지하실 특유의 분위기를 고스란히 본뜬 듯했다. 벽 너머에서는 아무런 기척도 느껴지지 않았다. 오로지 흙의 무게만이 석벽(石壁)을 통해서 통로까지 전해질 뿐이었다.

공기에 섞여 있는 흙먼지는 지하도보다 농도가 짙었다. 시야가 흐릿해질 정도의 흙먼지가 가볍게 공기 중을 휘돌았다.

썩은 냄새가 코를 간지럽혔다. 오펜은 잔뜩 긴장한 채 주먹을 쥐었다.

"지하 감옥이야. 결국 이 구멍은 감옥에서 죽은 사람을 버리기 위한 구멍이었다. 그거로군."

오펜은 그렇게 말하며 자신들이 빠져나온 구멍을 슬쩍 본 뒤, 다시 시선을 돌렸다——통로 쪽으로.

통로는 그다지 넓지 않았다. 대지하도와 비교해 보면 굉장히 좁게 느껴졌지만, 원래는 이쪽이 보통이다. 지하에는 큰 공간을 만들 수

없다. 특히 이 위에 세워진 건물이 크면 클수록 더욱. 위쪽에 아무것
도 없다면 지하에 시설을 만들 필요도 없을 테니, 지상이 빈터일 리
는 없었다.

통로는 상당히 길었다. 통로에는 서로 다른 형태의 문이 좌우 양쪽
벽으로 계속 이어져 있었다. 그리고 문에는 안을 엿볼 수 있는 작은
창문과 배식구 같은 틈이 있었다. 단——이 썩은 냄새를 맡으면——
굳이 그곳을 엿보고 싶지는 않았다.

"……뭐가 최악인가요?"

작은 목소리로 매지크가 물었다. 하지만 계속 눈은 마주치지 않
았다.

오펜은 어깨를 으쓱 올리고 말했다.

"지하 감옥이야. 보면 알잖아? 당연히 수용자가 도망치지 못하도
록 출입구를 지키고 있는 사람이 있겠지. 그런데 이 마을의 위병들이
우리를 우호적으로 대해 줄 거라고는 생각하기 어려워."

"저랑 스승님이 있고, 게다가 클리오가 회복되면 레키의 마술도
쓸 수 있잖아요. 싸워서 못 이기지는——."

중얼거리며 그렇게 말하는 매지크에게 오펜은 분노의 시선을 내던
졌다. 그리고 입을 열지 않는 매지크에게 차근차근 잘 알아듣도록 말
했다.

"너, 다시는 마술을 쓰지 마. 알았지?"

"……그런 소릴 할 때가 아니잖아요? 이런 상황에서는 무기가 될
만한 것도——."

"무슨 일이 있든 간에 양날의 검이 될 수도 있는 상태에서 마술을
사용해선 안 돼. 완벽하게 제어법을 익힐 때까지—— 몇 년이 걸릴지

는 모르겠지만—— 넌 마술 사용 금지야. 구성을 떠올리지도 마. 명령이다."

"하지만——."

그렇게 강변하는 매지크에게——이때 처음으로 눈이 마주쳤지만—— 오펜은 딱 잘라 거부하며 고개를 저었다.

"위반하면 파문당할 줄 알아. 스승의 지시도 안 듣는 학생을 내가 계속 참으면서 받아줄 거라고 생각하지 마."

"이건 완전 횡포예요! 스승님도——."

매지크는 일단 거기까지 말을 하다 끊은 뒤, 마음을 단단히 먹은 듯 표정을 바꾸고 말을 계속했다.

"포르테 씨가 그랬어요. 스승님도 많은 사람이 말려도 못 들은 척하며 《송곳니 탑》에서 뛰쳐나갔다고요!!"

"그거랑 이거랑은 다르지."

오펜은 별로 탐탁지 않다는 듯이 그렇게 말을 뱉어냈다.

"게다가 말다툼을 할 새가 없어—— 어서 클리오를 찾아야지."

그리고 다시 좌우를 살폈다.

꽤 멀리 떨어진 곳에서 딱 하나 열려 있는 문을 찾아낸 오펜은 눈의 초점을 맞추기 위해 눈을 가늘게 떴다. 통로에 가득한 문은 모두 형태가 동일했다. 그런데 그중의 딱 하나만이 비틀린 것처럼 열려 있었다.

아니, 누군가가 억지로 비틀어서 열어 놓은 듯했다. 자물쇠가 아니라 문 자체를.

"저기다."

오펜은 그렇게 속삭인 다음, 매지크를 손으로 재촉하며 문 쪽으로 다가갔다. 통로는 나름 길었지만, 그래 봐야 지하였기 때문에 20미터가 채 되지 않았다. 저 끝 쪽에 지상으로 올라가는 계단이 보였다 —— 그리고 그 앞에 철 격자가 가로, 세로로 하나씩, 2중으로 통로를 막고 있는 모습도 보였다.

일단 오펜은 열려 있는 문으로 달려갔다. 간수가 없었던 것은 불행 중 다행이었다. 아마도 간수의 대기실이 계단 위에 있는 듯했다. 목소리가 울리기 때문에 작은 목소리로 대화를 하는 것도 위험할 듯했지만—— 문 너머 이쪽저쪽에서 때때로 예고 없이 계속 비명이나 외치는 소리가 울렸기 때문에, 조금 전 클리오의 비명도 그다지 이상하게 들리지 않은 모양이었다.

바닥이 돌이라 통로에서 발소리를 내지 않기란 불가능했기 때문에, 그 점은 전혀 신경 쓰지 않고 오펜은 망가진 문 앞으로 달려갔다. 가까이 가 보니, 호쾌한 정육점에서 서비스로 주는 두터운 스테이크 고기를 연상시키는 두꺼운 철제문이 종잇장처럼 둘로 접혀 있었다. 이런 것은 레키가 마술을 사용했을 때만 가능하다——라고 오펜은 확신하면서 문의 안쪽을 들여다보았다. 그러자 어둑어둑한 독방 안에서 흔들리는 금발이 보였다. 등을 보인 클리오가 머리에 레키를 올린 채 가만히 서 있었다.

일단은 무사한 듯했다. 비명을 지른 것을 보면 의식을 되찾아 정신 지배에서 벗어났다는 말이다. 오펜은 가슴을 쓸어내리며 말을 걸었다.

"클리오. 괜찮아——?"

휙 하고 금발 소녀가 뒤를 돌아보았다. 순간 뒤를 돌아보면서 '네가 찾는 사람은 이런 얼굴이냐?'라는 달걀귀신 이야기 같은 전개가 기다리고 있지 않을까도 생각했지만—— 일단 오펜을 돌아본 클리오의 얼굴은 특별히 큰 변화가 있지는 않았다. 그냥 여기저기 좀 지저분하고, 경악한 듯한 표정이었을 뿐이었다.

'……경악?'

오펜은 문득 의심이 들었다. 갑자기 이런 장소에서 의식을 되찾으면 물론 깜짝 놀라기야 하겠지만 경악할 일은 아니지 않나? 지하도이든 지하 감옥이든 실제로는 크게 다르지 않다.

그런데 클리오는 문자 그대로 경악한 표정이었다. 입에서 거품을 튀기면서 팔을 퍼덕퍼덕 휘둘렀다.

"큰일이야, 오펜!"

클리오는 금세 뛰어오더니 관심을 끌듯이 손을 잡았다. 그리고 손을 맞잡은 채 붕붕 흔들면서 상기된 얼굴로 말했다.

"진짜 뭐람. 물에 휩쓸렸는데 이런 곳으로 나오다니. 꼭 꿈을 꾸고 있는 것 같지만, 아, 생각해 보니 이쪽이 더 악몽이네. 여긴 감옥이잖아. 난 감옥이 아주 싫어."

"……그야 물론 좋아하는 사람은 별로 없을 거야."

오펜이 그렇게 중얼거리자 클리오는 응응, 하고 고개를 끄덕이더니 손을 떼고 이번엔 머리 위의 레키를 찰싹찰싹 때리기 시작했다. 검은 새끼 드래곤은 귀찮다는 듯이 도망쳤지만, 좁은 금발 머리 위에서 도망칠 곳이 있을 리가 없었다.

"근데 사실은, 이 아이가 나를 데리고 와 줬다는 건 어렴풋하지만 잘 알고 있었어. 비몽사몽간에 누군가가 내 손을 끌고 걷는 것 같았거든. 그래서 있지, 그대로 가면 누군가 아는 사람이 날 도와주지 않을까 하는 느낌이 들더라고. 그런데 참 큰일이야!"

클리오는 여전히 한가한 목소리로 그렇게 말을 계속 쏟아 냈다. 오펜은 불안해져서 통로 쪽을 바라보았지만, 다행히 간수가 내려올 낌새는 보이지 않았다. 매지크가 일단은 그쪽을 지켜보고 있는 듯했지만.

"큰일?"

이것보다 더 큰일이 세상에 어디 있겠냐고 마음속으로 말을 하며 오펜은 눈썹을 꿈질 하고 끌어 올렸다.

"클리오, 솔직히 말하면, 이젠 '큰일'에 대해서는 듣고 싶지 않아."

"근데 듣는 편이 좋아. 어차피 금방 눈치챌 테니까——."

그렇게 말하며 클리오는 등 뒤를 가리켰다. 짧은 팔을 쭉 뻗어 감옥의 안쪽을.

오펜은 그쪽을 보고, 그리고——

"………?"

눈을 껌뻑였다. 감옥의 안쪽 어두운 곳에는 상상만 해도 오싹할 정도인 원인 불명의 얼룩이 묻은 너덜너덜한 천이 있었다. 하지만 그것 외에 다른 것은 아무것도 없었다.

"어?"

손가락으로 안쪽을 가리킨 자세 그대로 클리오 본인도 허를 찔린 듯한 목소리를 냈다.

"이상하네. 방금 이곳에 사람이 죽어 있었는데."

클리오는 무시무시한 말을 아무렇지도 않게 했다.

'자신이 하는 말이 뭘 뜻하는지, 모르는 건 아니겠지……?'

오펜은 혼잣말로 그렇게 투덜거렸다. 이 말을 클리오가 들으면 또 성가셔질 테니 굳이 소리를 내진 않았다. 통로에는 불빛이 있었지만 감옥 안에는 아무것도 없었다──물론, 창문도 없었다. 그 어둠이 자신의 표정을 숨겨 준다는 사실에 감사하면서 오펜은 한숨을 내쉬었다.

"시체~?"

그리고 되물었다. 클리오는 레키가 떨어지지 않을까 할 만큼 따박따박 고개를 숙이더니 말했다.

"응. 이곳에 굴러다녔어."

"굴러다니다니──."

"자고 있었을 뿐이야."

목덜미에 차가운 감촉을 느끼고──

오펜은 재빨리 홱 비켜섰다. 특별히 어느 방향으로 피해야겠다고 생각하고 한 행동이 아니었다. 단지, 그 자리에서 움찔하며 몸을 움직였을 뿐이었다. 오펜은 클리오를 밀어내고 반사적으로 전투 자세를 잡았다. 뒤를 돌아보니 한 남자, 그것도 어디서 본 적이 있는 남자가 있었다.

아무래도 등 뒤에서 살며시 다가와 오펜의 목에 손을 댄 듯했다. 그 남자는 오른손만을 앞으로 내민 자세로 웃음을 지었다──삐친 눈빛으로. 어딘가 연약해 보이는 체격의 젊은 남자. 남자는 시니컬한 태도로 오펜을 바라보았다.

"………."

그 남자의 이름을 망각의 늪에서 아슬아슬하게 찾아낸 오펜이 빠르게 중얼거렸다.

"사루아?"

"……그래. 이제야 겨우 네가…… 와 주었군. 석세서 오브──."

"그 이름으로 부르지 마!"

오펜은 무심결에 그렇게 외친 뒤, 그 남자──사루아를 붙잡으려고 달려들었다. 뻗은 손이 사루아가 입고 있던 예복 같은 흰 로브에 닿자 질척, 하고 이상한 소리가 났다.

'……질척……?'

그 감촉에 손등이 절로 굳었다. 차갑고, 그리고 뜨뜻미지근한 느낌. 지하 감옥 모든 곳에 충만한 비릿한 썩은 냄새. 그것의 근원과 같은 이상한 냄새.

"그래, 그런 거다……."

자신을 붙잡은 팔을── 살짝 뿌리치고 사루아가 입꼬리를 살짝 올렸다. 그러자 피가 배어 나온 이가 살짝 드러났다.

"저 금발이 날 시체라고 착각해도 어쩔 수 없는 일일지도 모르지."

"너……."

오펜은 말을 잇지 못한 채, 비틀거리며 뒤로 한 발 물러섰다. 등 뒤에 서 있던 클리오와 닿았지만, 그런 걸 신경 쓸 때가 아니었다.

사루아는 만신창이──라고 하기보다도, 그냥 팔다리가 겨우 붙어 있을 뿐, 몸 전체에 멀쩡한 곳이라고는 찾아보기 힘든 몰골이었다. 로브는 희었지만 이곳저곳에 피가 스며들어 새카만 혈흔이 보였다. 왼쪽 어깨가 유난히 아래로 내려왔는데, 혹시 관절이 빠져서 그런 걸까. 간신히 양다리로 서 있긴 하지만 아무리 봐도 균형이 맞지 않았다. 어쩌면 한쪽 발목이 부러졌을지도 모른다. 그리고 조금 전에 사루아가 만진 자신의 목덜미를 손가락으로 쓰다듬어 보고 오펜은 얼굴을 찌푸렸다──피가 흠뻑 묻어 있었기 때문이다. 사루아의 손끝에는 단 하나의 손톱도 남아 있지 않았다.

"오펜……."

등 뒤에서 옷자락을 쭉 잡아당기며 클리오가 물었다.

"아는 사람이야? 나도 어디선가 본 것 같긴 한데……."

그 말을 듣고 사루아가 고개를 축 늘어뜨렸다.

오펜은 소녀를 내려다보며 눈을 반쯤 뜨고 말했다.

"그러고 보니, 너는 등 뒤에서 이 녀석을 공격했을 뿐이니 기억 못 할지도 모르지만……."

"맞아. 모르는 상대를 공격하는 일은 자주 있는 일이니까."

"……내가 이런 애한테 살해당할 뻔한 건가……?"

진심으로 상처를 입었는지 사루아가 엉망진창인 손으로 머리를 쥐어 싸며 그런 말을 중얼거렸다. 단, 역시나 왼팔은 위로 올라가지 않는 모양이었다.

진심으로 잊어버린 듯한 클리오의 머리를 톡톡 두드리고 오펜이 대답했다.

"전에 《펜릴의 숲》에 들어갔을 때, 마을에 있던 암살자야. 킴라크의…… 죽음의 교사(敎師), 사루아 솔류드. 맞지?"

"자기 이름은 다른 사람에게 말도 못 하게 하면서 다른 사람의 이름은 줄줄 잘도 말하는군."

비꼬듯이 그렇게 말한 죽음의 교사는 수염이 듬성듬성 나 있는 턱을 쓰다듬었다.

"아무튼 이름을 들켰다고 어떻게 되는 건 아니지. 보다시피 지금은 반죽음 상태야."

"근데 아무도 기억 못 하는 시체는 유령이나 마찬가지 아닌가?"

명랑한 클리오의 지적을 듣고 사루아가 조금 지친 듯한 목소리로 대답했다.

"……아주 날카로운 의견이군. 아주 훌륭해."

"오펜. 혹시 저 사람, 날 바보라고 생각하는 걸까?"

"모르는 편이 더 행복한 것도 있는 법이야."

거기까지만 말하고 화제를 전환한 오펜은 감옥 안을 대략적으로 둘러보았다. 그렇다고는 해도 거의 움직이지 않고 이쪽저쪽 몸만 틀어서 봤을 뿐이지만. 일단 겉으로만 봐선 식기가 남아 있지도 않았고, 감옥 구석에 있는 변기를 사용한 흔적도 없었다. 즉——.

"이곳에 들어온 지 오래 지나지는 않았다, 그거구나."

"감옥 안에서 사는 건데 이틀이 짧다고 생각하면 안 되지. 이곳에서 숙련된 녀석들에게 신문을 받으면——봤으니 알겠지만——나와야 할 것도 밖으로 안 나오거든."

사루아가 그렇게 중얼거리며 투덜거렸지만, 오펜은 웃음이 나오지 않는다는 듯 한숨만 쉬었다.

"시도해 보고 싶지는 않네. 저 구멍으로 버려진 산더미 같은 뼈를 보고 와서 말이야."

그때——

매지크가 갑자기 감옥 안으로 뛰어들어 왔다. 그리고 복도를 가리키며 말했다.

"……간수가 오고 있어요!"

"역시 너무 떠들었나?"

가벼운 말투로 사루아가 중얼거렸다.

뚜벅, 뚜벅. 규칙적인 구두 소리——계단을 내려오는 구두 소리를 들으면서 사루아가 계속 말했다.

"저 발소리를 들으면 우울해져. 이곳 녀석들도 가끔은 땡땡이를 치면 좋을 텐데."

"조용히 해."

오펜은 차가운 목소리로 그렇게 말한 뒤, 통로에 떨어져 있는 부서진 문을 쓸쓸하게 바라보았다. 감옥 안으로 끌어들일 여유도 없고——어차피 문이 없으니 간수가 이쪽에 흥미를 보일 수밖에 없다. 클리오에게, 아니, 레키에게 오펜이 비꼬는 말을 했다.

"……언제가 될지는 모르겠지만 꼭 열쇠로 문을 여는 법 좀 배워, 알았냐?"

"문이 잠겨 있어도 문을 열 수 있는데 굳이 열쇠로 자물쇠를 열면 두 번이나 일을 해야 하는 거잖아."

입을 삐죽이면서 클리오가 아주 진지한 얼굴로 알 듯 말 듯한 소릴 했지만, 오펜은 일부러 아무런 대답도 해 주지 않았다. 발소리가 아주 가까이 다가왔기 때문이다——. 아무래도 간수는 계단을 다 내려온 듯했다.

통로 맞은편에서 젊은 남자의 목소리가 들렸다.

"……뭐지?"

"탈주인가? 문이 저렇게——."

간수는 더 이상 말을 잇지 못한 듯했다. 두께가 3센티미터나 되는 철문이 종잇장처럼 둥그렇게 접혀 있으니 그야 그럴 만도 했다.

"녀석들은 반드시 둘이서 올 거다."

가늘게 눈웃음을 지으면서 사루아가 조용한 목소리로 그렇게 충고했다.

"한 사람씩 한 번에 해치워야 돼. 조금 화려하게 공격한다고 해서 위쪽에 들리지는 않거든. 신문 중일 때의 비명조차도 안 들린다고 하니까."

"위?"

레키를 가슴에 안고 검은 털에 살짝 쌓인 흙먼지를 탁탁 털어 주면서 클리오가 되물었다. 그리고 클리오는 어리둥절하다는 듯 슬쩍 눈으로만 위를 올려다보며 말을 계속했다.

"……그건 그렇고, 여긴 어디야? 아직 지하지?"

"뭐야. 그런 것도 모르고 온 건가?"

사루아는 어이가 없다는 듯이 말했지만, 이곳이 어디인지 사실은 오펜도 전혀 몰랐다.

통로에서 절걱절걱 하고 무거운 철 소리가 났다──아무래도 철격자를 여는 중인 듯했다. 자물쇠와 열쇠도 녹이 슬었는지 상당히 시간이 걸렸고, 간수들이 욕설을 내뱉는 소리도 들렸다.

감옥 입구 옆의 벽에 몸을 숨기듯이 딱 달라붙어서 오펜은 주먹을 꽉 쥐었다. 사루아가 말하는 '화려하게'가 어느 정도를 말하는지는 모르겠지만, 무장했을지도 모르는 간수 두 사람을 맨손으로 쓰러뜨릴 생각은 없었다. 안 그래도 굉장히 피곤하다. 오펜은 의식의 일부를 잠을 자듯이 집중시켜 마술의 구성을 떠올리기 시작했다.

그리고 그러면서도 머릿속 의식 중 일부를 대화에 집중하며 중얼거렸다.

"지하도에서 길을 잃었어. 네 동료──네임이라고 했었나──에게 속아 넘어가서. 그런데 저 꼬리가 달린 털북숭이가 우리를 이끌어서 여기까지 오게 된 거지. 아무래도 인간의 냄새를 의지해 이곳까지 온 것 같아."

사루아는 아무런 대답도 하지 않았다. 많이 지쳤는지도 모른다.

매지크가 클리오를 감싸듯이 입구 앞에서 진을 치고 있었다. 소년에게서 마술 구성을 짜려는 기척이 없어 오펜은 살짝 가슴을 쓸어내렸다. 기분이 나쁘긴 했어도 오펜이 한 말을 이해 못한 것은 아닌 듯했다.

두통이 뇌간을 뒤흔들었다. 격렬하게가 아니라 느릿하게 쿡쿡. 비지땀――또는 식은땀이 이마에 배어 나오는 가운데, 오펜은 메마른 입술에 침을 발랐다. 혀로 입술을 핥자 쓰디쓴 모래 맛이 났다. 킴라크 전체를 뒤덮은 죽은 모래의 맛.

철 격자가 방금 열린 모양이었다. 경첩이 삐걱거리는 소리가 마구 신경을 거슬렀다. 오펜이 그 소리에 잔뜩 긴장하고 있던 그때――.

조용히 사루아가 중얼거렸다.

"……이곳은 유그드라실 신전의 지하 감옥―― 아무도 모르는 신전의 가장 아래층 《시성의 방》보다도 더 아래쪽이다."

통로를 빠르게 달려 감옥 입구에 모습을 드러낸 사람은 신관병 두 사람이었다.

신관병이라는 호칭은 어제 죽음의 교사인 네임 온리가 가르쳐 주었다――머릿속으로 그 단어를 언뜻 생각하면서도 오펜은 신관병이 애당초 무슨 일을 하는 직책인지 잘 몰랐다. 신관병은 신관답게 흰 옷을 두르고 있는데, 잘 보니 사루아가 입고 있는 것도 완전히 똑같은 것이었다. 어딘가 갑옷을 연상시킬 만큼 무거워 보이는 원단과 탄탄해 보이는 디자인. 후드는 조금 큰 편으로 얼굴을 다 가리지는 않았지만, 얼굴 아래쪽을 검은 마스크처럼 뒤덮었다. 신관병들은 날카로운 눈빛만이 겉으로 드러나 있었다. 사루아가 말한 대로 확실히 두

명이었다.

신관병들이 손에 경봉(警棒)을 들고 있는 모습을 보면서, 오펜은 미리 짜 놓은 구성에 마력을 흘리려고 했다. 그런데 그 찰나——.

찌이잉——!

금속음과도 비슷한 불쾌한 소리가 머리를 찔렀다. 그리고 동시에 시야가 새카매졌다. 물결치는 듯한 통증이 목 안쪽에서 뇌를 침식했다. 극심한 통증은 순식간에 온몸을 휘돌아 오펜을 지배했다.

"아아아아아아악?!"

오펜은 자기 몸을 안으며 외쳤다.

'역시—— 역시 그렇구나!'

절규와 함께 시야가 아주 조금 회복되었다. 땅거미가 진 것처럼 어둡고도 희게 닫힌 시야에 오펜을 향해 날아오는 가늘고 긴 것이 보인 듯했다——.

다음 순간, 경봉에 얻어맞은 오펜은 벽까지 날아갔다. 통증은 느껴지지 않았다——그것보다 더한 통각이 이미 발동되었기 때문에——하지만 충격만큼은 느낄 수 있었다. 화약이 터지는 듯한 일격은 다름 아닌 경봉이었다. 그 뒤에 곧장 뒤통수를 강타한 것은 감옥의 벽이었다. 충격은 이쪽이 더 무겁고 강했다. 어린아이가 난폭하게 가지고 노는 봉제인형이 된 것처럼, 오펜은 아무것도 하지 못한 채 충격을 감수했다.

이윽고 오펜의 시선이 천장을 향했다. 바닥에 쓰러진 것이다.

"오펜?!"

"스승님!"

클리오와 매지크의 목소리가 멀찍이서 들려왔다. 좁은 감옥 안이라 거리로 따지면 2미터도 안 떨어져 있었겠지만, 오펜 자신이 너무 멀리 날아가 버렸다. 기절을 하고 싶은 심정이었는데 그것마저도 이루지 못한 채——오펜은 소리 없는 목소리로 같은 말을 계속 외쳤다. 몇 번이고 반복해서 외쳤다.

'그래——역시——그랬어——.'

목에 가래가 가득 차 숨이 가빠졌다. 별로 의지가 안 될 것 같은 시각뿐만 아니라 멍한 오감(五感)을 총동원해서 간신히 주변의 모습을 살폈다. 사루아가 저 상처 입은 몸 어디에 여력을 남기고 있었는지는 모르겠지만, 신관병 한 사람에게서 멋들어지게 경봉을 빼앗아 순식간에 상대를 때려눕혔다. 클리오와 매지크는 남은 한 사람을 둘러싸고 있었는데, 특히 클리오가 무언가 엄청난——잘 보이지는 않지만——공격을 하고 있는 듯했다.

그래. 잘 보이지 않는다. 시야가 흐릿해졌다. 눈물이다. 오펜은 반쯤 놀란 기분으로 그 사실을 깨달았다. 남은 반쯤은——웃고 싶은 기분이었다.

떨리는 손으로 눈물을 닦자 그나마 조금은 나아졌다. 주변을 보니, 이미 쓰러진 신관병 두 사람을 클리오가 유난히 즐거워하며 로프로 묶는 중이었다. 조금 전에 매지크가 오펜을 질질 끌고 갈 때 사용한 것이었다——원래는 지하도로 내려온 신관병들이 사용하던 것을 주웠다지만, 그런 거야 어떻게 되든 상관없는 일이다.

"스승님……?"

의아한 표정을 지으며 매지크가 가까이 다가왔다. 사루아는 쓰러진 신관병 옆에 선 채 그 자리에서 움직일 수 없었던 듯, 고개만 오펜 방향으로 돌렸다. 오펜은 양쪽 모두 마주 보지 않았다. 마주 볼 수가 없었다.

눈물을 닦은 손을 그대로 펼쳐 천장을 향해 들었다. 천천히 간단한 구성을 짜 보았다. 아주 간단해서 누구나 할 수 있는 구성. 너무 간단해서 슬플 정도의 구성.

오펜은 고개를 저었다.

구성은 자신도 모르는 새에 오펜이 의도한 것과는 거리가 먼 형태로 변모했다. 뿔뿔이 흩어져 전혀 의미가 없었다. 부분, 부분만을 봐도 전혀 제대로 된 형태를 이루지 못했다. 구문(構文)은커녕 문자조차도 형성하지 못했을지도 모른다. 붕괴된 구성은 아무리 모아서 정리해도 그냥 무의미하게 퍼져 나갈 뿐이었다. 부서진 파편이 물속에 녹아 가듯이.

멍하니 오펜은 신음소리를 흘렸다. 목소리가 상기되었다는 사실을 스스로도 잘 알 수 있었다.

"안 돼…… 나는…… 이제 틀렸어."

저 멀리 어디선가, 하지만 끝없이──머리의 통증이 점점 더 심해져 갔다. 아무리 도망쳐도 끝까지 따라오는 집요한 통증. 오펜은 신음소리를 내며 내뱉었다.

"마술을──사용하지 못하게 됐어!"

외쳤다. 무거운 침묵이 주변을 지배했다. 클리오마저 콧노래를 딱 멈추더니──

"…………엥?"

얼빠진 목소리로 그렇게 되물었다. 오펜은 펼쳤던 손을 그대로 경봉에 맞았던 이마에 갖다 댔다. 모래가 섞인 피의 감촉이 손가락 사이를 적셨다. 오펜은 말도 없이 그냥 멍한 표정을 짓는 클리오의 얼굴을 계속 바라보았다.

"산 제물?"

매우 딱딱한 목소리. 메마른 딱지처럼 매우 굳은 목소리가 되돌아
왔다.

"그대들은 실패작이다. 산 제물도 되지 못했다."

그녀는 딱 잘라 그렇게 말했다. 그리고——갑자기 힘을 빼고 고개
를 숙였다.

"……몇 번이나 반복하게 두지 마라. 신물이 난다."

"당신은 언제나 실망하시지 않으셨습니까?"

특별히 의미가 있어서 한 말은 아니었다——남자는 자신의 말이
그녀에게 안겨 준 영향을 깨닫고 당황했다. 몸에서 힘이 빠져도 어딘
가 강인함을 느꼈던 그녀의 미모에 이번에야말로 마구 금이 간 듯했
다. 몸도 부르르 떨고 있는 것처럼 보였다. 이스타시바는 조용히 고
개를 들었다. 녹색 눈동자가 흔들렸다.

"……그래. 우리는 그날부터 항상 절망을 상대해 왔다. 하나."

그렇게 말한 뒤, 그녀는 의연한 모습으로 고개를 들었다.

"얕보지 마라! 우리는 항상 싸워 왔다! 단 한 번도 고개를 돌린 적
이 없다. 그대들에게——."

그녀는 무언가를 견디는 듯이 두 눈을 감았다. 그녀의 머리카락이
사라락 흔들렸다——몸을 떨었기 때문에.

"그대들에게도 그런 일이 가능한지 우리는…… 모르겠지만 말

이다."

"그래서 저희들에게는 진실을 말씀하지 않았다, 그 말씀이십니까?"

단검을 손 안에 쥐고 매만지면서 그가 물었다. 훗. 이스타시바가 미소를 지었다.

"진실이 아니다. 사실이다."

그녀는 굳은 표정을 지었다.

"……그냥 일어난 일. 그뿐이다. 그 의미까지 이야기를 할 만큼 우리는 오만하지 않아."

"오히려 여러분들이 겁쟁이였던 것이 아닙니까?"

이것도 역시 깊은 의미가 있어 하는 말이 아니었다. 그러나 이번에 그녀는 특별히 표정을 짓지 않고, 그냥 고개만 끄덕였다.

"그렇다."

수백 년을 살아온 그 목소리는 얼어붙을 듯이 차가웠다.

"우리는 겁쟁이였다. 멸망에 관해서도 겁쟁이였다고 인정을 할 수밖에 없다. 하나──그대에게 그런 말을 할 자격이 있는가? 우리들보다 더욱 약한 그대들이 말이다. 우리는 멸망을 모르는 종족. 그래, 그리하여 운명이라는 이름을 스스로 부여했다. 월드 드래곤 노르니르! 운명을 초월하여 유그드라실 시스템을 해석해 '유닛'의 수장이 되었다. 우리야말로 세계를 관리하는 노르니르……. 영원한 마녀가 되어야 했다……."

"왜 되지 못했습니까?"

그녀는 곧장 대답했다.

"이미 있었기 때문이다. 관리자는. 아니──없었다고 해야 할지도 모르지. 그대를 혼란스럽게 할 뿐일지도 모르나, 그것이 맞는 말이다. 운명의 여신은 없었다. 그 때문에 우리는 착각했다. 하나, 그녀들은 나타났다."

그녀의 말 중 맞는 부분은——.

그것이 자신을 혼란시킨다, 라고 하는 부분뿐일지도 몰랐다. 남자는 씁쓸하게도 그렇게 느꼈다. 이해할 수 없다.

"우리 종족이 관리할 수 있었던 곳은 기껏해야 이 대륙뿐이었다. 작은 대륙이라고도 부르기 힘든 키에살히마 대륙뿐. 요툰헤임^{거인의 대륙}은 파멸되었다. 아니——이 세계, 이 우주, 모든 것이 재로 돌아가 버렸다. 미드가르드^{뱀의 안뜰} 전부가 발현된 시스템의 먹잇감이 되었다……."

"모르겠습니다, 어머니——."

"반드시 이해를 해야 한다! 그대가 바로 제7 유닛이니까!"

"유닛……?"

그는 의아하다는 듯이 되물었다. 들어 본 적이 없는 단어였다. 이스타시바는——.

눈을 날카롭게 떴다.

"유그드라실 유닛……. 모습을 드러낸 신들은 우리를 그렇게 불렀다. 우리, 드래곤 종족을. 그리고."

그녀는 입안에서 씁쓸한 액체라도 솟구친 것처럼 괴로운 표정을 지었다.

"우리 모두의 운명을 파괴했다. 이것은 그대들에게도 일어날 수 있는 일이다. 그대들이 경계를 해야만 하는 것은, 그것이다——."

"이해가 되지 않습니다."

그는 절규하듯이 그렇게 반복해서 말했다. 그녀가 무슨 말을 하는지 전혀 이해가 되지 않았다. 머릿속이 혼란스러운 가운데에서도 그는 계속 자제했다──이 자리에서 도망치지 않도록.

"모습을 드러내? 신들? 그게 무슨 말씀이십니까? 네, 여러분의 전설이라면 알고 있습니다. 신들에게서 마술을 훔쳐 냈다는 것 말입니다. 하지만 여러분은 이렇게도 말씀하셨습니다── 이 대륙에 신들은 없다!"

"이 대륙에는."

되돌아온 것은──.

또다시 딱딱한 목소리. 그리고 매우 평탄하고 차가운 목소리였다. 조금 쉬었지만 아름다운 음성. 그리고 함께 들리는 이스타시바의 한숨 소리.

이 대륙에는.

피가 가득 오른 머리에 찢어질 듯 차가운 무언가가 가로질러 갔다. 그는 갑자기──이해했다.

그는 천천히 손에 쥐고 있던 단검을 머리 높이로 올렸다. 반짝이는 칼날은 장난감처럼 빛났다. 칼날의 광택에 넋을 잃은 듯 그는 그곳에서 시선을 떼지 못했다. 문득 보니, 그녀도 역시 이 칼날을 바라보고 있었다. 칼날을 가운데에 두고 두 사람의 눈이 마주쳤다. 녹색으로 촉촉이 젖은 두 눈동자와 메마른 검정색 눈동자.

그를 바라보는 그녀의 눈동자에 동정의 빛이 깃들었다──.

그리고 다음 순간, 그녀가 이번엔 그녀 스스로를 동정한다는 듯이 눈을 감았다. 그녀가 무슨 생각을 하는지는 모른다. 하지만 무엇을 느끼고 있는지는 알 수 있을 것 같았다.

자신의 몸이 떨리기 시작한다는 사실을 깨달은 그는 처음으로 자신의 감정을 이해했다. 사랑이 아니다.

'사랑이 아니다.'

그는 마음속에서 그렇게 단언했다. 그런 것이 아니다. 공포. 두려움. 몰이해. 이해. 하지만 모든 것이 합쳐지면——그것은 대체로 사랑과 비슷한 것이다.

제4장 그는 그녀의 말을 기다렸다. 그리고……

"……못 쓰겠다니……."

어이없다는 듯이 살짝 짜증이 섞인 목소리로 중얼거린 사람은──
──사루아였다. 사루아는 손톱이 재생된 손끝을 시험 삼아 움직이며
말했다.

"자주 있는 일인 건가?"

그들이 있는 곳은 이미 지하 감옥 안이 아니었다. 계단을 올라가
간수 대기소로 이동한 상태였다. 감옥의 간수들은 묶어서 사루아가
원래 있던 감방에 레키에게 문을 고치게 한 뒤 가둬 두었다. 오펜 일
행과 고스란히 위치를 뒤바꾼 셈이었다.

대기소는 감방에 비하면 지내기 편한 곳이었다. 그럭저럭 넓고 책
상과 의자가 있었기 때문에 적어도 바닥에 앉을 필요는 없었다. 술병
과 유리잔이 놓여 있는 것을 보고 오펜은 조금 놀랐지만──병 입구
의 냄새를 맡아 보니 안은 그냥 물이었다. 아무래도 간수 중 한 명이
물주전자 대신에 가지고 온 듯했다.

문은 역시 튼튼한 철문──사루아가 말하길, 이곳은 신전으로 연
결되어 있다고 한다. 오펜은 어슬렁어슬렁 방을 둘러보며 물었다.

"……너, 대체 왜 그렇게 이곳에 대해 잘 알아?"

묻고 난 뒤에야 오펜은 이 지하 감옥 신세를 많이 겼기 때문일지도
모른다는 생각이 들었다.

매지크와 클리오는 조금 떨어진 곳에서 불안한 듯 오펜과 사루
아를 바라보았다. 둘이 나란히 서서 똑같이 불안한 표정을 짓고 있

었다.

오펜은 질문을 하면서 사루아가 아니라 두 사람을 바라보았다. 사루아도 힐끔 두 사람을 바라보더니, 헷, 하고 웃으며 어깨를 으쓱 들어 올렸다.

"우리는 말이지——."

사루아는 그렇게 '우리'라는 말을 강조했다. 죽음의 교사는, 이라는 의미인 듯했다.

"이 마을에서는 지위도 임무도 모두 비밀이다. 대체로 이 신전청(神殿廳)의 높으신 교사님이라는 명분을 방패막이 삼고 있지만, 우리는 교사를 연기하기엔 조금 나이가 부족해서 말이야. 조금 전에 네임이라는 녀석과 우연히 만났다고 했지?"

말은 자연스럽게 꺼냈지만, 눈빛은 매우 날카로웠다——그 우연한 만남이 어떤 종류인지 이미 알고 있다는 듯한 눈초리였다.

"그 꼬마도 겉보기엔 늙었지만 나이가 좀 그렇거든. 그래서 밖의 슬럼에서 척후(斥候) 같은 역할을 떠맡았어. 그나마 나는 조금 나아서 이 마을에 있을 때는 신관병 임무를 맡았지. 마을을 나서면 사루아 교사님이라고 해서 배웅해 주는 사람도 있긴 하지만 말이야. 그래서 이곳의 간수 교대 시간도 알지. 새벽이 될 때까지는 이곳은 안전해."

"나이, 라."

병을 테이블에 되돌려 놓으면서 오펜이 혼자서 그렇게 중얼거렸다.

일단 액면가로 따지면 사루아가 자신보다 어려 보이진 않았다————하지만 잘해야 스물둘, 스물셋 정도다.

"그럼 혹시——마스크 탓에 잘 보이진 않았지만, 그 신관병들 대부분이 어린애들인 건가?"

"그래. 어린애들처럼 다루기 쉬운 병사는 없는 법이지. 근데 내가 보기엔 그러든 말든이야."

"하나 묻고 싶은데——."

"이봐."

사루아가 말을 중간에 딱 끊었다. 상처는 이미 클리오가 레키에게 부탁해 모두 고쳐 준 모양이었다. 적어도 외관상으로는 상처가 모두 나아 있었다. 막상 대미지가 사라지고 똑바로 서니——이 죽음의 교사는 의외로 키가 컸다. 호리호리한 인상이었는데, 절대 마른 편이 아니라 표준 체형에 가까웠다.

무엇보다 사루아는 불쾌한 표정을 숨길 생각도 하지 않은 채, 눈썹을 들어 올렸다. 그리고 머리카락을 쓸어 올리며 말했다.

"내 질문에 왜 대답을 안 하지? 대답하고 싶지 않다는 마음도 모르는 것은 아니지만……."

"지금은 그런 것보다——."

"현 시점에서 가장 큰 전력이어야 할 인간에게서 전투력이 쏙 빠진 것보다 대체 뭐가 더 중요한지 대답할 수 있으면 한번 대답해 봐."

"…………."

오펜은 아무 말 없이 가장 가까이에 있는 의자의 등받이를 잡고 끌어당겼다. 그리고 잠시——의자에 체중을 싣고 가만히 서 있었는데, 갑자기 무릎에서 힘이 빠졌다.

오펜이 고개를 숙이고 의자에 걸터앉더니 곧장 양손으로 얼굴을 감쌌다.

"오펜!"

깜짝 놀란 목소리로 클리오가 외쳤다. 타닥타닥 가까이 다가오는 발소리. 소녀는 꽉 누르듯이 양손으로 오펜의 어깨를 꽉 붙잡은 뒤, 곧장 사루아를 비난하듯 크게 소리쳤다.

"──괴롭힐 필요는 없잖아!"

"별로 괴롭히는 건 아닌 것 같은데."

그렇게 중얼거린 사람은 매지크였다──오펜은 얼굴을 숙이고 있어서 보지는 못했지만, 목소리가 가까이에서 들린 걸 보면 클리오와 같이 가까이 다가온 모양이었다. 아니면 클리오에게 끌려왔든가. 둘 중에 하나를 굳이 골라야 한다면, 후자일 가능성이 더 클 것 같았다.

"이봐."

어이없다는 듯한 사루아의 목소리.

"애들이면 몰라도 어른은 가끔 괴롭힘도 조금씩 당하고 그러는 편이 더 좋아. 그러니까 고개 들어라, 키리란셀로."

오펜은 재빨리 고개를 들었다. 그리고 날카로운 눈빛으로 사루아를 노려보았다──하지만 아무리 날카롭게 노려보아도 상대는 꿈쩍도 하지 않았다. 사루아는 미소조차 짓지 않고 말했다.

"호칭이 뭐라고, 그렇게 구질구질하게 신경 쓰는 거지? 어차피 이 꼬마 도령과 아가씨는 그 이름이 뭘 의미하는지도 모르잖아. 네놈이 허둥대는 것 자체로도 아주 우스울 지경이야."

"무시하지 마!"

말을 받아친 사람은──왜인지는 모르겠지만──클리오였다. 오펜은 입을 벌리고 뻐끔거리면서 옆에 서서 멋들어진 포즈를 잡고 있는 클리오를 올려다보았다. 오펜이 그렇게 보고 있는 사이에 클리오는 의기양양하게 상체를 뒤로 젖히고 품에서 메모장 비슷한 것을 획 하고 꺼냈다.

"나는 말이지, 듣긴 들었는데 잊어버릴 것 같은 말들은 전부 메모를 해 놓거든?! 학교에서는 애들이 '메모마 클리'라고 조금 부르기 민망한 별명을 붙여 줬을 정도야!"

클리오는 말을 마구 쏟아 낸 다음, 메모장을 팔락팔락 넘기기 시작했다. 그사이에 오펜이 눈으로 매지크에게 묻자──매지크는 피곤하다는 듯이 고개를 끄덕였다. 단지 그 모습에서 유추할 수 있는 것은 굳이 따지자면, 별명을 스스로 밝혔다는 사실에 대한 한숨이었지만.

멍한 표정을 짓고 있는 사루아를 향해 클리오는 척! 하고 메모장의 어떤 한 페이지를 들어서 보여 주었다. 그러자 머리 위에 있던 레키가 하품을 하면서 몸을 둥글게 말고 잠을 자려고 했다.

"여기! 으으음──키리란셀로. 혀를 깨물 것 같은 이름 제1위."

"대체 뭘 기준으로 분류한 거야?!"

오펜은 순간 참지 못하고 의자를 박차며 일어섰다. 거리를 급격히 좁히며 얼굴을 가까이 대자, 클리오는 쯧쯧 하는 소리를 내며 손가락을 흔들더니 말했다.

"이거 말고도 또 있어. 애너그럼을 하면, 셀리로키란. 더 발음하기 힘들어져."

"시끄러워!"

오펜은 클리오에게서 메모장을 빼앗아 바닥에 집어던진 뒤, 몇 번이고 발로 짓밟았다. 아~! 하고 클리오가 비난 섞인 비명을 질렀지만, 오펜은 무시한 채 사루아를 돌아보았다.

"빌어먹을──맞아. 네놈의 말대로야. 풀 죽어 있다고 뭐 해결되

는 건 없으니까."

"참고로 킨라리시라고 하면 킨카쿠시(변기 가리개)랑 조금 비슷해."

"글자 수가 줄어들었거든."

옆에서 의미를 알 수 없는 소리를 하는 클리오와 매지크는 무시하고.

"마술사가 마술을 사용할 수 없게 되는 일은—— 없어."

오펜은 팔짱을 끼고 그렇게 단언했다. 그리고 클리오와 매지크가 입을 딱 다물고 오펜을 바라본다는 사실을 다 알면서도——일부러 오펜은 눈치채지 못한 척을 했다. 정면에 있던 사루아가 의아하다는 표정을 지었다.

사루아가 무언가 말을 하려고 하자, 오펜은 가볍게 손을 들어 제지했다.

"그런 일이 있을 리 없어. 왜 마술이 발동되지 않는지는 나도 전혀 몰라. 보통 마력이라고 부르는 우리의 감각은 선천적으로 가지고 있는 것이거든—— 그건 소멸되지 않아. 그리고 그것을 제어하는 것을 '구성'이라고 하는데…….

"구성?"

어리둥절한 표정을 지으며 클리오가 물었다. 그러자 오펜이 돌아보지 않고 대답했다.

"설명하자면 길어지니까 간단히 말하면——어떤 마술을 사용할 때의 설계도 같은 거야. 우리는 마력으로 한정적이긴 하지만 자신의 이상적인 세계를 만들거든. 그게 마술 효과지. 마력은 구성에 의해 제어돼. 구성이란 녀석은 상상으로 편성할 수 있는데, 구성에 마력을 흘리면 준비 OK라는 거지. 그다음엔 마술이 미치는 범위를 주문으로 결정하면 그만이야."

"그 작업 중 뭐가 안 되는 거지?"

사루아가 여전히 냉정한 목소리로 물었다.

오펜은 잠시 생각을 한 뒤――.

"구성을 짜지 못하게 된 것 같아."

"그럴 수가!"

매지크가 깜짝 놀란 듯이 그렇게 외쳤다. 오펜이 이번에는 매지크를 돌아보았다. 지저분해지고 구깃구깃해진 망토를 걸친 모습으로 소년은 양팔을 벌렸다. 흔하디흔한 행동이었지만, 진심으로 당황한 모양이었다.

"그건――그러니까…… 한마디로…….."

자신이 눈치챈 의미 이외에 다른 무슨 의미도 깨달았는지――매지크의 목소리가 점차 잦아들어 갔다. 결국 마지막에는 그냥 입안에서 우물거릴 뿐인 목소리가 되어, 매지크는 그냥 중간에 말을 멈췄다.

옆에서 검지를 척 올리고 클리오가 그 뒤를 이어 말했다.

"즉, 초보자가 됐다는 거야?"

"그런 거지."

"……매지크 수준으로?"

"그 이하야."

오펜은 내뱉듯이 말을 한 뒤, 다시 사루아를 돌아보았다.

"열충격파는커녕 산들바람도 못 일으킬 것 같아."

씁쓸하게 사실을 알리는 오펜――.

사루아는 냉정한 눈빛을 유지하며 오펜을 바라보았다. 몸의 상처는 다 나았지만, 입고 있는 옷은 조금 전과 마찬가지로 피투성이의 너덜너덜한 옷이었다. 다른 신관병들과 같은 옷일 테지만, 군데군데 찢어졌기 때문인지 아니면 원래 그랬던 건지, 사루아가 입은 옷은 조금 러프해 보였다.

오펜이 가만히 바라보는데, 사루아가 한숨을 내쉬었다. 그리고 가만히 오펜을 바라보던 시선을 천장으로 올리고 겸연쩍은 듯이 머리를 긁었다.

그리고 입을 열었다.

"열쇠는 새벽이야. 오직 밤만이 우리의 편이지……. 아침이 되면 간수가 교대되기 때문에 내 시체가 없어졌다는 걸 눈치챌 거야. 새벽. 우리는 새벽이 되기 전에 적보다도 한 발 앞서 앞으로 나가야 해."

따박따박 설명을 하면서──.

사루아는 품에서 조금 전 신관병에게서 빼앗은 경봉을 두 개 꺼냈다. 그리고 그중 하나를 오펜에게 던져 주었다.

빙글빙글 돌면서 날아오는 경봉을 오펜이 받아 들었다. 길이는 30센티미터 정도인데, 내부가 텅 비었는지 꽤 가벼운 쇠막대기였다. 하지만 손에 닿는 감촉은 상당히 단단했다. 받아들었을 때의 충격으로 손바닥이 얼얼할 정도로. 그것을 든 채 가만히 말을 기다리자──사루아가 코로 내뿜듯이 한숨을 쉬더니 말했다.

"조금 전에도 말했지만 간수 교대 시간은 새벽이야── 그때까지 이곳은 안전하겠지만, 발견될 때까지 느긋하게 가만히 있을 수는 없잖아? 얼른 지상으로 올라가 마을로 도망치자. 별로 내키진 않지만 우리 집에 숨으면 한나절은 시간을 벌 수 있어. 아무리 쿠오라도 우리 형은 함부로 대할 수 없으니까."

멍하니 있는 오펜에게 사루아가 씨익 웃으며 살짝 윙크했다. 경봉을 들고 피투성이가 된 신관복을 입은 암살자는 가볍게 말을 계속했다.

"……아무튼 이런 사태잖아. 사용할 수 있는 무기부터 사용해야지, 파트너."

"어어떠어어어어어어어어어떻게게게게게게게게되애애애애애애애앤거야아아아아?!"

"번역하자면 어떻게 된 거야?!——라고 말하는 것 같은데, 백날 물어봐야 나도 잘 몰라."

도틴은 아주 당연하다는 듯이 그렇게 대답했다. 그리고 오두막의 한가운데에서 어쩌다 발견한 모닥불의 흔적을 막대기로 쿡쿡 찌르면서 고개를 들었다.

작은 불빛이 최선을 다해 빛을 비추는 방 안에서 형이 의미도 없이 빙글빙글 회전했다. 검을 손에 든 채로 마치 팽이처럼 빙글빙글 돈 뒤——.

"즉, 수수께끼는 이쪽이다!"

처억, 하고 검 끝으로 현관 쪽을 가리켰다.

현관은 그냥 현관으로 마지막에 봤을 때 현관이었던 것처럼, 새삼 다시 봐도 현관이었다. 오두막은 거의 산막 같은 구조로, 입구와 내부가 가로막혀 있지 않았다. 문을 열면 곧장 방이다. 현관 매트도 우산꽂이도, 심지어 우편함도 없었다.

그냥 현관이다.

"·········?"

도틴이 의미를 알 수 없어 의심스러워하자 볼칸은,

"──라는 척했지만, 실은 여기다!"

하고 말하며 스슥, 검 끝을 침대 쪽으로 돌렸다. 아무래도 회전을 한 탓에 가리키는 방향을 실수한 모양이었다.

'그러든 말든이지만.'

진심으로 어찌되든 상관없다는 심정으로 도틴이 시선을 침대 쪽으로 옮겼다.

아무도 없는 침대였다. 그곳을 점령하고 있던 여자가 안 보였다.

"그 여자는 대체 어디로 간 거지?! 분명히 그 여자가 너무나도 난폭해서 어제 이 몸이 잔소리를 좀 하긴 했다만, 조금 험한 소리를 들은 정도로 야반도주를 할 줄이야. 요즘 젊은 여자들은 사회인인데도 너무 근성이 부족해!"

"사회인인가 아닌가는 관계없는 것 같은데."

모닥불의 흔적은 방의 거의 중간에 남아 있었다──작고 둥근 재가 산을 이루었다. 마을을 뒤덮은 노란 먼지와 뒤섞여 레몬색이 되어버린 차가운 재. 약한 화력으로는 뭘 구웠다고 해도 이렇게 완전한 재가 되지는 않을 텐데.

막대기로 이리저리 찌르며 확인해 봐도 재 안에는 타고 남은 찌꺼기 하나 남아 있지 않았다.

그러다──문득 뭔가가 떠올랐는지 도틴이 입을 열었다. 두꺼운

안경을 쓴 형 볼칸은 아직도 검을 침대로 뻗은 채 굳어 있었다.

"그건 그렇고 형, 그 사람에게 무슨 잔소리를 했었던가?"

"이 몸의 영웅적일 만큼 관용적인 정신으로도 그 젠장맞을 계집의 심각한 횡포에는 도저히 아무 말도 안 하고 있을 수가 없었다!"

잔뜩 과장된 목소리로 크게 떠든 뒤, 볼칸이 주먹을 꽉 쥐었다. 그리고 기세가 붙었는지 재빨리 신을 신은 채 침대 위로 올라가 당당하게 서서 계속 말했다.

"하나! 자신은 이 오두막에서 자든 일어나 있든 빈둥거린 주제에 이 민족의 영웅, 마스마튜리아의 투견 볼카노 볼칸 님에게 장을 봐 오게 하다니, 너무나도 괘씸하다! 그것은 틀림없이 세계를 파멸시키기 위한 음모 중 하나! 아마도 원래는 눈보라처럼 휘몰아치는 벚꽃 잎으로 조난시켜 죽일 심산이었던 거겠지!"

"흐~응."

그런 것 때문에 세계가 멸망한다면 권태기 부부 탓에 몇 백만 번이나 파국이 일어났을지도 모르지만, 도틴은 특별히 아무런 말도 하지 않았다.

"그리고 한 가지 더! 놀랍게도 그 타락한 암여우는 이 외로운 신사이신 볼카노 볼칸 영웅님에게 하지 않아야 할 말을 했단 말이다. 너는 할 줄 아는 게 아무것도 없으니 누군가에게 한소리를 듣기 전에 쓰레기라도 버리고 오는 게 좋을 거야, 라는 그야말로 언어도단인 말을! 그야말로 수수께끼의 저주에 걸려 죽여 버릴 만한 실언이 아니냐!"

외로운 신사라니 대체 누굴 두고 하는 소리람, 이라고 생각했지만, 도틴은 언제나처럼 굳이 입 밖으로 생각을 말로 바꾸어 내놓지는 않았다.

볼칸은 기분이 아주 좋은 듯, 다시 처억 포즈를 취하더니 바람도 없는데 망토를 나부꼈다. 손을 망토 아래로 내려 부치고 있는 모습이 보였다.

"그래! 과감하게 정의를 행할 사람으로 태어난 나는 그 수많은 악행을 보고 그 여자에게 최후통첩을 날렸다!──'제발 부탁이니, 조금 더 잘 대우해 달라'고!"

"……정말 아주 소심한 최후통첩이네요."

도무지 어떻게 대답해야 할지 감이 잡히지 않던 도틴은 그냥 생각한 것을 고스란히 입 밖으로 흘렸다.

결국, 별일 아닌 것일지도 모른다…….

도틴은 막대기로 재를 뒤섞으며 머릿속으로 살짝 생각해 보았다. 즉, 그 여자, 아자리라는 흑마술사는 이 마을에서──흑마술사를 보면 당장 근처의 무기를 들고 때리려고 사람들이 모여 드는 이 마을에서 장보기와 마을 정찰을 시키기 위해 자신들을 데리고 온 것이다. 마술사가 하필이면 이 킴라크 시에 잠복한 것을 보면 나름의 사정이 있는 것일 테니, 갑자기 모습을 감추었다고 해도 별로 신기한 일이 아니다──내일 즈음에 시체로 발견된다고 해도 역시 마찬가지다.

단지 문제는, 그 여자가 없으면 두 사람도 이 마을에서 나갈 수 없다는 것이었다.

이 마을에 들어올 때에는 그 여자가 가지고 있던 드래곤 종족의 물건으로 보이는 전이 장치를 이용했다. 단, 그 전이 장치로는 신전 안까지 들어갈 수는 없었던 모양이었지만. 따라서 마을 밖으로 나갈 때도 그 장치가 없으면 안 된다──지인 두 사람이 신분증도 없이 마을의 검문을 통과할 수 있을 리가 없었다.

형이 그 정도로 냉정하게 생각했는지는 확실히 알 수 없지만——.

일단 사태가 얼마나 중대한지는 이해하고 있는 듯해서, 도틴은 그냥 가만히 내버려 두기로 했다.

"어쨌든 간에 할 수 있는 일이라고 한다면 기다리는 것밖에 없지만."

한숨을 내쉬며 도틴이 중얼거렸다. 그 흑마술사가 돌아오길 기다리는 수밖에 없다.

투욱. 막대기 끝에 느껴지는 지금까지와는 다른 감촉에 도틴은 상당히 깜짝 놀랐다. 이제는 완전히 재만 있다고 생각했는데——재가 쌓인 장소에서 조금 떨어진 곳에 거뭇한 파편 같은 것이 떨어져 있었다.

낯익은 파편이었다. 일그러진 삼각형의 검은 가죽 파편.

'그 책의 표지 구석이야……. 다 타지 않고 남은 거구나.'

책을 태우다니.

'역시 야만적이야. 인간은. 최고의 교육을 받았을 마술사조차도 이런 짓을 할 정도니…….'

투덜투덜 불평을 터뜨리면서 도틴이 그 파편을 막대기 끝으로 툭 건드렸다.

지하이기 때문일까? 통로는 매우 지저분했다.

누군가가 청소를 한 흔적도 없었고, 바닥도 벽도 누런 먼지가 눌어붙어 누가 봐도 더러웠다. 모래가 눌어붙은 흔적이 반점 같은 벽이 앞으로 나아가는 오펜 일행을 좌우에서 압박했다. 그다지 넓은 통로가 아니었고——천장도 낮았다. 물론 빛다운 빛도 없었다.

사루아가 대기소에서 발견한 휴대용 가스등이 흐릿하게 주변을 둥글게 비췄다. 오펜 일행은 둥그런 빛을 의지해 앞으로 나아갔다.

아무 말 없이——걸은 것은 아니었다.

"이곳은 말이지, 모든 킴라크 교도가 성지로 생각해 숭배하고——기도하고, 계속 믿어 왔던 곳이야. 그런 마을이다."

앞서 가던 사루아가 옆으로 다가온 클리오에게 그런 설명을 해 주었다.

"그리고 그 중심이자 모든 것이기도 한 유그드라실 신전. 누가 이렇게 무지막지하게 큰 신전을 만들자고 말을 꺼냈는지는 모르겠지만, 그 녀석에게 찬성을 한 녀석들도 머리가 엄청 곪아 터졌다고 할 수 있을 거다. 짓는 데만도 30년. 그만큼이나 걸렸지만, 그것조차도 공사 속도가 엄청나게 빠른 편이었던 것 같아. 지금으로부터 약 100여 년 전에 이 신전은 완성됐지. 물론 심각한 채권이 산더미처럼 쌓이고 말았지만."

사루아는 그렇게 말하며 경봉 끝으로 가볍게 벽을 두드렸다. 메마른 소리가 통로에 울려 퍼졌다.

사루아의 등을 별생각 없이 바라보면서 오펜이 말했다. 옆에서 걷고 있던 매지크에게 설명을 하려던 것은 아니었지만——금발 소년은 계속 일부러 오펜을 무시하듯이 입을 굳게 닫은 채였다.

아무튼 간에 오펜은 중얼거렸다.

"당시의 교주 라모니로크. 그 이름은 대대로 계승되어 온 것으로,

현재의 교주도 같은 이름인데…….”

그러자 사루아가 헷, 하고 코웃음을 쳤다──대체 왜 그러는지 몰라 오펜이 바라보자, 사루아는 어깨를 으쓱하며 성호를 긋는 듯한 행동을 했다. 성인이라는 것이었다.

“………?”

결국 사루아가 웃은 이유를 설명하려고 하지 않아서, 오펜은 포기하고 말을 계속하기로 했다.

“아무튼 라모니르크는 일설에 따르면 드래곤 종족들에게서 이 성지를 지키기 위해 요새로서 이 신전을 지었대. 당시에는 아직 드래곤 종족이 있었거든. 월드 드래곤 종족이 지배자로서 우리의 선조를 보호한 거지……. 마술사 사냥이 일어나기 전의 시대야.”

“실제로 신전이 완성된 것은 마술사 사냥 이후의 일이다.”

사루아가 어깨를 으쓱 올리는 바람에 빛이 흔들렸다. 그러자 그 빛을 좇듯이 레키가 빙글 머리를 돌렸다.

새끼 드래곤에게 머리를 짓밟힌 채, 클리오도 역시 마찬가지로 고개를 움직였다. 그리고 한가한 질문을 했다.

“그때 조금 전의 그 지하도도 만든 거야?”

오펜도 그 사실을 물어보고 싶었다. 그래서 주의 깊이 귀를 기울이며 재촉하듯이 사루아를 계속 바라보았다.

죽음의 교사는──반쯤은 예상했지만──시익 웃을 뿐 아무런 대답도 하지 않았다. 단.

“그건 인간이 만든 게 아냐. 그 정도는 눈치챘잖아?”

“그럼 누가 만들었는데?”

오펜이 조금 짜증 섞인 목소리로 물었지만, 사루아는 여전히 히죽

거리며 웃을 뿐이었다. 어쨌든 일단 대답은 했다. 경봉으로 자신의
목덜미 부근을 가볍게 두드리면서 가벼운 말투로.

"너는 마술의 최고 엘리트잖아? 그럼 알고 있을 텐데?"

"알면 굳이 묻지도 않아."

"그럼 눈치챈 걸 전부 열거해 봐."

가슴속에서 혀를 찬 뒤, 오펜은 말을 중단했다. 그래도 걸으면서
사루아의 말대로 해 보았다——.

눈치챈 것이라고 해 봐야 별로 많지는 않았다.

지하도가 도저히 인간의 기술로는 만들 수 없는 것이었다는 것.

아주 오래되었다는 것. 어쩌면 이 킴라크 시 자체보다도 더 오래되
었을지도 모른다는 것.

그렇다고 한다면 킴라크 시가 이 지하도 위에 세워졌어야 할 필연
적인 이유가 있을 가능성도 있다는 것.

지하도의 만들어진 만듦새가 천인의 유적과 어딘가 모르게 닮았다
는 것. 단, 천인의 건조물이었다면 그렇게까지 황폐해졌을 리가 없다
는 것……

오펜은 크게 한숨을 내쉬었다.

"알게 됐어."

"응?"

뒤를 돌아보지 않는 사루아. 오펜은 눈을 반쯤 뜨고 말을 계속
했다.

"속수무책이라는 사실을 알게 됐어."

"그래?"

경봉 끝으로 등을 긁으면서 사루아는 그렇게만 중얼거렸다. 그

리고.

──그 뒤로는 아무 말도 하지 않은 채 계속 걷기만 했다.

"……그게 뭐야?"

클리오의 어리둥절한 목소리가 들렸다.

"대답, 안 해 줘?"

클리오가 소매를 잡아당겼지만, 사루아는 여전히 고개도 돌리지 않은 채, 그냥 흔들흔들 걸으며 말했다.

"젊은 녀석들은 금방 모범 답안을 원하는군. 좀 더 스스로 고민해 봐야겠다고는 생각하지 않는 건가?"

"뭘 잘난 척을 하고 그래? 이 무지막지한 지하도의 유래는 모범이고 규범이고 답이 하나밖에 없을 테고, 고민을 한다고 해서 답을 발견할 수 있을 리가 없잖아."

평소와 다름없는 말투로 말하며 보통은 뛰어넘기 힘든 곳을 훌쩍 뛰어넘은 클리오가 학교 복도에서 잡담을 하듯 입을 삐죽였다.

"게다가 젊은 녀석들이라니. 당신도 우리랑 나이 차이가 별로 나지도 않잖아."

"그렇게 생각해 준다면 나야 기쁠 따름이지."

손바닥을 이마에 대고 중얼거리듯이 사루아가 그렇게 말하자, 클리오가 중얼거렸다.

"……역시 어딘가 모르게 아저씨 같아, 당신."

"그건 안 기쁜데."

클리오가 말하기 전의 말투와 똑같은 느낌으로 사루아가 말을 흘렸다. 그리고 이마에 대고 있던 손을 떼더니, 어디에 넣어 놓았었는지는 모르겠지만 순식간에 경봉을 꺼내 빙글 돌려 다시 손에 들었다.

"혹시……."

갑자기 말을 꺼낸 사람은──매지크였다.

옆을 보니 소년은 여전히 오펜에게 고개를 돌리지 않은 채, 그냥 막연하게 말을 시작했다. 생각을 하면서 말을 하는 건지, 매지크는 어딘가 공허한 말투로 중얼거렸다.

"역시 그곳은 천인의 유적 아닌가요?"

"야, 말했잖아. 그곳은 너무나도──."

오펜이 뭐라고 말을 하려고 했지만 매지크는 말을 멈추지 않았다. 갑자기 멈춰 서서는 살짝 아래로 내렸던 눈꺼풀을 크게 떴다.

"네. 너무 많이 부서졌어요. 하지만 그렇다고 천인의 유적이 아니라는 이유가 되기는 힘들지 않나요? 제 생각엔 그런데요?"

매지크가 그제야 비로소 오펜을 향해 시선을 돌렸다. 아무래도 흥분했는지 매지크는 크게 한숨을 쉰 다음 말을 계속했다.

"너무 많이 부서져서 천인의 유적이 아닌 것이 아니라──천인의 유적까지도 그렇게까지 파괴할 수 있을 만한 터무니없는 일이 일어났을지도 모르잖아요. 그 지하도는 아주 낡았기 때문에, 만약 엄청난 대사건이 일어났어도 우리가 쉽게 알 수 있을 리가 없어요. 사람이 이 대륙에 오기 전에 일어난 일일지도 모르고요. 그렇지 않나요? ──아렌하탐 유적도 그렇잖아요. 거기도 지하는 남아 있지만 지상 쪽은 전부 마수에게 통째로 날아가서……."

"그런 게 아니라."

오펜은 고개를 저은 뒤, 열을 띠며 쳐다보는 매지크를 정면으로 바라보면서 천천히 부정했다.

"그런 게 아니라 지상이 날아가 버렸는데도 지하가 멀쩡히 남아 있었어. 천인이 요새를 지하에 만드는 이유는 그편이 방어에 유리하기 때문이지. 실제로도 요새인 만큼 지하 부분은 아주 튼튼해. 게다가 그 지하도 정도의 대규모 공간이라면 얼마나 강력한 결계가 사용됐을지 상상도 하기 힘들어. 그런데 그걸 파괴할 수 있을 정도라니, 대체 어떤 괴물일까?"

특별히 호들갑을 떨려고 하는 말이 아니었다. 오펜은 그냥 알고 있는 것을 말했을 뿐이었는데——

돌아온 것은 찬성도 부정도 아닌, 침묵이었다.

"?"

그래서 머리 위에 의문 부호를 띄웠는데.

클리오가 아무 말 없는 이유는 깜짝 놀란 표정을 지은 사루아를 보았기 때문이었다. 매지크도 마찬가지로, 죽음의 교사가 보여 준 표정의 변화가 어이없는 듯했다.

그리고 사루아가 아무 말도 안 한 이유는——

매지크를 보고 있는 탓이었다. 사루아는 한쪽 눈썹을 올리고 놀라움과 칭찬의 의미가 뒤섞인 눈빛을 보냈다.

휘파람을 불면서 사루아가 갑자기 매지크의 어깨에 손을 둘렀다.

"호오오?"

그리고 그렇게 말하며 유난히 히죽거리는 모습으로 클리오를 바라보았다. 클리오가 눈을 껌뻑거리며 마주 보는데, 사루아가 경봉으로 클리오의 이마를 찌르면서 말했다.

"이것 봐. 말 안 해도 생각해 보면 알잖아?"

"……응?"

가장 놀란 사람은 매지크였다. 매지크는 의아하다는 듯이 표정을 일그러뜨리고 찰싹 달라붙어 친한 척 등을 두드리는 사루아를 바라 보았다. 사루아는 어딘가 기분 좋은 모습으로 매지크를 질질 앞으로 끌더니, 발로 차서 클리오를 비키게 했다.

"정답을 맞힌 사람은 랭크업했으니, 상석에 앉게 해 줘야지."

뭐가 뭔지 알 수 없는 소리를 한 뒤, 사루아가 매지크에게서 손을 뗐다.

"왜 차고 그래?!"

청바지에서 발자국을 털어 내며 클리오가 불만을 터뜨렸다. 물론 클리오가 입은 청바지는 누런 먼지로 더러워져 있었던 탓에 별 의미 는 없었지만.

그런데──.

겨우 사루아가 한 말이 이해가 되어서 오펜은 어안이 벙벙한 목소 리로 말했다.

"방금 그게 정답이었어?!"

"그래."

살짝 웃음을 짓는 사루아. 사루아가 가스등 위에 달려 있는 둥근 링에 경봉을 걸고 대롱대롱 흔들면서 말했다.

"약 300년 전에 천인이 건조한 최대이자 최후의 요새라고 하더군. 이름은…… 뭐라고 했더라? 잊어버렸지만. 규모가 너무 커서 묻기는 커녕 입구를 막는 것조차도 불가능했지. 무엇보다 군데군데 산산조 각이 난 탓에, 비니 뭐니로 지반이 약해지면 갑자기 엉뚱한 데에 출 구가 생겨 버렸거든. 길을 잃어 헤매거나, 어물거리다 빠지거나, 죽 음의 교사에게 이리저리 쫓기지 않는 한, 이 신전가도 외륜가도 프리 패스나 마찬가지잖아."

"……그 아니꼬운 성격을 고칠 수 있는 좋은 방법을 알고 있어."

오펜이 험악하게 신음소리와도 비슷한 목소리로 말했다. 사루아는 또 시익 웃은 뒤, 새삼 흥미진진하다는 듯한 표정을 지었다──상당히 고의적이라는 듯이.

"호오? 어떤 방법이지?"

"'나는 죽음의 교사입니다'라는 패를 목에 걸고, 《송곳니 탑》의 그라운드에서 뒷문까지 콧노래를 부르면서 산책을 해 봐라."

"사양하지. 아저씨 같다는 말을 들으면서 죽고 싶진 않거든."

실실 웃으며 말하는 사루아의 모습을 보고 발끈한 것은 아니었지만.

갑자기 뭔가가 엄청나게 마음에 걸려 오펜은 사루아의 손목을 붙잡았다. 그리고 꽈악 힘을 주고 속삭였다──.

"마술사는 의미 없이 살인을 하지 않아."

잊고 있었던 두통이 다시 밀려와 뇌를 불태웠다. 오펜은 그 통증에 표정이 일그러졌다.

하지만 사루아는 여전히 미소를 머금은 채였다. 단, 재미있다는 듯한 웃음에 살짝 냉소 같은 것이 뒤섞였다.

"……정말로?"

사루아는 모든 것을 꿰뚫어 봤다는 듯이 딱 그렇게만 물었다.

두통과 함께 오펜의 오른쪽 손목에 격렬한 통증이 밀려왔다──.

"큭……!"

크게 숨을 내뱉으며 오펜이 그 자리에서 쓰러졌다. 사루아의 손목을 쥐고 있던 오른손은 지금 죽은 거미 모양으로 손가락이 마구 오그라든 채 경련이 일었다. 오펜은 도저히 제어가 되지 않는 오른손을 보고 혀를 찬 뒤, 바닥에 오른손을 놓더니 왼손을 강하게 쥐고 힘껏 오른손을 때렸다——.

"오펜?! 대체 무슨 짓을——."

클리오가 옆으로 달려와 몸을 웅크렸다. 오펜은 클리오를 무시한 채, 오른손에 닥친 통증에 얼굴을 찡그렸다. 오른손의 경련은 멈췄지만, 대신에 이번엔 몸에서 힘이 쭉 빠져 도저히 움직일 수가 없었다. 오펜은 광대뼈 근처에서 눈물이 터져 나올 듯한 불쾌함에 필사적으로 저항했다. 그리고 그런 느낌을 떨쳐 내듯 눈을 감고, 자신도 제대로 이해할 수 없는 질문을 던졌다——.

'방금 그건…… 맞은 오른손과 때린 왼손 중, 어느 쪽의 통증이었지……?'

누군가에게 하는 질문도, 자신에게 하는 질문도 아니었다. 그냥 오펜은 아무렇게나 불쑥 그런 질문을 던졌다. 그것은 의미 없이 질문을 내던진 것과 다를 바가 없었다.

이윽고 오펜은——.

후우 하고 숨을 내쉬었다. 그리고 이마의 배어 나온 땀을 닦으면서 클리오의 걱정스러운 얼굴을 돌아보았다.

"……괜찮아."

"정말로?"

클리오는 의심스러운 목소리로 물었다. 빠르게 몸을 웅크렸을 때 머리에서 떨어진 레키가 발밑에서 이리저리 두리번거렸다. 새끼 드래곤은 마음 편한 잠자리에서 갑자기 떨어졌지만, 왜 이렇게 된 것인지 파악을 못한 듯, 의미도 없이 공중제비를 하기 시작했다.

그 모습을 조금 보다가 레키를 안아 올린 다음, 클리오가 오펜에게 물었다.

"오펜, 땀범벅이야."

"응."

그중의 몇몇은 눈물이었다. 그러니까 괜찮다.

그런 말은 하지 않고 덧붙여 말하며 오펜이 자리에서 일어섰다.

"요즘 들어 마음 편히 잠을 못 잤으니까. 피곤한 나머지 현기증이 난 모양이야."

아직도 따끔거리는 눈을 누르고 오펜이 고개를 흔들었다. 그리고 눈을 뜬 뒤, 클리오의 손을 잡아 일어나는 것을 도와준 다음, 사루아를 돌아보았다.

"……조금 전에 하던 얘기를 다시 하려는데, 천인의 유적을 그렇게까지 파괴할 수 있는 존재가 대체 누구야? 알고 있는 말투던데."

"……자, 그럼……."

말을 돌리려는 듯이 사루아가 중얼거렸지만──.

오펜은 직감적으로 사루아가 어물쩍 넘어가려고 하는 것이 아니라는 사실을 깨달았다. 오펜은 발끈한 표정을 짓는 클리오를 손으로 제지하고, 아직도 혼란한 눈빛으로 여기저기를 돌아보는 매지크를 슬쩍 본 다음, 다시 사루아를 바라보았다.

젊은 죽음의 교사가 스윽 얼굴에서 웃음을 지웠다.

그리고 차갑고 날카롭게 오펜을 돌아보았다.

"너희들, 우리를 너무 얕보는 거 아닌가?"

"앙……?"

오펜이 의미를 모르겠다는 듯이 되물었다. 단, 상대의 태도가 변했다는 사실을 눈치채고 살짝 클리오를 뒤로 물러서게 했다──그리고 겸사겸사 바닥에 굴러다니던 경봉을 쳐다보았다. 조금 전의 발작으로 떨어뜨린 것이었다.

하지만 아무튼 간에, 사루아가 곧장 공격을 할 것 같은 기척은 없었다. 사루아 자신도 역시 경봉에 가스등까지 들고 있어, 전투 자세와는 거리가 먼 모습이었다. 사루아는 조용히 오펜에게 말했다.

"우리가 평생을 바쳐서 하고 있는 일이 무엇인가…… 생각해 본 적도 없지?"

딱 그 말만을 억누른 듯한 목소리로 말한 뒤, 사루아는 빙글 몸을 돌렸다──.

그리고 다시 앞서서 통로를 나아갔다. 매지크의 팔을 질질 끌고 가듯이 붙잡고.

"…………?"

오펜은 클리오(겸사겸사 레키와도)와 얼굴을 마주 보고, 서로 의아한 시선을 교환했다. 오펜은 일단 경봉을 주운 뒤 사루아의 뒤를 쫓아갔다.

사루아는 상당히 빠르게 걸었다. 큰 보폭으로 성큼성큼 앞으로 나아가면서 조용한 목소리로 말을 계속했다.

"조금 전에도 말했지만, 생각해 봐라──솔직히 나는 너희들 마술사가 무언가를 생각하는 모습을 본 적이 없어. 그리고 난 좋은 혈통이든 저주 받은 혈통이든 마술사의 혈통이든 간에, 그런 것 따위에는 별로 흥미도 없지."

잠시간의──침묵.

"……결국 나는 바깥 세계를 너무 많이 보고 만 것 같아. 그 썩을 교주의 말을 빌리면 말이야. 마술사를 전멸시키는 것. 그것이 이곳의 교의(教義)이지만, 나는 특별히 그것을 위해서 검을 든 건 아냐. 그냥 따분한 게 싫었을 뿐이지. 생각을 하려고 하지 않는 녀석들을 보는 건 아주 따분한 일이거든. 그러니까──조금 생각 좀 해라."

뭘 어쩌라는 건지. 오펜이 가슴속으로 혼자 가만히 불평을 내뱉었다. 무슨 말인지 모르는 것은 아닌데, 그래서 대체 뭘 어쩌라는 건지 묻고 싶었다.

'어쩌란 거야? 게다가 대체 왜 갑자기 걸으면서 잔소리 같은 소릴 계속──.'

오펜은 그때 깨달았다. 그래서 무심코 우뚝 걸음을 멈추었다.

그러자 클리오도 따라서 걸음을 멈추었고, 뒤의 발걸음 소리가 사라지자 사루아도 가던 길을 멈췄다.

그리고 눈을 번뜩이며 뒤를 돌아보았다──팔을 붙잡힌 매지크가 오싹해서 뒷걸음질을 칠 정도의 표정으로. 오펜이 가만히 그 모습을 바라보자, 사루아는 번뜩 정신이 돌아온 듯이 얼굴을 실룩였다.

사루아는 표정을 변형시키듯…… 조금 전의 얄궂게 히죽이는 모습으로 되돌아갔다.

"그, 그러니까…… 한마디로!"

헛기침을 한 사루아가 매지크의 팔을 놓아 주었다.

"뭐든지 다른 사람에게 의지하려고 하지 말란 말이다. 특히 나한테. 귀찮으니까."

하지만 오펜은 묻지 않았다. 그냥 처억 손가락을 내밀고 이렇게 말했을 뿐.

"한마디로 너는 설교할 때 유난히 쑥스러움을 많이 탄다는 말이구나? 교사면서."

"시끄러워!"

사루아는 얼굴을 붉히며 그렇게 소리치더니 중얼중얼 고쳐 말했다.

"우리 형은 진짜 설교꾼이라 나는 그렇게 되고 싶지 않아. 그건 그렇고…… 아주 딱 좋을 때 멈춰 선 것 같아."

사루아가 그렇게 말한 뒤, 통로를 올려다보았다.

그곳은 이미 통로의 끝이었다. 통로 끝에는 천장에 구멍이 뚫려 있었고, 벽에는 철제 거멀쇠가 박힌 듯한 사다리가 달려 있었다.

"이곳은 어디야?"

클리오의 질문에 사루아가 곧장 대답했다.

"……이 구멍 위로 올라가면 신전의 최하층이 나오지."

"최하층? 그럼 최하층보다 더 아래인 이곳은 뭔데?"

"최하층의 아래는 지하 감옥이다. 원래 다 그런 거잖아?"

무뚝뚝하게 대답하는 사루아.

클리오는 소곤거리며 오펜에게 귀엣말을 했다.

"들었어, 오펜? 방금 건 어딘가 모르게 철학적이었지? 저 사람 조금 전에 그런 말을 하긴 했지만, 사실은 설교를 좋아하는 것 같아. 내가 보기엔."

"……다 들리는 것 같아."

실제로 귀엣말을 한 것치고는 목소리가 커서 사루아에게 다 들린 듯했다. 사루아가 클리오를 보고 화가 난 듯 어깨를 들썩였다.

"아무튼 좋아. 내가 먼저 올라갈 거니까."

사루아가 그렇게 말하더니 사다리에 손을 댔다. 통로의 천장이 낮았기 때문에 사다리도 몇 개만 짚고 올라가면 그만이었다. 바닥에 그

낭 서 있어도 몸을 쭉 펴면 천장의 구멍에 닿을 정도였다.

"아, 그렇지———."

사다리 위로 올라가려던 사루아가 무언가 생각이 난 듯이 말을 걸었다.

"그러고 보니, 조금 전 이야기 말인데, 그 지하도가 요새였을 때의 이름이 기억났어."

"이름이 뭐든 무슨 상관이야?"

클리오가 시원스레 그렇게 말했지만, 사루아는 일단 들어는 두라는 듯이 손을 흔들었다. 그리고 천천히———중얼거렸다.

"그래, 분명히…… 라그나로크 요새였어."

사루아는 웅얼웅얼 그런 말을 하면서 사다리를 올랐다. 그리고 천장의 구멍으로 올라가더니, 손만 아래로 내밀고 이리 오라고 손짓했다. 오펜은 매지크와 클리오 순서로 눈짓을 한 뒤, 사다리에 손을 댔다———.

"기다려 주세요."

매지크가 불러서 오펜은 움직이다 말았다. 매지크는 타박타박 다가와서는 말했다.

"제가 먼저 갈게요. 스승님은 컨디션이 나쁘잖아요?"

"………."

오펜은 아무 말 없이 사다리를 붙잡았던 손에서 힘을 뺐다. 그러자 미끄러져 떨어지듯이 손이 투욱 하고 사다리 아래로 떨어졌다.

"죄송합니다."

결국 매지크는 가볍게 인사를 하듯 고개를 숙인 다음, 먼저 사다리를 올랐다. 클리오가———이번엔 정상적으로 작게 귀엣말을 했다.

"……무슨 일이야?"

"이런저런 복잡한 일이 있어서."

머리가 아니라 가슴 부근에 따끔거리는 통증을 느끼면서 오펜이 쓴웃음을 지었다.

"이봐."

그때――갑자기 천장 구멍에서 사루아가 머리를 거꾸로 내밀더니, 자신의 입에 검지를 대고 말했다.

"아직은 괜찮지만, 슬슬 조용히 좀 해 줬으면 좋겠어. 최하층에는――지금까지와는 달리 사람이 있을 가능성도 있으니까."

"알았어."

그 이후에는 아무 말도 하지 않았다. 오펜은 클리오를 먼저 올라가게 한 뒤, 마지막으로 통로를 빠져나갔다. 노란 먼지가 휘도는 어둠이 멀리까지 계속된 그 통로를.

올라가 보니 작은 방이었다――그것도 창고인 것처럼 보였다. 네 사람이 좁은 곳에 모여 있자, 클리오가 곧장 불평을 터뜨리려고 했는데―― 오펜이 재빨리 클리오의 입을 손으로 막았다. 이제 귀찮은 일은 누가 부탁을 하더라도 더 이상 늘리고 싶지 않았다.

'……어떻게든 되긴 하겠어.'

힘으로는 못 이기자 손가락을 깨물어 오펜의 손을 떼어 내려고 열심히 분투하는 클리오가 문제긴 하지만 오펜은 점차 안도를 느끼기 시작했다. 이래저래 마음에 안 들긴 해도, 어쨌든 사루아가 있으면 이곳에서 탈출하는 일도 어려울 게 없었다. 일단 이 신전가에 들어오는 데는 성공했다――단번에 신전 안까지 깊숙이 들어올 거라고는 미처 생각을 못 했지만. 아무튼 오펜은 이 신전에 흥미가 없었다. 단지, 아마도…….

'아자리는 이곳에 볼일이 있는 거겠지……. 아마도, 틀림없이…….'

아자리가 전에 말했었다──아자리의 목적이 차일드맨 교사의 옛 족적을 쫓는 것이라면, 이곳에도 왔을 게 분명하다. 그 차일드맨 교사가 무언가 목적이 있어 10년 전에 이 킴라크에 침입했다는 것은 아마 틀림없는 듯하니까.

오펜은 반쯤 침착한 마음으로 방 안을 둘러보았다. 나무 상자, 선반 등이 마구 뒤섞여 있고 먼지가 쌓인 작은 방이었다. 비밀 출입구인데──역시 신전의 지하에 지하 감옥이 있다는 사실을 다른 사람에게는 알리고 싶지 않았던 모양이다. 어떤 사람들을 투옥하기 위한 지하 감옥인지는 알 수 없지만.

그때──.

매지크가 쓴웃음을 지었다. 매지크가 아무래도 먼저 깨달은 듯했는데, 충분히 이해할 만했다──오펜은 자신의 머리가 둔해졌을지도 모른다고 생각하며 한숨을 내쉬었다. 투옥된 사람들은 누구인가. 뻔하다. 자신 같은 사람들이다. 신전에 침입한 사람을 투옥하고, 신문하기 위한 장소다. 그리고 동시에──신문을 한 뒤에는 더스트 슈트를 통해 지하도록 데굴데굴 굴려 버리는 것이다.

지하도에 상당히 풍화가 많이 된 백골이 떨어진 모습을 떠올린 오펜은 무심결에 우울한 감정에 휩싸였다. 대체 얼마나 오래 전부터 그런 짓을 해 온 것일까.

'그거야 얼마나 오래됐든 상관없는 일이지만…….'

살짝 눈을 감고 오펜이 한숨을 내쉬었다. 어찌되든 상관없다. 이

유그드라실 신전도, 지하도도, 사루아도, 어떻게 되든 알 바 아니다. 지금 신전 밖은 날이 밝아 오는 중일까? 새벽이 열쇠라고 말한 사루아의 말이 머릿속에 떠올랐다. 날이 밝기 전에 한 발 먼저 앞으로 나아가야만 한다.

'나에게 있어 한 발이라는 것은 결국······.'

그것이 무엇인지는 명백했다. 지상으로 나가면 바로 아자리를 찾아야만 한다. 자고 있을 틈은 없다──.

사루아가 아무 말 없이 방의 출구인 문을 열었다.

매지크가 아무 말 없이 밖으로 나갔다.

클리오마저도 아무 말 없이 그 뒤를 따랐다.

'열쇠는 새벽이다······.'

가슴속에서 그렇게 반복하면서 오펜도 문을 지나──.

다음 순간, 깜짝 놀라 오펜은 힘을 다해 절규했다.

"아·아니이이이?!"

작은 방 밖으로 나가 보니, 그곳은 꽤 넓은 통로였다. 아니, 통로라기보다는 주랑(柱廊)이라고 부르는 편이 더 분위기에 알맞았다. 벽이 있는 주랑이다(모순되지만). 실제로 대리석일 리는 없지만 대리석 같은 흰 벽. 무수히 이어져 있는 웅장하고 아름다운 기둥. 그 기둥도 흰색. 그리고 모든 기둥에는 하나에 한 장씩 대리석 그림이 걸려 있었다. 바닥은 반짝이는 남빛으로 덮여 있어, 서 있어도 발밑에서 얼굴이 비쳐 보일 정도였다. 단지 이곳에도 가득한 노란 먼지 탓에 모두 흐릿하게 보이긴 했지만.

별로 밝지는 않았다. 광원은 여기저기에 규칙적으로 걸려 있는 낡은 랜턴뿐이었다.

천장은 놀라우리만치 높았다. 문득 보니──작은 방을 나와 바로 왼쪽에는 거대한 문이 있었다. 높이 3미터 정도의 문인데, 문짝은 장미가 무수히 많이 둘러진 모습의 격자였다. 그리고 정면에는 계단. 넓고 완만한 높이의 정밀한 돌계단.

그 돌계단에는 마치 졸업 사진이라도 찍는 것처럼 줄줄이──

신관병 수십 명이 늘어서 있었다.

그는 그녀의 말을 기다렸다. 그리고…….

"그 칼날은 나를 꿰뚫지 못한다."

갑작스럽다면 갑작스럽게, 그녀는 그런 말을 했다. 절로 검의 손잡이를 쥔 손에 땀이 배었다──그 은색 칼날에 어떤 마력이 깃들어 있는 것은 아니었다.

그냥 평범한 단검이었다. 눈앞에 있는 여자가 일상적으로 사용할 법한 강력하고 비할 데 없는 마력은 갖추고 있지 않았다. 사람의 손에 있으며, 사람의 팔을 검의 칼날과 연결하는 단순한 금속 도구에 지나지 않았다.

'나는…… 그녀를 죽이려고 했던 건가? 이런 것으로…….'

의미 없는 질문이 그의 가슴을 옥죄었다. 의미가 없을 만큼, 검이든 마술이든, 자신은 그녀에게 대항할 힘이 없다는 사실을 아주 잘 알았다.

하지만 그래도──상대하고 싶었다. 그냥 그뿐이었을지도 모른다.

충격을 받으면서도 어디까지나 우아하게, 그녀는 그를 향해 손가락을 들었다…….

"나는 그대를 이 세상에서 지우겠다."

"………."

그는 대답하지 않았다.

신기하게도 공포가 사라졌다. 그녀의 명확한 말 덕분에. 처음부터 예상하고 있었던 일이었는지도 모른다. 어쩌면 심지어 기대를 하고 있었던 일이었는지도 모른다. 자신의 일인데도 그것만큼은 이해를 하지 못했다. 그는 껴안듯이 양손으로 단검을 다시 쥐었다.

"……당신이 저를 낳으셨습니다."

겨우 꺼낸 말이었지만, 내용은 스스로 생각해도 깜짝 놀랄 만큼 무가치했다.

"당신에게 멸망당한다면——."

"그대는 멸망당하지 않는다고 말했지 않나."

침착한 이스타시바의 목소리를 듣고 그는 쓴웃음을 지었다.

"환생을 믿으십니까?"

"신들에게 저주받고 운명에서 해방된 우리는 신의 법칙을 무엇 하나 믿지 못한다. 물론 환생도 마찬가지다."

이스타시바의 손가락이——천천히 춤을 췄다.

가느다란 손가락이 쉼 없이, 단, 똑같이 움직이는 일 없이, 춤을 추듯이 노래하듯이 공중을 떠돌았다. 그러자 손끝에 작은 빛이 들어왔고 그 빛이 확실한 은빛 궤적을 그렸다.

그 궤적이 복잡한 도형을 그렸다.

마술문자——월드 드래곤 종족이 사용하는 침묵마술의 매체인 혼

돈의 문자.

그 문자를 몇 겹이나 그리면서 그녀가 중얼거렸다.

"그대를 낳은 자로서 나는 그대에게 최고의 교육을 베풀었다. 그대는 모든 점에 있어 그 교육을 최대한으로 활용해 주었다——마술은 물론이고 현재의 인간 종족 중에는 지식, 행동력, 이해력, 선견성…… 그 어떤 분야에서도 그대를 뛰어넘는 자는 존재하지 않는다. 하나, 아주 먼 미래라면——우리의 도움 없이 그대의 자손은 독자적으로 그 단계를 향해 나아갈지도 모른다. 물론 그런 자가 없을지도 모른다. 그것은 중요한 문제이다, 나의 아들아."

제5장 그 마술이 그를 죽인다고

적의 수는 스물네 명——.

구체적으로 수를 센 것은 아니지만, 오펜은 반사적으로 그렇게 판단했다. 모두 같은 차림의 비슷한 체격을 지닌 신관병이 스물네 명. 오펜의 눈에 순간적으로 띈 것은 그들이 가지고 있는 무기였다. 자신이 지금 쥐고 있는 것과 똑같은 금속 경봉.

그런 자들이 스물네 명이었다.

"이런, 벌써——."

심각한 상황인데도 사루아가 가벼운 말투로 중얼거렸다. 일부러 상대에게 들으라는 듯이 크게, 단, 어디까지나 혼잣말처럼.

"새벽도 지상도 빌어먹을도 뭐도 없었군. 이 《시성의 방》 앞에서 기다리고 있다니, 아주 과감한걸?"

"네놈의 과감함에 비하면 별것 아니지 않을까 하다만, 사루아 솔류드……."

대답을 한 사람은 신관병 중 한 사람이 아니었다.

오펜은 경계를 늦추지 않은 채, 시선만을 옆으로 움직였다. 신관병이 늘어서 있는 계단이 아니라——커다란 격자 문짝 쪽으로. 격자가 복잡하게 얽혀 있어 문 너머는 보이지 않았지만.

격자 아래에는 가볍게 등을 격자에 기대고 팔짱을 낀 채 이쪽을 바라보는 남자가 있었다. 딱 봤을 때, 무심코 눈을 의심할 정도의 거한이었다. 상반신에 기묘한 갑옷을 둘러 악마처럼 보이는 거한…….

오펜의 뇌리에 그저께 메첸에게 들은 말이 되살아났다.

'신장 190센티미터, 체중 약 80킬로그램──오레일과 비교하면 아무래도 야윈 인상을 피할 수 없어. 40세의 인간으로서는 말이지.' '얼굴은 항상 뭔가 화가 난 것 같은 눈초리를 하고 있어. 하지만 그는 화를 내지 않아. 결코 말이야. 어깨가 이상하게 부풀어 있지──목이 세 개나 있다는 소리를 들은 적도 있었던가? 하지만 평범한 근육이 아니야. 태연한 얼굴로 나무방망이를 부러뜨리는 걸 보았을 땐 솔직히 눈을 의심하지 않을 수 없더라고……'

메첸의 묘사는 전체적으로 정확한 편이었다. 차갑고 날카로운 눈빛이 으르렁거리는 소리를 내며──라고까지는 할 수 없었지만──앞쪽을 향해 있었다. 광대뼈가 튀어나와 가면을 쓴 것 같은 얼굴, 예술가가 졸면서 만든 조각 같은 기묘한 체구, 거기에 더해 기묘한 형태의 갑옷.

오펜은 의심스러웠다.

이상한 갑옷이었다. 마술사가 전투 장비로 개발한 프로텍트 아머보다도 더욱 기묘한 형태였다. 경량급에서 중량급까지의 프로텍트 아머는 각각 용도에 따라 형태가 다르지만, 모두 공통적인 특징이 있다. 즉, 사람이 몸에 걸치고 움직일 수 있도록 만들어졌다는 것이었다.

골격이 몸의 중심에 있는 사람은 몸 밖에 장갑(裝甲)을 지닌 채, 즉, 곤충 같은 외골격을 지닌 채 움직일 수 없다. 팔을 완전하게 뒤덮는 갑옷을 입은 채로는 팔을 움직일 수 없다──그런 상태를 해소할 수 있는 방법은 없다. 각종 프로텍트 아머는 전차전(戰車戰)용인 최중급(最重級)도 포함해 관절을 자유롭게 움직일 수 있도록 만들어져 있다. 그곳은 방어구로서 명백한 약점인 부분이었다. 즉, 틈이기 때문이다.

사람이 몸에 걸치는 방어구는 어쩔 수 없이 불완전한 부분이 포함될 수밖에 없다는 말이다.

그런데——저 거한이 몸에 걸치고 있는 갑옷은 그것과도 차원을 달리할 만큼 구조가 엉망진창이었다. 급소가 뒤덮여 있지 않은 갑옷. 그 진홍색 갑주가 지키는 곳은 등과 가슴뿐이었다. 사각(死角)인 옆구리와 아랫배는 그대로 드러나 있었다. 팔도 완벽하게 무방비였기 때문에 움직이기 편하다면 움직이기 편하다고도 할 수 있었지만, 저래서는 위팔을 공격당하면 곧장 전투 불능에 빠진다. 목도 마찬가지였다. 그에 더해 날개처럼 튀어나온 등의 장갑——그것은 명백하게 방해가 되는 구조였다. 그것 때문에 거한은 길고 큰 무기를 쥐기가 불가능했다. 들 수 있는 장비라고 해 봐야 검이 고작이었다. 게다가 적이 멀찍이서 창으로 날개 같은 곳을 공격하기만 해도 균형을 잃고 넘어질 것 같았다.

일단 겉보기에는 기능성이 없는 방어구였다. 그에 더해 하반신은 ——상반신에 비해 더 장갑을 착용하기가 쉬운 하반신은 두꺼운 천으로 만든 그냥 흰 바지였다.

남자는 느릿한 동작으로 격자에서 등을 뗐다. 허리에 찬 검이 흔들렸지만——소리는 나지 않았다.

거한은 일자로 꾹 닫혔던 입을 아주 조금 열었다. 이의 색이 어떤지도 알 수 없을 정도로 작은 틈새만큼.

"마술사와 결탁할 줄이야⋯⋯. 대체 어떻게 된 거지, 사루아?"

"과감할 필요는 없군."

퉤. 노란 먼지가 섞인 침을 뱉은 뒤, 사루아가 남자를 향해 몸을 돌렸다. 오펜은 그 모습을 보면서 슬슬 뒤로 물러났다——.

'상황이 너무 불리해…….'

퇴로는 없다.

앞으로 나아갈 수도 없었다. 지상으로 통하는 유일한 길로 보이는 계단은 스무 명이 넘는 신관병들이 막고 있었다. 무장한 많은 병사들을 상대할 수 있는 대항책인 마술은 사용할 수 없었다.

간신히 비장의 수단이 될 만한 클리오와 레키의 마술이 있어, 그 사실을 전달하려고 손을 뻗었는데.

'어?'

오펜은 불길한 예감이 들어 눈썹을 모았다. 몇 초 전까지 있었는데 클리오가 어디론가 가고 없었다. 항상 이럴 때는 같은 패턴으로 이어졌던 기억이——.

"야!"

오펜은 그렇게 소리치며 무사태평한 모습으로 앞을 향해 성큼성큼 걸어가려는 클리오에게 손을 뻗었다. 그리고 간신히 머리카락을 붙잡는 데 성공했다.

"아야!"

작게 소리를 치고 깜짝 놀란 듯 뒤를 돌아보는 클리오에게 오펜이 속삭였다.

"대체 어딜 가려는 거야? 어딜!!"

"어디냐니……."

클리오는 레키를 머리 위에 올린 채, 무표정하게 이쪽을 바라보는 신관병들의 가장자리를 가리켰다.

"저기서부터——."

클리오가 그렇게 말하며 손가락을 스윽 움직였다. 신관병들을 모두 스치듯 지나 격자 문 앞의 거한을 가리킨 뒤, 클리오는 꽉 주먹을 쥐었다.

"저기까지, 이 아이에게 부탁해서 분자 수준까지 펄펄 끓여 소실시키기 위해서는 모든 사람이 한눈에 보이는 곳까지 가야 하잖아."

"그런 짓은 하지 마아아아아!"

태연한 표정으로 말을 하는 클리오에게 오펜이 크게 소리를 질렀다. 머리 위에 레키와 똑같은 자세로 잔뜩 움츠리면서 클리오가 신기하다는 듯이 물었다.

"왜?"

"여기는 아직 지하야! 위쪽 신전이 전부 무너져서 떨어지면 그걸 어떻게 막으려고 그래?!"

"그건——."

클리오는 말을 하려다가 잠시 입을 우물거렸지만, 곧장 손뼉을 짝하고 쳤다.

"우리는 평소의 행실이 워낙에 좋으니 아마 어떻게든 될 거야."

"……이런 장소에서 이런 꼴을 당하고 있는 걸 보면, 평소의 우리 행실에는 이미 마가 낀 것 같은데?"

오펜은 이루 말할 수 없는 피로감을 느끼면서 딱 그 말만 했다. 그리고 대답을 기다리지 않은 채, 클리오를 뒤로 잡아당겼다. 클리오는 역시 도움이 되지 않을 듯했다.

고개를 들어 보니 사루아가 게슴츠레한 눈으로 오펜을 바라보는 중이었다.

"……이제 끝난 건가?"

"그래."

오펜은 손을 흔들며 대답했다. 그러자 사루아는 경봉으로 목덜미를 긁으면서 거한을 다시 돌아보았다.

거한은 아까부터 계속 무표정한 얼굴이었지만, 사루아가 시선을 맞추자마자 다시 입을 움직여 말했다.

"얼마 전에 이야기를 했을 때에는 울면서 용서를 애걸했던 걸로 기억한다만."

"글쎄. 기억이 안 나는데? ――그때는 그쪽이 무턱대고 손톱을 부러뜨리고 목과 혀를 바늘로 찔러댔으니 말이야. 뭐라고 말을 했는지도 기억이 안 나. 하라고 했다면, 당신에게 청혼을 하고도 남았지. 그건 그렇다 치고……."

거기까지 말한 뒤, 사루아가 오펜을 향해 힐끔 시선을 내던졌다. 그리고 이번엔 거한이 아니라 쭉 늘어서 있는 신관병들에게 들으라는 듯이 말했다.

"결탁이라는 말을 들으니 생각났는데, 내가 보기엔 당신이야말로 누구랑 결탁을 하고 싶어 하는지 알고 싶어, 쿠오. 어렴풋이, 어디까지나 어렴풋이인데, 당신, 매주 빼놓지 않고 하던 최종 배알을 반년 전부터는――."

그 순간.

오펜이 확인할 수 있었던 것은 공중에서 반짝이는 빛줄기뿐이었다. 그 빛이 사루아에게 닿은 것처럼 보인 순간――

"――――?!"

갑자기 사루아의 몸이 공중에 떴다. 그리고 튕겨 나가듯이 엄청난 속도로 가장 가까운 벽에 크게 부딪쳤다. 사루아의 손에서 경봉이 떨어져 바닥에 튀며 큰 소리를 냈다.

"뭐지?"

오펜은 놀라면서도 사루아에게 달려가려고 했다. 큰 대미지를 받은 것은 아니지만, 등이 벽에 부딪쳐서 목소리가 차마 나오지 않은 모양이었다. 바닥에 떨어졌다가 비틀비틀 일어나면서 사루아가 오펜을 향해 손을 들었다. 손바닥을 펼쳐 오지 말라고 제지하는 신호였다.

왜 그러는지 이해는 되지 않았지만 오펜은 걸음을 멈췄다. 그리고 경봉을 들고 쿠오라고 불린 거한을 향해——멀리 떨어진 그 남자를 향해 전투 자세를 잡았다. 오펜은 원래 짧은 무기를 잘 다루기도 했고, 경봉을 사용한 훈련도 충분히 한 상태였다. 하지만.

'방금 그건…… 뭐지? 그게 뭔지 몰라서는 어떻게 대처할 방법이 없어…….'

빛줄기는 더 이상 보이지 않았다. 빛줄기는 나타날 때와 마찬가지로 갑자기 어딘가로 사라져 버렸다. 간신히 일어선 사루아는 오펜에게서 등을 돌리고 쿠오를 노려보았다. 오펜은 사루아가 말한 것을 문득 떠올린 뒤, 마음속으로 되뇌었다.

'최종…… 배알?'

네임 온리가 죽기 전에 한 말이다. 의미는 모르겠지만.

'배알? 최고위급 인물을 만날 때 쓰는 말이잖아? 하지만——누구를 만날 때를 말하는 거지? 킴라크 교회의 최고위급 인물이라고 한다면, 교주 라모니로크를 말하는 것이겠지만……. 그냥 그 정도의 이야기인가?'

생각을 해 봐도 답은 나오지 않는다. 아니, 나올지도 모른다. 오펜은 옆을 슬쩍 보면서 신관병들을 경계했다. 모두 아직 움직이지는 않았지만, 명령만 내려지면 곧장 달려들 것처럼 진열을 가다듬은 상태였다.

생각할 수 있는 시간이 얼마 없는 듯했다——여기서 대답을 생각해 내지 않으면 이대로 인생이 끝날 것 같아서 오펜은 내심 오싹한 심정이 들었다. 물론 죽을 생각은 없지만…….

살다 보면 종종 고집을 피울수록 손해를 보는 때가 있기 마련이다. 그런 허무한 생각이 자연히 마음속에서 샘솟았다.

뜨겁게 달아오른 몸을 식은땀이 식혀 주었다. 그런 일을 계속 반복하면 체력만 계속해서 소비하게 된다. 그게 싫어서 오펜은 입술을 핥았다. 허무한 감정을 차단하기 위해서는——가위가 필요하다. 강한 가위가. 예를 들면 희망이라는 가위가.

'안타깝지만 지금은 낙관적인 상황이 아닌 것 같아…….'

노란 먼지가 주변을 휘돌았다…….

그러는 중에 쿠오가 또 천천히 움직이는 모습이 보였다. 쿠오가 움직이는 것보다도 먼저, 그 주변 공간에서 노란 먼지가 도망가기 시작했다. 그런 착각과도 같은 광경을 오펜은 눈에 새겼다. 멋없는 진홍색 갑옷 차림으로 쿠오는 허리의 대검이 아니라 뒤쪽 허리에 찬 단검을 빼냈다.

길이 30센티미터 정도의 단검을 그보다 훨씬 긴 오른팔 아래에 쥐고 거한은 처음으로 표정다운 표정을 지었다——미소. 뺨과 이마의 가죽만이 일그러진, 어둡고, 깊은 미소.

"네가 무슨 말을 한 것인지 가르쳐 주지……."

중얼거리는 쿠오——메첸은 분명히 쿠오 바디스 파테르라고 했었던가──의 등 뒤에서 앞서 말한 무의미한 날개 같은 장갑이 오펜의 눈에는 살짝 펼쳐진 것처럼 보였다. 그리고…… 조금 전에 잠깐 보였던 공중에서 반짝이는 빛의 실 같은 것이 일제히 쿠오의 주변으로 퍼지기 시작했다.

빛으로 짠 그물처럼 퍼져 나가는 그 '날개'를 보고 크게 놀라면서도 오펜은 쿠오의 중얼거리는 소리를 놓치지 않았다.

"너는 이렇게 말했다. 메첸과 함께 나를 죽이고 모든 교의를 대륙에 공개하도록 교주님에게 진언할 생각이라고 말이다."

술렁……. 지금까지 아무 말도 하지 않았던 신관병들 사이에 파문처럼 술렁거리는 소리가 퍼져 나갔다. 물의 표면에서만 작게 퍼져 나가고──한 번 퍼져 나갈 뿐 금방 사라져 버리는 듯한 그런 술렁임이.

"호오. 나도 고문을 당했을 때는 의외로 괜찮은 말을 한 듯하군."

사루아는 떨어뜨린 경봉을 주워 들더니 멋지게 회전시켰다. 그리고 경봉을 손에 꽉 쥔 뒤, 말했다.

"마술사와…… 아니, 성도 밖에 사는 인류 모두와 대립하는 지금까지의 방식을 지속하면 킴라크 교회는 언젠가 망한다──드래곤을 숭배하는 가련한 사람들처럼 뿔뿔이 흩어져 얼굴을 숨기고 살아남는 게 고작이지. 그 사실을 모르지 않을 텐데? 아무튼 간에 당신이 그 교주의 꼭두각시라는 것쯤은 다 알아. 당신만 제거하면 나머진 쉽게──."

거기까지 말을 하다가──사루아가 뚝 말을 끊었다. 오펜도 무심결에 오한이 들어 몸을 웅크렸다.

쿠오 바디스 파테르는 웃었다.

그냥 평범한 웃음이 아니었다. 소리를 내어 웃는 것은 아니지만, 거한은 큰 웃음에 더 큰 웃음을 더하듯이 이상하고 일그러진 미소를 지었다. 눈을 치켜뜨고 있어 딱 보기엔 분노한 모습과도 비슷해 보이는 웃음이었다.

그리고 아무런 반박도 하지 않았다. 무엇보다도 이상한 것은 그것이었을지도 모른다.

살짝 의기소침한 모습으로 사루아가 계속 말했다. 억지로 히죽거리면서.

"그럼 나도 재미있는 것을 알려줄까, 대장. 이곳에 있는 저 사람은 ──."

사루아는 그렇게 말하며 오펜을 가리켰다. 그리고 말을 계속했다.

"《송곳니 탑》의 키리란셀로. 들은 적은 있지? 당신이 물리쳤다고 하는 그 차일드맨 파우더필드의 학생이다. 당신이 그 대륙 최강의 마술사와 어떻게 싸웠는지 나는 오레일에게 들어서 알고 있어!"

사루아가 그 말을 한 순간, 쿠오의 얼굴에서 그 이상한 웃음이 사라졌다. 그리고 조금 전과 마찬가지로 사루아 주변에서 빛줄기가 번뜩였다──.

탓!

사루아는 강렬하게 바닥을 박차고 뒤쪽으로 뛰었다──즉, 오펜이 있는 방향으로. 사루아가 서 있던 곳을 빛줄기가 번쩍이며 지나갔다.

무사히 바닥에 착지한 사루아가 자못 여유가 넘친다는 듯이 콧김을 내뿜었다.

"헷── 당신이 자랑하는 '이프리트'도 언제 오는지 타이밍만 알

비마왕(緋魔王)

면 별것 아냐."

"저주 받은 마술사와 손을 잡은 너는 이제 우리 동포로서의 자격
이 없다……."

사루아의 말은 무시하고──쿠오가 단검을 들어 올렸다.

"죽어라!"

쿠오가 전혀 신관답지 않은 단어를 내뱉자, 그게 신호라는 듯이 계
단의 신관병들이 조용히 움직이기 시작했다. 하나, 하나 계단을 내
려오는데, 얼굴의 아래쪽 반을 가리고 있는 마스크로도 숨길 수 없을
만큼 명백한 살의가 불타고 있었다.

"이봐, 키리란셀로……."

사루아는 쿠오를 바라보면서도 조용히 오펜을 향해 속삭였다.

"쿠오는 내가 쓰러뜨리겠다. 너는 저쪽 산관병들을 전부 상대
해라."

"………."

어떻게 보면 너무 무모하다고도 할 수 있는 지시에 오펜은 무심코
말문이 턱 막혔다. 하지만 간신히 신음소리를 내듯이 대답했다.

"──뭐?! 이봐, 잠깐 기다려!! 그게 가능할 리가──지금 나는 마
술이──."

"신관병들이 그걸 깨닫지 못하게 잘 좀 해 봐. 신관병들은 이 마을
밖으로 나간 적이 없어. 마술사와의 전투 경험도 거의 없지. 마술을
두려워 해……. 혹시나 해서 말해 두는데 저 신관병들보다 쿠오가 더
상대하기 힘들어."

"오펜, 어쩔 거야?!"

클리오가 큰 소리로 외쳤다. 클리오 대신 머리 위에 레키가 파닥파

닥 손(앞다리)을 흔들었다.

"오펜은 지금 마술 못 쓰잖아?! 응? 어쩌면 좋을까?! 나도 검이 없고, 오펜도 무기다운 무기가 없잖아! 혹시 대항할 방법이 전혀 없는 거 아냐?! 오펜~. 뭐라고 대답 좀 해 봐——."

전혀 위기감이 없이 계속 잘 울리는 목소리를 외치는 소녀를 멍하니 바라보면서——.

오펜은 머리를 감싸 안은 채, 울먹이는 듯한 목소리로 말했다.

"……이…… 젠장맞을 계집애가……."

"아무튼…… 어떻게든 잘 좀 해 봐."

어이가 없다는 듯한 목소리로——다소 절망감도 섞여 있었지만——말하는 사루아.

사루아는 그 말을 한 뒤, 다시 쿠오를 돌아보았다. 쿠오는 등 뒤에서 폭포 같은 빛줄기를 펼쳤다. 마치 빛나는 날개처럼. 빛만으로 만들어진 거대한 날개는 그 투박한 거한을 천사처럼——또는 악마처럼——보이게 만들었다.

오펜은 일단 그쪽은 사루아에게 맡기로 하고 신관병 쪽으로 몸을 돌렸다. 사루아와는 서로 등을 맞댄 형태가 되었다. 타닥타닥 무사태평하게 달려서 다가오는 클리오를 보고 오펜은 독설을 날리려고 했다.

"너 진짜——."

그때.

달려오는 클리오 뒤쪽에서——.

오펜은 온 몸에서 핏기가 가시는 느낌이 들었다. 오펜은 무심코 경봉을 떨어뜨릴 것 같은 느낌에 사로잡힌 채 외쳤다.

"매지크! 너——그만둬!!"

접근해 오는 신관병들을 향한 채, 매지크가 양손을 맞대고 있었다. 아주 진지한 표정으로 표적을 노려보면서. 몸집이 작은 소년 주위에 막대한 구성이 전개되는 모습을 오펜은 악몽이라도 꾸는 것처럼 바라보았다.

집중한 채 매지크가 말했다.

"건물을 무너뜨리지 않을 정도면 되잖아요? 클리오는 힘 조절을 못하지만 전 가능해요——."

몸 앞에서 맞댄 소년의 손에 화악 하고 순백의 불이 붙었다. 신관병들이 기세를 잃고 멈춘 모습이 보였다. 마스크 탓에 표정이 어떤지는 알 수 없었지만, 눈동자는 확실히 공포에 질려 있었다.

오펜은 가만히 서서——여기까지 발동이 된 상태라면, 이제는 방해하는 것이 더 위험하다——클리오를 잡아당겼다. 마술이 폭발하면 무슨 일이 벌어질지 알 수 없었기 때문이다.

그러는 사이에도 매지크는 초조한 표정으로 구성에 힘을 더해 갔다. 불꽃이 한층 더 빛나자 소년은 양손을 앞쪽으로 내던지며 외쳤다.

"나 발하노라, 빛의 칼날!"

부풀어 오르는 광열파가 일직선으로 신관병들을 공격했다——.

그 직전에.

매지크의 바로 눈앞에 빛의 벽 같은 것이 출현했다. 빛나는 것이라기보다는 그냥 물이 흐르는 것처럼 반짝일 뿐인 빛줄기가 몇 겹이나 겹쳐진——벽.

빛줄기는 복잡하게 겹쳐 공중에 복잡한 문양을 그렸다. 그 벽은 매지크가 발한 광열파를 정면에서 막아 내며 폭발시켰다.

작열하는 흰 불꽃은 술자 자신──매지크까지 덮쳤다. 굉음과 함께 불타는 충격과 열풍(熱風)이 소년을 휘감았다. 비명은 들리지 않았다…….

"매지크?!"

클리오가 외치며 매지크에게 달려갔다. 오펜도 뒤를 따르려고 했는데──문득 걸음을 멈췄다. 오펜은 오싹하는 심정으로 뒤를 돌아보았다. 쿠오 바디스 파테르의 모습을 확인했다.

쿠오의 갑옷에서 전개된 빛의 날개가 도중에 사라졌다. 매지크 눈앞에 출현한 것은 틀림없이 그 날개의 끝이었다. 그리고 은빛 그물이 그렸던 문양은…….

"월드 그라프……?"

그 사실은 오펜이 도저히 이해할 수 없는 것이었다. 킴라크 교도의 암살자가 드래곤 종족의 마술을 사용해?

쿠오는 그냥 조용히 조소를 띄우고 있을 뿐이었다.

"이·프·리·트. 마인의 갑옷이다."

오펜에게서 등을 돌린 채 사루아가 중얼거렸다.

"저 대장은 너희들의 마술이 안 통해."

오펜은 그 말을 듣고 문득──깊은 기억의 늪에서 무언가가 떠오르려고 한다는 사실을 깨달았다. 원해서 기억해 내는 것이 아니라, 자연히 기억이 떠올랐다. 메첸과 만났던 카미슨다 극장. 그리고 그 갑옷.

아무런 기능성이 없는 진홍의 갑옷. 킴라크 교회는 천인의 유적을 숨겨 두었다…….

"……천인의 유적인가?!"

오펜은 외쳤다. 현재 대륙에 남아 있는 천인의 무기 대부분은 일찍이 마술을 사용할 수 없는 민중들에게 마술사를 사냥할 수 있는 힘을 부여하기 위해 만들어진 것이었다——천인의 마술로 만들어진 그 무기들은 인간의 마술을 훨씬 능가하는 힘을 지녔다. 마술을 완전히 막는 방어구 종류가 있다고 하더라도, 전혀 이상할 게 없었다.

쿠오는 아무런 대답도 하지 않았다. 빛의 날개가 원래대로 돌아왔다. 날개는 얇은 커튼처럼 가로로 길게 뻗어 쿠오의 주변을 휘돌았다…….

그대 사루아가 달려 나와 경봉을 수평으로 들고 외쳤다.

"녀석은 내가 맡겠어! 신관병들을 제압해!"

쿠오를 향해 달려가는 사루아에게서 등을 돌리고 오펜은 매지크를 바라보았다. 클리오가 일으켜 주고는 있지만, 의식은 없는 듯했다. 바로 코앞에서 열충격파가 작열했으니 당연하다——얼핏만 봤는데도 입고 있던 망토가 검게 타고, 여기저기에 화상을 입은 모습을 확인할 수 있었다. 가슴이 격렬하게, 하지만 작게 위아래로 움직였다. 아직 죽지는 않았다.

클리오가 몸을 흔들면서 외쳤다.

"매지크! 야! 왜 대답을 안 해?!"

그러자——.

마술의 위협이 사라졌다는 사실을 깨달았는지, 신관병들이 두 사람을 향해 몰려들었다.

"젠장!"

오펜은 거칠게 말을 내뱉은 뒤, 경봉을 들고 신관병 부대를 향해 내달렸다. 스무 명이 넘는 부대 중 대여섯 명이 오펜을 향해 몸을 돌렸다.

'전부 나한테 유인하기는 힘든가……'

신관병들에게 둘러싸여 매지크와 클리오의 모습이 보이지 않았다. 날카로운 클리오의 외침은 들렸지만, 어떤 상황인지는 전혀 알 수 없었다.

가장 앞에 있던 신관병이 오펜보다 먼저 공격을 해 왔다──무기는 똑같다. 경봉이다. 대각선 위쪽에서 아래로 날아오는 경봉을 오펜은 오른쪽 팔꿈치로 막았다. 뼈까지 진동할 만큼 통증이 밀려왔지만, 오펜은 그 통증을 그냥 무시했다. 혀를 찰 틈도 없이 오펜은 오른팔을 들어 올린 김에 경봉의 손잡이로 상대의 미간을 강타했다. 순간 시야가 가려졌지만, 신관병의 눈이 뒤집혀 흰자위가 드러난 모습이 확실히 보인 것 같았다.

오펜은 비어 있는 왼손으로 비틀거리며 쓰러지는 상대의 손에서 경봉을 빼앗았다. 그리고 클리오와 매지크가 있는 곳을 살짝 확인한 뒤──몰려든 신관병들밖에 안 보였지만──오른손으로 들고 있던 경봉을 바닥에 구를 만큼 낮게 클리오가 있는 곳으로 던져 주었다.

"클리오, 사용해!"

오펜이 클리오를 향해 짧게 외쳤다. 혼전인 상황에서 클리오가 경봉을 주울 수 있을지 없을지는 모르겠지만, 의외로 잘 활용할 가능성도 충분히 있다.

벌써 맞아 죽었을지도 모른다는 생각은 하지 않기로 했다.

게다가 벌써 다음 상대가 오펜을 향해 덤벼들었다──.

이번엔 두 사람이 동시에 공격했다. 좌우에서 한가운데를 살짝 비운 채로. 경봉을 굴린 탓에 자세가 낮아진 오펜은 그대로 몸을 앞으로 내던졌다. 그리고 바닥을 한 번 굴러 일어났을 때에는——신관병 두 사람과 스쳐 지나간 뒤였다.

하지만 뒤를 돌아볼 틈은 없었다. 주변 모두가 이미 적으로 둘러싸여 있기 때문이었다.

일어나려고 할 때 머리를 노리는 경봉을 왼손의 경봉으로 막았다. 금속이 부딪쳐 귀에 거슬리는 소리가 고막을 꿰뚫었다. 상대의 움직임이 멈춘 그 순간, 완전히 자리에서 일어선 오펜은 정면에서 다시 경봉을 휘두르는 신관병에게 망설임 없이 돌진했다——그리고 상대의 팔 안쪽으로 파고들어 격렬하게 숨을 내쉬었다.

동시에 적의 몸 중심에 팔꿈치를 날렸다.

두 명째가 쓰러졌다.

'끝이 없어……!'

어느 쪽을 돌아봐도 적이 보였다.

다시 좌우에서, 전후에서, 때로는 위아래에서, 신관병에게 둘러싸인 오펜은 거의 자아를 잊은 채 몸을 계속 움직였다. 노란 먼지로 흐릿한 시야 탓에 흰 사람 그림자가 무수히 늘어서 있는 듯한 착각이 들었다. 때리고, 막으며, 몇 명을 쓰러뜨렸는지——또는 몇 번이나 쓰러졌는지——수를 세는 것도 잊어버렸을 무렵, 갑자기…… 움직임이 멈췄다.

"………?"

경봉을 손에 들고 오펜이 우뚝 멈춰 섰다. 그때까지는 끝없는 공격에 반사적으로 전투를 계속했었는데——.

신관병들이 더 이상 공격을 해 오지 않았다.

내려다보니, 네 명——아니, 다섯 명. 신관병이 쓰러져 있었다. 조금 떨어진 곳에서는 맨 처음에 쓰러뜨린 한 명이 보였다. 옆을 보니 클리오가 있었다. 오펜의 위치에서 조금 떨어진 곳이었다. 매지크를 감싸고 레키를 머리에 올린 채, 아까 던져 준 봉을 제대로 주운 건지 아니면 스스로 누군가에게서 빼앗은 것인지는 모르지만, 경봉도 손에 쥐고 있었다. 클리오의 발밑에는 바닥에 깊게 파묻혀 움직이지 않는 신관병 세 사람이 보였다. 조금 놀란 듯한 표정으로 클리오가 오펜을 바라보았다.

'뭐지……?'

상황이 잘 이해되지 않았다. 남은 신관병은 어느새인가 오펜에게서 멀찍이 떨어져 이곳을 포위하고 있었다. 남은 인원은 열네 명인가. 오펜을 포위한 것처럼 둥글게 둘러쌌지만, 습격해 오지는 않았다. 신관병들의 눈에는 곤혹스러움이 떠올라 있었다.

열네 명. 열넷?

'하나…… 부족한 것 같은데?'

오펜이 그 사실을 눈치채고 계속 주변을 둘러보았다. 그런데——.
등 뒤에 한 명, 신관병이 서 있었다.

"아니?!"

오펜이 뒤를 돌아보자마자, 그 신관병은 무시무시한 속도로 경봉을 아래로 내려쳤다. 휙 뒤로 물러서며 그 공격을 피하고, 오펜이 전투 자세를 다시 잡았다. 하지만 상대가 더 빨랐다——.

클리오가 멍하니 바라본 사람이 자신이 아니라 신관병이었다는 사실을 깨달으면서, 오펜은 자신에게 다시 날아오는 적의 경봉을 쳐 냈다. 그리고 또 뒤로 뛰어 피——하는 척하며, 이번엔 왼쪽으로 뛰었다.

뛰면서 오펜은 오른손으로 바꿔 든 경봉으로 신관병의 오른쪽 허벅지를 노렸다. 하지만 상대도 그 노림수를 깨달은 듯, 오펜은 허공을 가르고 말았다.

"오펜!"

클리오가 부르는 소리가 들렸다. 하지만 대답할 틈이 없었다——아니, 들을 틈도 없었다!

"쳇!"

똑같은 무기로는 이길 수 없다. 그렇게 생각한 오펜은 경봉을 던져 버렸다. 그리고 주먹을 쥐며 상대를 바라보았다. 마스크로 아래쪽이 보이지 않는 얼굴. 오펜을 마주 보고 있는 눈.

갈색 눈동자.

'………?'

오펜은 순간 무언가를 눈치챘지만, 결론을 내기도 전에 상대가 공격을 해 왔다. 움직이기 직전, 상대가 경봉을 쥐었던 손에 힘을 뺐다가 다시 쥐는 모습이 보였다. 간단한 속임수다. 직후, 정면에서 그녀는 경봉으로 찔러 왔다.

반격을 할 수밖에 없다. 오펜은 몸을 크게 돌렸다. 자신을 향해 뻗어 온 경봉의 바깥쪽으로 몸을 회전시켜——그 기세를 이용해 적의 귀 부근을 손등으로 공격했다——.

그 순간.

"오펜! 그 사람은——."

클리오의 목소리를 듣고 오펜은 주먹을 멈췄다. 적도 움직임을 멈췄다. 경봉을 앞으로 뻗은 신관병과 그 신관병을 공격하려던 오펜은 결과가 나오기 직전의 상태로 따악 몸의 움직임을 멈췄다.

"그 사람은……."

느릿하게 클리오가 말했다.

"나를 살려 줬어……."

그 신관병이 씨익 웃은 듯한 느낌이 들었다.

그리고 경봉을 든 손을 활짝 벌리자──날카로운 소리를 내며 경봉이 바닥에 떨어졌다. 그 소리를 틈타 여자의 중얼거리는 소리가 오펜의 귀에는 들려왔다.

"오거라──."

화악…… 하고 펼친 그 여자의 오른손에 무언가 공기가 엉기어 붙는 기척이 점점 강해져 갔다.

몇 초 후, 그 손 안에 긴 막대기 같은 것이 출현했다──아니, 긴 검이다. 본 적이 있는 검이다.

어느새 여자는 마스크를 붙잡고 벗어 버렸다. 오펜이 본 적이 있는 얼굴이다 정도의 이야기가 아니었다. 장난스러운 미소가 오펜을 향해 있었다. 오싹해서 뒷걸음질을 치며 오펜이 외쳤다──.

"아자리!"

"역시 왔구나."

아자리는 짧게 그렇게 말한 뒤, 검──천인이 만든 변화의 검, 발트안델스를 번뜩이며, 몸이 걸치고 있던 신관병의 옷자락을 가볍게 베어서 갈랐다. 그 칼날에서는 무수히 많은 마술문자가 반짝였다. 문자는 부풀어 올라 아자리가 가른 옷으로 전이되었다. 옷 전체가 그 빛에 녹아 사라졌다.

다음 순간, 아자리가 입고 있던 옷은 검은 전투복으로 변화했다.

전에도 본 적이 있는 옷이다. 변화를 끝낸 뒤, 아자리는 오펜을 향해 윙크하면서 검을 던지듯이 바닥에 꽂았다. 아직 무슨 마력이 발휘되고 있는 것인지——검은 돌바닥에 농담처럼 아주 쉽게 꽂혔다.

"근데, 뭐야? 그 꼴은."

아자리의 말에——오펜은 갑자기 의식하기 시작했다. 너덜너덜해진 것은 물론 진흙 등으로 더러워진 흰 상하의. 원래는 수도복인 듯했던 그 옷은 지금은 완벽하게 넝마를 모아 놓은 것처럼 보였다.

"앗, 아니, 이건……."

오펜은 탁탁 하고 그 옷을 손으로 털었다. 털어 봐야 떨어질 것들도 아니었지만, 그런 짓을 하는 사이에 아자리가 검을 바닥에서 뽑아 오펜을 향해 날을 뻗었다. 그리고 단숨에 그 끝을 옷에다 갖다 댔다.

그러자 조금 전과 똑같이, 오펜의 옷에도 빛이 이동했다. 너덜너덜했던 옷이 익숙한 가죽 재킷으로 변화했다.

평소의 새카만 모습으로 돌아온 오펜을 바라보며 아자리가 웃었다.

"그 옷이 더 잘 어울려. 너는 원래 흰색이 체질적으로 잘 안 맞잖아."

"응, 맞아. 그건 나도 같은 의견이야."

빼꼼, 옆에서 얼굴을 내민 클리오가 아자리의 말에 동의했다. 매직 크도 안아 올려 가지고 온 듯했다.

"그런 게 무슨 상관이야?"

오펜은 발트안델스를 피하듯 뒤로 물러서면서, 문득 떠오른 듯이 주변 신관병들을 돌아보았다. 그들은 아직도 곤혹스러워하는 듯했지만, 그래도 나름대로 상황을 분석하여, 전체적으로는 올바른 판단을 내린 듯했다. 즉——.

일단 우리를 몰살시킬 생각이었다.

평소의 모습으로 돌아간 오펜은 서서히 가까이 다가오는 신관병들을 돌아보았다. 옷만 바뀌었을 뿐, 드래곤의 문장은 없었다. 무기도 없었다. 조금 전에 경봉을 버린 것을 조금 후회하면서도 오펜은 전투 자세를 잡았다. 포위되었기 때문에 신관병들이 다가오는 방향은 정면 한 곳만이 아니었다. 매지크의 마술을 튕겨 낸 조금 전의 빛의 벽을 생각하면서, 오펜은 불안한 맛을 음미했다. 아자리의 마술로도 결과가 같다면——결국, 형세가 불리한 것은 변함이 없었다.

하지만.

툭, 하고 어깨를 두드리는 느낌에, 오펜은 무심코 주먹을 아래로 내렸다. 돌아보니 아자리가 검을 어깨에 걸친 채 웃고 있었다. 오펜을 바라보는 그 눈동자가——힐끔 발밑으로 내려갔다.

오펜도 따라서 그쪽을 바라보았다. 아자리의 발밑, 조금 전에 그녀가 검을 바닥에 꽂은 곳에서 빛의 문자가 반짝였다.

아자리의 검은 신발 끝이 그 문자를 밟았다. 순간——.

"우와아아아아아아아아아?!"

그 비명은 신관병이 지른 것이었다. 신관병들은 모두 비슷한 비명을 지르면서 상공으로 날아갔다——엄청난 기세로 신관병들의 발밑 바닥이 각각 직경 1미터 정도의 원기둥이 되어 천장으로 뻗어 나갔다. 천장은 굉장히 높았다——10미터는 안 되지만, 8미터 정도는 되었다. 벽에 걸린 랜턴이 유일한 빛이었기 때문에 천장 부근은 매우 어두워 거의 보이지 않긴 했지만. 원기둥은 천장에 격돌하기 바로 직전까지 위로 올라가다가 신관병들을 납작하게 만들기 직전에 딱 멈췄다. 그리고 아자리의 발밑에서 빛나던 문자가 빛을 잃었다.

"뛰어내려도 되는데——."

아자리는 원기둥 위에 있는 신관병들을 향해 놀리듯이 그렇게 외쳤다.

"아래는 돌바닥이야. 잘 생각해 봐."

"……굉~장해……."

클리오가 그렇게 말하며 감탄했다.

아자리는 클리오의 머리(와 레키)를 슥슥 쓰다듬으면서, 어깨를 으쓱 들어 올렸다. 그리고 클리오가 아니라 오펜을 향해 말했다.

"나도 꽤, 이 검을 다루는 데 익숙해졌어."

그러고는——오펜의 표정을 보고 얼굴에서 웃음을 지웠다. 그리고 살짝 쓸쓸한 눈빛을 내던졌다.

"……그런 표정 짓지 마. 확실히 우리에게는 사연이 있는 검이지만——도구는 도구일 뿐이야. 현명한 사람은 알맞게 사용할 수 있어."

오펜은 고개를 저으며 관계없는 일을 물었다.

"언제 여기에 침입해 들어 온 거지?"

"나도 너에게 똑같은 질문을 하고 싶어. 아마…… 너와 거의 동시에 침입하지 않았을까?"

그렇게 대답하는 아자리를 오펜은 가만히 바라보았다. 아주 태연한 모습으로 코앞에 서 있는 그녀를. 아자리. 천마의 마녀. 자신의 누나.

계속——계속 뒤쫓았던 여자.

"나는——."

오펜은 목소리를 내려고 하다가 폐에 통증을 느꼈다. 아자리를 보자 눈꺼풀이 저렸다. 생각을 하려고 하자, 두통이 도졌다. 뭘 하려고 해도, 그래…….

'결국 아자리와 관련되어 있으면, 난 고통밖에 느끼지 못해…….'

해야 할 말이 무엇인지는 이미 잘 알았다. 말해야 하는 장소는 어디든 상관없었다——말을 해야 할 때는 바로 지금이다. 오펜은 입을 열었다. 그런데 그녀의 모습은 이미 사라지고 없었다.

"……?"

어안이 벙벙해서, 오펜은 눈을 껌뻑였다. 계속 바라보고 있었건만, 아자리가 어느새 몸을 웅크렸다는 사실을 눈치채지 못했다. 아래를 내려다보니, 아자리는 클리오에게서 매지크를 넘겨받아 이리저리 만지며 상처가 어느 정도인지 확인했다.

"아자리?"

오펜이 묻자 아자리는——당연히 매지크에 대해 물어본 것이라고 생각한 듯, 가장 심한 화상을 확인하면서 말했다.

"서둘러 치료해 주지 않으면 위험해. 하지만……."

"하지만?"

클리오가 어리둥절한 표정으로 되물었다. 오펜은 고개를 끄덕였다.

돌아보았다. 처음부터 잊어 버렸던 것은 아니었다.

신관병을 밀어올린 원기둥 열네 개가 방풍림처럼 늘어선 곳 너머——흐릿한 노란 먼지 안에서 빛의 날개를 펼친 거인이 걸어왔다.

만신창이가 된 사루아 솔류드를 한 손으로 끌고 아무 말 없이 걸어오는 쿠오 바디스 파테르를 바라보며 오펜은 아자리의 말을 들었다.

"저 사람이…… 그런 일을 할 시간을 과연 줄까?"

아자리가 치료하든, 클리오가 레키에게 부탁해 치료하든——치유 소생 마술은 시간이 걸린다. 외상을 아물게 하는 것 정도라면 간단하지만, 지금의 매지크처럼 중상을 고치려면 치유하는 동안 계속 옆에 붙어 있어야만 했다.

'매지크를 그냥 내버려 두고 셋이서 덤비면 조금은 편히 싸울 수 있을지도 몰라.'

최악의 상황에서 여기까지 회복했다——3대1까지. 그런데 다시 원래의 수준까지 되돌리는 것은 정말 바보 중의 바보나 할 일이었다.

얄궂게 그런 생각을 하면서——오펜은 머리에 손을 댔다. 그러자 얄궂은 생각이 더욱 강해졌다. 아자리라고 한다면 아자리답다. 아자리는 옷을 변화시킬 때, 반다나를 잊었다.

어쩌면 고의일지도 모르지만.

하지만 마술을 사용하지 못하는 자신은 아자리가 원하는 그런 사람이 될 수 없었다.

키리란셀로로는. 강철의 후계자로는.

——차일드맨 대신으로는.

"오펜."

"키리란셀로."

동시에——아자리와 클리오가 동시에 불렀을 때, 오펜은 누구에게 반응했는지도 모른 채 고개를 돌렸다. 그리고 어깨를 으쓱 들어 올렸다.

'……나한테 대들다니, 아주 귀여운 학생이야.'

오펜은 웃으면서 결심했다. 애초에 결정을 해야 할 정도의 일은 아니었지만.

천천히 걸어오는 쿠오를 턱으로 가리키면서.

"녀석은 그런 틈을 안 주겠지. 틈이라면 내가 만들게. 매지크 녀석을 회복시키는 데 얼마나 걸리지?"

"5분."

아자리가 중얼거리더니 구성을 짜기 시작했다.

클리오가 벌떡 일어섰다. 그리고 오펜 옆으로 다가와 주운 경봉을 꽈악 쥐고 자세를 잡았다.

"내가 오펜을 서포트해 줄게."

동시에 소녀의 머리 위에서 레키가 고개를 들었다. 단, 쿠오의 갑옷이 천인의 마술로 만든 것이라면, 딥 드래곤의, 그것도 새끼 수준의 마술은 그냥 막아 버릴 가능성이 높았다…….

하지만 오펜은 그 이야기는 하지 않았다. 그냥 쿠오를 가만히 바라본 채——클리오의 머리를 툭, 하고 두드리기만 했다. 그리고.

"그래. 서포트 잘 부탁해."

"……오펜?!"

반쯤 깜짝 놀란 듯이 클리오가 그렇게 외쳤다. 목소리에서 환희 비슷한 것이 넘쳐 난다는 사실을 느끼면서도 오펜은 일부러 눈치채지 못한 척을 했다.

쿠오의 걸음이——

멈췄다. 심홍색 갑옷을 입고 날개를 지닌 죽음의 교사는 끌고 왔던 사루아의 몸을 투욱 바닥에 떨어뜨렸다. 사루아는 숨은 붙어 있지만, 의식은 잃은 모양이었다. 나은 지 얼마 안 되는 몸에 무수히 많은 상처가 났다. 쿠오가 들고 있는 단검에 공격을 받아 난 것인 듯했다.

오펜은 입을 열었다.

"네가 쿠오 바디스 파테르……인가? 죽음의 교사의 두목이었던가?"

쿠오는 대답하지 않았다.

그러든 말든 오펜은 계속 말했다.

"네임 온리를 죽인 사람은 나다."

핫, 하고——쿠오가 아니라 등 뒤에 아자리가 고개를 드는 낌새가 느껴졌지만, 오펜은 뒤를 돌아보지 않았다.

쿠오는 여전히 아무런 표정이 없는 얼굴이었다.

오펜도 역시 그 감정 없는 얼굴을 흉내 내듯이 표정 근육에서 힘을 뺐다.

"네놈을 죽이겠다고는 확언할 수 없지만, 아무튼 시간을 좀 벌어야겠다."

쿠오가 웃었다. 이제 곧 밤이 밝는다.

그 마술이 그를 죽인다는 확신이——.

갑자기 흐린 표정을 지으며 그는 눈썹을 모았다. 그녀가 허공에 글자를 거듭 적을 때마다, 그녀에게 모여들던 파워는 압도적인 압박이 되어 그에게로 반사되어 왔다. 하지만, 그 힘은 오히려…….

"그만하십시오!"

그는 큰 목소리로 외쳤다. 그리고 단검을 내리고 계속 말했다.

"당신에게 그렇게 큰 마술을 사용할 수 있을 만한 여력이 남아 있을 리가 없습니다——."

"멋진 통찰이다. 나의 아들이여."

이스타시바의 목소리는 매우 만족스러운 듯했다.

미소까지 짓고 있었을지도 모른다——단, 급속하게 건조되어 갈라져 가는 그녀의 얼굴에서는 멋진 표정을 찾고 싶어도 찾을 수 없었지만.

드래곤 종족의 사제는 손에 집중된 힘을 대신해, 자신의 몸을 붕괴시켜 갔다. 얼굴뿐만이 아니었다. 선명한 녹색에, 마치 반짝이는 듯했던 머리카락도 생기를 잃고 먼지가 날리듯 붕괴되어 갔다. 자신의 무게를 버티지 못한 것인지 발목이 부러져 그녀는 그 자리에 무릎을 꿇었다——하나, 마술문자를 그리는 손가락만은 결코 멈추지 않았다.

그리고 말도 멈추지 않고 계속했다.

"정말로 아주 훌륭하다. 그래. 이것은 내 생애에서 두 번째로 강력한 마술이 될 것이다."

"그럴 수가……."

그는 계속 몸을 떨면서 그 모습을 바라보았다. 도저히 몸을 움직일 수 없었다——구성되어 가는 마술문자에 대항하는 일은 불가능하다기보다도 있을 수 없는 일이었다. 윌드 드래곤 종족 중에서도——아일망카^{시조마술사}를 제외하면——최강 최대의 사제, 이스타시바의 힘.

문자는 몇 번이고, 그려지고, 덧그려지고, 그리고 해방되어——한 점에 집중되어 갔다. 모두 은색 빛으로 그려진 전부 다른 문자들. 게다가 무엇 하나 일정한 규격에서 벗어남이 없는 문자들.

그는 단지 힘없이 바라볼 뿐이었다. 무너져 가는 그 여자를.

"이 문자는 그대를 죽일 것이다. 가장 작은 단위까지 분해하여 수백 년 후가 지난 뒤에야 재구축될 것이다."

빛의 문자는 시시각각 커져 갔다. 그리고 그 속도가 급격히 빨라졌다.

"우리의 힘으로는 시간 전이를 할 수 없으나, 유사하게 실현할 수는 있다. 그것은 그대에게도 좋은 교훈이 되겠지."

빛이 드디어 큰 공간을 가득 채운 순간——.

그는 절규했다. 온몸을 꿰뚫는 두려움과 경외에 간신히 실금을 참으며 울부짖었다. 모르겠다. 뭘 두려워하는지도, 무엇을 경외하는지도.

대체 무엇을 예상했기 때문인가…….

자신은 저 문자에 살해당한다——그것이라면 죽음에 대한 두려움에 해당한다.

그가 가장 사랑하고, 가장 두려워하던 여자가 힘없이 무너져 간다——그것이라면 죽음에 대한 경외에 해당한다. 죽음이라는 엄연한 종지부에 대한.

절규가 끝났을 때 즈음에는 빛도 사라지고 없었다.

그는 서 있었다. 그리고 그녀는——너덜너덜한 쓰레기처럼—— 그 자리에 쓰러져 있었다. 얼굴만을 그에게 향한 채. 더 이상 하나도 닮은 점이 없는 자신의 아름다운 초상화를 등 뒤의 재단 위에 짊어지고…….

그와 그녀의 딱 중간 즈음에 문자 하나가 떠 있었다. 문자는 소리도 없이 천천히 그에게로 가까이 다가왔다.

하지만 무시무시할 정도로 느렸다. 그의 곁으로 다가오기까지, 몇 분은 걸릴 듯했다.

이스타시바의 신음소리와도 비슷한 중얼거림이 큰 방에 새어 나왔다.

"이 문자가…… 나의, 나의 마지막 마술."

그는 아무 말도 하지 않았다. 단지, 문자를 가만히 바라보기만 했다.

"이 문자를 만지면──그대의 몸은 소멸하고, 몇 백 년 뒤에 이 대륙의 어딘가의 땅에서 재생될 것이다. 하나, 물론."

목소리에 자조가 섞였다.

"물론 그대는 이 문자를 피할 수도 있겠지……. 옆을 지나 나의 숨통을 완전히 끊는 것도 크게 어렵지 않을 것이다. 나의 아들이여, 그대는 결단력이 있는 남자다. 그러니 그대에게 결단을 맡기겠다. 어떤 결단을 하든, 나에게는 그다지 중요한 일이 아니다. 어느 쪽이든 간에, 나의 죽음은 피할 수 없다. 이 요새는 우리 종족의 무덤으로서 부족함이 없는 장소다. 죽어도 좋은 곳에서 죽음에 저항하는 것만큼 꼴사나운 짓도 없지."

무슨 말을 하는 것인가 알기 힘들었다──.

몇 번이고 반복되는 말을 그는 다시 외치려고 했다. 하지만 목소리가 나오지 않았다.

아니. 그는 고개를 저었다. 이해를 하고 싶지 않았다. 그녀가 죽는다는 것을!

그녀는 계속 유언을 하고 있었던 것이다…….

그는 문자를 가만히 응시한 채 움직이지 않았다. 그녀는 그것을 눈치챈 것인지, 채지 못한 것인지, 혼자서 말을 계속했다.

　"하나, 어떤 결단을 하던 간에, 잠시 시간을 내 주어야 한다. 그대
에게는 지금부터 긴 이야기를 들려주어야만 하니———."

제6장 이야기가 끝나고

새벽 전.

새벽 전이라고, 천마의 마녀 아자리는 직감적으로 느꼈다. 물론, 아직 지하인 이 신전 안에 그런 징후가 있을 리 없었다. 단지, 그렇게 느꼈을 뿐이었다. 그냥 생각을 했을 뿐인지도 모른다.

단지, 움직이고 있는 것만은 분명했다. 새벽을 향해.

메첸 아미크는 새벽을 앞에 두고 뒷골목에 웅크리고 앉아 있었다 ──세찬 비에 맞으면서도 멍한 눈을 반짝이며.

성도에 자욱하게 낀 검은 구름이 떠오르면 보라색으로 불탈 아침 해를 가로막았다.

계엄령이 떨어진 뒷골목에는 사람의 낌새는커녕 생명의 숨결조차 느껴지지 않았다. 비에 젖어 차갑고, 단단하고, 무거워져 가는 몸을 껴안듯이, 메첸은 상처 입은 오른팔에 천을 꽉 묶었다. 평소에는 머리에 두르는 파란 천. 비와 피에 젖은 지금은 검은 장미색으로 물들어 있었다.

새벽이 오는 줄도 모르고 매지크는 어둠 속에 잠들어 있었다.

무슨 일이 벌어졌는지도 몰랐다――단지, 섬광과 함께 매지크는 이곳으로 튕겨 나갔다.

누군가가 몸을 만지고 있다. 격렬한 통증에 움츠러든 매지크의 몸을 어르듯이 어떤 힘을 이용해 포옹해 주었다.

'아, 그렇구나. 이 사람이 스승님의――.'

뜬금없이, 그는 그런 생각을 했다.

새벽이 오는 광경이 보이지 않아 답답했다.

사루아는 혼돈스러운 의식의 깊은 못에서 억지로 몸을 일으켰다. 입천장에서도, 콧구멍 속에서도, 계속 피비린내가 진동했다. 혀 위의 끈적한 감촉에 구역질을 느끼면서 그는 고개를 들었다. 엎드린 자세로 쓰러져 있던 상태에서 목을 들고, 간신히 앞으로 나아가려고 했다――. 하지만 양팔은 양쪽 모두 제대로 말을 들어주지 않았다.

"이곳에서는――안 돼. 키리란셀로!"

목구멍에서 뜨뜻한 것이 치밀어 올랐다. 위액이 아니라는 것만은 틀림없었다.

"《시성의 방》이다……. 그 문을 열면 쿠오는 위력적인 무기를 사용할――크아악!"

토해 내고 싶었던 그 뜨뜻한 것은 가슴 언저리에 걸려 결국 나오지 못했다. 쿠오가 뒤통수를 밟아, 사루아의 의식이 다시 흐릿해졌기 때문에…….

새벽은 그를 전율하게 했다.

특별히 무슨 까닭이 있었던 것은 아니다——단지, 온몸의 피부 아래에서 휘어진 철사가 몸부림치는 것처럼 거슬리는 위화감이 굼실댔기 때문이었다. 이제 곧 날이 샌다.

"《시성의…… 방》?"

사루아의 말을 반복하면서 오펜은 통증을 어떻게든 뿌리쳤다. 시성의 방——.

"저 문의 너머인가?"

쿠오가 서 있는 곳 너머에 높이 솟아 있는 격자 문. 격자가 복잡하게 얽혀 있어 안을 들여다볼 수는 없지만, 꽤 장엄해 보였다. 사람들은 모르는 《시성의 방》——신전 최하층——사루아가 한 말을 떠올렸다. 무엇인지는 모르지만, 이 신전에 있어, 나름 중요한 방일지도 모른다.

하지만, 결국 문은 쿠오의 등 뒤에 있다. 쿠오를 돌파하지 않으면 《시성의 방》에는 발을 들일 수 없다.

쿠오 바디스 파테르는 빛의 날개를 펼치고 느긋하게 오펜을 바라보았다. 오펜은 그 눈의 숨길 수 없는 살의를 엿보았다. 발밑에는 쓰러진 사루아. 그 오른손에는 거대한 몸집에 어울리지 않는 단검——그 어디를 봐도 틈이 없는 칠흑 같은 검. 흑요석에서 깎아 낸 듯한 검은 광택. 불규칙적으로 소용돌이치는 모래 먼지 안에서, 그 남자는 죽음을 초래하는 마왕처럼, 또는 전사를 고향으로 이끄는 정령처럼 당당하게 서 있었다.

오펜은 한쪽 눈을 반쯤 감고 그 남자를 시야의 중앙에 놓은 뒤, 마술 구성을 짜기 시작했다. 하지만 이마가 깎여 나가는 듯한 통증 때문에 계속 구성을 짤 수 없었다.

'역시…… 안 되는 건가.'

마술은 사용할 수 없다. 피눈물로 얼굴을 적신 네임 온리의 죽은 얼굴이 눈앞에 어른거렸다.

"큭큭큭……."

웃음소리. 쿠오였다. 얼굴 안쪽에 머물 정도로 작게 웃으며 그는 재미있다는 듯이 중얼거렸다.

"발트안델스──달의 문장의 검인가. 일찍이 전란이 있었을 때, 천인 종족이 드래곤 신앙자들에게 내린 무기 중 하나이군. 다채로운 마술에 대응하기 위해 효과에 제한을 두지 않아, 조금이라도 칼날에 상처를 입으면 물질이 분해, 재구성되지. 단, 훈련을 받지 않은 사람은 그 재구성을 명령하기 위한 정신 집중이 어렵기 때문에, 전쟁 중에는 실제로 이용되지 못했다. 하나, 그래. 마술사가 사용하면 제어는 가능하겠군. 얄궂은 이야기지."

쿠오는 그러고는 어깨를 으쓱 들어 올렸다.

"덧붙이자면 새겨진 문자 수는 1814자. 대강의 뜻은 이렇다. 나는 처음이자 끝이다. 그것은 시대의 마물. 언제든 다른 무언가…… 본격적으로 해석하자면 시간도 걸리겠지만, 현존하는 것들의 대부분은 습작이다. 무기로서는 매력이 없지."

오펜은 아무 말 없이 그 말을 계속 들었다. 쿠오도 반응을 기대하지 않았는지, 별로 신경 쓰는 기색은 없었다. 쿠오는 가벼운 말투로 계속 말했다.

"……조금은 의외였을지도 모르겠군. 너희들은 천인 종족의 유산을 다룰 수 있는 곳이 《송곳니 탑》뿐이라고 생각했을 테니까……. 하나, 그 유산의 힘은 절대적이다. 우리는 당연히 그 점에도 착안했다. 독자적으로 마술문자를 해석하는 데에는 꽤 많은 시간이 걸렸지. 유적을 은닉했다는 사실은 왕도도 눈치채고 있을 테지만, 현재로서는 아무런 말도 하지 않더군."

"킴라크 교회는 운명의 세 여신 신앙이잖나. 신들에게서 마술을 훔쳤다는 전설이 있는 드래곤 종족을 아주 싫어한다고 생각했는데 말이야."

오펜은 잔뜩 비꼬며 독설을 해 줄 생각이었지만, 별로 신경에 거슬리지 않는 모양이었다. 쿠오는 흥, 하고 코웃음을 치고 말했다.

"우리도 바보는 아니다. 유용한 것은 이용하지. 어차피…… 드래곤 종족은 드래곤 종족. 인류와는 관계없다. 좋을 대로 이용하면 그만이야."

"그런, 이야기에는――."

거칠게 숨을 쉬며 중간에 끼어든 사람은….

클리오였다. 어느새 쿠오의 왼쪽 편으로 돌아가듯이 달리면서, 클리오가 옆구리에 안고 있던 레키를 던지듯이 들어 올렸다.

"흥미, 없거든~!"

숨을 헐떡이며 띄엄띄엄 소녀가 그렇게 외친 직후――쿠오 주변에 흐릿한 빛이 발생했다. 레키가 녹색 눈을 번쩍 뜨고 그쪽을 바라보는 모습이 보였다. 빛이 파직파직 소리를 내면서 불꽃으로 변하며 순간적으로 진동했다.

그리고 대폭발이 일어났다.

폭발하는 중에 쿠오가 몸을 날개로 감싸는 모습을 똑똑히 확인한 뒤, 오펜이 달렸다. 불타는 불기둥 중심에 있는 사람 그림자를 향해.

'날개를 방어에 사용하는 지금이라면 아무것도 못 할 거야…….'

지금이라면 문을 열 수 있을지도 모른다.

오펜이 달리면서 외쳤다.

"클리오, 그쪽 문에 구멍을 내 줘!"

"오케이~!"

물건을 사 와 달라는 부탁을 받은 것처럼 홀가분한 모습으로 클리오가 손을 들었다. 그리고 재빨리 문을 향해 몸을 돌렸는데——.

멀리 튕겨 날아가 버렸다.

"꺄아아아아아?!"

불기둥에서 뻗어 나온 날개에 얻어맞은 클리오는 몸무게가 가벼운 탓도 있는지, 꽤 강하게 바닥을 굴렀다. 말려들지 않도록 하기 위해 클리오가 내던진 레키는 다른 방향으로 데굴데굴 굴렀다. 소녀의 몸은 긴 금발이 꼬리를 끌며 불덩어리처럼 회전해 벽에 격돌했다. 꺅, 하고 짧은 비명을 지른 클리오가 몸을 쭉 뻗으며 멈췄다.

바닥 위에서 레키가 눈을 껌뻑인 뒤—— 기왕에 한 번 더 회전. 스스로 회전했다.

"……아니?!"

예측이 빗나간 오펜이 소리를 흘렸다. 그래도 다리는 멈추지 않고 계속 달렸다. 그 앞쪽에서는 불기둥이 두 갈래로 갈라지더니, 그 안에서 쿠오가 모습을 드러냈다. 한쪽 날개를 뻗고, 또 다른 한쪽 날개로는 몸을 감싼 채.

쿠오는 몸을 감싼 날개도 소리를 내지 않고 펼치며 무표정한 얼굴

로 오펜을 바라보았다.

'등의 장갑인가…….'

오펜은 그다지 의미 없는 사실을 깨달았다. 등에 달려 있는 붉은 판 두 개. 그곳의 근육이 반짝거리며 수축하자, 빛의 날개가 펼쳐졌다. 잘 보니, 판의 끝이 갈라져 무수히 많은 실로 변하는 중이었다. 공중에 반짝거리는 것처럼 보인 것은 날개의 잔상이었다. 쿠오는 실을 무수히 엮으면서 날개를 만들었다.

다리를 멈출 여지는 없었다——멈춰 서면 쿠오는 틀림없이 먼저 클리오에게 결정타를 날릴 테니까.

하지만 반대로 접근하면 저 날개도 쉽사리 사용할 수 없다.

달려가는 오펜을 계속 바라보면서 쿠오는 가지고 있던 칠흑 같은 단검을 들어 올렸다. 그리고 검신에 왼손을 살짝 포갰다.

'묘한 자세네.'

오펜은 의아하긴 했지만, 상대의 무기가 단검이라면 접근하기에 딱 좋다고 생각했다. 게다가 이제 다섯 걸음 남았다…….

쿠오의 손가락이 검신을 문질렀다. 앞으로 세 걸음.

살짝 입꼬리가 드러나 흰 이가 보인 듯했다. 앞으로 두 걸음. 이제 0.5초도 걸리지 않는다.

그 순간——.

뇌리에 무언가가 번쩍여 오펜은 옆으로 뛰었다. 빛의 날개가 아니라 이번엔 검은 무언가가 오펜의 옆을 스쳐 지나갔다.

바닥에 다리가 닿은 뒤에도 오펜은 멈추지 않고 계속 앞쪽으로 몸을 내던졌다. 그리고 일단 한 번 회전을 하고 자세를 바로 잡은 다음, 또 뒤쪽으로 뛰었다.

그 모든 움직임의 뒤를 쫓듯이 날카로운 기척이 다가왔다. 채찍처럼 휘는 검은 잔상이 딱 S 자를 그리며 바닥의 돌을 에어 냈다. 그리고 귀에 거슬리는 소리를 내면서 바닥에 깊은 상처를 남긴 채, 쿠오가 있는 곳으로 되돌아갔다.

"이건……."

뒤쪽으로 뛰어서 피한 탓에 다시 쿠오와의 거리가 벌어졌다. 또 언제든지 뛸 수 있도록 바닥에 다리를 밀어붙이며 오펜은 자세를 다시 잡았다.

쿠오의 단검이 장검(長劍) 길이로 늘어났다. 아니, 그런 것이 아니었다.

대담하게 웃는 죽음의 교사의 손에는 단검의 손잡이밖에 없었다. 검신이 복잡한 직소퍼즐의 조각처럼 뿔뿔이 흩어져 공중에 떠 있었다. 마치 원래 조합되어 있는 형태 그대로 떨어뜨려 놓은 것처럼 보였다. 쿠오가 손잡이를 올리자, 아무런 문제도 없이 검신도 같이 올라갔다. 거한은 검을 크게 휘둘렀고——.

오펜은 재빨리 몸을 숙였다. 그리고 그 칼날 무리가 머리 위로 통과하는 모습을 확인한 뒤 몸을 일으켰다.

칼날은 더욱 틈을 벌려 몇 미터 정도까지 늘어났다. 쿠오가 손잡이를 당기면, 칼날도 줄어들었다. 모든 것을 손잡이로 조절할 수 있는 모양이었다. 쿠오는 채찍을 조종하듯이 칼날 무리를 휘둘렀다.

유성군처럼 검의 파편이 날아다녔다——.

전후좌우에서 붕붕거리는 소리를 내는 검은 칼날을 피하면서, 오펜은 쿠오의 목소리를 들었다.

"이게, 별의 문장의 검……. 물드아우르. 귀중한 검이다."

칼날은 길어지면 길어질수록 당연히 틈이 벌어지는데, 칼날의 파편 중 하나에라도 맞으면 치명상을 입을 수 있다. 파편의 수 자체는 한정되어 있기 때문에 아무래도 수십 미터까지 길어지면 별로 무섭지는 않겠지만.

칼날의 파편은 하나하나가 기이한 형태였다. 문자 같은데, 아마 마술문자인 듯했다.

'젠장……!'

끊임없이 습격해 오는 칼날을 피하는 사이에 점차 쿠오와의 거리가 벌어진다는 사실을 오펜은 비참한 마음 구석에서 자각하고 있었다. 거리가 벌어지면 벌어질수록 불리하다──오펜은 마술을 사용할 수 없으니까!

아무리 《탑》에서 체술을 이용한 전투법을 배웠다고는 해도, 마술사가 지닌 모든 기능은 어디까지나 마술이 주체다──주체이자, 계기이자, 수단이기도 하다. 그 마술을 부릴 능력이 없어졌다는 것이 무슨 의미인지 오펜은 잘 알기 때문에 이를 갈았다.

'아무것도…… 할 수 없어! 너무 무력해!'

오펜은 혀를 차며 상당히 크게 뒤로 뛰어 피했다. 이걸로 쿠오와의 거리가 10미터 정도까지 벌어졌다.

그런데──몰드아우르인가 뭔가가 늘어날 수 있는 것도 그 거리 정도까지가 한계인지 쿠오의 공격이 멈췄다. 그리고 물 흐르듯 검의 파편이 모여, 검신이 대략 팔 길이 정도까지 줄어들었다.
<small>별의 문장의 검</small>

"이 갑옷과…… 검이 없으면 이길 수 있다고 생각하는 모양이군. 마술사여."

쿠오가 그렇게 중얼거리자, 동시에 등의 날개가 우아하게 날갯짓을 했다.

그리고——죽음의 교사는 발밑에 엎드린 사루아를 힐끔 바라보았다.

"네 말대로다."

오펜은 담백하게 인정했다.

하나마나한 이야기를——하고 마음속으로 독설을 내뱉으면서 오펜은 차오른 숨을 어떻게 해서든 안정시키려고 가슴을 문질렀다.

쿠오가 조용히 말을 계속했다.

"이 남자가 우리에게 반역하려고 한 이유를 너에게도 알려 주마. 지금 체제가 그대로 이어지면 킴라크 교회가 망해? 그럴 일은 없다. 이 어리석은 젊은이는 아마 이 마을이 따분했던 모양이다…….."

검이 다시 은근히 늘어나고 있다는 사실을 깨달은 오펜은 허리를 낮추고 다음 공격에 대비했다. 거리가 이 정도 벌어져 있으면, 억지로 공격은 할 수 있다고 해도 칼날의 틈이 크게 벌어진다. 그렇다면 피하는 것은 그렇게 어렵지 않다.

"따분하다고? 나는 따분했던 적이 한 번도 없다. 나는 계속——."

쿠오는 검의 손잡이를 앞으로 살짝 기울여 잡았다.

"계속 두려워했다!"

그리고 쿠오는 검을 찔러 왔다.

기세 좋게 칼날이 뻗어 왔다——확실히 찌르기라면 틈이 아무리 벌어져도 상관없다.

"네임과 비슷한 짓을!"

달리면서 그렇게 외친 오펜이 옆으로 도망쳤다. 그리고 쿠오가 검을 거두기 전에 앞을 향해 돌진했다.

"그래! 아들이니 당연하다!"

쿠오의 외침을 듣자 오펜은 순간 정신이 산만해졌다. 그러자 쿠오가 그 틈을 놓치지 않고 손목을 돌려──찔러 왔던 검을 옆으로 휘둘렀다.

"──!"

검은 칼날이 자신의 몸을 옆으로 베어 내듯 지나가는 것을 오펜은 소리 없는 비명을 지르며 그대로 받아들였다. 물론 칼날에는 틈새가 있었기 때문에 절단되지는 않았지만, 몇몇 파편이 스쳐서 옆구리에서 가슴에 걸쳐 몇 개인가의 상처가 남았다.

통증과 충격을 버티면서 오펜은 쓰러졌다. 피는 그다지 많이 나지 않은 듯했지만, 복잡한 형태를 한 칼날에 베인 탓인지, 상처의 통증이 엄청났다.

바닥을 쥐어뜯으며 마구 날뛰고 싶은 충동을 억누르고──오펜은 팔꿈치로 바닥을 찍으며 그 반동을 이용해 똑바로 누웠다. 어느새 위에서 아래로 날아온 물드아우르의 칼날이 방금 전까지 오펜이 쓰러져 있던 바닥을 강타했다. 오펜은 다시 몸을 돌려 엎드린 상태로 돌아간 뒤 일어섰다. 그리고 필사적으로 고개를 들었다──자욱한 노란 먼지를 뚫고 죽음의 교사와 눈이 마주쳤다.

"이──."

"아들이었으니 말이다."

쿠오는 담담한 말투로 말을 고쳤다. 그리고 검을 되돌리며 말을 계속했다.

"죽었나? 어떻게 죽었지?"

"녀석은……."

오펜은 무심코 대답을 하려고 했지만──격통이 밀려와 몸에 잔뜩 힘을 주었다. 그러자 가슴에 난 상처의 통증과 더욱 강해진 두통 때문에 시야가 일그러졌다.

──나를 죽였으니까!──.

네임 온리의 목소리가 어딘가에서 오펜을 불렀다.

양손을 가슴에 대고 손톱을 세우며, 오펜은 의식이 멀어지고 있다는 사실을 고스란히 느꼈다. 격렬한 통증이 오펜의 의사를 붕괴시켰다.

'나는…… 약해…….'

막연하게 그런 의식만이 머릿속에 마지막으로 남았다.

그런데 그 순간이었다.

"키리란셀로! 뛰어!"

부글부글 끓는 뇌에 쏟아진 찬물 같은──아자리의 목소리.

오펜이 반사적으로 뛰었다. 이이서 아자리가 외치는 소리가 들렸다.

"파문이여!"

시야가 일그러져 잘 알기는 힘들었지만, 낯익은 구성이 전개되어 있는 모양이었다. 아자리 특유의 정밀하고 강인한 마술 구성.

아자리는 매지크 곁에 있었다. 잠깐 봤을 뿐이라 확실하지는 않지만, 매지크의 치료는 이미 끝난 듯했다. 바닥에 누워 있는 소년 옆에 똑바로 선 채, 아자리가 오른팔을 들고 구성을 거듭해서 짰다. 아자리의 주문과 동시에 발밑의 바닥이 갑자기 부서지기 시작했다. 바닥의 파괴 범위는 순식간에 앞으로 넓어져──노도처럼 바닥을 침식해 갔다. 바닥에서 벽으로, 벽에서 천장으로. 나선을 그리며 파괴가 진행되었다. 무언가를 새기는 듯한 작은 진동에, 기둥도, 조금 전에 신관병들을 위로 밀어 올린 원기둥도, 불안하게 흔들렸다. 근처에 몇 개인가 떨어져 있던 경봉도 메마른 소리를 내며 산산조각이 났다.

이어져 가는 파괴——마술 이외의 방어로는 막을 수 없다. 쿠오 근처까지 파괴가 진행되었다. 쿠오가 날개를 자신 앞의 바닥에 찍어 내리자, 파괴의 파도는 둘로 갈라져 거한의 뒤로 흘러갔다.

"꺄아아아아악?!"

얼빠진 클리오의 비명이 들렸다. 하지만 클리오는 안고 있던 레키가 발밑을 슬쩍 본 것만으로도 마술 효과의 영향을 받지 않은 듯했다.

오펜이 뛰어 오른 뒤, 바닥에 떨어지기까지 겨우 1초 동안——그 모든 일이 벌어졌다. 쿠오의 등 뒤에 있던 벽——그리고 격자문도 파괴가 진행되었다. 복도의 반을 박살낸 뒤에야 아자리의 마술은 끝이 났다.

신전이 무너지는 거 아니야?! 하고 오펜은 오싹해하며 천장을 올려다보았지만, 그럴 낌새는 없었다. 생각보다 튼튼하게 만든 모양이었다.

아자리는 오른팔을 스윽 내리더니, 왼손에 들고 있던 발트안델스의 검을 오른손으로 바꿔 들었다. 씨익——그래, 분명히 씨익, 하고 ——처절한 미소를 지은 아자리가 아주 질 나쁜 표정으로 험악하게 말했다.

"……시건방지긴. 기껏해야 킴라크의 똥개인 주제에."

"이 힘——보아 하니, 그렇군. 천마의 마녀 아자리. 차일드맨 교실 최강의 흑마술사가 살아 있다는 말이로군."

쿠오는 톤이 낮은 목소리를 뱉어내면서 몸을 지키던 날개를 좌우로 펼쳤다. 날개가 지키던 그의 발밑 바닥만이 절해의 고도처럼 아무런 흠이 없이 남았다. 사루아도 그 흠 없는 범위에 쓰러져 있었다. 쿠오는 귀찮다는 듯이 사루아의 몸을 발로 차 잔해가 어지러이 흩어진 곳으로 굴린 뒤 말했다.

"대체 무슨 생각이지? 이 성도에까지 재앙을 뿌리러 온 건가?"

"설사 누가 부탁을 했다고 하더라도, 이렇게 먼지투성이인 곳까지는 오고 싶지 않았지만——잊어버린 게 있어서."

"……잊어버린 것?"

대화에 끼어들 듯이 오펜이 그렇게 되물었다. 아자리가 오펜을 보고는 훗 하고 미소를 지었다——근심이 섞인 표정도 같이 보여주면서.

"그 사람의 유언을 잊어버렸는데, 이곳에 오면 들을 수 있을 것 같았거든."

"지금 농담하나?!"

쿠오가 분노한 듯 그렇게 소리쳤다.

"어떤 더러운 수법을 사용해 이곳에 왔는지는 모르겠다만, 나는 이 성도의 수호자다! 설마 살아서 돌아갈 수 있으리라고 생각하는 것은 아니겠지?!"

아자리는 쿠오를 상대하지 않은 채, 이번에는 왼팔을 들어 올렸다——.

"빛이여!"

불꽃 덩어리가 부풀어 올랐다.

조금 전에 매지크가 날린 것은 눈앞에서 방해를 받은 탓에 튕겨 나갔지만, 아자리가 짠 구성은 규모도 정밀도도 속도도, 매지크를 각각 몇 배에서 수십 배는 가볍게 능가했다. 빛은 천둥과 번개를 주변에 내뿜으면서 똑바로 쿠오를 노렸다. 쿠오의 갑옷이 빛의 날개를 접었다──.

쿠웅!

굉음, 이라기보다는 충격에 얼굴이 밀려 오펜이 팔을 들었다. 폭풍에게서 얼굴을 지키며, 오펜은 눈을 가늘게 뜨고 전황을 살폈다. 아자리가 발한 광열파는 쿠오를 완전히 감싸며 크게 타올랐다. 단…….

역시 폭염 속에서 쿠오의 모습이 보였다. 바위를 부수고 철을 녹일 정도의 타는 듯한 불꽃 안에서도 쿠오는 당당하게 서 있었다. 이 모습을 보는 한, 저 날개의 방어 능력은 거의 만능에 가깝다.

이윽고 불꽃은 사라졌지만, 쿠오는 전혀 흠 없는 모습으로 나타났다. 불꽃의 여파를 털어 내듯이 날개를 허공에 저은 뒤, 쿠오가 손에 든 별의 문장의 검으로 아자리를 겨눴다.

"쓸데없는 짓이라는 말이──."

"보니까, 당신은 전형적인 실전을 모르는 바보야."

새침하게 아자리가 중얼거렸다. 그리고 생긋 웃으며 어깨를 으쓱 들어 올렸다.

"마술문자를 해석한 사람은 당신이지? 해석을 한 사람이 아닌 이상에야, 천인의 무기를 그렇게까지 완벽하게 사용하기란 불가능하니까. 그렇다면 정말 대단한 거지── 실제로 내가 판단하기에, 몇 십 명씩 그룹을 이룬 《송곳니 탑》의 스태프보다 당신이 더 뛰어난 해석자일 가능성도 있어. 특히 무술 훈련도 하지 않았는데, 놀라울 정도로 고도의 무기를 제어하고 있을 정도니……."

"나를 칭찬하는 건가? ——관용적인 모습을 보여 주다니, 참 고맙군, 천마여."

"어머. 난 당신이 멍청하다고 말하는 중인데."

묘하게 기분 좋게 이야기할 때의——아자리는 특히 주의해야 한다. 오펜은 알았다. 하지만 그 이전에, 어이가 없기도 했다…….

"당신, 내 목적을 물은 적 없지? 내가 이 신전에 침입한 뒤, 어디로 갈 거라고 생각해?"

아자리가 천천히 쿠오의 등을 가리켰다.

"그리고 말이지, 스스로 파괴된 물질은 무언가의 간섭을 받지 않는 한 배치를 그대로 유지하지만——작은 충격이라도 받으면 아주 간단하게 무너져. 뒤를 보는 게 좋지 않을까? 으으음…… 쿠오 바디스 파테르, 였던가? 당신."

아자리의 말을 듣자——쿠오의 얼굴에 균열이 생겼다. 표정이 박살난 것이 아닐까 하는 생각이 들 만큼 명백하게 경악한 얼굴. 그는 그 거대한 몸을 놀라울 정도로 빠르게 움직여 뒤를 돌아보았다. 그의 등 뒤.

벽. 문. 붕괴되었던 그 두 개가 완전히 산산조각이 나서 잔해로 변해 버렸다. 열 충격파를 쿠오가 받아들인 여파인 듯했다.

벽과 문이 같이 무너져 뻐끔하게 구멍이 뚫렸다. 《시성의 방》——사루아가 그렇게 부른 장소가 모습을 드러냈다.

"뭐……지?"

오펜이 멍하니 그렇게 목소리를 흘렸다. 뭐가 뭔지는 모르겠지만 무언가가 그곳에 있었다.

《방》이라는 것은 단지 호칭일 뿐인 듯했다. 오펜은 큰 방이라고 생각했지만, 그런 것은 전혀 없었고. 무너진 벽 너머는 그냥 천연 지하 동굴처럼 보였다. 석회 동굴 같지는 않았지만, 뻐끔하게 뚫린 막막한 공간이 펼쳐져 있었다.

끝없이, 끝없이. 동굴은 저 멀리까지 계속되는 듯했다. 넓이도 보통이 아니었다. 이 복도에서 보면 깎아지른 절벽으로, 지붕이 있는 계곡이 지하에 묻힌 듯한 느낌이었다. 내려다보니 광대한 동굴 모두가 지저(地底) 호수 형태였다. 어둠이 비쳐 거뭇거뭇한 수면이 조용히 그곳에 존재했다. 빗물이 스며들어 생긴 지하수가 모두 이곳에 흘러들어 온 것인지도 모른다고 오펜은 직감적으로 생각했다. 그렇다고는 해도──넓이가.

하지만 호수는 기껏해야 호수에 지나지 않는다.

오펜을 멍하니 얼빠지게 만든 것은 그 공간에 떠 있는 사람 그림자였다.

떠 있다──문자 그대로 공중에 떠 있었다. 맨 처음 오펜의 눈에 띈 것은 그 녹색이었다. 흐르는 듯한 녹색 머리카락.

녹색 로브……

그 사람은 아름다운 여성이었다. 동굴 안쪽, 복도의 낭떠러지에서 마을 한 구획 정도 떨어진 공중에 떠 있었다. 힘없이 축 늘어진 팔다리도 아름다웠다.

왜 저 여자는 공중에 떠 있는 거지?

오펜은 곧장 그런 의문이 떠올랐다.

그리고 쉽게 그 답을 깨달았다.

여자의 바로 근처 공간에서──뜬금없이 팔이 하나 뻗어 나와 있었다. 공간에서 마치 돋아난 듯이. 그것도 역시 여자의 팔이었다. 그 팔이 여자를 붙잡고 매달아 놓았다.

가느다란 목을 움켜쥐고.

여자의 목은 완전히 부러져 있는 듯했다. 목이 기이한 각도로 꺾여 있었다. 완벽하게 죽어 있는 것처럼 보였다. 하지만——.

오펜은 눈을 응시했다. 그리고 그 순간 깨달았다.

"⋯⋯⋯⋯?!"

몸을 떤 그는 뒤로 물러섰다. 그 여자는——목이 꺾여 공중에 매달린 채——사람들을 바라보았다. 양쪽의 녹색 눈동자로, 똑똑히.

"여신⋯⋯이여⋯⋯."

쿠오 바디스 파테르의 겁먹은 목소리를 듣고 오펜은 잃어 가던 자제력을 되찾았다. 쿠오는 거대한 몸을 억지로 접듯이 그 자리에서 무릎을 꿇더니, 공중에 떠 있는 여자를 향해 깊숙이 고개를 숙였다.

"용서하소서⋯⋯. 이런⋯⋯ 죄⋯⋯."

오펜 일행이 있다는 사실을 잊은 것처럼 쿠오가 떨리는 목소리로 기도했다.

아자리도 놀라움을 감출 수 없었는지, 검을 내리고 그 여자를 바라보았다. 떡 하니 입을 벌린 그 표정은 좀처럼 볼 수 없는 모습이었지만, 오펜은 그런 모습을 넋 놓고 바라보고 있을 정도의 여유가 없었다. 클리오도 레키의 머리를 쓰다듬으면서 멍한 표정을 짓고 있었다. 매지크는 아직 자는 중이었고, 사루아도 의식을 아직 회복하지 못했다.

더욱 살펴보니, 원기둥 위에서 이러지도 저러지도 못하던 신관병들도 쿠오와 마찬가지로 넙죽 엎드려 있었다.

'뭐지⋯⋯ 이 광경은?'

오펜은 의아했다. 쿠오는 여신이라고 말했다.

여신? 지하 동굴. 지저 호수.

여자. 여신?

수많은 것들을 머릿속으로 정리하면서——오펜은 일단 자신이 알 수 있을 만한 부분만 끄집어내었다. 쿠오 바디스 파테르다.

그는 깨달았다.

쿠오는 자아를 잊은 듯이 《시성의 방》을 향해 넙죽 엎드렸다. 붙잡으려면 지금밖에 없다.

오펜은 살금살금 걸어서 쿠오에게 접근했다. 그렇게 거대했던 몸이지만, 웅크리고 있으니 마치 어린아이 같았다. 날개도 어느새 사라지고 없었다. 몰드아우르라는 검도 손잡이를 대충 내던져 놓았다. 쿠오를 지키고 있는 것은 아무것도 없었다.

오펜은 아무리 몸이 거대한 남자라도 틈을 보이는 순간에 일격을 가하면 단숨에 기절시킬 수 있다는 자신감이 있었다. 한 발——또 한 발. 몇 분 전까지는 그토록 접근하기 힘들었던 그 거리가, 너무나도 쉽게 줄어들었다.

이윽고 오펜은 쿠오의 근처까지 도착했다. 엎드린 쿠오의 머리 뒤를 내려다보면서 오펜이 숨을 들이쉬고 주먹을 치켜들었다——그 순간.

"키리란셀로! 위험해?!"

아자리의 목소리에 오펜은 순간 움직임을 멈췄다.

그러자 다음에 찾아온 것은 충격. 격렬한 충격과 굉음.

그다음에 찾아온 것은 현기증. 아주 심한 현기증.

오펜의 오감이 정지했다. 외부와 차단된 뇌가 느낄 수 있는 것이라

고는 맹렬한 현기증뿐. 아득하고 몽롱한 미궁에서 균형을 잃고━━
오펜은 비틀거리며 쓰러졌다.

이때까지 서 있던 바닥이 사라졌다.

가장 마지막 순간에 감각이 부활했다.

오펜이 이해할 수 있었던 것은 머리부터 떨어지는 자신과 지저 호수의 검은 수면이 눈앞으로 빠르게 다가오고 있다는 것뿐이었다.

새벽 전. 그 남자는 갑자기 그녀의 시야에서 사라져 어둡고 깊은 못으로 사라져 갔다. 갑자기 울린 화약이 작열하는 소리에 비명도 없이 뒤로 날아갔다고 생각했는데━━남자는 그대로 복도에서 다리를 헛디뎌 지저 호수로 떨어졌다.

그사이에 그녀는 뭘 어떻게 하지도 못 한 채 그곳에 있었다.

"이…… 럴 수가……."

클리오가 그저 멍하니 그런 목소리만을 흘렸다.

새벽 전…….

새벽 전?

분노를 담아 쿠오 바디스 파테르는 코웃음을 쳤다. 새벽 전이든 뭐든 관계없다.

그는 일어섰다. 몰살시키자고 하는 결심을━━신관병들도 포함해

──굳히고, 자리에서 일어섰다. 일단은 키리란셀로를 죽였다.

그는 거대한 손 안에 마지막 무기인 무겁고 단단한 권총을 쥐고 있었다. 화약 연기를 늘어뜨린 그것을 그는 거만하게 들고──멍한 표정을 짓고 있는 나머지 세 침입자와 배신자 한 명에게 겨눴다.

한밤중에는 멀게만 느껴졌던 새벽이 이제 곧 코앞이었다. 하지만 그것도 별 상관없는 일이다.

그의 인생에는 새벽 따윈 없다. 그렇기에 밤이 새든 말든 관계가 없다.

날이 밝지도 않았을 정도로 이른 아침에 눈을 뜨는 일이 많아졌구만──.

쓴웃음과 함께 그런 생각을 하면서 오레일은 침상에서 일어섰다. 늙는 것이 두렵지는 않았다──생활에 변화를 추구하지 않아도 괜찮다는 것은 멋진 특권이었다. 오늘 아침에도 또 침상에서 주변을 둘러봤지만, 어제와 특별히 다를 것은 없었다. 그 이외에는 이제 아무도 없는, 성도에서 멀리 떨어진 낡은 집 안.

그리고 커튼을 살짝 들어 올려 밖을 엿보았다. 남쪽 하늘에서 어렴풋이 광명이 보였다. 비가 그칠 전조를 느끼고 그는 침대에서 다리를 내렸다. 미끄러지듯이.

카로타 마우센은 날이 밝기 전에는 일어나지 않는다.

새벽 전. 그 남자는.

아무리 감고 있어도 잠을 부르지 못하는 눈꺼풀을 귀찮다고 생각하면서도 열었다. 괴롭지는 않았다——하지만 개운하지도 않았다. 그날부터…… 잠을 자지 않았다.

성당은 조용했다. 항상 부드러운 빛에 휩싸인 채. 빗소리도 들리지 않았다. 신전의 정점이자 가장 안쪽. 유그드라실 신전은 그의 갑옷이었다.

교주 라모니로크는 그 갑옷——아니, 요람인가——에 휩싸여 의미도 없이 계속 생각했다. 그리고 천천히 불렀다.

"아나스타샤."

"……네."

항상 구석에 대기하고 있는 그 소녀가 대답했다.

"와라."

"네."

성당 한가운데를 가리고 있는 얇은 종이를 통과할 수 있도록 허락된 사람은 이 소녀뿐이었다. 언제나처럼——그녀는 성당 구석에서 얇은 종이를 조용히 밀어젖히고 벽에 손을 대며 교주가 있는 곳으로 들어왔다.

가느다란 손으로 신중하게 벽을 따라 이동한 뒤, 조금 고개를 숙이고 곁에서 대기했다.

얼굴은 교주를 향해 있지 않았다. 소녀는 상처가 보이는 양쪽 눈을 아래로 내린 채, 교주의 말을 기다렸다. 훈련 중인 강아지처럼.

라모니로크는 팔걸이가 있는 의자에 앉은 채——턱 아래에서 양손에 깍지를 끼고, 가만히 소녀를 관찰했다. 특별할 것 없는 그냥 소녀다. 모습도 행동도 특별히 주목할 만한 점이 없었다.

그는 앉기에 불편한 그 의자에서 일어섰다. 그리고 말했다.

"연기는 그만둬라."

"……네?"

그녀는 그렇게 되물었다. 라모니로크는 한 발 한 발 앞으로 나아가면서 말했다.

"연기는 그만두라는 말을 못 들었나? 너는 눈이 보일 텐데?"

"그…… 그럴 리가……?"

천천히 어깨를 떨고——몸을 벽에 기대듯이 아나스타샤는 뒤로 물러섰다.

라모니로크는 아무 말 없이 고개를 좌우로 저었다.

내딛는 걸음의 속도를 빠르게 할 필요는 없었다. 당황할 필요는 없었다——물러나라고 명령하지 않는 한, 이 소녀는 아무 데도 가지 않을 테니까.

이윽고 손을 뻗으면 닿을 거리에서 그는 걸음을 멈췄다. 양손을 들고 움직이지 않는 소녀의 목을 살짝 쥐어 올렸다.

그는 온화한 모습으로 조금씩 힘을 주면서 말했다.

"너는 어젯밤, 쿠오를 눈치챘다. 발소리로 알았나? 그 남자가 발소리를 내면서 걸을 거라고 생각한 건가? 너는 눈이 보인다. 그렇지?"

"아닙——."

"그렇지? 내가 말하지 않느냐."

"그, 그렇습…… 니다."

"두려워하지 마라. 교주는 분노하지 않았다. 교주는 분노하지 않는다. 게다가——네가 무슨 죄를 지은 것도 아니다."

라모니로크는 목소리를 낮췄다——그리고 작은 목소리로. 어차피 들리지는 않을 테지만.

"교주의 얼굴을 봐서는 안 된다."

고개를 든 소녀의 얼굴을 내려다보면서 그는 계속 말했다.

"내 얼굴은 벗겨져 있다. 그것을 본 자는 모두 그렇게 된다. 진정으로 얼굴을 본 인간은 나, 교주밖에 없다……. 없는 것이다. 이 얼굴은 그 각인이다. 여신이 운명을 벗겨 낸 증표……. 그러니까 영원히——."

흐릿한 빛이 성당을 따뜻한 공기로 채웠다.

조용히——조용히, 계속해서.

이야기가 끝난 뒤, 그의 눈앞에는 빛의 문자가 있었다.

이야기가 끝나자, 더 이상 큰 방에서는 목소리가 들리지 않았다.

그녀의 이야기는 끝난다.

그의 몸에 문자가 닿았다. 문자는 더욱 강한 빛을 내며——그를 감쌌다. 섬광이 눈을 찔러 격렬한 통증이 뇌를 태웠다. 하지만 그는 그냥 아무 말 없이 그것을 받아들였다. 고통은 금방 끝난다.

'다시 눈이…… 뜨인 다음부터다. 그래. 모든 것은…….'

섬광의 기척이 사라진 뒤, 그는 눈을 떴다. 빛은 사라지고 없었다. 단지, 흐리고 어렴풋하게는 남아 있었다. 은은한 빛은 어르듯이 그를 감싸 주었다.

손에서 은색 단검이 사라졌다──분해된 것이겠지.

그러는 사이에도 빛이 자신을 소실시켰다. 강렬한 상실감과 싸우면서 그는 필사적으로 제정신을 유지하려고 했다. 문득 생각이 나서 물었다.

"이곳의 인형들에게는…… 뭐라고 명령하실 생각이십니까?"

이 요새에 보관된 1000체(體)에 달하는 살인 인형──드래곤 종족에게는 별것 아닐지 몰라도 그들은 대륙의 인류를 모두 지워 버릴 수 있을 정도의 세력이었다.

이스타시바는 잠시 아무 말도 하지 않았지만, 그는 그녀가 주저하고 있다고는 생각하지 않았다. 가만히 그녀의 목소리가 들려왔다.

"성역에 명령했던 그대로의 명령이다. 어차피 이곳에 있는 인형은 모두 드래곤 신앙자들에게 개조된 것들이다. 이것 이외의 명령은 듣지 않는다──인간 종족인 마술사를 멸망시키라는 명령이다. 단, 그대가 재생되어 죽은 후에, 라는 조건을 덧붙여 두지. 그대는 죽을 때를 단단히 각오하고 결정해야 한다. 무사히 재생된다면, 자신이 죽은 뒤에도 대륙의 명운을 맡길 수 있을 만한 자를 길러 내겠다고 생각해라. 이곳에 있는 1000체의 살인 인형도 위협이라 생각하지 않고, 성역과도 다툴 수 있는…… 그런 전사를. 그렇지 않으면 그대에게 미래는 없다."

그녀의 말은──점차 작아져 갔다.

오감(五感)이 닫혀 가는 중에 그는 다시 눈을 감았다. 귀만을 기울였다. 그녀의 말은 계속되었다. 끊어질 듯, 끊어질 듯했지만, 그래도 들렸다.

"……나의 아들아…… 나는 죽는다……. 하나, 사라지지는 않는다……. 그대…… 는…… 실패작……이었을지도 모른다……. 하나…… 그래도…… 영원히…… 나의…… 아들…… 이니까……."

그의 모든 감각이 차단되었다.

백 수십 년의 수면 속으로, 순식간에 빠져들었다. 소용돌이치는 심연으로 순식간에.

그리고——.

"그대들은 주인의 명령을 그대로 수락하는 것 외에는 길이 없다———이미 알고 있으리라 생각한다만."

사당에 울리는 목소리는 차가웠다. 하지만 그것은 감정이 아니라——운명을 얼어붙게 만들었다. 절망과 있을 수 없는 미래에 대한 으스스한 선망.

절망과 있을 수 없는 미래에 대한 으스스한 선망…….

(계속)

다시 프롤로그

모든 것은 거의 예상했던 대로였다. 이유는 없다——피부를 감싸는 공기의 질. 바람 소리. 어딘가에서 살며시 다가오는 습기. 하지만 그것이 이유는 아니었다.

그냥 알았다. 그는 가슴속에서 무의식적으로 확인했다. 오래 전부터 약속했던 대로, 그는 알았다.

실제로 이 일은 옛날부터 약속되어 있었다——그에게 있어서는 순간이었을지언정.

그는 눈을 감고 있었다. 그녀의 마술이 그를 감싼 뒤로 계속 눈을 감고 있었지만, 그렇다고 귀를 기울이지도 않은 채 그냥 의식만을 날카롭게 가다듬었다. 조용히 밤의 어둠속에서 감각을 갈고 닦았다.

아직 오감(五感)이 익숙지 않았다. 그런 이유도 있어 그는 신중하게 움직였다. 천천히——힘을 담아 손가락의 형태를 일그러뜨렸다. 몇 초에 걸쳐 주먹을 쥔 뒤, 그는 다시 아까보다도 두 배나 되는 시간에 걸쳐 주먹을 펼쳤다. 손가락이 움직였다. 밤의 한기에 닿아 손가락이 조금 위축되는 그 감촉마저도 신선했다.

그는 눈을 떴다.

빛은 적었다. 그의 머리 위에서 거대한 나무들이 나뭇가지와 잎으로 천개(天蓋)를 만들었다. 달은 그 어디에서도 보이지 않았다. 아무리 찾아도 없을지 모른다. 그는 쓴웃음을 지었다——그럴 수도 있었기 때문이다. 세계는 변한다. 그가 알고 있는 세계와 지금 이곳에 그가 서 있는 세계. 무엇이 똑같고, 무엇이 변한 것인가.

알고는 있었다. 아니, 듣기는 했다. 그녀의 말이라면 한 단어, 한 구절까지 기억해 낼 수 있었다. 모두──그래. 태어난 뒤로 그녀에게 들은 모든 말을 떠올릴 수 있지 않은가. 그렇게 되도록 짜인 그녀의 마술은 매우 강했고──그에 응답해야 하는 그의 마음은 더욱 강했다. 강해야 했다.

그는 스스로에게 반복해서 말했다. 대답을 말로 해야 할 필요는 없었다. 단지 그는 천천히 등을 쭉 폈다.

"즉──."

대답과는 관계없는 말을 혼자 중얼거렸다.

"……이곳이…… 그런 건가?"

자신의 목소리와 중얼거림에 그는 눈을 날카롭게 치켜떴다.

"세계는…… 멸망하지 않았어."

과연 그런가? 의심이 들었다.

그는 가슴 깊이 숨을 들이쉰 뒤, 뱉어 냈다. 차가운 밤공기가 기분 좋았다. 그는 다시 숨을 들이쉬었다. 이번엔 그다지 깊게 들이쉬지 않았다.

맑은 공기가 더할 나위 없을 만큼 폐를 만족시켰다. 무심결에 살짝 미소가 새어 나왔다. 그래. 내기를 해도 좋다──이 공기마저도 멸망한 세계의 것이라고 한다면. 좋다. 멸망을 감수해도 상관없다.

하지만 그는 그렇지 않다고 자신하기 시작했다.

활짝 펼쳐진 오른손을 하늘을 향해 들었다. 어둠 속에서 흰 손바닥만이 떠올랐다. 그 손바닥을──도저히 자신의 것이라고는 생각하기 힘든 손을 바라보면서 그는 참았던 숨을 내뱉었다.

주문과 함께.

"빛이여."

그의 손목과 손끝, 그 두 점을 이용해 삼각형을 그리는 나머지 한 점에 소리도 없이 빛이 깃들었다. 불꽃이 아니었다. 전혀 흔들림이 없는 순간의 섬광을 시간을 멈춰 고정시킨 듯한 그런 반짝임이었다. 색도 전혀 없는 흰 빛. 마술의 빛.

빛은 나타나는 동시에 무언가에 부딪친 것처럼 살짝 위를 향해 튀었다. 그리고 그대로 살짝 움직임을 멈췄다.

그는 환하게 빛나는 주변을 돌아보았다. 숲속. 그 점 이외에는 알 수 없었다. 어딘가 고지대인 것 같긴 한데——나무에 가려져 별이 보이지 않아 위치를 정확하게 알 수 없었다. 그는 한숨을 쉬고 시선을 내렸다. 흰 빛에 반사되어 나무들은 껍질까지 희었다. 흰 흙. 흰 잡초. 나무의 줄기를 뒤덮은 이끼도 하얀 색이다.

흰 손바닥.

그는 쓴웃음을 지었다. 아마 그 웃음조차도 희지 않을지——그 자신에게는 보이지 않았지만.

그러나 그가 걸치고 있는 검은 로브는 그 자신이 만들어 낸 마술 불빛에 물들지 않았다. 여전히 검었다. 디자인을 한 사람의 말에 따르면, 한 치의 망설임도 용서하지 않는 색이기 때문이라고 한다. 그리고 확실히 그 말대로 열려 있는 그의 주변 세계 중에서 유일하게 자신만의 색을 유지했다.

'흐음, 글쎄……?'

그는 얄궂다는 듯이 그렇게 생각했다. 색을 유지하는 것과 색을 바꾸지 않는다는 것. 비슷하다는 점은 인정할 수밖에 없다. 하지만 다르다.

"달라. 물론 그러든 말든이지만."

그는 불을 껐다. 조금 전보다 더 깊어진 어둠이 모든 것을 닫아 버렸다.

어둠 속에서 그의 눈동자만이 반짝였다. 그 빛을 그도 느낄 수 있었다. 그는 더듬더듬 품속에서 은색 물건을 꺼냈다. 칼집에서 빼낸 단검. 은색 칼날. 손에 익은 손잡이의 감촉.

어쩌면 이것만이 변하지 않은 것일지도 모른다.

그는 걷기 시작했다. 하지만 발소리는 나지 않았다. 그리고 그의 가슴속에는——

주어진 단 하나의 과제가 있었다.

아마도 이것만이 변하지 않는 것일지도 모른다.

"나는…… 그녀의 차일드."

빙의 된 듯이, 그가 혼자 중얼거렸다. 어둠 속으로, 빨려 들어가는 숨결과 목소리.

"전란의 시대부터——무스펠스헤임^{화약의 정원}에서 보내진 영원(永遠)의 아이. 나는——."

그는 걷기 시작했다. 발소리는 나지 않았다. 그리고 그의 가슴속에는——.

주어진, 단 하나의 명제가 있었다.

단 하나의 명제가——어머니가 부여한 명제. 계속해서 추구해야 하는, 목숨이 있는 한 추구해야만 하는 명제.

세계가 멸망하지 않았다면——아직 멸망하지 않았다면.

이것이 필요하다. 세계를. 그의 어머니가 만든 세계를——세계를 계승할 자는 어디에?

——『후계자는 누구냐?』——.

지금 그의 가슴에는 오로지 그 명제만이 존재했다.

후기

상하권인데 '후기'라니 이상하지 않아? 하고 생각하면서도 그 외에 좋은 표제가 생각나지 않아 이런 느낌이 되었습니다만. 굳이 따지자면 막간의 독자적인 메모 같은 분위기로. 아무튼 간에 독자적인 것이니, 캐릭터 없이 작가 혼자서 말을 이어 가려고 합니다. 시리즈 9번째의 권말입니다(해설).

하아아, 클라이막스는 참 어렵네요. 예상은 했습니다만. 아키타는 이야기를 만들 때, 한 권 내에서 경과하는 시간을 기본적으로 24시간으로 결정해 두지만, 이번에는 놀랍게도 6시간밖에 경과하지 않았습니다~. 한밤중부터 새벽까지(물론 원래 딱 24시간에 맞춰 끝난 이야기는 하나도 없지만요. 며칠 정도가 경과한 이야기도 많고).

이번 킴라크 편은 등장인물이 극단적인 경우가 많아서 그 인물들에 제대로 캐릭터성을 부여하려고 하다 보니, 좀처럼 이야기를 진행시킬 수가 없었습니다. 6권(한글판 3권 후반)처럼 그냥 적일 뿐이었다면, 그 나름대로 담백할 테지만 말이죠. 이번 클라이막스에서 그렇게 했다간, 뭐가 뭔지 모르는 새에 이야기가 끝나 버린단 말이지(변명).

그렇게 해서 꽤 오래 계속되고 있는 이번 킴라크 편이지만, 다음 권에서 결말이 날 예정입니다, 아마도(쓴웃음).

물론, 그렇다고 해서 이번 시리즈 전체가 완결되는 것은 아니지만요. 계속 이어져 온 '서부편'의 완결 정도로 생각해 주십시오. 제1부・

완(完)이라고 해도 좋습니다. 하지만 극장판을 만들 때마다 '안녕', '영원히', '완결편'이라고 일일이 호언장담을 해 놓고 신작까지 만든 우주전함은 그러면 안 되죠(관계없지만).

이 시리즈의 새로운 전개에 대해서는…… 아직 미정이지만, 10권을 다 집필할 때까지는 생각이 나지 않을까 합니다. 그 전에 번외편 같은 것도 해 보고 싶네. 안 그래도 같은 시리즈인데, 세 개나 다른 설정을 사용하고 있는 것도 까다로운데, 한다고 하면 장편의 전일담 같은 거려나……? 무모(無謀) 장편은 기각. 그렇게 제멋대로인 이야기를 한 권짜리로 만들려고 하면, 엉망진창이 될 뿐이니까(소개말).

자, 그럼. 막간이 너무 길어지는 것도 좀 그렇죠. 미완이니 날짜도 적지 않은 채, 이번엔 일단, 이쯤에서 마치겠습니다. 아키타였습니다 (꾸벅).

SORCEROUS STABBER

ORPHEN

나의 신에게 활을 당기라, 배신자(下)

정신을 차려 보니 아자리가 재미있다는 듯이
오펜의 얼굴을 들여다보고 있었다…….

CONTENTS

나의 신에게 활을 당기라, 배신자(下)

SORCEROUS STABBER

ORPHEN

마술사
오페
뜻밖의여행

애장판 5

나의 신에게 활을 당기라, 배신자(下)

秋田禎信
Yoshinobu Akita

일러스트 쿠사카 유야 **번역** 문기업 **디자인** 백진화
편집 정성학 김일철 **마케팅** 김정훈 **책임편집** 박관형

나의 신에게 활을 당기라, 배신자(下)

제7장 키리란셀로

'……이 아이는?'

'알지? 키리란셀로라고 하는…….'

순간이었다.

물에 빠질 때까지의 시간은 정말로 일순이었다. 물에 빠질 때의 충격과 검은 물의 차가운 느낌에 몸이 움직이지 않았다. 허우적거리지도 못 한 채, 그의 몸은 가라앉아 갔다. 아무것도 보이지 않는 물속에서——자신의 몸이 어떤 상태인지도 자각할 수 없었다. 단지 알고 있는 것이라고는 위쪽——어느 쪽이 '위'인지는 정확하지 않지만——에서 검디검은 물의 뚜껑이 덮였다는 것…….

'일단 현 시점에서 교실을 옮길 수 있는 사람은 이 아이뿐이다……. 미란은.'

'고집을 피울 일이 아니라고 생각하는데…….'

어마어마한 질량을 자랑하는 물에 빠지면, 저항을 해 보았자 아무런 의미가 없다. 실제로 그는——오펜은 손가락 하나 움직일 수 없었다. 가라앉아 가는 자신을 될 수 있는 한 냉정하게 이해하려고 노력할 뿐이었다. 이해한다기보다, 납득인가…… 아니면 절망인가.

감각이 마비되어 갔다. 압도적인 졸음이 모든 것을 지배했다. 하지만 오히려 그는 눈을 감고 맹렬한 격렬함으로 그 수마를 끌어안았다──잠들게 해 줘.

'나는 안다······. 너라는 남자를.'

──이제 잠들게 해 줘──.

'이 아이에게 맡기는 건 어떤가? 이야기할 생각이 없다면 자네는 이제 필요 없다······.'

충격이, 물의 냉기가, 물속의 무중력 상태가, 이해가, 납득이, 절망이.
그를 외치게 했다.

쿠오 바디스 파테르가 아자리를 바라보았다.
우락부락하고 거대한 몸을 고대 종족의 갑옷으로 지키고, 그 손에는 검은 금속 덩어리를 쥔 채. 허무한 눈동자 같은 총구에서 흰 연기가 피어올랐다──그 무기는 권총이었다. 쿠오라는 남자는 왼손으로 쥔 권총이 마치 장난감이라도 되는 듯 아자리를 향해 겨눴다. 양쪽 눈에서는 감정이 보이지 않았다──억누른 분노 이외에는. 총구 안쪽에 있는 총알이 보이지 않는 것과 마찬가지로.

아자리는 아무 말 없이 권총을 마주 보았다.

'……….'

가슴속에도 말이 떠오르지 않았다. 단지 그녀는 자신의 몸이 굳어 가는 느낌을 받았다. 가슴의 근육이 움츠러들고, 어깨가 떨렸다. 검을──발트안델스의 검을 쥔 손에 힘이 들어갔다.

웅장하기까지 했던 복도는 그녀가 발한 마술 탓에 엉망진창으로 파괴되었다. 부서진 바닥, 벽, 천장, 그리고…… 《시성의 방》이라고 하는 곳을 막은 문. 모두 그녀가 부순 것이었다. 그녀가 검의 힘으로 '변형'시켜 바닥에서 천장 가까이까지 솟구치게 만든 많은 기둥 위에서는 지금도 신관병들이 무력하게 떠는 중이었다. 그들이 떠는 이유가──수 미터 정도 떨어져 있다고는 하지만──그 기둥의 높이 탓이 아니라는 것은 명백했다. 신관병들이 공포에 떠는 이유는 그녀가 열어젖힌 《시성의 방》으로 이어지는 문, 그 너머로 펼쳐진 광경 때문이었다…….

검디검은 물이 끝없이 펼쳐진 지저 호수. 복도에서는 보이지 않았지만, 사각이었지만, 그 수면에 파문이 하나 퍼져 가고 있는 듯한 느낌이 들었다. 조용한 수면을 흔드는 단 하나의 파문──그녀의 남동생이 그 검은 수면으로 떨어졌을 때 생긴 파문. 그녀의 남동생을 집어삼킨 파문…….

그리고 그보다 훨씬 더 먼 곳. 지저 호수의 딱 중앙 부근일까── 그 상공에 녹색 로브를 입은 여자가 공중에 매달려 있었다. 허공에 뜬금없이 솟아 있는 팔에 목을 붙잡힌 채──힘없이 사지를 늘어뜨린 자세로 매달려 있는 그 여자는 멀리서 봐도 알 수 있을 정도로 아름다웠다. 무언가에 빗댈 필요도 없을 만큼. 지저 호수 상공에는 어느 정도 기류가 있는 것인지 길게 뻗은 녹색 머리카락이 바람에 흔들렸다. 그 여자의 목을 움켜쥐고 있는 팔은 미동도 하지 않았다. 꽃다발이라도 들고 있는 것처럼, 계속 그 여자의 목을 꽉 움켜쥐고 있었다. 그리고 여자의 목은 분명히 부러져 있었다.

"……여신……."

조용하고──명한 중얼거림이 정적을 깼다. 자신이 중얼거린 소리가 아니었다. 그 사실에 이해하기 힘든 놀라움을 느끼면서, 아자리는 중얼거린 사람을 힐끔 바라보았다. 중얼거린 사람은 벽 쪽에 오도카니 앉아 있던 금발 소녀였다. 소녀는 딥 드래곤 새끼를 무릎에 올려놓고 안은 채, 지저 호수를 멍하니 바라보았다.

소녀의 중얼거린 소리는 몇 초 전에 쿠오 바디스 파테르가 흘린 말을 반복한 것에 지나지 않았다.

쿠오라는 죽음의 교사가 저 매달린 여자를 보고 겁을 먹은 것처럼 흘린 말. 여신. 죄.

──용서를──.

그 말을 들은 지 아직 몇 초밖에 지나지 않았다. 그 몇 초 사이에…….

아자리는 확실히 뺨이 뻣뻣해졌다는 사실을 자각했다. 꽉 깨문 어금니가 소리를 냈다. 그녀는 검을 자신의 발밑에 내던지며 저주를 내리듯이 말했다.

"죽였……겠다! 저 아이를!"

그때는 얼빠진 말이라고는 생각하지 못했다.

쿠오는 완벽한 무표정한 얼굴을 유지한 채, 이쪽으로 한 발 내디디기 시작했다. 죽음의 교사가 몸에 걸친 심홍색 갑옷이 다시 빛의 날개를 전개하는 모습이 보였다——.

하지만 그런 것은 상관없었다.

허리를 낮추고 양손을 앞으로 내밀었다. 최단 시간 만에 최대의 구성을 짜낸 뒤, 그녀는 절규했다.

"빛이여!"

공간에 부풀어 오른 빛이 일직선으로 쿠오에게 모여 갔다.

반동으로 몸이 뒤로 튀면서도, 그녀는 온 힘을 다시 마술을 방출했다. 충격이 자신의 팔과 배에서 투둑투둑 하는 소리를 냈다——쿠오가 아주 쉽게 날개를 나부끼며 갑옷의 힘으로 그녀의 마술을 쉽게 받아 내는 모습이 보이지 않았던 것은 아니지만, 그녀는 계속 힘을 해방시켰다. 폭발음이 신전을 뒤흔들었다.

빛이 사라졌다.

쿠오를 둘러싼 열파는 아직도 완전히 소실되지 않았다. 붉은 빛을 띤 아지랑이처럼, 불꽃이 소용돌이쳤다. 아자리는 차오른 숨을 어떻게든 진정시키려고 하면서 발밑의 검을 주워들었다. 그녀의 의사에 반응해 검신에 새긴 마술 문자가 하얀 빛을 발했다.

그녀는 주저하지 않고 검을 바닥에 꽂았다. 그리고 외쳤다.

"가라앉아라!"

천인이 단련한 검이 그녀의 명령에 따라 물속으로 잠기듯이 바닥 속으로 녹아들어 갔다. 순식간에 발트안델스의 검은 바닥으로 사라졌다.

아자리가 시선을 들었다——.

쿠오는 아직도 화염에 휩싸여 있었다. 열파가 사라지기 전에는 날개를 펼치고 행동할 수 없다. 적어도 조금 전까지는 그랬다. 하지만 반대로 날개를 닫고 있는 동안에는 이쪽의 마술도 전혀 통하지 않는다.

'저 녀석이 저 갑옷을 입고 있는 한 쓰러뜨릴 수는 없어——.'

아자리는 마지못해 그 사실을 인정했다.

그리고 품에서 작은 상자를 꺼냈다.

검고 작은 상자였다. 장식이 약간이라도 있었다면 보석 상자와 닮았다고도 할 수 있는 형태였다. 그녀는 움직이지 않는 쿠오를 바라보면서 상자의 표면을 손가락으로 문질렀다. 그렇게 일정한 규격에 따라 마술 문자를 그렸다.

'이 천인의 전이 장치를 사용해서도 이 신전에는 침입할 수 없었어…….'

여러 문자를 그릴 때마다 상자는 조금씩 무거워졌다. 멀리 가려고 생각하면 생각할수록 많은 문자를 그려야 했지만, 사람이 가지고 있을 수 있을 정도의 중량 범위 안에서라면 100킬로미터는 전이가 가능했다. 천인 자신이 사용할 경우에는 굳이 손에 들고 있지 않겠지만.

상자가 어느 정도 묵직해지자 아자리는 손가락을 멈췄다.

'하지만…… 안에서 밖으로 탈출하는 건 가능할지도 몰라.'

그 순간——.

아자리는 소리 없는 바람을 느꼈다. 그리고 강한 위험 신호를 감지하고 뒤로 뛰어 물러섰다.

쿠오가 큰 날개를 펄럭였다. 그의 발을 묶어 두었던 열파가 소실되었다.

아자리는 소리가 다 들리도록 크게 혀를 찼다.

'너무 빨라……. 막는 것뿐만이 아니라 어느 정도라면 마술을 강제적으로 무효화하는 힘도 있다는 건가?!'

초조해하면서도 아자리는 다음 구성을 날렸다.

"정령이여!"

소름이 끼칠 듯한 오한과 불타는 듯한 황홀함을 동시에 맛보면서, 그녀는 평소의 전투 때에는 사용하지 않는 마술을 날렸다.

그녀가 올린 손끝에 거대한——직경 3미터는 되어 보이는 광구(光球)가 구현되었다. 빛은 순간적으로 전이되어 쿠오의 정면에 작열했다.

지익!——.

폭발음과는 다른 어중간한 굉음이 고막을 흔들었다. 광구는 압도하듯이 쿠오를 덮쳤지만——쿠오의 날개도 역시 그 위력에 버금간다는 듯, 어떻게든 광구를 받아 내 밀어 버리려고 했다.

"광속으로 전이하는 유사 구상번개까지 막다니……."

그냥 구성을 짠 직후에 방출된 광열파라면 공간으로 발사된 구성에 반응하여 방어를 하는 것도 가능하겠지만, 일단 출현한 뒤, 술자의 의사(意思)에 따라 이동을 제어할 수 있는 유사 구상번개는 사람 수준의 마술사로는 절대 막을 수 없다.

하지만——방어 반응 그 자체까지 마술에 포함되어 있는 것인지 쿠오의 갑옷은 그것마저도 막아 버렸다.

결정적인 수단 하나가 막힌 그녀는 무심코 실망스러운 목소리를 흘렸다. 하지만.

날개는 아슬아슬하게 광구를 막고 있을 뿐, 소실까지는 시키지 못했다——적어도, 아직 잠시 동안은 광구가 더 버틸 것처럼 보였다.

아자리는 곧장 달렸다. 등 뒤로.

아자리가 서 있는 곳 바로 뒤에, 그녀 남동생의 제자——매지크라고 했던가——가 누워 있다. 중상을 치유해 준 직후이기 때문에, 그리 쉽게 눈을 뜨지는 못할 가능성이 높다. 아자리는 의외로 가벼운 소년의 몸을 어깨에 둘러메고 아직도 유사 구상번개와 힘 대결을 하는 쿠오를 슬쩍 바라보았다.

아자리가 결심을 한 뒤, 다시 뛰기 시작했다. 그녀는 쿠오의 옆을 스쳐 지나가더니, 힘없이 쓰러져 있는 젊은 남자——완전히 이름을 잊어버렸지만, 본 적이 있는 남자였다——의 곁으로 달려갔다. 그 남자는 몇몇 창상(創傷)을 입고 축 늘어서 바닥에서 자는 중이었다. 아무래도 쿠오가 그녀 앞에서 몇 번인가 남자의 이름을 부른 것 같은데, 도무지 이름이 생각나지 않았다. 어차피, 생각나든 말든 상관은 없지만.

아자리는 고개를 들었다. 그리고 남자 옆에 매지크의 몸을 내려놓은 뒤, 짧게 외쳤다——.

"클리오!"

누가 가르쳐 준 적이 없었지만, 클리오의 이름만큼은 어쩐 일인지 기억하고 있었다.

복도 벽 근처에 아직도 가만히 앉아 있는 소녀. 사태를 제대로 파악하지 못한 것인지 표정이 여전히 멍했다. 아자리는 그 소녀를 향해 소리를 높였다.

"이쪽으로 와!"

그리고——쿠오를 바라보았다. 아직 유사 구상번개는 사라지지 않았다——.

아자리는 다시 클리오에게로 시선을 돌렸다. 이쪽도 아직 움직이려고 하지 않았다.

"어서 와! 그러다 키리란——으음, 오펜이 정말로 죽을지도 몰라!!"

거의 입에서 나오는 대로 마구 거칠게 소리쳤다.

하지만 아무튼 간에 효과는 있었던 모양이었다. 움찔 몸을 떤 뒤——클리오가 일어서는 모습이 보였다. 떨어뜨릴 뻔한 새끼 드래곤을 꽉 다시 고쳐 안고, 클리오가 급히 이쪽으로 달려왔다.

아자리는 들고 있던 검은 상자를 바로 근처까지 온 소녀의 손에 밀어 넣었다. 전이할 곳을 지정해 둔 전이 장치는 나름의 무게를 소녀의 작은 손에 밀어붙였다.

아자리가 빠르게 말했다.

"그거 들고 될 수 있는 한 이 두 사람에게 가까이 붙어. 앞으로 30초 후면 발동될 테니까."

이제 구상번개의 형태가 볼품없이 일그러지기 시작했다——.

주먹을 쥐고 아자리가 계속 말했다.

"그리고 될 수 있는 한 빨리 이 마을을 탈출해. 네 드래곤과 이 아이의 마술이 있으면 가능할 거야——. 이 죄 많은 마을을 전부 폐허로 만들어서라도 반드시 도망가야 해. 저 거한."

하고 아자리가 쿠오를 가리켰다.

"저 거한이 이 신전에서 나가기 전에……. 아마 잠시 동안은 밖으로 나가지 못하게 될 거야……."

"자, 잠깐만——."

당황스러운 목소리로 소녀가 항변하려 했다.

아자리는 더 이상 클리오 쪽을 보지 않았다. 소멸해 가는 유사 구상번개와 쿠오만을 주시했다.

클리오가 말했다.

"무슨 소리야? 오펜이 저곳으로 떨어졌는데……."

소녀는 그렇게 말하면서 넓고 음울한 지저 호수 쪽을 가리켰다. 검디검은 어둠과 소용돌이치는 노란 먼지 등이 단조로운 노이즈를 그렸다. 노란 먼지는 지상보다도 훨씬 짙었다.

스스로도 무슨 말을 하는지 모르겠다는 말투로──실감을 못 하는 거겠지, 실제로──클리오가 계속 말했다.

"살려…… 살려야지, 얼른……."

"그 아이라면 내가 어떻게든 할 거야."

아자리는 딱 잘라 그렇게 말했다.

침묵이──길지 않은 침묵이 주변 공기를 차갑게 만들었다.

"당신은──."

클리오가 이제야 뭔가가 의심스럽다는 듯이 어리둥절하게 물었다.

"당신은 누구야? 오펜이랑, 무슨 관계야?"

"나는 말이지."

대답하면서 아자리는 메마른 입술을 핥았다. 쿠오를 같은 자리에 머무르게 했던 유사 구상번개가 화악 작아지더니──사라졌다.

"나는……."

아자리가 자리에서 일어났다. 그리고 쿠오를 향해 한 발 앞으로 나아갔다.

슬슬 시간이 되었다. 전이 장치가 발동되어──.

"나는──그 아이의……."

순간.

작은 공기의 술렁임을 남기고 전이 장치는 클리오와 두 사람을 전이시켰다.

대답을 해 줘야 할 상대가 없어져 더 이상 이야기를 해 봐야 의미가 없어진 탓에 아자리는 입을 닫았다. 그리고 조용하게 쿠오를 노려보았다.

쿠오의 갑옷은 날개를 펼치고, 사람보다 큰 무언가를 포옹하려는 듯한 자세를 취했다. 그리고 쿠오는 왼손의 권총을 바지의 주머니——아마도 안에 홀스터가 있겠지만——에 넣더니, 팔짱을 끼었다.

그는 입매를 꾹 닫고, 마치 복화술을 하듯이 말했다. 아니, 실제로는 입을 움직이긴 했지만, 그 움직임은 매우 작았다…….

"일대일로 나와 싸울 생각인가……?"

그리고.

후왓——.

그렇게 움직인 빛의 날개가 그가 서 있던 위치에서 몇 미터 정도 떨어진 곳을 쓸고 지나갔다——즉, 신관병을 천장 근처까지 밀어 올린 기둥을.

싹둑 잘린 기둥이 천천히 쓰러졌다.

그리고 기둥이 쓰러지는 것보다도 먼저 기둥 위에서 꼼짝 못하고 있던 신관병이 돌바닥에 강하게 충돌했다. 7~8미터 정도 되는 높이에서 수직 낙하하여.

목부터 떨어졌는지 신관병은 전혀 움직이지 않았다.

"………?"

아자리가 깜짝 놀라 머뭇거리는 사이에 쿠오는 또다시 두 번, 세

번 똑같은 행동을 반복했다. 기둥이 쓰러질 때마다 그 위에 올라가 있던 신관병이 돌바닥을 향해 떨어졌다. 떨어져도 여전히 숨이 붙어 있던 자도 있었지만——그런 자는 떨어지자마자 쿠오가 한 번 더 날 개로 공격했다. 멍하니 있던 사이에 몇 명이 목숨을 잃었다.

"……무슨 짓이지?"

이유를 알 수 없어 아자리가 그렇게 물었다. 하지만 쿠오는 그런 질문에는 답할 필요가 없다는 듯이 이쪽을 슬쩍 바라보기만 했다. 결 국 쿠오는 아무런 대답도 해 주지 않았다.

단——.

쿠오는 날개를 더 이상 움직이지 않았다. 그리고 차갑게——예리 하게가 아니라, 단지 찌르듯이 차갑게 이쪽을 바라보면서 말했다.

"……돌이킬 수 없는 일, 이라는 것이 있다. 일단 죄를 저지르면 속죄는 불가능하다. 인생을 끝내서 죄도 없었던 것으로 만드는 수밖 에 없는 것이다."

굳이 따지자면 한가한 말투처럼 느껴졌다.

"봐서는 안 되는 것을 봤다——네놈도."

갑자기 뭔가가 번뜩 떠올라——

아자리는 또 뒤쪽으로 뛰었다. 빛의 날개가 그녀가 서 있던 장소를 기세 좋게 옆으로 휩쓸었다.

반격을 위해 구성도 몇 개인가 떠올랐지만.

'그 아이들은 이미 대피시켰으니……. 더 이상 이런 녀석을 상대 로 시간을 벌어 봐야 의미가 없어…….'

게다가——해야만 하는 일이 있었다. 반드시.

그녀는 뛰어 뒤로 물러서면서 몸을 비틀어 쿠오에게 완벽히 등을 보였다.

시야가 확 바뀌었다.

그녀의 눈앞에는 크게 부서진 문과 벽, 그리고 광대한 지저 호수가 있었다.

그리고 지저 호수 위쪽으로, 공중에 매달려 있는 여자의 모습이 보였다.

검은 호수. 어둠과 노란 먼지가 소용돌이치는 《시성의 방》…….

'키리란셀로……. 부디 늦지 않기를…….'

아자리는 전 속력으로 달려 그녀의 남동생이 떨어진 호수로——.

킴라크 신전의 가장 안쪽 《시성의 방》으로 몸을 던졌다.

"……이 아이는?"

"알잖아. 키리란셀로라고 하는……."

키리란셀로는 대화를 나누는 두 사람을 멍하니 올려다보았다——열병에 걸린 듯 의식이 붕 떠 있는 상태로.

의식뿐만이 아니었다. 그의 몸도 붕 떠 있는 것만 같았다. 마치 바닥이 없는 듯했다. 차가운 돌바닥이.

바닥을 찾으려고 하지는 않았다.

왜냐하면 그는 물에 빠졌기 때문에…….

"일단 현 시점에 교실을 옮길 수 있는 사람이 이 아이뿐이야…….
미란은 집행부의 피나 트랜이 원하고 있고, 스벤은 이제 와서 교실을
이동해 봐야 유효한 훈련을 받을 수 있는 나이가 아니니. 음…… 딱

좋은 거 아닌가? 이 아이는 네 교실에 있는 두 사람과 면식도 있는 듯하니까."

"지금은 충분하고도 남습니다."

그 남자는 이쪽을 보고 그렇게 말했다.

키리란셀로는 붕 뜬 몸을 느긋하게 흐름에 맡긴 채, 계속 남자를 바라보았다.

"새로운 학생은 없어도 됩니다……. 지금은, 그렇다는 말입니다만."

"고집을 피울 일이 아니라고 생각하는데……."

그렇게 대답을 하는 목소리는 어디까지나 냉정했다. 남자는 차갑고 엄하게 말을 계속했다.

"나는 알아…… 자네가 어떤 남자인지."

키리란셀로는 그 한마디로 이곳이 얼어붙었다는 사실을 깨달았다.

"이 아이에게 걸어 보는 게 어떤가? 걸어 볼 생각이 없다면, 자네는 필요 없어……."

단둘이 되자──남자가 딱 한 번 한숨을 내쉬었다. 남자는 이쪽을 내려다보고 말했다.

"너에겐…… 내 전투 기술을 모두 가르쳐 주마. 전부 외워 봐라."

그 말을 듣긴 들었지만, 아무것도 마음에 와 닿는 느낌이 없었다.

단지 눈앞에 있는 이 남자가 대륙에서 최강의 마술사라는 사실만은 키리란셀로도 알고 있었다.

그가 의식을 잃기 직전에──남자는 말했다.

"나를…… 뛰어넘을 수 없다면, 내가 너에게 무언가를 가르쳐 줘야 하는 의미가, 과연 있긴 있을까?"

키리란셀로는 그 말을 확실하게 들었다. 단, 그가 하는 말의 의미를 이해할 수는 없었다.

"이런 훈련에 무슨 의미가 있죠? 백마술사와 대결하는 일은 아마 없을 텐데."

"……언젠가 알게 될 게다. 나는 누군가를 말려야만 했을 때, 그 힘을 가지고 있지 않아서 후회한 적이 있다……."

──그제야 그는 겨우 자신이 꿈을 꾸고 있다는 사실을 깨달았다.

그리고…….

문득 정신을 차려 보니, 그는 허공에 서 있었다.

'이건 꿈이다…….'

오펜은 멍하니 그런 생각을 했다.

'아니, 아니면…… 죽는다는 건, 이런 것인가……?'

그렇다면 죽음만은 사절하겠다.

오펜은 단단히 결심한 뒤, 눈을 떴다.

주변은 어둠에 휩싸여 있었다. 밤이라서 어두운 것이 아니었다 ──그렇게 편안한 어둠이 아니었다. 차갑고, 빛이 전혀 없는 검은 어둠.

'죽으면 모든 것이 무로 돌아간다고 생각했었는데…….'

신들에 대한 실망을 느끼면서, 오펜은 속으로 독설을 계속 내뱉었다.

'이렇게 어중간한 상태로 계속 서 있을 뿐인 건가……. 어쩌지? 이미 죽었으면, 더 이상은 죽을 수도 없는 거잖아? ……참 나, 최악이야…….'

하지만──.

무언가 기척을 느끼고 멈췄다.

아니, 움직임을 멈춘 것이 아니다──처음부터 몸은 꿈쩍도 하지 않았다. 생각을 멈춘 것이다. 실감이 나지 않았는데, 무언가를 느낀 그 순간, 더 이상 아무것도 생각할 수가 없었다. 하지만 의식이 혼탁한 가운데에서도, 감각만큼은 매우 예리해졌다.

이윽고, 몇 초나 지났을까.

오펜의 눈앞에 여자가 나타났다.

어딘가에서 본 적이 있는 아름다운 여자가 서 있었다. 바람도 없는데 그녀가 입고 있는 녹색 로브가 하늘거리며 흔들렸다. 긴 머리카락도──녹색 머리카락도 역시 녹색 로브에 맞춰 흔들렸다. 여자는 온화한 표정으로 가만히 이쪽을 바라보았다. 눈동자의 형태를 보니, 웃고 있는 듯했다. 조금 처진 듯한 녹색 눈동자가 어둠 속에서 약하게 빛을 발산했다…….

'……이 여자는…….'

잠시 뒤, 그는 기억을 떠올렸다. 조금 전, 그가 죽기 직전에 봤던 여자였다. 지저 호수 위의 공간. 그곳에서 튀어나온 팔에 붙들려 공중에 매달려 있었던 여자. 그 팔이 여자의 목을 움켜쥐고 있었던 탓에, 누가 봐도 목이 부러져 있었는데도 불구하고, 이쪽을 봤던 여자.

그 죽음의 교사가…… 여신이라고 불렀던 여자였다.

'여신?'

여자를 바라보며 그 모습과 그 단어를 겹쳐 보았다.

'킴라크 교회가 섬기는…… 운명의 세 자매…….'

사람의 운명을 관장하는 여신들.

"아니──그럴 리가…… 왜냐하면."

오펜은 그렇게 말하다 말았다. 몸도 안 움직였고, 목도 입도 움직인 느낌이 전혀 들지 않았지만, 그래도 자신의 목소리가 자신에게도 들렸다는 감각은 전해졌다. 애가 타는 듯한 느낌이 문득 뇌리를 스쳤다.

"나는…… 살아 있는 건가?"

뜬금없는 생각이긴 했지만, 오펜은 거의 확신을 하며 중얼거렸다. 막연하긴 했지만, 죽은 사람은 목소리를 낼 수 없을 것이란 생각이 들었기 때문이다.

"나는──."

반복해서 물어보려고 하다가, 오펜은 입을 닫았다. 여자의 입술이 움직였기 때문이다. 표시를 해 두지 않으면 자칫 못 볼 것 같은 얇은 입술을.

여자가 무언가 말을 하려고 했다. 살짝 오싹해하면서 오펜은 여자의 말을 기다렸다. 여자의 입이 열렸다.

"일찍이──."

"………?!"

그냥 평범한 말인데 의미도 없이 전율을 느껴, 오펜은 오싹한 느낌이 들었다. 가만히──그렇게 하지 않으면 안 될 듯한 느낌이 들어서 가만히──오펜은 귀를 기울였다.

여자는 조용히 어딘가 나른한 듯한 모습으로 말을 계속했다.

"일찍이…… 세계는 단순히 세계일 뿐이었다. 그 이상도 그 이하도 아니라, 세계에 존재하는 무언가를 위해 어떤 무언가를 준비할 필요도 없었다. 그때 세계에 살았던 존재는 불사의 거인들뿐이었기 때문이다. 거인들은 대지가 없어도, 바다가 없어도, 바람이 없어도, 별과 태양이 없어도, 영원히 살아갈 힘을 지니고 있었다. 하나, 그 땅에 변화가 일어났다. 허무가 가득 차 버린 것이다. 허무를 빈틈없이 메운 것…… 그것이…… 신들이었다."

"………."

무심코 낭패를 본 기분이 들어서──오펜은 말문이 막혔다.

'별로 중요하지도 않은…… 신화잖아…….'

오펜이 눈썹을 모았다. 어렸을 때 들은 적이 있었을지도 모르지만, 지금껏 별로 신경을 쓴 적이 없는──그리고 잊어버렸다──신화였다. 그런데 여자는 신화를 담담하게 계속 이야기해 주었다.

"신들이 내려선 그 땅은 이름도 없었다. 거대하고 허무한 구멍. 공허한 계곡──그것이 세계였다. 긴눙가가프라고 부른 자도 있었을지 모른다. 하나, 신들이 거인을 멸망시키고, 그 거인의 유해가 포개어져 생긴 '대지'를 공허하다고 부르는 자는 아무도 없었다."

"당신…… 누구야?"

오펜은 낮은 목소리로 의문을 쥐어짜냈다. 하지만 여자는 대답하지 않았다. 듣고 있지 않은 것 같았다.

그냥 계속 혼자 이야기를 계속할 뿐이었다.

"신들은 힘을 다해 모든 거인을 죽였지만…… 딱 하나, 세계 최대의 거인인 뱀 한 마리는 죽일 수 없었다. 뱀은 너무나도 거대해서 아무도 손을 댈 수 없었고, 아무도 볼 수도 없었다. 세계의 유일한 뱀.

유일하고도 진정한 드래곤, 우로보로스. 그것을 죽일 수 없다는 사실을 깨달은 신들은 어쩔 수 없이, 그 뱀이 몸을 서린 안쪽에 세계를 만들었다. 공허하지 않은 진짜 세계를. 대해(大海)에서 생명이 탄생하고, 대지로 이동해 갔다. 세계는 창조된 것이다——잠든 뱀의 안쪽에. 그리고 세계는 더 이상 공허하지 않았고, 뱀의 정원이라고 불리게 되었다. 한편, 거인의 유해로 만들어진 대지는 요툰헤임^{거인의 대륙}이라고 불렀다."

거기까지 말한 뒤——여자는 처음으로 이쪽에게서 시선을 돌렸다. 대각선 위로 턱을 들고 아무것도 없는 어둡고 먼 곳을 바라보며, 미묘하게 얼굴을 찌푸렸다.

"……누가 불렀지……?"

여자는 혼자 질문을 한 뒤, 스스로 대답했다.

"신은 전지…… 전능하다. 신들에게는 무언가에 이름을 붙일 필요가 전혀 없다. 신들은 의지 없이, 그리고 의미 없이 세계를 통치한다. 세계에 이름을 붙일 필요가 있었던 존재는…… 우리였다. 우리——노르니르 일족……."

대답이 나와 안심했는지, 여자는 고개를 내렸다. 그리고 다시 오펜을 보며 말을 계속했다.

"당시 세계에는 생명으로서 탁월한 여섯 종류의——."

팟——.

갑자기 시야에 흰 물결 같은 것이 섞여, 오펜은 어안이 벙벙한 표정으로 눈을 깜빡였다.

"그들은 각자 문명과 사회를 일구었고, 탐구를 극한까지 추구하여 세계란 무엇인가를——."

파팟——.

다시, 물결. 조금 전보다 격렬한 물결.

"뭐지⋯⋯?"

오펜은 눈을 비비면서 주변을 둘러보았다. 어둠이⋯⋯ 점차 어스레한 어둠으로 변화해 갔다. 그 사실을 깨닫고 오펜은 더욱 초조함을 느꼈다. 저 멀리서 몇 발인가 잇달아 빛이 번뜩이는 것이 보였다.

물결이 보인 이유는 그 빛 때문이었다. 시야를 가로지르듯이 몇 줄기의 빛이 어둠을 꿰뚫었다.

갑자기——오펜은 온몸에서 땀이 분출되는 느낌에 사로잡혔다. 돌아보니 등 뒤에서 맹렬한 속도로 불꽃 덩어리가 가까이 다가왔다.

"나 잣노라——."

주문을 외우려고 하자, 오펜의 뇌가 격렬한 통증에 사로잡혔다. 비명을 지르며 양 무릎을 땅에 대자, 불꽃이 모든 것을 감쌌다——.

"——?!"

강하게 눈을 감고 비명을 질렀다. 불꽃 안에서 몸부림치며 뒹굴고, 피부가 뒤집히는 듯한 통증에 한없이 쫓기면서, 그는 바닥을 마구 긁었다. 돌바닥에 세운 손톱이 쉽게 깨지고 벗겨졌다. 바닥⋯⋯?

낯익은 바닥이었다.

정신이 번쩍 들어 오펜은 일어섰다——그곳에는 키가 큰 남자가 서 있었다. 남자는 가만히 아무런 표정 없이 이쪽을 내려다보았다. 자연스럽게 그냥 서 있었지만, 오른손의 주먹만큼은 꽉 쥐고 있었다. 평소의 모습으로.

'《송곳니 탑》⋯⋯의⋯⋯ 체기⋯⋯실?'

실내에 설치된 대련 등을 하는 훈련장이었다. 오펜은 그곳에 있었다. 그곳엔 아무도 없었다. 눈앞에 딱 한 사람 외엔.

'차일드……맨? 선생님…….'

천천히 오펜은 자신의 몸을 내려다보았다. 익숙한──아니, 자주 입어 익숙했던《탑》의 운동복. 땀을 잘 흡수하는 부드러운 옷감에, 몸이 떨릴 정도로 반가움이 솟구쳤다.

차일드맨 파우더필드 교사는 아직 전투 자세를 유지하는 중이었다. 빨리 일어나야만 한다. 오펜은 간신히 바닥을 내치며 일어서려고 했지만, 그 이상은 몸이 움직이지 않았다. 뻗으려고 했는데 움직이지 않은 채, 팔꿈치가 떨리기만 했다. 그사이에 차일드맨이 움직였다.

교사가 달려들겠다고 예상한 오펜은 단단히 각오를 하고 공격을 기다렸다. 하지만…….

"……키리란셀로. 못 서겠냐?"

차일드맨은 그저 조용히 그렇게 물을 뿐이었다.

'못 서겠어요.'

소리가 나지 않는 목소리로 오펜이 대답했다. 목 근육도 다쳤는지, 제대로 올려다볼 수 없었지만──차일드맨이 탄식을 했을 것이란 사실만큼은 호흡을 통해 눈치챘다.

그 한숨과 함께 그의 말도 아래로 쏟아졌다.

"너도 역시, 나에게 지는 건 어쩔 수 없다고 생각하나 보지?"

그가 한 번 더 탄식을 하며 한숨을 내쉰 듯했다.

"나를…… 뛰어넘을 수 없다면, 내가 너에게 무언가를 가르쳐 줘야 하는 의미가, 과연 있긴 있을까?"

의식이 멀어졌다──하지만.

'아냐…… 나는…… 아냐!'

오펜은 이를 꽉 물었다가 아니라, 이를 찢어발긴다고 표현해도 과
언이 아닐 만큼 어금니를 삐걱거리면서 바닥을 박찼다. 오펜은 지금
까지 몸이 움직이지 않았던 것이 마치 꿈이었다는 듯이, 그 자리에서
일어섰다. 그리고 그대로 스승을 노려보고──.

차일드맨은 없었다.

아니, 있었다. 하지만 어떻게 된 건지 그가 다른 사람처럼 보였다.
트레이닝복을 입은 모습이 아니었다. 검은 로브를 입고 있었다. 게다
가 체격이 상당히 작아 보였고, 표정도 매우 풍부했다. 그 검은 눈동
자에──감정다운 감정이 깃든 모습을 본 적이 없는 양쪽 눈동자에
서 메마른 슬픔이 엿보였다…….

'………?!'

그의 눈동자에 비친 자신의 모습을 보고 오펜은 얼굴을 찌푸렸다
──그리고 자신의 몸을 내려다보고 더욱 경악했다.

'내 몸이 아냐……?'

차일드맨의 눈동자에 비친 사람은 녹색 머리카락과 녹색 눈동자를
지닌 여자였다.

조금 전에 서 있던 여자와는 비슷하지만 달랐다──완전히 똑같
은 녹색 로브를 입고 있지만, 이쪽도 역시 조금 전의 여자보다 조금
젊어 보였다. 그렇다고 해서 동일 인물은 아니었다. 아주 많이 닮았
지만, 다른 모습이었다. 오펜은 그 여자를 본 적이 있었다.

'이건……?'

오펜은 혼란스러워서 일단 차일드맨 쪽을 바라보았다. 그때가 되
어 처음으로 그는 자신이 서 있는 장소가 어디인지 깨달았다.

낯익은 장소였다. 넓고, 대리석 같은 흰 벽이 있는 큰 공간. 올려

다보니 천장도 매우 높았다. 자신의 등 뒤에는 재단이 있었는데──왜인지는 모르지만, 돌아보지 않아도 등 뒤에 있는 것이 보였다.

재단에는 드래곤 종족의 모습을 모방한 말, 늑대, 사자, 곰, 코뿔소──그리고 그것들에 둘러싸인 아름다운 여자의 조각상이 있었다. 게다가 그 조각상의 안쪽에는 오펜 그 자신이 된 여자의 초상화가 걸려 있었다.

화가는 거짓말쟁이다. 초상화 안의 인물은 매우 젊고 생기가 넘쳤다. 그것 하나만으로도 이 그림은 의미가 없어지고 마는데.

'…………?'

오펜은 위화감을 느꼈다. 방금 그 감상은 내가 품은 것이 아니잖아?

'이 몸이──그녀가 생각한 것인가? 그게 내 의식과 섞여 있는 건가……?'

"그대를 너무 오래 붙잡아 두었군. 미안하다……."

자신의 첫 일성(一聲)을 듣고 그는 깜짝 놀랐다. 몸이 멋대로 목소리를 냈기 때문이었다. 차일드맨의 표정에 괴롭고, 고통스러운 무언가가 떠올라, 오펜은 천장을 올려다보았다.

그 여자의 이름은 몸이 잘 알고 있는 듯했다. 그 이름은 처음부터 오펜의 머리 한구석에 저장되어 있었다. 시스터 이스타시바.

바질리콕 유적에서 살인 인형이 비웃었던 이름…….

'뭔가…… 시작되고 있는 거지?'

반쯤 착란을 일으키며 오펜이 자문했다. 대답은 돌아오지 않았다. 그 순간──.

──일어나!──.

누군가가 불러서 오펜의 의식이 사라졌다.

'실패했을지도 모른다……'

──라고는 절대 생각하지 마라. 오랜 세월 동안 그렇게 배워 온 그녀도 지금은 솔직히 그렇게 생각할 수밖에 없었다.

물이 무거웠다. 찌르듯이 차갑고 검디검은 지저 호수의 물──조금 더 시간에 여유가 있었으면 옷을 벗고 뛰어들었을 텐데. 그녀는 그렇게 생각하며 혀를 찼다.

어느 정도나 깊이 잠수한 것일까. 아자리는 더 이상 깊이를 파악할 수 없었다. 호수에 빠진 남동생을 쫓아 호수에 뛰어든 것까지는 좋았는데, 물속에서는 시야 확보가 거의 되지 않았고, 자칫하면 자신의 심장까지 멈추어 버리는 게 아닐까 할 만큼 수온이 낮았다──그게 몇 분 후에 일어날지, 몇 초 후에 일어날지는 알 수 없었지만.

'키리란셀로가 완전히 기절했다면…… 아주 깊이 가라앉기 전에 반드시 떠오를 거야……'

그렇다면 너무 깊이 잠수한다고 해도 아무런 의미가 없다.

아자리는 그렇게 결단을 한 뒤, 자세를 바꾸어──머리를 수면 쪽으로 향하게 했다. 그리고 최대한 팔다리를 움직이지 않도록 조심하면서 가능한 한 정지한 채, 검은 물속을 계속 응시했다.

그는 곧 떠오른다. 하지만 수면까지 떠오르게 해서는 안 된다. 쿠오 바디스 파테르는 지금도 계속 위에서 지저 호수를 들여다보고 있을 테니까……

'괜찮아, 키리란셀로. 내가——.'

방심하면 순식간에 물에 빠져 허우적댈지도 모를 만큼 아슬아슬한 선에서 의식을 유지하며 그녀는 자신을 다독이듯 그렇게 중얼거렸다. 주문처럼 힘을 담아.

'내가 지켜 줄 테니까…….'

가라앉아도 안 되지만, 떠올라도 문제다. 아자리는 아무튼 오펜이 떠오르기를 기다리기로 했다. 근거는 없지만, 확신이 있었다——그는 반드시 자신의 손에 닿는 곳으로 돌아온다.

——이윽고…….

시야가 확보되지 않는 어둠 속에서, 근처의 어둠이 출렁 하고 흔들리는 모습이 보였다. 하지만——.

'아냐……. 눈의 착각이다.'

냉정한 판단을 내리고, 그쪽으로 뛰어들고 싶은 심정을 억눌렀다. 함부로 움직이면 자신의 체력이 순식간에 다할 것이라는 사실을 아자리는 잘 알았다.

물속에 있어 마술을 쓸 수 없는 상황이 한층 더 그녀의 마음을 어지럽혔다. 그럼에도 아자리는 계속 기다렸다. 초조한 감정이 찰나의 시간조차도 길게 느껴지게 만들었다. 그런 느낌에 현혹되어서는 안 된다——자신을 제어하지 못하는 자는 마술사라고 부를 수 없다.

그 순간.

살짝…… 하고 정면에서 무언가가 그녀의 몸에 닿았다. 그것은 천천히 흘러와 힘없이 그녀의 목에 팔을 둘렀다. 무심코 숨을 토해 낼 뻔했지만——참아 낸 뒤, 아자리는 자신에게 안긴 그것을 자신도 꼬옥 안았다. 손으로 만져 보니, 틀림없이 인간의 몸이었다.

하지만 완전히 힘이 빠져서 전혀 움직이지 않았다. 호흡까지 멈춰 있는지는 확인할 방법이 없지만.

'키리란셀로!'

아자리는 마음속으로 그렇게 외친 뒤, 그 몸을 꽉 인은 채 발밑의 물을 찼다――그리고 잠수한 채, 수평을 유지하며 앞을 향해 나아 갔다.

지저 호수의 넓이를 생각하면 위에서 전체를 내려다보고 싶어도, 수면 전체를 비출 수 있는 불빛이 없기 때문에, 그런 일은 불가능하 다. 호수에 뛰어든 장소에서 조금이라도 이동하면 쿠오 바디스 파테 르는 아자리의 모습을 발견할 수 없을 가능성이 높다. 이대로 헤엄쳐 서 물가에 도착하면 잠시 쉴 수 있다.

'문제는…….'

아자리는 불편한 사실을 자각했다.

'물가가 있느냐 하는 거지만.'

위쪽 복도에서 본 지저 호수――《시성의 방》은 지하 동굴에 고인 물웅덩이처럼 보였다. 보고 나서 알게 된 것이 세 가지. 너무 규모가 거대하다는 것. 지저 호수의 가장자리는 깎아 세운 듯한 낭떠러지일 지도 모른다는 것. 그에 더해, 이 호수 위에 여자가 목을 붙잡힌 채 매달려 있다는 것이었다.

얼어붙을 정도로 차가운 물속을 잠행하는 중이지만, 광명이라고 생각할 만한 요소가――아무리 생각해도――하나도 없었다.

'킴라크…… 교회의 총본산인 유그드라실 신전……. 그곳의 가장 안쪽…… 그리고 비밀. 이곳이 《시성의 방》…….'

어느 정도는 위험을 예상하고 각오는 했었지만――물에 빠질 수도 있을 거라고는 생각도 하지 못했다.

아자리는 자신보다 훨씬 무거운 몸을 안고 헤엄을 치는 일을 실제로 해 보니 역시 제정신으로 할 짓이 아니라고 생각했다. 완전히 차갑게 식은 손발이 물속을 가를 때마다 점점 무게가 늘어갔다. 침착하게 행동하면 가라앉지 않을 거라는 사실은 알고 있었지만, 내장이 압박을 받을 듯한 불안감이 덮쳐 오는 것은 어쩔 수 없었다.

'서둘러야 해……. 조금이라도 빨리 체온을 올리지 않으면, 아무리 아 아이라도 체력이 버틸 수 없어…….'

그리고 그것은 아자리 자신도 마찬가지였다.

이윽고──.

물을 가르고 뻗은 그녀의 손끝에 단단한 무언가가 닿았다.

'도착했다!'

물보다도 더욱 차가운 바위에 손끝을 걸고, 아자리는 마지막으로 물을 찼다. 얼굴부터 바위에 부딪혔지만, 이미 감각이 마비되었는지 아픔이 느껴지지 않았다. 어느 정도나 잠수했는지를 막연히 생각하며 위로 올라가기 시작했다. 어둠에 갇혀 있는 물속이라 위도 아래도 알기 힘들었지만, 아자리는 감에 의지해 수면을 향해 나아갔다.

'뛰어든…… 뒤로…… 시간이 얼마나 지났을까?'

1분, 아니면 2분은 지났을지도 모른다──아니, 이런 수온에서 그렇게 오래 헤엄칠 수 있었을 리가 없다. 아자리는 1분이 채 되지 않았을 거라고 대략적으로 예상했다. 그런데 어깨에 둘러맨 오펜의 몸이 갑자기 무게를 되찾았다.

그녀는 수면에서 얼굴을 내밀었다.

"………."

아자리는 헐떡이며 공기를 들이쉰 뒤, 어디로 헤엄쳐 왔는지 확인했다——위를 올려다보니, 저 멀리 머리 위에서 불빛이 보였다. 거의 수직으로 벽면이 눈앞에 솟구쳐 있었고, 10미터 정도 위에 커다란 가로 모양의 구멍이 나 있었다. 빛은 그곳에서 지저 호수를 비추려고 했다. 하지만 물론 빛의 양이 충분할 리가 없었다.

구멍은 거의 1분 전, 그녀가 있던 장소였다. 뛰어든 뒤로 가장 가까운 벽면——뛰어든 방향——을 향해 헤엄을 쳤기 때문에, 당연하다면 당연하지만. 지저 호수를 내려다보는 쿠오의 발끝이라도 보이지 않을까 하고 그녀는 가만히 구멍을 응시했다. 그러나 피로하기 때문인지, 아니면 차가운 물속을 잠수해서 혼란스러웠기 때문인지, 초점이 잘 맞지 않았다. 하지만——.

자신이 끌어안고 있는 오펜의 옆얼굴만은 어두운 곳인데도 뚜렷하게 잘 보였다.

'키리란셀로……'

소리를 내지 않은 채 그렇게 불러 보았다. 오펜은 완전히 의식을 잃었고, 눈도 감은 상태였다. 흠뻑 젖은 머리카락이 이마에 달라붙어 있었다. 안색이 창백한데, 아마도 체온이 내려간 데다가 출혈까지 있었기 때문이겠지——분명히 오펜은 떨어지기 직전에 쿠오의 권총에 맞았다. 어쩌면 총알에 맞은 것이 아니라, 그냥 깜짝 놀라 떨어진 것뿐일지도 모르지만, 낙관할 수는 없었다.

아자리는 오펜의 몸을 고쳐 안고 다시 주변을 둘러보았다. 간신히 물 위로 올라오긴 했지만, 일단은 잠시 쉴 수 있을 만한 곳을 찾아야 했다. 체온을 되찾지 않으면 곧 죽는다. 안 그래도 준비도 없이 찬물에 뛰어들었다. 게다가 오펜은 중상을 입었다.

하지만 어디를 봐도 완전히 깎아지른 듯한 벽이 있을 뿐, 들어갈 만한 틈이 전혀 보이지 않았다.

'그 죽음의 교사가 눈치채지 못하도록…… 과연 할 수 있을까?'

불안해하면서도 아자리는 선 채로 물을 가르며, 왼손을 들었다. 오른팔로는 꽉 그의 몸을 안은 채, 의식을 집중했다.

"……물러나라……."

아자리가 그렇게 중얼거린 뒤, 손끝을 벽에 댔다.

그러자 마치 기포가 튀어듯이 벽에 작은 구멍이 뚫렸다. 그 모습을 보고 있는 사이에도 구멍은 커지고, 또 깊어졌다. 몇 초 후에는 아무 것도 없었던 벽면에 깊이 10미터 정도가 되는 동굴이 생겼다. 수면에서 몇 센티미터 위쪽에. 폭도 높이도 생각보다는 넓지는 않았지만, 어른이 서서 걸을 수 있는 정도는 되었다.

'역시…… 물질을 소실시키기는 힘들어.'

마지막 힘을 쥐어짠 그녀는 안고 있던 그의 몸을 그 동굴로 밀어 올렸다. 소리도 없이 밀어 올리진 못했지만——위쪽은 아직 혼란스러워하는 모양이니, 조금 소리를 낸다고 해서 쿠오의 귀까지 전해지지는 않는다. 아자리는 물로 뛰어든 이후 처음으로 낙관적인 생각을 하기로 했다.

오펜의 몸을 완전히 밀어 올린 다음, 자신도 동굴로 기어올랐다. 물 위로 나와 체중이 느껴지자, 힘이 다한 아자리는 올라오자마자 바로 그 자리에서 쓰러지고 말았다. 혹사당한 근육의 통증과 수마가 아자리를 덮쳤다——.

'……아직이야.'

입술을 꽉 깨물고 그녀는 고개를 저었다. 잠을 자서는 안 된다.

아자리는 위를 보고 누운 모습으로 움직이지 않는 오펜에게 거의 달라붙듯이 다가가——라고 아자리는 쓴웃음을 지으며 생각했다——그의 가슴에 손을 댔다.

심장은 뛰고 있을지도 모른다. 하지만 숨을 쉬고 있지는 않았다.

혀를 차고 아자리가 고개를 들었다. 오펜이 물을 마신 것만큼은 확실했다. 떠올랐으니, 엄청나게 많이 마시진 않았을 테지만…….

자신의 감각도 마비된 상황이라, 그의 심장이 움직이는지 어떤지 확인할 방법이 없었지만, 적어도 기도만큼은 확보해 두지 않으면 안 되었다. 아자리는 그의 코와 목을 잡고 인공호흡을 시도했다.

차갑게 식어 굳어 버린 입술에 숨을 불어넣었지만 반응이 없었다.

최악의 가능성이 뇌리에 떠오르기 시작했다…….

'권총에 맞은 뒤로 꽤——적어도 1분 이상……은 지났어. 이미 쇼크사한 건가……?'

가능성은 충분했다. 권총에 맞은 순간부터 심장이 멈췄다고 한다면, 이미 늦은 상황일지도 모른다.

"그럴 리가!"

아자리는 그렇게 소리를 내면서 오펜의 입에서 빨아들인 호수의 물을 침과 함께 뱉어냈다.

오펜의 얼굴을 보고 있을 시간은 없다. 그녀는 곧장 인공호흡을 반복했지만, 그러는 사이에도 가만히 그의 얼굴을 내려다봤을 뿐인 듯한 착각이 들었다. 실제로는 눈을 감고 숨을 불어넣는데도, 움직이지 않는 남동생의 얼굴이 보이는 듯했다.

마치 얼음 속에서 잠들어 있는 것처럼 희게 얼어붙은 남동생의 얼굴.

불빛은 전혀 없는데 오펜의 얼굴만은 확실하게 보였다. 지금까지 살아오면서 이렇게 가까이에서 얼굴을 본 적이 거의 없었다는 사실을 떠올린 아자리는 문득 쓴웃음을 짓고 싶어졌다.

그녀가 자주 떠올리는 남동생의 모습은 거의 변함이 없는 듯하지만, 사실 오펜의 얼굴은 꽤 많이 변했다.

몇 번인가 인공호흡을 했으나 모두 실패로 돌아가 초조함을 느끼면서 아자리가 고개를 들었다. 그리고 오싹, 하고 몸을 떨고서야──겨우 생각이 미쳤다. 몸을 따뜻하게 덥혀야 한다. 오펜도, 아자리 자신도.

'의식이…… 버틸 수 있을까……. 더 이상 피로가 쌓이면…….'

의문스럽게 생각하면서도 할 수밖에 없다면 주저해서는 안 된다. 아자리는 오른손을 펼치고 위로 올린 뒤, 입을 열었다. 그녀의 바람을 이루어 줄 세계로. 아자리가 속삭이듯이 말했다.

"……여름이여……."

풋── 하고, 빛이 없는 열 덩어리가 손바닥 위로 떠오르기 시작했다. 볼 수는 없었지만, 마치 간질이듯이 차디찼던 살결에 열이 스며들었다. 이걸로 최소한 동사할 위험성은 줄였다.

"…………윽?!"

저도 모르게 감기던 눈꺼풀을 아자리가 떨면서 번쩍 떴다. 순간, 의식이 몽롱해진 모양이었다.

'아직…… 잠을 잘 수는…….'

이를 꽉 물고, 아자리가 신음소리를 흘렸다. 그리고 남동생의 얼굴을 들여다보고 다시 그의 코를 잡았다.

'일어나……. 키리란셀로. 부탁이야…… 일어나!'

오펜의 입술에 입술을 대고 아자리는 힘껏 숨을 불어넣었다.

순간…….

"콜록!"

그의 몸이 튀어 올랐다.

기침을 하듯이 물을 뱉어 내면서 그가 숨을 쉬기 시작했다.

'……서…… 성공이야…….'

아자리는 멍하니 그렇게 중얼거렸다. 오펜은——의식이 돌아오지는 않은 듯했지만, 가볍게 몸을 상하로 움직이면서 물을 뱉어 냈다.

아자리는 한 번 더 그의 입술을 빨아들여 물을 뱉어 냈다. 그러자 곧장 오펜의 호흡이 평온해져 갔다…….

"이제는 권총에 맞은 상처를……."

적어도 뇌의 70퍼센트는 잠들어 있는 상태였지만, 아자리는 어떻게든 의식을 유지하며 그의 몸을 내려다보았다. 그리고 손으로 더듬어 총상(銃傷)을 찾았다.

'……이곳……이구나.'

아자리는 눈을 깜빡이면서 그의 하복부 근처에서 피의 감촉을 발견했다. 눈을 가까이 대고 바라보니, 작은 상처가 나 있었다. 어처구니없을 만큼 작지만, 한없이 깊은 상처가.

총상이었다. 등으로 손을 돌려서 만져 보니, 총알은 완전히 몸을 관통했다. 아자리는 총알이 몸 안에 남아 있지는 않을 것이라고 생각했다.

끈적하게 얼굴에 붙어 있는 머리카락을 쓸어 넘기면서, 아자리는 온 힘을 다 쏟아 구성을 짜 올렸다——잠긴 목소리로 엮어 낸 주문과 함께, 그의 상처가 사라져 갔다. 적어도 겉보기에는.

하지만 지금은 지혈만 되어도 다행이었다. 그 이상은 바랄 수 없었다.

'괜찮겠지⋯⋯? 절대 죽게 하지 않겠어. 너만은. 키리란셀로⋯⋯.'

천천히 잠이 든 듯 숨소리를 내기 시작하는 그를 보고──아자리는 오펜의 얼굴을 손가락으로 쓰다듬었다. 하지만, 더 이상 팔이 올라가지 않았다.

아무런 생각을 할 수 없을 정도로 피로해서 아자리는 무너지듯이 남동생의 몸 위로 쓰러졌다. 바위 표면에 그대로 쓰러져 자기는 그다지 탐탁지 않았다. 그의 몸은 매우 차가웠지만 딱딱하지는 않았다───아무튼 시체가 아니니까. 딱딱할 리가 없다. 아자리는 그런 사실을 막연하게 생각했다.

잠에 빠져들기 직전, 그녀가 간신히 들어 올린 시선에는 저 멀리 상공 중심에 매달려 있는 여자가 보였다. 녹색 깃발 같은 것이 늘어져 흔들렸다. 그 여자의 눈이 가만히 아자리를 바라보는 것 같았지만──

그녀에게는 더 이상 그런 것이야 어찌되든 상관없었다.

제8장 오펜

그도 북쪽 땅은 최악이라고 생각할 수밖에 없었다.

"……맞아, 젠장. 그 녀석들이 옳았다는 건가?"

그렇게 내뱉으며 주변을 둘러보았다. 망토 아래로 내민 손에는 지도가 한 장 들려 있었다.

"뭐가 '이 전쟁의 뒤처리는 우리가 완수하자'——야? 자신들의 마을은 깔끔하게 다시 만들었으면서 구석진 땅은 그냥 내팽개치기냐?"

키에살히마 대륙이 초토화된 것은 벌써 몇 십 년도 더 전의 일이었다. 대륙 전역을 휩쓸었던 전란을 모른 채 성인이 된 사람도 많다.

그도 그런 사람 중 한 명이었다.

하지만 어쨌든 간에——천인들이 말한 대로 이 대륙이 조금씩 풍요를 되찾고 있다고는 해도——이 속도는 너무 느렸다. 사람이 살 수 있는 토지는 아직도 굉장히 적었다.

"……그러니까 이런 토지도 그냥 가만히 놔둘 수 없는데…… 쳇, 빌어먹을."

그는 혼자서 그렇게 독설을 계속 뱉어 냈다.

"그 바보들에게 뭐라고 설명하라는 거지——목적지가 황야인 것도 선발대 탓이라고 착각하는 그 개척 공사 바보들에게 말이야."

분노를 터뜨리며 모래를 찼다.

이 대륙의 북쪽에서 소용돌이치는 노란 먼지는 옛 전란의 흔적이라고 하는데, 자세한 사항은 천인들밖에 모른다——새침한 표정을 짓고 있는 그 여자들밖에. 실제로 그 여자들의 힘 덕분에 대륙의 자연이 회복된 것일지도 모른다. 옛 전란 시대에 이 대륙에 표류한 인간 종족——그리고 대륙에 발을 들이자마자 전쟁의 불길에 휩쓸려 종으로서의 힘도 문명도 모두 잃을 뻔한 인간 종족을 도시로 불러들인 뒤, 보호해 준 사람들도 그녀들이었다. 하지만——.

근거도 없는 의심을 마음속으로 굳히면서, 그는 노란 먼지 속을 계속 걸었다. 휘몰아치는 바람이 귓가를 스쳐 날카로운 소리를 울렸다. 시들어 있거나, 메말라 있는 것이 아니라, 단지 죽어 있는 모래——노란 흙먼지에 휩싸인 채.

그는 문득 눈꺼풀을 반쯤 내렸다. 눈을 가늘게 뜨고 응시하자, 앞쪽의 노란 먼지 사이로 무언가가 보인 듯한 기분이 들었다…….

그는 고개를 들었다.

그리고 얇은 종이 뒤에 멈춰 선 채, 촛불이 흔들리는 소리를 가만히 들었다——평소와 다름없는 일에 불과했다. 하지만.

그는 신음을 흘렸다. 괴롭게. 마치 불타는 듯이.

"여신이여…… 이제 저를 괴롭히지 마소서…… 괴롭히지 마소서……."

강하게 주먹을 쥐었다. 손톱이 살을 파고들었다.

불길한 예감이 들었다. 악몽을 꾸다 잠에서 깬 듯한 느낌. 꿈을 꿨을 리가 없는데.

"……아주 난장판을 만들었군, 쿠오."

라포완트는 그 광경을 바라보며 그렇게 말했다. 눈앞에 있는 거한에게.

정말 어떻게 이토록 난장판을 만들 수 있는지 모르겠다고, 그는 어이가 없다는 듯이 덧붙였다——가슴속에서 괴롭다는 듯이. 망가진 신전을 다시 원래대로 만들려면 막대한 시간과 비용이 든다. 복도는 끝에서 끝까지 전부 다 해머로 깨뜨린 것처럼 엉망진창이었다. 대체 얼마나 엄청난 파괴적인 힘이 발생했기에 이렇게 된 것인가. 그에게는 너무나 의문스러운 점이었다.

마술 때문에 이렇게 됐다는 보고는 받았지만…….

'어마어마하군…….'

그는 가슴속에서 그렇게 말을 내뱉었다. 마술뿐만이 아니다. 그 보고도 어마어마했다.

벽도 문도——금단의 《시성의 방》의 문도, 산산조각이 났다. 최악의 피해였다.

붉고 볼품없는 갑옷을 입은 거한——쿠오가 아주 평온한 목소리로 대답했다.

"이 문을 파괴한 자는 침입자입니다."

"그래, 당연히 그렇겠지. 그래, 너는 대체 무슨 짓을 한 거지? 녀석들을 도망가게 놓아 줬을 뿐인가?"

쿠오의 침착한 목소리가 신경을 건드린 것은 아니었지만, 라포완트는 얼굴을 찌푸리며 그렇게 물었다.

그리고 한숨을 내쉬며 자신의 모습을 내려다보았다——특별한 교사장(敎師長)의 신관복. 관두의(貫頭衣)에 가깝지만, 만듦새는 더 복잡한 옷이었다. 물론 전체적으로 희지만, 오랫동안 노란 먼지에 닿은 탓에 노랗게 변했다. 아무리 깨끗하게 빨아도 이 노란 먼지는 떨어질 생각을 하지 않았다.

아무튼 간에, 교사장인 그는 눈앞의 거한보다 나이는 어렸지만 직위는 동등했다. 아니, 죽음의 교사라는 지위를 숨기기 위해 쿠오가 임시로 교사장이 되었다는 사실을 생각해 보면, 그의 지위가 더 높다고 할 수 있었다.

라포완트는 힐끔 옆을 바라보았다. 옆에는 성도를 수호하는 또 한 명의 죽음의 교사──카로타가 있었다.

힐끔 본 인상을 근거로 말하자면, 그 여자는 이 사태를 보고도 따분해하는 것이 명백했기 때문에, 라포완트는 더욱 초조한 듯 말했다.

"……침입자는 배신자 한 사람을 포함해 전부 세 사람──그들을 전부 놓쳤다, 그렇게 생각하면 되는 거지?"

"네."

이쪽을 보지 않고 지저 호수 위에 떠 있는 '여신'을 바라보면서 쿠오가 대답했다.

하지만──.

"네 사람, 이에요."

어딘가 모르게 재미있다는 듯한 목소리로 카로타가 그렇게 덧붙였다. 그녀의 모습도 교사장 직위에 해당하는 신관복 차림으로, 디자인은 라포완트가 입고 있는 것과 완전히 똑같았지만, 입고 있는 사람이 달라 그런지 옷의 인상은 상당히 달랐다. 카로타가 입고 있으니, 볼품없는 신관복도 일단은 제대로 된 옷처럼 보였다──더욱 솔직하게 잠옷 같다고 말하면 물론 카로타는 화를 내겠지만.

아니면 웃을까? 그렇게 장소에 어울리지 않는 생각을 하면서 라포완트는 눈썹을 치켜떴다.

"······네 사람?"

"메첸 아미크가 반란에 참여한 모양이에요. 어젯밤에 내 침실을 습격했거든요."

"결속이라는 말을 한 번쯤 생각해 줬으면 하는군."

가능한 한 가시 돋친 말투로 말하려고 했지만──카로타는 가볍게 어깨를 으쓱하며 비꼬듯이 흘려들은 뒤.

"그럴 수 있을 리가요. 메첸은 절 싫어하거든요. 처음 만났을 때부터 절 싫어했어요."

쳇──하고 일부러 들으라는 듯이 혀를 찬 다음, 라포완트는 더욱 주변을 돌아보았다. 핏자국이 넓게 펼쳐진 채 부서진 바닥.

"······그래, 겨우 세 사람에 불과한 침입자들 때문에 네임 온리가 살해당하고, 스물셋이나 되는 신관병을 잃은 것도 모자라, 《시성의 방》의 문도 파괴되고, 결국에는 여신의 모습을 똑똑히 봤을 침입자들까지 모두 멀쩡히 놓쳐 버렸다, 그 말이로군. 하나부터 열까지 아주 훌륭해서 말이 안 나온다. 교주님이 뭐라고 하실지 아주 기대가 돼."

"힘겨운 상대였습니다. 모처럼 말입니다."

쿠오가 가만히 그렇게 끼어들었다.

"참나. 아주 흥미로운 발언이군."

라포완트는 그렇게 내뱉으며 쿠오의 말을 끊은 뒤, 파괴된 문 쪽을 바라보았다. 그리고······ 문득 깨달았다.

"저건 뭐지?"

무너진 문 아래쪽에 발이 미끄러진 듯한 흔적이 남아 있었다. 무심코 등골이 오싹해, 그는 쿠오를 돌아보았다.

"······설마 침입자가 《시성의 방》에 들어간 건 아니겠지?!"

"그런 일은 없었습니다."

쿠오가 딱 잘라서 부정했다.

"………."

라포완트는 잠시 가만히 쿠오를 바라보았다——시야 끝에서 카로타마저도 따지는 듯한 표정을 지었는지, 항상 느슨해 보이는 쿠오의 양쪽 눈에 긴장이 깃들어 있었다. 만약 쿠오 바디스 파테르가 거짓말을 하고 있다면…….

'……아니.'

그는 억지로 그런 생각을 부정했다. 쿠오의 충성을 의심하는 것은 바보 같은 짓이다.

그것은 개의 충성을 의심하는 것이나 마찬가지이다.

그래도 더 이상은 뭐라 말을 하고 싶지 않아 라포완트는 타악, 하는 소리를 내며 발걸음을 돌렸다. 그리고 죽음의 교사 두 사람을 남기고 복도에서 떠나려고 했다. 그때——

"라포완트 교사……."

조용한 쿠오의 목소리가 뒤를 따라왔다. 라포완트는 부서진 바닥을 조심스럽게 밟듯이 걸음을 멈췄다. 쿠오는 바로 뒤까지 따라온 상태였다.

"앞으로의 경비는 어떻게 할까요?"

"한 사람이 계속 이 《시성의 방》과 유그드라실 신전을 경비해라. 그리고 또 한 사람——어느 쪽이든 상관없다만——은 당연한 말이지만, 도망한 침입자들을 추적해라. 하루 이내에 결과를 내지 못하면, 그때는 나름의 각오를 해 두는 게 좋을 거다."

"알겠습니다."

질릴 만큼 순종적으로 쿠오가 대답했다. 그리고──

"라포완트 교사. 하나 더 괜찮습니까."

다시 자신을 부르는 소리를 듣고 라포완트는 답답하다는 듯이 뒤를 돌아보았다. 쿠오는 팔짱을 낀 자세로 가만히 이쪽을 바라보았다.

"뭐지?"

그렇게 되묻자, 쿠오는 담백하게 입을 열었다.

"……배신자 중 한 명인 사루아 솔류드가 당신에게 기댈지도 모릅니다."

"녀석이 날 의지하리라고는 생각하기 어렵다."

"그래도 녀석에게 육친은 당신뿐입니다. 만약 녀석이 당신 앞에 모습을 드러내면──."

"안다. 그 즉시 포박해 자네에게 넘기지. 그럼 되겠나?"

라포완트 솔류드는 그렇게 말한 뒤, 다시 발길을 돌려 복도를 떠났다.

"부갸아!"

그렇게 외치는 무언가를 밟았다.

그건 그렇다 치고──클리오는 갑자기 눈앞을 뒤덮은 어둠에 눈을 깜빡였다. 신전 지하도 원래 별로 밝지는 않았지만, 빛의 변화가 정말로 순간이었기 때문인지, 눈 안쪽에 통증을 느낄 정도로 그 차이가 심하게 느껴졌다.

천천히 어둠에 눈이 익숙해졌다. 끝없이 빗소리가 들려 왔다. 비

탓인지, 아니면 원래 그런지는 모르겠지만, 이 마을에서는 어디에 가든 가득했던 노란 먼지가 별로 보이지 않았다. 클리오가 있는 곳은 좁은 방 안이었다——아니, 좁은 오두막이라고 해야 할까. 조악한 침대가 하나. 그 외에는 방의 구석에 모두 밀어 둔 쓰레기뿐이었다. 바깥으로 통하는 곳은 얇게 노란색으로 물든 작은 창문과 보이는 곳에 현관처럼 붙어 있는 문.

클리오는 어딘가 모르게 숨이 막혔지만 일부러 숨을 죽이고, 안고 있는 레키와 손 안에 있던 작고 검은 작은 상자를 내려다보았다. 상자는 이미 무게가 사라졌고, 빛나던 문자도 보이지 않았다. 뭐가 뭔지는 모르겠지만, 이 상자가 클리오를 이곳으로 이동시켜 준 듯했다.

'그래. 매지크와…… 그 사루아라는 사람은?'

그런 생각이 나서 클리오는 좌우를 살폈다. 전이하기 직전에 클리오가 봤던 그곳에 매지크가 누워 있었다. 그런데 아직 의식이 없는 것인지 축 늘어져 잠을 자는 중인 듯했다. 사루아도 근처에 쓰러져 있었는데, 원래 피투성이였던 옷이 한 번 더 피투성이가 되어 있었다.

'만신창이, 구나.'

클리오는 한숨을 내쉬고 조금 전부터 밟고 있는 무언가에서 훌쩍 뛰어내렸다. "구엑!" 하고 고통스러워하는 소리가 들렸지만, 그런 거야 뭐, 어떻게 되든 상관없다.

'매지크는 괜찮은 것 같아……. 거의 죽는 게 아닐까 할 정도로 심한 화상이었는데, 그 사람, 정말로 겨우 그 짧은 시간에 고쳤구나. 사루아도 음, 전혀 문제가 없다고는 할 수 없지만, 살아 있긴 하고 말이야. 살아——.'

살짝 체온이 내려갔다. 클리오가 고개를 들고 다시 방 안을 둘러보았다. 실제로 자세히 찾아본 것은 아니었지만——찾는 사람이 없다는 것쯤은 찾지 않아도 금세 알 수 있었다.

'오펜……'

역시, 없다.

클리오는 잠시 멍하니 서 있는데, 무언가가 코끝을 눌러서 깜짝 놀라 정신이 번뜩 들었다. 내려다보니 어느새 레키가 몸을 뻗어 앞발로 얼굴을 만지고 있었다.

'어떻게 할까, 레키.'

레키가 얼굴을 찰딱거리며 만지는 가운데, 클리오가 한숨을 내쉬었다.

'난 아무것도 못 했어. 오펜, 다쳤는데——마술사가 마술을 못 쓰는 건, 어떻게 보면 다쳤다고 할 수 있는 거지? ——그럴 때는 내가 옆에서 잘 서포트해 줬어야 하는 건데.'

마지막 순간이 뇌리에 떠올랐다.

그렇다고는 하지만 떠올릴 수 있는 것이라고는 불과 몇 장면에 불과했다. 사실을 말하면 그때 오펜 쪽을 바라보고 있지 않았기 때문이었다. 기억하고 있는 것이라고는 그 여자 마술사가 경고하는 목소리와 총성, 그리고 오펜이 비명을 지르지 않았다는 것.

그의 비명을 듣지 못했다는 점이, 더욱 클리오를 불안하게 만들었다——그냥 다치기만 했을 뿐이라면 비명 정도는 질렀을 것이라고, 클리오는 멋대로 단정했다.

"………."

클리오는 잠시 멍하니 서 있었다.

후우. 클리오는 숨을 내쉬었다. 그리고 눈을 감고 고개를 저었다.

그녀는 결심을 한 뒤, 사루아 쪽을 돌아보았다. 이곳이 어디인지는 모르겠지만, 일단 이 두 남자를 깨우지 않는 한 움직일 수가 없다. 매지크는 자고 있는 듯했지만, 사루아 쪽은 아무리 봐도 그냥 자는 것처럼은 보이지 않았다.

"우와……."

가까이 다가가 관찰해 보니, 사루아는 그야말로 만신창이였다――불과 1시간 전에 상처를 낫게 해 줬는데, 또 이런 상태로 돌아가고 말았다. 깊은 상처, 얕은 상처 등이 마구 뒤섞여, 마치 몸에 칼날로 낙서를 한 것 같았다.

비 냄새에 섞인 피 냄새를 맡은 클리오는 얼굴을 찌푸리며 뒤로 물러섰다. 한 걸음, 두 걸음, 그렇게 뒤로 물러서다가 조금 전에 뛰어내렸을 때 밟았던 무언가를 또 뒷발로 밟은 듯한데――"으꺅!"――하는 소리가 났지만 솔직히 정말 아무래도 상관없었다.

"저어……."

클리오는 갑자기 누군가가 말을 걸어 깜짝 놀라 뒤를 돌아보았다. 돌아보니, 방의 구석 쪽에 오도카니 키가 작은 사람이 앉아 있었다.

안경을 쓴 그 사람은 긁적긁적 뺨을 긁으며 말했다.

"갑자기 나타나서 형을 밟고 있는 것 같은데요……."

"아. 어…… 도틴이네? 무슨 일이야? 이런 곳에서?"

"저어…… 무슨 일이라고 해야 할지, 저희는 계속 이곳에 있었어요. 며칠인가 계속이요."

무슨 일인지는 모르겠지만, 도틴이 클리오의 발밑을 가리키며 그렇게 중얼거렸다. 도틴은 이른바 '지인(地人)'이다. 대륙의 선주민족으로, 지금은 남쪽의 자치령에만 산다――고 하는데, 클리오의 입장에서는 그런 말을 들은 적이 있다, 정도에 불과한 것이었다.

키는 130센티미터 정도. 둥그스름한 체격이 특징으로, 털가죽 망토가 전통적인 민족의상이다. 도틴은 두꺼운 안경을 썼다. 그 안경을 쓴 얼굴로 도틴이 불안하게 이쪽을 바라보았다.

"이곳에 있었다고? 며칠인가?"

클리오는 두 번이나 연속으로 목소리를 높이다가――문득 생각나는 것이 있어 다시 물었다.

"여긴 어디야?"

"어딘가의 높은 사람이 소유한 창고의 관리인 오두막인가 뭔가라고 생각하는데요…… 이곳을 발견한 사람은 저희들이 아니라서 잘 모르겠어요."

"아니, 그런 걸 물어본 게 아니고, 여기는 아직 킴라크지? 어디쯤인데?"

"네? 글쎄요. 저희들은 시장까지만 계속 왔다 갔다 했거든요."

"도움이 안 되네~."

"…………………이봐……………."

"아, 그렇지!"

어딘가에서 목소리가 들려왔다――들린 것 같기도 하고――그런 느낌이 들었지만, 일단은 그런 것보다 우선해야 할 일이 있었다. 클리오는 뭔가가 생각난 듯 말을 한 뒤, 다시 사루아 쪽으로 달려갔다. 그리고 엎드려 쓰러져 있는 사루아 위에 레키를 올려 두고 툭툭 두드리며 말했다.

"저어, 레키. 잘 좀 고쳐 줘. 할 수 있지?"

레키는 특별히 대답다운 행동을 하지 않았지만, 클리오는 그대로 뒤를 돌아보았다. 그리고 어리둥절한 표정으로 이쪽을 보는 도틴에게 다가갔다.

"이봐………."

또 어딘가에서 목소리가 들린 듯한——.

"이이이이, 불법 침입자야!! 갑자기 문도 안 열고 나타난 것도 모자라, 이 마스마튜리아의 광견, 볼카아아아아아욱?!"

——도틴에게 다가가던 중, 또 무언가를 밟은 듯하지만, 아무튼 간에 별로 신경 쓸 일은 아니었다.

"그래도 시장까지는 나갔던 거지?"

"네? 아, 네에."

무언가 이런저런 말을 하고 싶어 하는 표정을 지으며 고개를 끄덕이는 도틴에게 클리오는 더욱 가까이 다가갔다. 아직도 바깥은 빗발이 약해질 기미가 보이지 않았지만, 날이 점차 밝아 오기 때문인지 살짝 하늘이 하얘지기 시작했다.

"신전까지 안내해 줄래?"

"아, 안내고 뭐고, 그렇게 큰 건물이니 어디서든——."

"그만둬……."

말리는 소리를 듣고——클리오는 깜짝 놀라 어깨를 움찔하며 뒤를 돌아보았다. 돌아보니, 상처투성이인 사루아가 비틀거리며 고개를 들었다.

사루아는 피가 엉겨 굳기 시작한 앞머리를 떼어 내면서 거친 호흡 중간, 중간을 이용해 말했다.

"……쿠오는…… 분명히…… 계속 기다릴 거다……. 녀석뿐만이 아냐……. 카로타라는…… 사람이——."

처절한 눈빛을 내뿜으며 말하는 사루아를 보고 클리오는 저도 모르게 마른침을 삼켰지만——

그를 손가락으로 가리키며 말했다.

"근데 레키를 머리 위에 올리고 있으니 조금 프리티한 느낌이야."

"네가 올린 거잖아!"

사루아가 소리치는 소리를 듣고 놀랐는지, 머리 위에 있던 레카가 굴러 떨어졌다. 검은 새끼 드래곤은 그대로 바닥을 데굴데굴 굴렀다——그리고 그 굴러간 곳 앞의 바닥 한가운데에는 흰 재가 쌓여 있었다. 그곳에 머리부터 푸욱 들어간 새끼 드래곤은 소리 없이 재채기를 연발하기 시작했다.

모두 그 모습을 가만히 지켜봤는데——.

"아으…… 큰 소리를 내니까…… 빈혈이……."

흐늘거리며 바닥에 다시 푹 엎드린 사루아에게 클리오가 당황해서 물었다.

"저기, 잠깐만 기다려. 카로타가 뭐야?"

"……카로타 마우센. 죽음의 교사——즉, 킴라크 교회를 수호하는 전사를 말하는데, 그중 한 명이다. 현재 신전을 경호하는 사람은 쿠오 바디스 파테르와 카로타 마우센. 그 두 사람이지."

"겨우 두 사람인 거잖아."

입을 삐죽이며 클리오가 반발하자—— 사루아는 다시 고개를 들었다. 그리고 비꼬듯이 소리를 내어 웃었다.

"쿠오의 갑옷…… '이프리트'의 결계를 꿰뚫을 수단도 없이 겨우란 말이 나오나?"

"그런 거야 어떻게든 될 거야!"

"……그렇겠지. 음, 그 녀석이라……면."

"응?"

갑자기 자신의 말에 동의를 하는 듯한 사루아의 말을 듣고, 클리오는 무심코 말문이 막혔다. 어안이 벙벙해 하는데, 사루아는 더욱 몸을 일으키더니——천천히 바닥에 앉으려고 했다. 몸을 질질 끌어 벽까지 기어간 뒤, 등을 벽에 대고 앉아 사루아가 이쪽을 바라보았다.

"하지만 카로타는 안 돼. 절대로 어떻게 할 수 없는 상대야. 그 여자는——."

"……강해?"

재투성이가 된 채(도중에 무언가를 밟으면서) 발밑까지 달려온 레키를 안아 올리며, 클리오가 물었다. 하지만 사루아는 고개를 좌우로 저었다.

"그런 게 아냐. 그런 건 아니지만…… 아무튼. 그래, 어쨌든 간에 우리는 운 좋게도 신전 밖으로 도망치는 데 성공했잖나——결국 세 개의 기회를 얻은 셈이지. 숨을 기회, 도망칠 기회, 그리고……."

입꼬리를 씨익 올리고 사루아가 말했다.

"무장할 수 있는 기회다."

"안 도망갈 거야."

클리오는 즉각 그렇게 대답했다.

"조금 전의 신전으로 돌아갈래. 이 이상한 상자를 사용하는 법만 알면 또 금방 돌아올 수 있을 테니까——."

"아, 그거. 불가능한 모양이에요."

클리오가 들고 있는 검고 작은 상자를 가리키며, 도틴이 태연하게 대화에 끼어들었다. 지인은 안경의 위치를 조절하면서 명랑한 목소리로 말을 계속했다.

"그 마술사가 굉장히 여러 차례 시도해 봤지만, 그 장치로는 유그드라실 신전으로는 전이할 수 없었대요."

"왜?!"

"네? 저, 저기요. 그렇게 제 목을 졸라 봐야······."

그때──.

"가능할 리가 없지."

사루아까지 딱 잘라 그렇게 말을 해서, 클리오는 도틴의 멱살을 놓았다.

사루아를 보니 아직도 웃음을 짓고 있었다. 비꼬듯이, 가 아니라 명백하게 비웃는 듯한 험악한 웃음이었다.

"천인의 마술로는 신전에 접근할 수 없어······. 접근할 수 있을 리가 없다."

"무슨 소리야?"

"만약 그게 가능하다면······ 아주 오래 전에 신전은 멸망했을 거다 ──헤헷. 아무튼, 그래야 귀찮은 문제가 생기지 않았겠지만······ 역시 따분하지 않았······ 을까······."

"······어딘가 이상해 보이지 않나요?"

도틴이 옷깃을 고치면서 중얼거렸다. 클리오는 아무 말 없이 고개를 끄덕인 뒤, 아직도 혼자 무언가를 중얼거리는 사루아를 가만히 바라보았다. 어두워서 잘 보이지는 않지만, 사루아의 안색은 누가 봐도 창백하게 변해 버렸다──.

"······부상 때문에 의식이 아직 왔다 갔다 하나 봐."

"솔직히 말해 죽어 가는 것처럼 보이는데요⋯⋯."

"듣고 보니, 그렇게 보이는 것 같기도 하네?"

그러고 보니, 레키에게 상처를 고쳐 달라고 부탁을 한 뒤에 그냥 내버려 뒀었다. 아무래도 상처는 전혀 낫지 않은 듯했다.

"참~. 레키, 잘 고쳐 달라고 말했잖아."

클리오는 레키를 안은 채, 사루아 쪽으로 걸어가려고 했는데, 문득 뒤에서 누군가가 손을 붙잡아 걸음을 멈췄다. 돌아보니 손을 붙잡은 사람은 도틴이었다.

클리오는 눈을 깜빡이면서 물음표를 띄웠다.

"왜애?"

"아니, 저어⋯⋯ 또 그렇게 걸어가면──으으음, 조금 전부터 뭔가를 계속 밟고 있었는데 눈치 못 챘나요?"

눈치채고 있었다. 신경을 쓰지는 않았지만.

"응. 맨 처음에 부갸아 하고 우는 벌레인 줄 알았는데."

"누가 벌레냐?!"

벌떡──바닥에서 무언가가 벌떡 일어섰다.

도틴과 똑같은──단, 안경은 쓰지 않았다──지인이었다. 이쪽은 같은 털가죽 망토를 걸치고, 아래에 볼품없고 낡은 장검을 들고 있었다. 지인은 얼굴에 몇 개인가 발자국을 새긴 채, 짧은 검지를 뻗으면서 큰 소리로 외쳤다.

"조금 전부터 지나다닐 때마다 날 짓밟다니! 왜 밟는 거지?! 왜 밟는 거냐고!!"

볼칸이었다. 도틴의 형이다. 클리오는 무심결에 잠시 동안 멍하니 입을 벌렸다가, 벌린 입을 움직여 바로 물었다.

"어머, 너, 어디에 있었어?"

"우와, 어떻게 그런 질문을 할 수 있는 거지, 이 여자? 사람 얼굴을 밟아 놓고! 잘 들어. 세상에 둘도 없을 영웅님을 무릎 아래쪽으로 짓밟은 무례한 자는 살인 장치에 묶여 살해되어야 한다는 규칙을, 설마 몰랐던 거냐?!"

"그런 망상을 알 리가 없지."

"망상이 아니라 규칙이라고 하잖아~!!"

클리오는 마구 소리치는 볼칸을 옆으로 밀어젖혔다. 그리고 그 옆을 지나 타박타박 걸었다.

"네놈 같은 시시한 여자의 발바닥을 중력의 아래쪽에서 보다니, 이 굴욕은 대체 어떻게 씻으면 좋지?! 역시 이럴 때는 원유로 화장을 해서 죽일 수밖에 없다고 하며, 시장도 깜짝 놀랐다구!"

버둥거리며 뒤를 쫓아오면서 볼칸이 소리쳤지만, 클리오는 계속 무시했다.

"저기, 형. 그만 해 둬. 솔직히 무슨 말을 하는지도 전혀 모르겠거든——?"

걱정스럽게 도틴도 뒤따라왔다. 하지만 볼칸은 말을 들으려 하지 않았다.

"이 기회에 말해 두는데, 야, 야야, 도금 머리!! 내 말 좀 들으라니까——."

클리오는——.

아무 말 없이 뒤를 돌아보았다. 그리고 침을 튀기며 마구 소리치던 볼칸과 그 뒤에서 불안한 표정을 짓던 도틴, 그 두 사람을 내려다보면서 숨을 들이쉬었다.

볼칸이 그러든 말든 계속 소리치자, 뒤에서 도틴이 한숨을 쉬면서 행운을 빈다는 듯한 자세를 취했다.

"레키! 이 두 사람, 어딘가로 멀리 날려 버려!"

순간.

쿠쿵, 하고 둔탁한 소리가 들리더니, 지인 두 사람의 모습이 갑자기 사라졌다. 비명을 지를 새도 없이, 바닥을 뚫고 굉음과 함께 지인 두 사람이 지하로 깊이 빠져 들어갔다…….

두 사람이 의미도 없이 유난히 빠르게 가라앉아 들어간 모습에 깜짝 놀라면서 클리오는 멍하니 중얼거렸다.

"……멀리, 라고 하긴 했는데, 조금 방향이 잘못된 것 같아."

지인 두 사람이 빠진 큰 구멍을 들여다보았지만, 구멍이 워낙에 깊숙하게 지하로 뻗어 있어서 볼칸과 도탄의 모습은 더 이상 보이지 않았다.

"……뭐, 상관없나? 어차피 그 두 사람이 죽을 리는 없으니까……."

그렇게 마무리를 한 뒤, 클리오가 사루아 쪽을 다시 돌아보았다. 사루아는 어느새 힘이 다 떨어졌는지 축 늘어져 있었다. 숨은 아직 붙어 있었지만.

그리고──사루아에게 가까이 다가가려 하던 클리오가 무언가에 다리가 걸려 얼굴을 찌푸렸다.

뭐가 걸렸나 내려다보니, 매지크가 아직 잠을 자는 중이었다.

"………."

답답한 마음에 머리를 긁은 뒤, 클리오는 잠을 자는 매지크의 머리를 가볍게 손가락으로 쿡 찔렀다.

"이제 그만, 일어나!"

"으……으응…….."

작게 목소리를 흘리는 매지크를 그냥 두고, 클리오가 사루아를 바라보았다.

클리오가 죽어 가는 암살자 옆에 허리를 낮춰 앉아 레키에게 치료를 부탁하는 사이에, 매지크가 부스스 몸을 움직이기 시작했다. 그리고 아직 잠에서 덜 깬 표정으로, 잠꼬대 같은 소리를 했다.

"……어라……? 내가 왜…… 자고 있지?"

"아아아, 진짜. 귀찮아 죽겠네!"

클리오는 그렇게 소리친 뒤──자리에서 일어섰다. 노란 먼지가 날리는 어둑어둑한 방 안에서 클리오는 주먹을 쥐고 더욱 큰 소리로 말했다. 긴 금발이 파사삭 하고 흔들렸다.

"넌 다치지 않았으니 얼른 좀 일어나! 여기가 어디인지는 잘 모르겠지만, 사루아가 움직일 수 있게 되면 바로 출발할 거야! 시간이 없으니…… 아, 제발 좀! 멍하니 있지 말고, 시원하게 행동해 봐! 아, 지금, 하품 참았지? 누가 모를 줄 알고?!"

"자, 잠깐만……."

휙휙 혼란스러운 듯 매지크가 손을 흔들었다. 소년은 주변을 둘러보더니, 난처한 표정으로 말했다.

"대체 뭐가 뭔지……. 여기, 신전 아니었어?"

"네가 당해서 기절한 사이에 엄청 많은 일이 벌어졌어!"

"으…… 응…….."

그 말을 듣고 매지크가 당황하며 탁탁 옷을 털었다──이게 '시원한' 이미지였던 모양이다. 그 모습을 보고 클리오는 툭툭 발끝으로 바닥을 두드렸다. 아무래도 행동 하나하나가 답답한 듯했다. 생각해 보면 이 마을에 들어온 뒤로 제대로 된 일이 하나도 없었다. 이 마을에 들어오기 전부터, 자칫하면 혼자 따로 떨어질 뻔했고, 마을에 들어온 뒤에는 길 안내를 해 주던 메첸과 엇갈리고 말았다. 라니오트의 안내로 마을 안쪽으로 들어갈 수 있을 거라 생각했는데, 그곳에서도 역시 홍수에 쓸렸고, 정신을 차려 보니 어느새 마을 중추에 있는 신전 안이었다. 그리고 그곳이 목적지인 줄 알았는데, 얼굴이 무서운 이상한 남자가 기다리고 있지를 않나, 게다가…….

'오펜…….'

으드득 하고 어금니를 꽉 물면서 클리오는 마지막 순간을 떠올리려고 노력했다── 물론 보지도 않은 것을 떠올릴 수는 없었지만. 꼭 떠올려야 한다는 생각이 들었다.

오펜은 죽었을지도 모른다.

아자리라는 그 여자가 마지막에 보여 준 표정. 그리고 목소리. 그것만큼은 떠올릴 수 있었다. 떠올릴 수 있기 때문에, 더욱 나쁜 예감이 강하게 들었다.

하지만──.

'오펜은 내가 죽을 뻔했을 때에도 그만두거나 포기하지 않았어…….'

레키의 마술이 효과를 발휘하기 시작했는지, 사루아의 상처가 점점 아물어 갔다. 클리오는 그 모습을 슬쩍 보고 결연하게 혼자 중얼거렸다.

'도망갈 수 있을 리가 없잖아.'

슬슬 밤이 완전히 새려고 했다.

◆◇◆◇◆

어둠과…….

물과…….

오펜은 차갑고 눅눅한 그것을 느끼면서 눈을 떴다. 그것들과 함께 있는——그것들 안에 있는 날카로운 따뜻함도 느끼면서.

어두컴컴했다. 하지만 완벽한 어둠은 아니었다. 푸르게 물든 어둠. 답답하고 추운 어둠. 팔다리도 역시 무겁고, 몸에서는 나른함과 함께 약한 통증도 느껴졌다. 무언가를 생각해 내려고 했지만, 결국 무엇을 생각해 내면 좋은지 알 수 없어서, 오펜은 생각하기를 그만두었다.

'……뭐지……?'

오펜은 애매한 의문을 스스로에게 던지면서 조용히 오른팔을 들었다. 오른팔만은 움직이는 듯했다. 떨리는 손끝은 어둠 속을 헤맸지만, 아무것도 만질 수 없어 공중을 미끄러질 뿐이었다.

문득 코끝에 무언가가 닿았다. 내려다보니——검은 머리카락이 코에 닿은 것이었다.

그는 오른손으로 머리카락을 치웠다. 그리고 조금 곱슬곱슬한 그 머리카락을 들어 올려 보니, 낯익은 옆얼굴이 그의 가슴에 얼굴을 묻고 있었다…….

"……아자리?"

그는 이름을 불렀다. 하지만 그 옆얼굴은 미동조차도 하지 않았다. 그녀가 쉬는 숨결이 그녀의 체온을 오펜에게 직접 전해 주었다.

자신은 바닥에 쓰러져 있고, 그녀는 그의 몸 위에 올라 잠들었다. 그 모습을 보고 상황을 깨달은 오펜은 크게 숨을 내쉬었다.

'아자리가…… 살려 준 건가…….'

옆구리를 만져 보니, 총상이 사라지고 없었다. 쿠오의 검에 당한 상처도 같이 치료해 준 듯했다.

허공에서——아무것도 보이지 않는 허공에서 부채꼴로 퍼지는 열기가 느껴졌다. 아자리가 마술로 따뜻하게 만들어 준 듯했다. 그 상황에서 지저 호수에 떨어진 그를 구하고, 소생시키고, 상처를 치료했다……. 말로 하는 것은 간단하지만, 보통 일이 아니었다.

'그런 일이 가능한 사람은, 그래——너 정도야.'

그건 그렇고, 여긴 어디지?

오펜은 아직도 계속되는 두통에 얼굴을 찌푸리면서 열심히 머리를 돌려, 자신들이 있는 곳이 호수 옆의 바위에 뚫린 구멍이라는 사실을 확인했다. 출구 쪽을 보니, 바로 밖에 있는 검은 수면이 보였다. 그리고 저 멀리——상공에는 녹색 로브를 입고 공중에 매달린 여자…….

'이곳은 아직…… 그 지저 호수인가. 《시성의 방》이라고 했었던가……?'

공중에 매달린 여자는 가만히 오펜을 바라보았다. 목이 부러져 대각선으로 기울어진 얼굴로 계속.

그 여자를 마주 보면서 오펜은 탄식했다.

'킴라크 교회가 생긴 지 벌써 200년……. 혹시 당신은 계속 그러고 있었던 건가……?'

문득, 꿈이——생각났다.

아니, 그것이 꿈이었는지 어땠는지 강하게 의심하면서, 오펜은

'꿈' 속에서 그녀가 했던 말을 떠올렸다.

일찍이——.

일찍이…… 세계는 단순히 세계일 뿐, 그 이상도 그 이하도 아니라, 세계에 존재하는 무언가를 위해 어떤 무언가를 준비할 필요도 없었다. 그때 세계에 살았던 존재는 불사의 거인들뿐이었기 때문이다. 거인들은 대지가 없어도, 바다가 없어도, 바람이 없어도, 별과 태양이 없어도, 영원히 살아갈 힘을 지니고 있었다. 하나, 그 땅에 변화가 일어났다. 허무가 가득 차 버린 것이다. 허무를 빈틈없이 메운 것…… 그것이…… 신들이었다.

'그건…… 얼마나 옛날의 일인 거지?'

꿈속에서 들은 신화에 마치 자극을 받은 것처럼, 오펜은 눈을 감고 기억을 떠올리려고 했다. 《송곳니 탑》에서 몇 번이나 들었던 대륙의 역사——거의 암기 암송을 했었던 대륙의 모든 역사를.

아니——.

'모든, 이 아니었어. 사람이 알게 된 모든 역사——그것은 키에살히마 대륙의 모든 역사와 비교하면 불과 30퍼센트에 지나지 않아…….'

키에살히마 대륙. 그 역사의 시작은 1000년 전이라고 한다.

그 옛날, 신들에게 만능의 힘 '마법'의 비밀을 훔쳐 내 만능은 아니지만 자신도 다룰 수 있는 술수인 '마술'로 만든 자는 여섯 종류의 지혜를 지닌 짐승, 드래곤 종족이었다. 그 행동은 신들을 화나게 하였고, 드래곤 종족은 신들의 분노에서 스스로를 지키기 위해 이 키에살히마 대륙으로 도망쳤다고 한다——대륙의 선주민족인 지인이나 그 외의 종족을 대륙 구석으로 밀어내고, 대륙의 주인이 된 드래곤 종족들은 그 후에도 신들이 보낸 마물과 계속 싸웠다. 드래곤 종족은 간신히 마물과의 대전투에서 승리를 거두었다. 대륙은 몇 번이고 초토화되었다고 하지만, 드래곤 종족은 강대한 마술로 대륙을 회복시키고, 몇 백년이나 지배했다⋯⋯.

인간 종족이 대륙에 나타난 것은 지금으로부터 300년 전이라고 한다. 정확한 기록은 남아 있지 않은데, 그 이유는 인간 종족의 표착과 동시에 신들이 보낸 강대한 마물도 역시 대륙에 모습을 드러냈기 때문이었다──인간 종족의 선조는 대륙에 표착함과 동시에 전투에 말려들어 문명도, 그 이전의 역사를 전승할 능력도 잃고 말았다. 드래곤 종족이 전투에서 승리했을 때, 인간 종족의 문명은 거의 원시생활까지 뒷걸음질 쳤다고 한다.

"그 인간 종족을 스스로 도시로 이끌어 교육을 시킨 자들이 바로 천인 종족이었어⋯⋯."

오펜은 저도 모르게 어느새 소리를 내어 말했다. 거의 숨결과 다를 바 없는 잠긴 목소리였다.

그러자──.

"천인 종족의 도시에 살며 인간 종족은 급속히 문명을 회복했지."

오싹할 정도로 익숙한 목소리가 말을 이어받자, 오펜은 번쩍 눈을 떴다. 눈앞에서 아자리가 고개를 들고 있었다⋯⋯.

눈을 떴으면 몸을 떼도 좋을 텐데, 아자리는 일부러 보란 듯이──오펜이 생각하기엔 그랬다──재미있다는 표정을 지으며 계속 누워서 오펜의 몸을 눌렀다. 딱 배 위에서 턱을 괸 듯한 자세로, 그녀는 오펜의 얼굴을 들여다보았다.

오펜은 떨리는 숨결을 숨기면서 말을 계속했다.

"……급속히, 라고는 하지만 실제로는…… 몇 십 년의 세월이 필요했어……."

"인간 종족에게 대륙의 고어(古語)——천인의 언어——가 확산된 것도 그때. 이 대륙의 고어는 나중에 천인이 존재하지 않게 된 뒤로는, 인간들 사이에서 극단적인 구어화(口語化)가 진행되게 돼."

"……이윽고 천인 종족과 인간 종족 사이에서 혼혈이 태어나고…… 그게 바로……."

"그게 바로 마술사의 역사, 더 나아가서는 이 대륙 인류의 모든 역사의 시작——."

거기까지 단숨에 술술 속삭인 뒤——그녀는 키득거리며 웃었다. 조금 어깨를 움츠리고 눈을 가늘게 뜬 채, 입술을 열고.

"……초등 역사 교과서의 서문을 용케도 기억하고 있네, 키리란셀로."

"암송 테스트를 할 때는 모두 불평불만이었지만, 나는 그렇게 싫지 않았거든."

오펜은 한숨을 쉬고 양손으로 얼굴을 감쌌다. 그리고 말을 계속했다.

"암기만은 아자리가 도와줬으니까."

얼굴을 감싼 손가락 사이로 잘 보이지는 않았지만, 아자리는 확실히 웃고 있는 듯했다. 끝만 살짝이긴 하지만, 혀를 내민 모습도 보였다.

"암기할 때 옆에 붙어 있어 주는 것밖에 할 수 있는 게 없었으니까. 나는 시험공부 같은 걸 잘 못하고, 그런 건 티시가 더 잘하기도 하잖아."

"티시는 선생님보다 엄격했어."

실제로도 그랬다. 펜을 물고 조금 건성인 듯 행동하면서도, 오펜의 손에서 시선을 떼지 않았다. 말버릇이었다——'왜 그런 답이 나오는데? 제발 부탁이니까 한 번 더 생각해 주지 않을래?'

"정말 끈질겼어."

"게다가 조금——아주 조금——아마도 정말 아주 조금…… 화를 잘 내는 성격이었고."

가끔 물건을 던질 때가 있었다.

"그런 건 히스테리라고 하는 거야."

손을 흔들며 그렇게 말하는 아자리를 보고 오펜은 웃으려고 하다가——.

그 웃음이 얼굴이 드러나기 전에 꾹 억눌렀다. 그리고 조용히 말했다.

"……코미크론은 아마 티시를 좋아했던 것 같아."

"………."

아자리의 안색이 살짝 창백하게 변했다.

오펜은 천천히 몸을 일으키려고 했다——몸 위에 올라와 있는 그녀를 밀어내듯이. 아자리는 특별히 저항하지 않았다. 금방 힘을 빼고 뒤로 물러나 주었다.

표정을 바꾸고 싶지 않았다. 아무런 감정도 드러내고 싶지 않았다. 아자리가 몸에서 완전히 떨어지기 전에 오펜은 말했다.

"그 사람은 죽었어. 선생님도."

"……내가 죽였다고 말하고 싶은 거야?"

아자리의 표정에야말로 아무런 감정이 드러나지 않았다는 사실에 전율하면서, 오펜은 완전히 몸을 일으켰다. 아자리도 몸을 일으켜, 동굴 벽에 등을 대고 자세를 고쳐 앉았다. 오펜은 격렬하게 고개를 저었다.

"아니야. 이제 변했다…… 는 말이지."

힘이 들어가지 않는 주먹을 억지로 꽉 쥐고, 오펜이 말을 계속했다.

"옛날과는 이제 완전히 달라졌어."

"그런 건 나도 알아."

"내가 몰랐으니 하는 말이야!"

오펜은 속삭이듯이 외치면서 근처의 벽을 주먹으로 때렸다.

주먹에 강렬한 통증이 전해졌다──하지만 그런 통증은 어떻게 되든 상관없었다. 전류 같은 것이 팔꿈치를 지나 어깨의 끝을 무감각하게 만들었다. 하지만 금세 사라져 둔탁한 통증만이 남았다.

"네 목적은 뭐지?! 아자리…… 무슨 볼일이 있어 여기까지 온 거냐고. 그 여신인가 뭔가를 보러 왔을 뿐인가? 그래서 뭘 어쩌겠다는 거야?!"

오펜이 통증이 남아 있는 주먹을 펴고 공중에 매달린 여자──쿠오는 여신이라고 불렀다──를 가리켰다. 아자리는…….

그녀는 시선을 움직이려고 하지 않았다. 오펜이 가리킨 곳을 보려고도 하지 않았다. 단지 오펜을 계속 바라볼 뿐이었다. 은은하게 빛나는 듯한 브라운 눈동자가 어둠 속에서 금색처럼 보였다. 또는 불꽃처럼도. 그녀의 얼굴에는, 양쪽 눈에는 감정의 빛이 전혀 깃들어 있지 않았다.

"나는 이 모습으로 돌아온 뒤에, 교실의, 모든 사람을 봤어."

"………?"

아주 평탄한 목소리로 그렇게 대답한 아자리에게 오펜은 뭐라고 맞받아치려다가 할 말을 잃었다. 무슨 의미인지 몰랐기 때문이었다.

아자리는 그대로 말을 계속했다.

"……그래서 불완전하다고 생각했어. 후계자로서……."

"설마 나를 다시 훈련시키기 위해서 이런 곳까지 질질 끌고 온 건 아니겠지?"

비꼬는 의미로 오펜이 그렇게 말했다. 하지만 아자리는 전혀 반응을 보이지 않았다.

"포르테는."

아자리가 다음으로 꺼낸 그 이름을 듣고 오펜은 다시 허를 찔렸다. 아자리의 표정에 색이 떠올랐다――감정의 색이.

아자리가 쓴웃음을 지은 것이다.

"포르테는 《탑》을 장악하려 하는 중이야. 주제도 모르고 말이지. 《탑》의 최고 집행부는 생각 이상으로 만만한 녀석들이 아니야――실제로 그는 월 카렌에게 살해당할 뻔했어. 얄궂게도 집행부와 대등하게 대결하기에 그가 얼마나 힘이 부족한지 그 누구보다 잘 알고 있는 사람은 바로 그 자신이지. 그 모습을 보고 나는."

하고, 아자리가 고개를 저었다.

"포르테가 몇 년 사이에 확실히 《탑》을 장악할 거라고 생각했어. 역량이 없다는 것은 포르테 그 자신이 가장 잘 아니까. 자각을 하고 있는 이상, 포르테는 분명히 힘이 부족한 부분을 채울 방법을 생각해 낼 거야. 그렇게 가까운 미래라고는 할 수 없겠지만, 포르테는 선생님이 할 수 있었던 일을 할 수 있게 되겠지."

"………."

일단 아무 말 없이 오펜은 아자리의 말을 기다렸다. 그다지 오랜 시간이 지나지 않아──거의 독백에 가까운 속도로 아자리가 또 입을 열었다.

"나는 너도 관찰했어."

갑자기──어중간하게 말을 끊었다.

그대로 입을 닫은 아자리에게 오펜이 말을 꺼냈다.

"──그래서?"

재촉했지만, 아자리는 아주 잠깐 쓸쓸한 눈빛을 보이더니, 고개를 숙였다. 그리고 옆으로 고개를 돌려 먼 곳을 바라보았다.

아자리의 눈이 빛나고 있는 것처럼 보였다. 흔들리는 수면에 비쳐 물결 모양이 보이는 것뿐일지도 모르지만.

무언가를 생각하는 표정처럼도 보였다. 어물쩍 넘어가려는 듯한 표정처럼도 보였다.

"아자리──."

"너, 마술을 사용할 수 없다고 했지?"

아자리는 갑자기 관계없는 말을 꺼냈다.

입술을 깨물고, 오펜은 무언가 말을 하려고 했다. 하지만──.

"전의 그 지하 극장을 나온 뒤로는 너를 보지 못했어. 그러니까 그 뒤로 너한테 무슨 일이 있었는지는 몰라. 전부 말해. 마술을 사용할 수 없게 됐다니, 그게 무슨 말이야? 게다가……."

아자리는 한 박자 쉬었다가 덧붙였다.

"죽였다니, 무슨 의미지?"

'들었다니…….'

종소리처럼 낮게——.

머릿속에 무언가가 울려 퍼졌다. 두개골이 파열될 듯한 두통에 얼굴을 찌푸리면서, 오펜은 아자리를 마주 보았다. 평소보다 훨씬 거대한 고동이 귀 옆의 혈관을 크게 울렸다. 끝나지도 않고, 익숙해지지도 않는 뇌의 통증 때문에 몸이 부들부들 떨렸다.

'젠장……!'

독설을 내뱉은 오펜은 눈을 꽉 감았다. 필사적으로 참았지만, 통증은 더욱 강해져만 갔다. 통증의 물결 아래에서 몸부림치면서 오펜은 거의 비명을 지를 뻔했다. 목 안쪽에서 위액과 함께 목소리를 터뜨릴 뻔했는데, 그런데——

"………………."

갑자기 통증이 사라졌다.

정신을 차려 보니, 오펜은 자신을 부드럽게 감싸 준 품 안에 있었다.

오펜이 시선을 들었다. 보니, 아자리가 오펜의 목을 안고 있는 상태였다. 툭, 하고 가볍게 등을 두드리고——아자리가 말했다.

"이야기해. 전부. 나에게. 네 일이라면 내가 뭐든지 해결할 수 있으니까. 지금까지도 거의 대부분 그랬잖아?"

그 '지금까지'가 5년 전 이전의 일인지, 아니면 최근의 일을 말하는지, 오펜은 굳이 물으려고 하지는 않았다. 실제로도 묻지 않았다. 어느 쪽이든 간에, 아자리는 착각을 하는 중이다——오펜은 쓴웃음을 지으며 생각했다——아자리가 오펜의 해결책이 된 적은 한 번도 없었다. 아자리는 옛날부터 오펜에게 귀찮은 일만을 가지고 왔다.

"참나, 바보 같긴."

아자리가 부드러운 목소리로 덧붙였다.

"……그런 상태로 나와 대결하려고 하다니, 말도 안 되는 짓이야."

틀림없는 다정한 감정이 목소리가 되어 오펜의 귓가를 작게 울렸다…….

오펜은 몸에서 힘이 빠져나가는 가운데, 두통이 사라진 대신 콧속이 아프기 시작했다는 사실을 자각했다. 눈꺼풀이 무겁고, 느슨해졌다. 목 안쪽이 뜨거웠다. 오펜은 몸에 힘이 빠지며 흘러넘치는 눈물을 막을 수가 없었다.

'아자리는…….'

오펜은 울면서 중얼거렸다.

'내가 자신을 죽일 능력이 있는 암살자라는 사실을 잊지 않았구나…….'

"……………형……………."

깊고 깊은 구멍 속에서 도틴은 한없이 비참한 감정을 되씹었다——아니, 이제는 되씹을 이조차 없어진 듯한 기분이었다. 그냥 단지 그 비참함을 되새기면서 멍하니 중얼거렸다.

"왜 이렇게 되어 버리는 거지……?"

"으음."

이런 때에도 형의 대답은 자신감이 넘쳤다. 자신감의 원천이 무엇인지, 그 신비를 탐구하고자 하는 의욕이 샘솟지 않는 것이 도틴에게는 진심으로 아쉬울 뿐이었지만.

아무튼 간에 볼칸은 담백하게 말했다.

"이 몸이 나름대로 조금 전의 전투를 분석해 봤는데, 역시 네 백업이 완전 엉망이었으니, 네 탓이야. 일단은 콧구멍 한쪽을 막아 죽이는 정도로 용서해 줄 생각이다만."

"……전투……였어? 조금 전 그게……?"

"음, 너무 빨라서 너에게는 보이지 않았을지도 모르지만, 그 계집애가 전투 자세에 들어간 순간, 이 마스마튜리아의 투견도 검을 빼려고 했었거든. 그걸 전투라 안 부르면 뭐라고 불러야 할까?"

"대충 논리를 갖춘 것 같긴 한데……."

결국 빠르게 패배했을 뿐인 것이 아니냐는 생각이 들었지만 말을 하지 않기로 하고, 도틴은 어떻게든 몸을 움직이기 위해 꼼지락거려 보았다.

얼마나 깊이 묻혔는지는 알 수 없었지만, 아무튼 구멍은 굉장히 좁았다. 아무래도 엄청난 힘으로 위에서 짓눌려 지하 깊숙이까지 빠져 버린 듯한데——아마 보통이라면 죽었다. 죽지 않았던 자신을 살짝 원망하면서, 도틴은 한숨을 내쉬었다.

"자, 어떻게 할까. 이 상황."

"흐음……."

볼칸이 웬일로 깊게 생각하는 것 같은 목소리를 흘렸다…….

"일단 형도 몸을 움직일 수 있게 좀 해 봐. 이 상황에서 생각할 수 있는 것은——."

'가만히 기다리며 누군가 구해 주러 오기를 기다린다.'

——곧장 도틴의 머릿속에 떠오른 방안은 그것이었다. 단, 누가

구해 주러 올 것인가 하는 생각은 하고 싶지 않았지만.

그리고 볼칸이 생각을 끝낸 뒤에 한 말은 이랬다.

"――버둥거려 보자."

"뭐?"

"으랴아아아아아아아아아아!"

순간, 악몽이 찾아왔다.

전혀 틈새가 없는 구멍 안에서 서로 얽히듯이 꼭 끼인 상태인데――
―한쪽이 날뛰기 시작한 것이다. 거의 떼쟁이 아이처럼 볼칸은 팔다
리를 마구 휘두르려고 몸부림을 쳤다. 하지만 이렇게 폐쇄된 곳에서
는 팔다리를 뻗고 싶어도 바위니 흙에 더해 도틴의 등이 걸려 꼼짝도
할 수 없었다.

"자, 잠깐만, 형. 발버둥 치지 말라니까! 아파! 코에 손가락이 들어
갔어! 아아아아아아아아!!"

"우오오오오오옷!"

이쪽의 비명은 들은 채도 하지 않고, 형은 마구 날뛰었다. 도틴은
더욱 비명을 질렀는데――.

쿠국.

꽉 막힌 느낌이 순식간에 사라지더니 낙하하는 감각이 몸을 감싸
자, 도틴은 결국 이게 자신의 인생인가 하고, 저도 모르게 무언가를
깨닫기 시작했다.

제9장 그녀를 죽일 수 있는 유일한——

얼굴을 숨기기 위해 머리에 쓴 망토는 비에 젖어 무겁게 축 처졌다. 그렇게 처진 후드의 틈새 사이로 매지크가 가만히 밖을 바라보았다.

비가 계속 내리는 신전가에는 사람 그림자조차도 보이지 않았다. 아직 해가 뜬 지 얼마 되지 않은 이른 아침이었다. 그러니 당연하다면 당연했지만, 그 이전에 이 정적은 무언가를 두려워하기 때문이라는 사실을 피부로 느낄 수 있었다.

빗물은 길 위에 수면을 펼쳤고, 옆 도랑으로 흘러 졸졸졸 하는 소리를 내며 흘렀다. 흐름이 갑자기 빨라진 물은 옆 도랑에서 또 다른 곳으로——그리고 어디인지도 모르는 장소로, 멈추지 않고 계속 흘렀다. 물의 흐름에 종착점은 없다. 매지크는 그런 말을 어딘가에서 들은 적이 있었다. 어디서 들었는지는 기억나지 않았지만, 아마도 학교가 아닐는지. 물뿐만이 아니었다. 모든 것에는 종착점이 없었다.

빗속을 걸으면서 매지크는 멍하니 그런 생각을 했다.

마을은 훌륭했다——이 비만 아니었어도 더 화려하게 보였을 게 틀림없다. 이 마을은 희었다. 흰색이 중심이라는 이야기를 매지크는 기억하고 있었다. 노란 먼지가 비에 쓸려 흙탕물이 되었어도 진흙은 마을의 '흰색'을 완전히 뒤덮지는 못했다.

포장된 넓은 길의 양쪽에 이어진 흰 벽, 그리고 흰 건물. 더욱 멀리에서 보이는 거대한 원기둥 형태의 신전. 이 마을의 중추, 유그드라실 신전이 있다.

매지크는 신전을 바라보기 위해 시선을 드는 김에 하늘도 올려다보았다.

킴라크 시에 비는 1년에 몇 번밖에 안 내린다——하지만, 한번 내리기 시작하면 쉽게 그치지도 않는다.

단기간에 많은 비가 내리는데도 불구하고, 이 도시가 대규모 수해를 입지 않는 이유는 극단적이라고 해도 과언이 아닐 만큼 배수 시설이 좋기 때문이다. 물론 그 탓에 이 도시는 옛날부터 물 부족에 시달려 왔지만…….

하늘을 두텁게 뒤덮은 구름은 쭈욱 지평선 위까지 펼쳐져 있었다. 검은 구름은 그곳에서 떨어지는 빗방울의 색과 뒤섞여, 칙칙한 잿빛으로 변했다. 도시를 뒤덮은 것은 대각선으로 떨어지는 흰 빗방울과 멀어지지도 않고 가까이 다가오지도 않는 영원한 빗소리뿐이었다. 끝없이 쏟아지는 비를 얻어맞아 그런지, 신전가의 건물도 실제보다 높이가 낮아 보였다.

"어떻게 좀 안 될까? 이 비."

클리오가 불평을 터뜨리는 소리가 들렸다. 돌아보니, 클리오는 돌멩이를 발로 차면서 계속 뒤따라오는 중이었다. 레키는 클리오의 머리 위에서 태연한 표정으로 오도카니 앉아 있었다. 비에 젖는 걸 싫어할 줄 알았는데, 전혀 그렇지 않은 모양이었다.

'……그러고 보니, 평소에는 원래 물속에서 살았던가? 딥 드래곤은.'

대략 그렇게 납득을 한 뒤, 매지크는 클리오의 표정을 살폈다. 누가 봐도 불만스럽게 걷고 있는 클리오에게 매지크는 될 수 있는 한 작은 목소리로 중얼거렸다.

"하지만 비가 그치면 모래가 날리잖아."

"그럼 모래도 좀 어떻게 해 봐."

"그게 어떻게 되겠냐, 그런 게?"

조금 떨어진 곳에서 걸으며 사루아가 그렇게 말했다. 조금이라도 멀쩡하게 보이려고 너덜너덜해진 신관복을 고쳐 입긴 했지만——비에 젖어서 또 터진 곳이 눈에 띄기 시작했다.

"얼른 걸어. 아침은 영원하지 않으니까."

낮은 목소리로 그렇게 말하는 암살자의 얼굴에서 매지크는 짙은 그늘을 발견했다. 사루아의 상처는 마술로 고쳤는데, 마술 치료는 피로까지는 제거해 주지 못했다. 오히려 마술 치료는 몸에 부담을 주는 경우가 많았다.

"낮이 되면 어떻게 되는데?"

다소 불만스러웠는지 입을 삐죽이면서 클리오가 물었다——하지만 말을 하면서도 계속 걷는 모습이 클리오답다면 클리오답다고 할 수도 있었다.

사루아가 어깨를 으쓱했다.

"낮이 되면……."

느긋하게, 남자가 대답을 하기 시작했다. 빗방울이 튄 물 때문에 그 모습이 흐릿하게 보였다.

"정말 늦어 버릴 수가 있어."

"응?"

"아니, 아무것도 아냐. 중요한 것은 낮이 되면 이렇게 비가 내리는데도 외출을 하려는 기특한 녀석들이 나타날지도 모른다는 거야. 목격자가 늘어나면 뭐라고 해야 하나~. 정말로 문제가 되지 않겠어?

알잖아?"

비 때문에 표정이 잘 보이지는 않았지만——.

그의 목소리에서는 묘하게 감정이 느껴지지 않았다. 마치 억지로 억누르고 있는 것처럼.

매지크는 훔쳐보듯이 뒤에서 사루아를 보며, 이번에도 역시 목소리를 낮춰서 물었다.

"……우리는 지금 어디로 가는 중인가요?"

"조금 전에 지하 감옥에서 말한 것 같다만."

사루아는 굳이 따지자면 여유가 넘치는 듯한 목소리로 그렇게 말한 뒤, 머리를 긁으며 어깨너머로 이쪽을 내려다보았다.

"너희들은…… 조금만 생각해 보면 쉽게 알 수 있는데, 전혀 생각을 하려고 안 하는군. 끝까지 말이야."

비웃는 듯한 느낌과, 포기한 듯한 느낌을 섞어 사루아가 그렇게 한탄했다.

사루아는 흠뻑 젖은 머리카락에서 손가락을 떼더니, 물방울을 털어 내려는 듯이 세차가 손을 흔들면서 계속 말했다.

"——우리 형네 집이다."

딱 봤을 때——라고 하기보다는, 딱 한눈에 보려고 해도 그럴 수 없는 규모의 그 문도 흰 비를 계속 맞아 흠뻑 젖어 있었다.

"우와……."

여러 면으로 단순한 클리오가 감탄하는 목소리가 잠깐 몇 초 정도 빗소리를 물러가게 했다. 물론 금방 빗소리가 클리오의 목소리를 지워 버렸지만——잘 울리는 클리오의 목소리가 그 뒤에 또 울려 퍼졌다.

"근데 안 좋을 것 같아."

"? 뭐가?"

저택의 문——평평한 자연석을 그대로 쌓은 돌계단에 아무렇지 않게 다리를 올리고, 사루아가 뒤를 돌아보며 물었다. 문의 양옆에는 높은 담벼락이 끝없이 이어져 있었다. 어쩌면 한 구획보다도 더 넓을지도 모른다.

창 모양의 철창으로 닫혀 있는 문. 그 문을 처억 가리키면서 클리오가 말했다.

"분명히 좋은 저택이라고는 생각하는데, 이곳을 습격해서 점거하긴 어려울 것 같아."

"우리 집이라고 말했잖아!"

"아주 의심스러운걸?"

"어디가?!"

"일단 말을 꺼낸 당신이 정문으로 가고, 나는 뒷문에서 백업, 매지크는 사람들이 친근하게 대해 줄 것 같으니 성명문을 가지고 신문사로 가는 게 어떨까?"

"으아아아아아아아아아!"

머리를 쥐어 싸고 사루아가 울부짖었다.

굵은 빗방울이 떨어지는 가운데 한바탕 떠든 뒤, 갑자기——사루아가 딱 움직임을 멈췄다.

사루아는 클리오의 코끝에 얼굴을 가까이 대며 말했다.

"……혹시나 해서 묻는데, 넌 날 대체 뭐라고 생각하는 거냐?"

"감옥에 떨어져 있던 시체."

망설임 없이 곧장 그렇게 대답하는 클리오를 보고 죽음의 교사가 명확하게 살의에 불타는 미소를 지은 순간을 매지크가 확인했지만——뭘 어떻게 해야 할지 몰라서 일단은 그냥 지켜보기로 했다.

"이, 일단 나는 신관이야……. 무, 물론 몰랐으니 차, 착각하는 일도, 이……있, 있겠지?"

뺨을 실룩이며 그렇게 말하는 사루아에게 클리오는 또다시 망설임 없이 대답했다. 머리 위에 있는 레키의 코를 쓰다듬으면서.

"그 신관 중에서도 저 끝의 말단이지?"

"음…… 물론 신관병은 직위가 비공식이라, 하위 신관 취급을 받지만, 아니, 그래도——."

"그런 것보다, 한 번 죽었다가 살아났으니, 좀비 아냐?"

"………."

사루아의 말이 멈췄다. 그늘져 있어 표정은 보이지 않았지만——떨리는 어깨에서 수증기 같은 것이 올라오고 있다는 사실을 매지크는 눈치챘다. 자세히 관찰해 보니, 머리도 경련을 일으키는 것처럼 떨렸다.

눈앞에 있던 클리오도 눈치챘는지——아니면, 별로 신경을 안 쓰는지——말을 계속했다.

"잘 모르긴 하지만, 옛날에는 좀비가 굉장히 많았잖아? 보통 좀비 광선 같은 걸 발사해서, 동료를 늘리고 그러지? 근데 다리 같은 곳에서 엄청 이상한 냄새가 날 것 같아서 난 싫던데……. 앗, 사루아, 왜 그래? 얼굴이 새빨개. 게다가 몸을 떨기까지. 혹시라도 주변 사람들이 화가 난 게 아닐까 하고 착각이라도 하면, 오해를 풀기 정말 힘들잖아."

"시끄러워!"

그렇게 소리친 사루아는 클리오를 붙잡으려고 팔을 뻗었지만, 정작 당사자는 휘익 몸을 피한 다음, 깜짝 놀랐다는 듯이 외쳤다.

"잠깐! 갑자기 무슨 짓이야?!"

"몰라서 물어?! 가만히 있었더니, 아주 제멋대로 지껄이기나 하고. 넌 진짜 무슨 성격이 그러냐?!"

"응⋯⋯⋯⋯?"

클리오는 잠시 난처한 표정을 지은 뒤——

빙글 몸을 돌려 이쪽을 보고 진지한 얼굴로 말했다.

"매지크, 뭔가 이상해. 아무래도 진짜 좀비였는지, 흉포해졌어. 매지크, 좀비 광선에는 꼭 주의해야 돼?"

"저어~⋯⋯."

어떻게 대답하면 좋을지 망설이는 사이에, 사루아가 소리쳤다. 클리오를 보고 발을 동동 구르면서.

"그러니까! 뭐가 좀비 광선이냐고!! 너야말로 그 머리의 소용돌이에서 광선 같은 게 나올 것 같거든?!"

"아~! 왜 남의 머리카락을 보고 그런 소릴 하고 그래?!"

"저기, 어⋯⋯ 둘 다 좀⋯⋯."

서로 소리치는 두 사람을 말리려고 매지크가 목소리를 높이면서——
——두리번두리번 주변을 둘러본 다음, 다시 두 사람을 바라보았다.

일단 목소리를 듣고 길거리로 나와 보는 사람은 보이지 않았지만, 아무래도 언제까지 계속 그럴 거라고는 생각하기 힘들었다.

"저어, 이런 곳에서 서로 화를 내 봤자, 그냥 바보 같으니까——."

이때, 두 사람이 동시에 이쪽을 향해 시선을 내던졌다. 그러자 매지크는 두 걸음 뒤로 물러서며 양손을 들었다.

"아, 아니, 그러니까, 아무튼 의미가 없다고 생각하는데······."

"확실하게 어리석다고 말해 주면 되는 거다──어리석은 사람들한테는."

그때──.

들어 본 적 없는 목소리가 들려온 동시에, 매지크는 어느새 빗소리가 달라졌다는 사실을 깨달았다.

물이 포장된 길을 때리는 단단한 소리에서, 조금 더 부드러운 소리로.

매지크는 돌아보았다. 그곳, 저택의 문 너머에는 남자가 한 명 서 있었다. 문 너머 정원 안쪽으로 이어지는 돌바닥에 서 있는 남자는 서른 살 정도 되어 보였다. 돌바닥을 두드렸던 비가 남자의 우산에 튕겨 나오면서 빗소리가 바뀌었던 것이다. 검은 우산을 어깨에 올리듯이 들고, 남자는 철창 너머에서 이쪽을 가만히 바라보았다.

차가운 눈이었다. 검고 움직임이 없는 눈동자. 키가 크고 탄탄한 체격인데, 매지크의 눈에는 단련을 했다기보다는 나이에 걸맞게 살이 찌기 시작한 것처럼 보였다. 검은 우산과는 대조적으로 남자가 입고 있는 옷은 흰색이었다.

사루아가 입은 옷과 아주 비슷했다──.

'신관의······ 옷?'

매지크의 예상은 금방 타당성이 뒷받침되었다.

"형······."

평소와는 달리 양순한 얼굴로 사루아가 중얼거렸다.

"어리석은 자식."

남자는 반복했다.

"너는 왜 항상 그렇게 어리석은 거냐."

그렇게 말하면서 남자는 낙낙한 신관복 안에서 가늘고 긴 무언가를 꺼냈다——.

깜짝 놀라 사루아가 마른침을 삼키는 소리가 큰 빗소리가 들리는 와중에도 확실하게 울려 퍼졌다.

남자가 꺼낸 것. 그것은 검 한 자루였다.

"으~음……."

팔짱을 낀 형을 곁눈질로 보면서——.

물론 컴컴한 지하라 실제로는 보이지는 않았지만. 그냥 많이 익숙했기 때문에 상상을 해 보았을 뿐이었다. 지하. 낙하. 형. 고민스러운 목소리. 무책임한 팔짱 끼기.

도틴은 깊게 한숨을 내쉬었다. 단, 소리는 내지 않고 몰래.

"어떻게 하면 좋을까."

대답을 기대하고 한 말은 아니었지만, 아무 말 안 하고 있는 것도 마음이 불편해서 도틴은 그렇게 중얼거렸다. 형과 상의할 생각은 전혀 없지만.

"흐음."

볼칸이 자신감 넘치게 고개를 끄덕이는 모습이, 마치 보인 것만 같았다.

"떨어졌으니, 올라가면 원래 있던 장소로 돌아갈 수 있을 거다. 형은 그렇게 분석했다."

'올라갈 수 있다면 말이지.'

도틴은 또 소리 없이 한숨을 쉬면서 머리를 싸쥐었다.

조금 전, 클리오가 깊이 몇 미터인지는 모르겠지만 자신들을 깊숙이 바다 아래로 떨궜는데, 그 떨어진 구멍 아래에서 적어도 10미터 이상은 더 떨어진 상태였다. 형이 날뛰는 바람에 발판이 무너진 거겠지만——.

아무래도 바로 아래에 지하도 같은 것이 있었던 모양이었다. 컴컴해서 아무것도 보이지 않았지만, 목소리가 울리는 걸 보면 나름 넓은 곳 같았다. 적어도 사람이 몇 명 나란히 걸을 수 있을 정도의 넓이는 되는 듯했다.

목소리를 내는 방향에 따라서 울리는 강도도 달랐다. 아무래도 진짜 지하도—— 통로인 모양이었다.

천장까지의 높이는 구체적으로 어느 정도인지는 알 수 없지만, 까치발을 들고 팔을 뻗어도 닿지 않는 걸 보면, 더 이상 생각을 할 필요는 없을 듯했다. 도틴은 적어도 20번은 그런 시도를 해 보았다.

"아무래도 위로 올라가긴 힘들 것 같아, 형."

"으음. 네 계획은 왜 그렇게 항상 어중간한 건지."

진지한 얼굴로 단호하게——이것도 상상이지만——말하는 형에게 도틴은 군이 반론을 하지는 않았다.

"저편이랑——."

하고, 목소리의 반사가 약한 쪽을 막연하게 가리켰지만, 어두워서 뭐가 보일 리는 없었다.

"저편으로 통로가 계속 이어져 있는 것 같아. 가 볼 수밖에 없지 않을까?”

도틴이 다른 한 손으로는 반대편 방향을 가리켰다. 통로는 똑바로 이어져 있는 듯했다.

그냥 감일 뿐이지만.

“……….”

잠시 기다렸지만, 볼칸은 아무런 대답을 하지 않았다.

조금 불안해진 도틴이 말을 다시 했다.

“통로라는 건 어딘가와 계속 이어져 있으니, 어딘가로 나갈 수 있다는 말 아닐까? 떨어져서 오히려 잘된 것 같아……. 아마도.”

형 덕분이라고는 입이 찢어져도 말하고 싶지 않았고, 실제로도 말하지 않았지만.

“으음. 형 덕분이니, 감사를 표시하기 위해 다음에 들어오는 식량의 90퍼센트를 바쳐라.”

“……………응………….”

일단──.

어둠 속에서 두 사람은 적당히 걸어 나아가기 시작했다. 킴라크의 지하를.

“……이렇게, 된 거야…….”

모든 이야기를 하고──이야기를 해서 지치기도 했고, 가슴속에 상실감과 비슷한 피로가 느껴져서, 오펜은 한숨을 내쉬었다. 두통은 여전히 계속되었다. 사과즙이 필요한 것 같은, 불쾌한 욱신거림.

아자리가 만든 것으로 보이는 이 동굴 안은 그녀의 마술 덕분에 따뜻했지만, 그래도 바로 근처의 수면에서 올라오는 냉기 탓에 쌀쌀한 느낌을 완전히 지울 수는 없었다.

동굴은 그다지 넓지 않았다. 하지만 두 사람이 몸을 맞대고 있어야 할 정도는 아니었다. 그 사실에 진심으로 감사하면서, 오펜은 정면에 앉아 있는 아자리를 바라보았다. 아자리는 동굴의 어둠 속에서 몸의 절반만이 수면의 빛에 반사된 모습으로 이쪽을 마주 보았다.

얼굴이 한쪽만 빛에 반사되어 보였다. 귀 근처를 누르고 있는 한쪽 팔만이 보였다. 한쪽 눈만이 반짝였다.

"마술이라는 건……."

아자리는 표정의 변화가 거의 없었다──하지만 전혀 없었던 것은 아니었다. 조금, 눈꺼풀을 내렸다.

"대체 뭘까?"

오펜은 곧장 대답했다. 아자리의 눈을 바라보면서.

"마력으로 한정된 공간에 자신이 이상적이라고 생각하는 현상을 일으키는 것."

"한없이 직접적인 수단으로 기적을 일으키는 것. 나는 그렇게 생각해."

후후──아자리는 의미심장한 미소를 지으면서, 다시 말했다.

"선생님은…… 뭐라고 말했을 거라 생각해?"

이쪽의 대답을 기다리지도 않고 아자리가 계속 말했다.

"──신들의 장난기래."

"나는 신들에게 버림받은 건가?"

"네 대답이 가장 정확한 것 같아."

아자리는 순순히 그렇게 인정한 뒤, 고개를 돌렸다──동굴 안쪽으로. 아자리의 얼굴 모두가 그림자에 뒤덮였다.

"우리 마술사에게는 마력이 있어. 세계를 다시 만드는 그 감각이. 우리는 마력에 의해 세계 그 자체를 만들 수가 있지. 그게 '구성'이라고 하는 거야. 원래의 세계와 우리가 만들어 낸 구성으로 세계는 2층 구조가 돼. 세계가 2층이 되면 둘 중 하나는 필요 없어져. 우리는 그 틈을 노려 원래의 세계를 배척하지. 채용된 구성에는 술자의 이념이 포함되어 있어. 그 이상이──마술 효과로 나타나는 거야."

"그런 거야 마술사라면 누구나 알고 있잖아."

"그만큼 마술은 그 기적의 범주에 다른 사람이 지닌 다른 이상(理想)이 아주 쉽게 파고들 수 있지……. 넘어뜨리는 정도라면 몰라도 적을 직접 죽이는 일이나, 원래 없던 것은 만들 수 없는 것은 그 때문이야. 아무튼 간에, 그런 일을 하려면 적이 죽을 만한 현상을 일으켜서 간접적으로 바람을 달성할 수밖에 없어……. 그 일선을 넘는 것을 정신지배라고 부르는데……."

"그런 건 나도 안다고 했잖아!"

오펜은 날카롭게 속삭이며 바닥을 내리쳤다. 순간, 아자리의 어깨가 움찔 흔들렸다.

그 모습을 보고 오펜은 깨달았다.

'아자리는 이야기를 하고 싶지 않구나…….'

하지만 그 뒤에도 아자리는 말을 계속했다.

"……난 무의식이라는 말을 아주 싫어하지만──사람은 일반적으로 무의식이란 상태를 믿어. 때로는 무의식이라는 말에 죄를 뒤집어씌우고 이용하는 사람도 있지. 그야말로 '무의식'적으로 말이야."

아자리의 설명은 갑자기 방향을 바꾸었다. 아자리의 얼굴은 여전히 그늘에 가려 보이지 않았다.

"──하지만 무의식이 의식을 뛰어넘는 일이 만약 정말로 있다고 한다면…… 갑자기 믿기는 어렵지만……."

"무슨 말을 하고 싶은 거지?"

이해가 잘 되지 않아서 오펜이 물었다. 그러자──.

아자리는 고개를 저었다. 빛과 그림자 사이를 아자리의 얼굴이 오가서 아주 잠깐, 그 표정이 보였다.

"너는 분열되어 있어."

"분열?"

"네가 조금 전에 위에서 마술을 사용하려고 구성을 짰을 때부터 신경이 쓰였는데."

아자리의 양쪽 눈에는 오펜의 모습이 반사되고 있지 않았다. 하지만 이쪽을 보고는 있었다.

"너는 자신을 죽이는 구성을 짰어. 자기 자신을. 의식하지 않고. 하지만 자신을 죽이는 기적을 바라 봐야 아무런 의미가 없잖아? 기적은 바라지 않으면 일어나지 않지만, 자신을 죽이길 바라는 것은 의미적으로 패러독스를 발생시키니까. 마술은 물리를 넘어설 수 있지만, 의미를 무시할 수는 없어. 왜냐하면 그것은 어디까지나 기적이지, 부조리가 아니거든."

문득 아자리의 모습이 사라졌다──아니, 오펜 자신이 눈을 감았다.

아무런 느낌도 받지 못했다. 적어도 아자리의 설명에는. 한마디로 아자리는 오펜에게 해설서를 들이대고 있는 것에 불과했기 때문에.

그래도 깊은 절망을 느낀 이유는 아자리의 눈을 봤기 때문이었다. 오펜의 모습이 비치지 않은 아자리의 브라운 눈동자를.

오펜은 한 번 침을 삼킨 뒤, 목소리를 흘렸다.

"……내가…… 죽음의 교사를 죽여서 자기혐오에 빠진 탓에…… 무의식적으로 스스로를 죽이려고 한다, 그런 말을 하고 싶은 거야?"

"아니."

담백하게 부정하고, 아자리는 가볍게 탄식한 뒤 말을 계속했다.

"네가 자신을 용서할 수 없는 것은 네가 스스로를 제어할 수 없었기 때문이야──안 그래?"

"나는──."

오펜은 일어서려고 하다가 움직임을 멈췄다. 누군가가 짓누른 것 같았기 때문이다.

"나는…….."

말까지 도중에 사라졌다.

아자리는 눈동자를 움직이지 않은 채 말했다.

"짚이는 데가 있는 거 아니야?"

"나는 암살자가 되지 못했어! 되어서는 안 되었다고! 그건 너를…… 죽여야 한다는 말이니까."

절규하려고 했는데──실제로 나온 목소리는 거의 잠겨 있었다. 아자리도 말을 듣지 못한 것처럼 의아한 듯 눈썹을 들어 올렸다. 하지만 의미까지 전해지지 않았다고 보기는 힘들었다. 오펜은 곧장 계속 말했다.

"이전부터 의심은, 했어……. 선생님이 나를 백마술사와 싸울 수 있는 암살자로 훈련시켰다는 것은 감이 둔한 키리란셀로──즉 바로 나——나 이외에는 모두 알고 있었겠지. 너도 눈치채고 있었잖아?! 내가 너를 죽이기 위한 훈련을 받고 있었다는 사실을. 그래. 그리고 무엇보다 무서웠던 것은…… 선생님이 그렇게 생각했다면, 나는 반드시 누나를 죽이게 될 거라는 거였어."

"인정할 생각이 들었니?"

"진즉에 인정을 해야 했다고 생각해. 엄청나게 길을 돌아온 거지. 하지만 나는 선생님을 믿었어. 그 사람이 그런 일을 생각할 리가 없다고."

"………."

아자리는 아무 대답도 하지 않았다. 그냥 계속 아무 말 없이—— 일어섰다. 천장은 낮았지만 서려면 못 설 것도 없었다.

오펜도 따라서 허리를 일으켰다. 일어서서 허리를 살짝 굽히고 주먹을 쥐었다.

"아니…… 실제로는 믿지 않았겠지. 도망갈 수 있는 유일한 길은 내가 암살자가 되지 않는 것뿐이었어. 죽이지 않으면 되잖아. 아무도 죽이지 않으면 누나를 죽일 필요도 없으니까. 하지만 나는 죽이고 말았어. 최악의 살인이었지. 우연이 아냐. 의미도 없이 죽일 필요도 없었던 상대의 숨통을 일격에 끊어 버렸어——전혀 자제를 못하고, 완벽하게 자신의 의지로, 자신의 힘으로."

"나를 죽일 거니? 이유는?"

오펜과는 달리 가만히 선 모습으로 아자리는 그렇게 물었다. 아자리의 눈은 볼 수 없었다——시선을 들 수 없어서——하지만 그 눈동자에 자신의 모습이 비치고 있다는 사실을 오펜은 거의 절망적으로 확신했다.

"나는 지금까지 자신이 왜 이곳에──이 장소에 누나의 눈앞까지 와야 했는지, 계속 알 수 없었어."

입술을 깨물고 오펜이 계속 말했다. 주먹을 더욱 꽉 쥐면서.

"……하지만 누나와 단둘이 되고서야 알았어."

"나를 죽여야 할 이유는?"

그 질문을 다시 받고 오펜은 고개를 들었다. 분명히 아자리의 두 눈에는 오펜의 모습이 비쳤다. 결연하게 입을 다문 자신의 얼굴이.

오펜은 숨을 들이쉬었다. 새로운 산소를 얻자 폐가 떨렸다.

"이유…… 도망갈 곳이 없어졌으니, 앞으로 나아갈 수밖에 없잖아?"

한 걸음 다가갔다. 좁은 동굴 안에서는 그것만으로도 손이 닿을 정도로 가까워졌다.

'아자리는 반격을 안 할 거야……. 도망치지도 않겠지.'

오펜은 그것도 확신했다. 아자리도 역시──도망갈 곳이 사라지고 없었으니까.

가만히 이쪽을 바라보는 아자리에게 오펜이 말했다.

"결국 나는 이러려고 이곳에 온 거야……."

그리고 주먹을 펼쳤다.

오른팔을 치켜들고──힘껏 아자리의 뺨을 손바닥으로 때렸다.

철썩. 짧고 높은 소리가 울리며 아자리의 얼굴이 옆으로 튀었다. 아자리는 그 자리에서 한 발짝도 움직이지 않았지만, 뺨을 얻어맞은 충격으로 한쪽 눈을 감은 채 옆으로 고개를 돌리고 그대로 굳었다.

"………."

침묵은 상당히 길었다.

오펜은 아자리를 때린 감촉이 남은 손을 잠시 어떻게 하면 좋을지 몰랐지만——금세 떨리는 무릎을 땅에 떨어뜨렸다. 그리고 그렇게 맥없이 주저앉아 고개를 저었다.

"——아가, 아자리."

잠겨서 목소리가 나오지 않았다. 다시 고개를 젓고 한 번 더 말했다.

"돌아가, 아자리. 돌아갈 수 있는 장소가 있잖아. 티시가 기다리고 있어. 누나가 돌아가면 나도 돌아갈게. 5년 전으로 되돌아갈 수는 없어도 그때와 비슷해질 순 있어."

"불가능해."

아자리는 즉시 그렇게 대답했다. 오펜은 더욱 고개를 저으며 말했다.

"불가능하지 않아!"

"불가능해."

고개를 들어보니, 아자리는 똑바로 오펜을 내려다보고 있었다.

"……너는 그래도 좋을지 모르지. 하지만 안 돼. 나는 너여선 안돼. 뭔가 다른 이야기 같아서 미안하지만."

아자리는 말을 고르면서——.

오펜도 역시 아자리의 얼굴을 마주 보았다.

그리고 이를 갈면서 되물었다.

"……선생님인가……?"

"사실대로 말하면, 맞아. 차일드맨이 없으면 그곳은 내가 돌아갈 장소가 아니야."

"지금 제정신 맞아? 그 사람은…… 죽었어."

"그래. 너는 아니지만——아니, 너와 똑같아. 사고가 아냐. 나는 내 의지로 그 사람을 죽였어. 그러니까 내가 책임을 져야 해. 안 그래?"

"죽을 생각이야?! ……절대로 그런 짓은 못 하게 하겠어……."

"………."

아자리는 입을 닫았다. 아무런 대답도 하지 않았다.

단지——.

다시 완전히 다른 이야기를 하기 시작했다.

"네가 마술을 사용하지 못하는 이유는 정신적인 문제야. 정신이라는 것은 신성불가침이 아니지만…… 무너뜨리는 것도 고치는 것도 어렵지. 그게 육체와는 다른 점이라고 할 수 있어. 사고(思考)와도 조금 달라."

"또 이야기를 딴 데로 돌릴 셈이야?"

오펜은 날카로운 목소리로 속삭였다. 하지만 아자리는 전혀 상대해 주지 않은 채, 아주 침착한 눈빛으로 살짝 미소를 지었다.

"조금 전에 변했다고 말했지, 키리란셀로. 옛날과는 모든 것이 바뀌었다고. 맞아. 정말로 변해 버렸어. 5년 전과 비슷해질 순 있다고? 불가능해. 잘 알잖아?"

알고 있었을지도——모른다.

오펜은 아픔을 느낄 정도로 그 사실을 잘 알았다. 그래서 반론조차도 하지 못했다.

아자리는 그대로 말을 계속했다.

"결국 너는 마음의 수준을 키리란셀로…… 소년 시절로 되돌려 버린 거구나. 그걸 원래만큼 성장했을 때로 되돌리지 못하면, 즉, 너는 지금 그대로라는 얘기야."

오펜은 시선을 떨구었다. 그리고 눈을 감았다. 하지만 아자리의 목소리는 들렸다.

"나는…… 도와줄 수 없을 것 같아. 너를 키리란셀로에 가까워지도록 만든 가장 큰 요인은──아마 나일 테니까……."

마지막 목소리는──잘 들리지 않았다. 하지만 놓치지도 않았다.

아자리의 흐린 목소리를 듣고, 문득 오펜은 바보 같은 생각을 하고 말았다. 아자리는 울고 있는 것이 아닐까?

올려다보아서 확인할 배짱은 없었지만.

"혹시."

아자리의 중얼거림은 그걸로 끝났다.

"너에게는 이제 내가…… 필요 없는 거니……?"

그곳은 《시성의 방》이라고 불리는 곳이었다.

호칭에 의미는 없었다──단지 선인들이 여신의 방이라고 불러서는 시적인 감성이 부족하다고 생각했을지도 모른다. 아니, 그렇게 생각했다고 한다면 그 교주의 발상인가…….

쿠오 바디스 파테르는 잔해로 변해 버린 문을 밟고, 끝없이 펼쳐진 지저 호수를 바라보았다.

검은 호수의 수면이 천천히 흔들렸다. 수면에서 올라오는 냉기가 그의 피부를 따끔하게 찔렀다. 아니──.

그는 생각을 고쳤다. 냉기는 올라오고 있지 않다. 거의 피부를 차갑게 얼리고 있는 것은 호수의 냉기와는 다른 것이었다…….

그는 눈을 들었다.

저 멀리, 호수 수면 위에 여자가 있었다.

역사상──키에살히마 역사상이 아니라, 더 오랜 역사상, 가장 어리석은 여자가.

녹색 머리카락을 천천히 나부끼면서, 사지를 늘어뜨리고 그냥 그곳에 있을 뿐인 여자. 허공에 뻗은 팔에 목을 붙잡힌 채. 그 여자는 움직일 수 없었다. 단, 죽지도 못했다.

쿠오는 가슴속에서 성언(聖言)을 외웠다.

'우리의 태초의 피는 거룩하다──.'

과연 성스러운 피는 진실, 성스러운 것이었는가──.

'탄생은 아름답다──.'

태어나야만 했던 것인가──.

'운명은 올바르다──.'

그것은 누가 엮어 낸 운명이었는가──.

'죽음은 거룩하다──.'

………….

그는 아무 말 없이 여자를 바라보았다. 그때──.

"쿠오."

부르는 소리를 듣고 쿠오가 고개를 돌렸다. 당황할 필요는 없었다. 단지, 손바닥에 땀이 배어 나왔다.

서 있던 사람은 서른 정도의──물론 그녀가 나이대로 서른 살 정도로 보인다면, 그것은 착각이겠지만──여자였다. 실제로 그녀는 쿠오가 알고 있는 그 어떤 여자보다도 젊어 보였다. 단순히 나이가 젊어 보인다는 의미는 아니라, 나이가 드는 것을 인정하려고 하지 않는, 그런 젊음이었다.

그녀는 웬일로 검을 들고 있었다. 카로타 마우센.

"망보기, 수고 많아요."

놀리듯이 카로타가 그렇게 말했다──믿을 수 없이 가벼운 모습으로 그녀가 말을 계속 이었다.

"……도망자의 경로를 찾아냈어요. 부하의 보고로요. 그래서 가보려고 하는데요."

"가면 되지 않나."

쿠오는 그렇게 말한 뒤, 다시 《시성의 방》 쪽을 바라보려고 했다. 하지만 그보다도 빠르게 그녀가 말했다.

"교주님의 말씀을 듣고 왔어요."

그녀의 목소리는 밝았다. 불필요하게 밝았다.

그렇게 밝은 이유를 쿠오는 생각할 것도 없이 잘 알았다──카로타는 교주를 배알할 수 있도록 허락을 받지 못했다. 그런데 허락을 받았다. 게다가, 그러고도 살아 있다는 것은 교주에게 용서를 받았다, 그런 의미였다.

아무런 대답을 하지 않고 있을 때, 그녀는 곧장 다음 말을 이어 갔다──.

"급히 교주님의 곁으로 출두하라는 교주님의 명령이에요──쿠오 바디스 파테르."

제10장 스승님

사루아 솔류드가 아주 잘 아는 집이었다.

하지만 남의 집이기도 했다.

어디를 어떻게 봐도 흠 잡을 곳이 없는 곳──안쪽도 바깥쪽도 그야말로 최고였다. 쓸데없이 복잡한 방 배치는 미친 건축가가 설계한 것으로, 저택 전체를 세 개로 나누고 각각 반 층씩 높이를 다르게 해서 늘어놓았다. 어디를 어떻게 봐도 기둥이 없는 것은 그 때문이었다. 모든 층이 다른 층을 지탱하고 있는 것이다. 아무튼 간에, 이 저택의 도면을 그린 직후에 유리컵을 깨뜨려 실명해서 죽었다는 사람이 세운 건물이 그 후에도 50년이나 무너지지 않고 남아 있는 중이다. 이걸 최고라고 하지 않으면 무엇을 최고라고 할 수 있느냐고, 사루아는 비아냥거림을 섞으며 생각했다.

방 자체는 그 수가 그다지 많지 않지만, 개인실 이외의 방이 꽤 크게 만들어져 있었다. 대대로 교사장 지위를 이어받은 가문이기 때문이라고 해야 할지──큰 방과 응접실은 아무리 많아도 부족했다. 1년을 통틀어 몇 차례에 불과한 긴 비가 내리는 이 시기만이 저택에 손님이 끊기는 유일한 틈새였다. 신전청의 심부름꾼, 그리고 그 가족, 너무나도 한가한 다른 교사장과 그 가족, 설교를 듣지 않으면 자율신경이 버티지 못하는 근처의 도시 신도들과 그 가족…….

"……왜 아무도 없는 거지?"

사루아는 문 앞에서 형에게 건네받은 검을 들고──형에게 물었다. 그리고 젖은 머리카락을 타월로 닦으면서 방 안을 둘러보았다.

이곳은 형의 서재였다. 좁지는 않다.

흰색, 흰색, 흰색. 흰색뿐인 저택의 다른 방과는 달리, 이 방만은 붉은 카펫이 깔려 있었다. 저택보다 몇 배는 낡은 최고급품이지만, 만져 보면 촉감은 그다지 좋지 않았다. 전혀 얼룩이 없는 진홍색이 바닥에 펼쳐져 있었다. 섬유의 수많은 틈새에는 노란 먼지가 가득했고, 카펫에 얼룩이 없는 노란색 광택을 더했다. 방의 좌우에는 책장이 놓여 있었다. 두꺼운 책등이 주르륵 늘어선 가운데, 책장 중 딱 하나, 왼쪽 안쪽에 있는 책장만은 책 대신 트로피를 비롯한 여러 가지 것들이 장식처럼 가득했다. 스틱볼, 스포츠 검술, 실전 검술, 밧줄 던지기, 요리 콘테스트, 연관을 짓지 못할 훈장이 주르륵. 응접실에 다 장식하지 못한 것들이 이곳에 있었다.

모두 제각각인 훈장들의 유일한 공통점——그것은 모두 솔류드라는 성(姓)이 새겨져 있다는 것이었다. 선조 대대로 받은 훈장들이다.

단, 딱 한 사람, 사루아의 이름만은 아무리 찾아도 없었다.

"고용인들은 모두 신전청에 끌려갔다. 아마 돌아오지 않겠지."

라포완트 솔류드——이 저택의 현 당주는 빗방울이 세차게 부딪치는 큰 창문을 등지고 침착하게 대답했다.

서재 책상 위의 가스등이 은은하게 빛을 비추었다. 밤이 완전히 샜다고는 하지만, 두꺼운 비구름이 지상에 어두운 그림자를 드리웠다.

"관계도 없는 고용인을 고문할 정도로 어리석지 않아——쿠오와 카로타는."

으르렁거리듯이 말을 하면서, 사루아는 손에 들고 있던 검의 손잡이를 천천히 쥐었다. 단단한 손잡이에는 미묘하게 손자국이 남아 있었다. 손에 익숙하지 않은 감각이었다. 원래 주인이 엄청나게 많이 사용했을 그런 감촉이었다.

검은 그다지 무겁지 않았다──하지만 사람을 죽이기에 부족한 것은 아니었다. 칼집에서 꺼내 보지는 않았지만, 칼날이 얇다는 사실은 금방 알 수 있었다. 대륙에서는 이렇게 살을 절단할 수 있을 만큼 예리한 검이 압도적인 주류였지만, 사루아는 별로 좋아하지 않았다. 열상(裂傷)을 입어도 사람은 움직일 수 있다. 하지만 뼈가 부러졌을 경우엔 그럴 가능성이 없었다.

검을 매만지면서 사루아가 계속 말했다.

"지금…… 어떻게 됐어? 신전 말이야."

"소동. 그 한마디면 족하겠지. 피해가 너무 크다."

라포완트는 담담하게 말했다. 그러다 문득 쓴웃음을 짓듯이 얼굴을 찌푸렸다.

"그걸 수복하려면, 또 왕도와 거래를 해야 할 거다."

"점점 불리해지는……구나."

"그게 네 노림수 아니었나?"

쓴웃음을 지으며 라포완트는 얼굴 앞에서 양손의 깍지를 끼었다. 그렇게 얼굴의 아래쪽 반을 가린 뒤──라포완트가 말했다.

"너무 떼를 쓰는 행동은 하지 말았으면 한다만. 너를──유일하게 피가 이어진 남동생인 너를 후회하도록 만들고 싶지 않아서 하는 말이다."

"협박인가?"

"충고야. 몇 번인가 내가 했을 텐데?"

"몇 십 번째겠지."

그렇게 말하면서 사루아는 카펫 위에 침을 뱉었다. 양손을 펼치고 말과 함께 뱉어 냈다.

"나는 나대로, 하고 싶은 대로 하겠어. 말했잖아?"

"형으로서는 위험한 놀이를 그만두도록 말릴 수밖에 없다."

"나도 신관이거든?! 당신과 논의를 해야 할 입장이 아냐!"

반사적으로 목소리를 거칠게 냈지만──.

라포완트는 그 말을 듣고도 대답하지 않았다.

카펫은 모처럼 비의 습기를 머금어서 그런지, 발소리를 깨끗하게 흡수해 주었다. 사루아는 형에게서 등을 돌리고 걷기 시작했다. 검의 손잡이를 어깨 너머로 보이면서──사루아가 물었다.

"그 여자는 언제 여기에 온 거지?"

"오늘 아침에 굴러 들어왔다. 그 직후에 네가 신전에서 반란 활동을 한다며 날 부르더군. 일단 침실에 던져 놨다. 그곳이 가장 눈에 띄지 않으니까."

형의 대답과 함께 사루아는 검을 바라보았다.

그 검은──.

메첸 아미크의 것이었다.

형의 침실은 3층에 있다. 형의──아니, 대대로 당주가 잠을 자는 침실이지만.

사루아는 복도를 걸으면서 어딘가 피부가 따끔거리는 느낌을 받았다. 익숙한 복도였지만, 뭔가 분위기가 달랐다.

비 탓인가? 그건 아니었다.

그는 근거도 없는 무언가 얄궂은 느낌을 받으면서 혼자서 걸었다. 손에 들고 있는 검에 저도 모르게 힘이 들어가 있다는 사실을 깨달았다.

침실은 가장 안쪽이었다.

침실, 이라고 하기보다는 3층 전체가 하나로 이어진 집이었고, 침실이었다. 마음만 먹으면 이 3층을 벗어나지 않고도 충분히 살 수 있었다. 욕실도 있고, 샤워실도 있으니——물론 물이 부족한 마을이라 마음껏 쓰지는 못하지만. 놀이실도, 테라스도 있었다. 없는 것은 취사장뿐이었다.

어느 방을 가도 전부 연결되어 있었지만, 복도에서 보면 각각의 방에 문이 달려 있었다. 침실은 그중에서도 가장 안쪽에 있는 장소였다.

"우리의 태초의 피는 거룩하다……."

자연히 사루아는 그렇게 중얼거렸다. 아니, 자연스럽게가 아니었다. 습관 같은 것이었다.

침실까지는 앞으로 세 걸음.

"탄생은 아름답다."

앞으로 두 걸음.

"운명은 올바르다——."

거기서 그는 마지막 한 걸음을 남기고 우뚝 멈춰 섰다.

오른쪽 대각선 앞의 침실 문을 힐끗 바라보며 말을 흘렸다.

"……죽음은 거룩하다."

그 마지막 한 구절만이 침실의 문에 적혀 있었다.

——'죽음은 거룩하다.'——.

사루아에게는 떠올릴 필요조차 없을 만큼 익숙한 성언의 한 구절이었다. 그것을 읽으면서, 그는 마지막 한 발을 바닥에 새겼다. 그리고 문을 열었다.

침실 안은 어두컴컴했다. 창문에 두꺼운 커튼이 쳐져 있었다.

사루아의 뇌리에 뭔가 걸리는 것이 있었다. 형이 일어났을 때 커튼을 깜빡하고 열지 않았을 리가 없었기 때문이다. 설사 고용인이 없었다고 해도——.

그는 문에서 뒤로 뛰어 물러섰다. 동시에 컴컴한 방 안에서 무언가가 날아왔다.

장식용 접시다, 라는 사실을 확인하면서 사루아는 몸을 비틀었다. 어둠 속에서 기세 좋게 날아온 접시가 그가 옆을 지났던 복도의 벽과 격돌했다.

접시가 깨지는 화려한 소리(그리고 그 접시의 가격)에 몸을 움츠리면서, 사루아는 손에 들고 있던 메첸의 검을 바닥에 떨어뜨렸다. 바닥의, 자신의 오른발 위에다.

그리고 방 안에서 또 뭔가가 날아왔다.

사람의 그림자였다. 확인할 것도 없이, 검은 머리카락이 부스스한 여자. 가죽 갑옷. 여자는 아래로 내려간 오른팔을 보호하면서, 왼팔로 사람을 때리려고 했다——.

뛰쳐나온 여자는 사루아를 보고 깜짝 놀라며 움직임을 멈췄다. 그녀의 눈동자에는 경악(驚愕)이 퍼져 나갔다. 말문이 막혔으면서도 잠긴 목소리로 그녀가 신음소리를 흘리듯이 말했다.

"사루아⋯⋯?!"

그리고 모든 것이 순식간에.

사루아가 순간적으로 발로 찬 그녀의 검이 방심한 그녀의 아래턱에 명중해, 죽음의 교사 메첸 아미크는 발돋움하듯이 깔끔하게 뒤로 넘어졌다.

"아야야야야······."

"앗, 미안, 미안. 너무 갑작스러워서 깜짝 놀랐거든."

턱을 매만지며 눈물을 글썽이는 그녀를 본 사루아는 머리를 긁적이면서 변명했다──물론 그녀는 흘긋 눈을 가늘게 뜨며 노려보았지만.

"깜짝 놀란 건 나야. 게다가 얻어맞기까지."

"놀랄 건 없잖아? 여긴 내 집이니까."

어깨를 으쓱 들어 올리고 말하면서, 사루아는 메첸을 바라보았다. 메첸은 자신의 검을 무릎 위에 올리고 침대에 앉아 있었다. 항상 머리에 감고 있던 파란 천을 오른팔에 묶었는데, 아무래도 부상을 당한 모양이었다. 그녀가 조금 전부터 거의 오른팔을 들지 않아서 사루아는 걱정이 되었다.

비에 젖어 머리카락도 부스스. 얼굴도 흙투성이. 사루아는 대충 방 안을 둘러본 뒤, 침대 옆에 있는 선반에서 타월을 꺼내 메첸에게 던져 주었다.

둥실······. 공기의 저항을 받은 타월은 천천히 펼쳐져 그녀의 머리에 내려앉았다.

그것을 손에 들고 메첸이 말했다.

"맞아. 누가 뭐래도, 네 집이야."

그러고는 씁쓸하다는 듯이 입술을 일그러뜨렸다.

"이곳 외에는 도망칠 곳이 없어서 목숨만 겨우 부지해 숨어들어 왔는데, 네 형이 날 아주 쉽게 제압해서──이런 병실 같은 곳에 던져 놓았어."

"그래서? 조금 전의 기습은 형을 붙잡아 인질이라도 삼을 생각이었던 건가?"

"아냐. 그냥 한 방 되갚아 주지 않으면 분이 풀릴 것 같지 않았을 뿐이야."

"근데 나한테 반격을 당할 정도면, 절대 형에겐 못 당해."

그렇게 말하면서 사루아는 웃었지만——말이 다 끝나자마자 웃음을 거두었다. 그리고 한숨을 내쉰 뒤, 방의 안쪽을 돌아보았다.

"……그건 그렇고, 진짜로 병실 같군. 일단 침실인데 말이야."

실제로——.

이곳은 병실 같았다. 흰 벽. 딱딱한 침대. 창문은 컸지만 커튼이 닫혀 있어 낮에도 암실이나 마찬가지. 유일하게 병실 같지 않은 점이 있다면, 그다지 청결하지 않다는 것 정도일까. 노란 먼지야 말할 것도 없고.

침대의 머리맡에는 성전(聖典)이 가득 꽂혀 있었다.

"만약 병실이라고 한다면 참 얄궂네. 저 문의 문구."

"'죽음은 거룩하다'——."

사루아는 또박또박 낭독한 뒤——손가락으로 대충 성인(聖印)을 그었다.

"가문의 전설이야. 우리 초대 당주가 이 방에서 죽은 모양이거든. 그것도 아주 대단하게도, 죽기 직전에 한마디 남긴 게 저 성언이었지. 그 이후로 솔류드 집안의 당주는 이 방에서 죽음을 맞이하는 게 전통이 돼 버렸어. 성언을 말할 수 있을 것인가 말할 수 없을 것인가는 각자의 죽음에 따라 다르겠지만, 성언을 외치는 데 성공하면……

그 영혼은 유그드라실로 여행을 떠난다고들 하더군."

"외치지 못하면?"

"몰라. 아무튼 죽은 사람에게 욕하는 녀석은 없지."

사루아가 싱겁게 말했다. 일부러 얼버무린 게 아닌가 의심했는지, 의아한 표정을 짓는 메첸을 보고 사루아가 웃었다.

그런데——.

갑자기 무언가 생각났다는 듯이 메첸이 말했다.

"……네가 죽었다고 카로타가 그랬었어."

"그 사람은 지하 감옥에서 신문을 하러 한 번도 오지 않았을 테니까."

사루아는 헤헷 하고 웃으면서 팔짱을 끼었다.

"쿠오 자식이 신문할 수 있는 사람을 그렇게 간단히 죽일 리가 없다는 점을 몰랐나 보군. 물론 실제로…… 한 한나절 정도 그대로 방치되어 있었으면 틀림없이 죽었겠지만. 참고로 나는 죽을 때 성언을 외칠 수 있든 없든 별로 상관하지 않아."

"왜? 아니, 성언 운운은 어떻게 되든 상관없지만."

타월을 들고 메첸이 고개를 들었다.

천장을 올려다보고——사루아는 뒤로 물러섰다. 창가에 등을 기대고 있으면 창문 너머의 빗방울의 감촉이 전해지기 때문이었다.

"……키리란셀로가 마침 지하에서 신전으로 침입해서 말이야. 아무래도 레키라는 딥 드래곤이 지하도를 안내해 준 것 같더라고."

사루아가 오른손을 올려 머리를 쓸어 넘겼다.

그리고 사루아는 조금 목소리를 낮췄다. 그리고 문 쪽을 바라보았다. 물론 그 형이 문에 귀를 대고 엿듣고 있는 모습이라니, 그런 모습은 전혀 상상조차 되지 않았지만.

"이건 가정인데──드래곤 종족과 이해가 일치했을지도 몰라."

"드래곤 종족과?"

"녀석들에게도 자신의 눈이 되는 자가 여신을 확인하는 것은 오랜 비원이었을 테니까. 교회 창립 이래 200년간이나 이루지 못했던 바람……. 녀석들은 몇 번이고 최종 배알을 완수한 인간을 노렸지. 맥두걸은 실제로 딥 드래곤과 접촉하기 일보 직전까지 갔었어. 귀중한 기록이 파괴될 위험성이 없었으면 억지로라도 기억을 뒤졌을지도 모르지만, 아무튼 간에 사역마가 더 협력적이었으면 교묘하게 맥두걸에게서 최종 배알에 대해 캐물었겠지. 나도 그러기를 기다렸지만, 키리란셀로의 쓸데없는 방해가 들어와서 말이야. 녀석, 자살을 해 버렸어. 지금에 와서 생각해 보면, 그렇게 돼서 다행일지도 모르지만."

사루아는 관자놀이에 권총 형태로 만든 손끝을 대고 쏘는 자세를 취해 보였다.

"하지만 녀석들 입장에서는 최종 배알을 완수한 사람이 접촉해 오는 것을 기다리는 소극적인 자세보다도, 자신의 동료를 직접 신전에 보낼 수만 있다면 그게 훨씬 낫지 않겠어? 실력 좋은 인간 흑마술사가 그 호위로 붙어 있기까지 하니, 불가능한 일은 아니고 말이야…… 게다가 일찍이 이 마을에 잠입했다가 탈출한 남자의 학생이니, 더할 나위 없잖아."

"그 드래곤 새끼가 성역의 척후병이라는 거야?"

메첸이 웃었다. 하지만 사루아는 심각한 표정을 유지한 채, 고개를 저었다.

"《펜릴의 숲》에 있었을 때, 내 나름대로 연구를 해 봤는데──딥 드래곤 종족은 스스로 사고하지 못하는 모양이야. 그 저주 탓에 말이지. 마술로 간신히 자아를 유지하는 것 같아. 이건 드래곤의 사역마가 된 사람에게 들은 거니 틀림없어."

"사역마가 된 여자아이, 라."

생글생글 웃으면서 그렇게 말한 메첸을 무시하고 사루아가 말을 계속했다.

"딥 드래곤 종족은 강력한 마술로 결속하고 있지……. 그렇지 않더라도 그 새끼가 그 종족과 정신적으로 연결되어 있을 가능성이 있어. 그렇다면 드래곤 종족들의 '성역'은 《시성의 방》의 존재를 알게 되었다, 라고 할 수 있겠군……."

"어떻게 할 거야?"

메첸의 질문에 사루아는 안면에서 힘을 뺐다. 그리고 웃음을 지으면서 팔짱을 푼 뒤, 머리 뒤로 손의 깍지를 끼고 창틀에 몸을 기댔다.

그런 다음 관계없다는 듯이 중얼거렸다.

"오레일 할아범이 그러는데…… 10년 전, 차일드맨 파우더필드는 《시성의 방》에서 아무렇지도 않은 얼굴로 최종 배알을 완수했다더군. 마치 그런 것쯤이야 처음부터 알고 있었다는 듯이 말이지."

당시는 아직 무명이었던 그 암살자는 추정 나이가 스무 살――지금의 키리란셀로와 거의 같은 나이였다. 그것이 무슨 의미가 있는 것인지도 모른다. 없을지도 모른다. 하지만 아무튼 간에, 운명 같은 것과 억지로 연결시킬 수는 있을 듯했다.

사루아는 굳이 그럴 생각이 없었지만 말이다.

"……지금 키리란셀로는 《시성의 방》에 있어. 사정은 잘 모르겠지만, 클리오의 이야기로는 죽었어야 할 천마의 마녀와 같이 있다더군.

빈말로도 계획대로라고는 할 수 없지만, 적어도 의도한 것은 이루었다고 할 수 있지. 그리고 드래곤 종족에 대해서는——."

긴장한 표정을 짓고 있는 메첸을 보고 사루아는 어깨를 으쓱 들어 올렸다.

"……내버려 둘 거야. 말했잖아? 이해가 일치했다고."

"우리의 목적과?"

"그래."

눈을 감고 사루아가 단언했다.

"교회의 존재를——근본부터 바꾸어 주겠어."

거한은 그 방에 들어가면서 스스로도 놀랄 정도로 무의식을 유지했다——이유는 모른다. 상상도 못했다.

자신은 이제부터 교주에게 틀림없이 죽음의 선고를 받을 텐데.

불상사, 정도로 끝날 차원의 문제가 아니었다. 라포완트 솔류드 교사장이 아무리 조심스럽게 보고를 했어도(물론 그런 기대를 하는 것 자체가 쓸데없는 짓이겠지만), 그의 극형은 틀림없었다. 10년 전에 이어서——또다시 마술사에게 《시성의 방》의 안쪽을 보여 주고 말았으니까.

하지만 그래도, 그는 방의 입구에서 뒹굴고 있는 소녀의 시체를 넘어가면서 자신이 매우 침착하다는 사실을 자각했다. 자신의 생각이 모순됨을 눈치채고 마음속으로 비웃었는데도 전혀 동요가 없었기 때문임에 틀림없다…….

각오를 다졌기 때문인가——.

'각오? 아니, 아니다…….'

패가 점점 사라져서, 해야 할 일이 좁혀졌을 뿐이었다.

"쿠오인가."

방의 안쪽에서——방의 중앙을 차단하는 얇은 종이 너머에서 목소리가 들려왔다. 조용한 목소리.

쿠오 바디스 파테르는 성당에 들어가자마자 무릎을 꿇고, 가슴 앞에다 성인을 그었다. 그리고 눈을 아래로 내린 채 외쳤다.

"우리의 태초의 피는 거룩하다——."

"거룩하다."

얇은 종이 너머에 앉아 있는 남자——교주 라모니로크는 자리에 앉아 미동도 하지 않은 채, 성언을 반복했다.

쿠오는 더욱 고개를 깊숙이 숙였다. 그리고 바닥을 바라보며 다음 성언을 외웠다.

"탄생은 아름답도다."

"아름답도다."

대답을 바라는 듯한 마음으로 쿠오는 바닥을 바라보았다. 시선으로 꿰뚫을 수 있지 않을까 할 만큼. 하지만 물론 바닥에는 아무런 영향도 없었다.

쿠오는 가슴 앞에다 성은을 긋던 오른손을 문득 멈추고 아래로 내렸다.

"운명은 올바르구나."

"올바르구나."

정해진 대로 외워야 하는 성언을 이 교주는 대체 몇 번이나 반복했을까──이 장소에서.

쿠오는 갑자기 그런 생각에 휩싸이면서, 아래로 내린 팔을 등 뒤로 돌렸다. 그리고.

"죽음은……."

말을 멈췄다.

침묵이 주변에 감돌았다.

"………."

뜨뜻미지근한 침을 목 안으로 넘기면서 쿠오는 중얼거렸다.

"……또 죽이신 모양이군요, 교주님."

"성언 도중에 질문인가? 쿠오여."

교주의 목소리에 작은 초조함이 깃들어 있는 듯했다──.

움츠러든 내장을 간신히 진정시키고 쿠오는 계속 말했다.

"교주님의 시중을 드는 일은 물론 누구나가 영광스럽다고 생각할 테고, 죽는 것 또한 영광일 테니, 그 역할을 맡을 때에 망설이는 자는 없겠습니다만……."

"그자는."

교주는 똑바로 누워 입구에 쓰러져 있는 소녀의 시체를 가리키듯이 그렇게 말했다. 어떻게 행동했는지는 모르지만, 기척은 느껴졌다.

"……이 교주의 얼굴을 보았다. 쿠오여. 네가 너무 야무지지 못했기 때문이다. 더 깊이 베었어야 한다."

담담하게 교주의 말이 계속되었다.

"교주는 너에게 벌을 내리려고 한다……. 하나, 그 이유를 네가 착각해서는 곤란하다. 소녀를 동정하였고, 그것을 이 교주보다도 중하게 여겼다──그 마음가짐이 너무 한심했다. 상처를 더 깊게 내지 못한 죄. 그것이 너의 가장 큰 잘못이다."

"소녀의 안구는 완벽하게 파괴되었습니다……. 파편을 손가락으로 다 끄집어냈을 정도입니다. 소녀는 교주님의 존안을 시선으로 더럽히거나 하지 않았습니다. 게다가…… 그보다 더 깊게 베면, 뇌까지 다칩니다……."

부드러운 목소리로——그는 그야말로 아기를 어르듯이 대답했다.

"당신과는 달리 사람의 몸은 매우 약합……니다."

그 한마디는 비장의 카드였다. 유일한 패였는데——.

나름대로 효과가 있었던 모양이었다. 교주의 말이 순간이 아니라 꽤 오래 멈추었다.

쿠오는 천천히 고개를 들었다. 갑옷에 둘러싸인 거구가 소리도 없이 위로 올라갔다. 넓지 않은 성당 안에서 쿠오는 똑바로 서서 얇은 종이 너머의 사람 그림자와 대치했다.

"저에게…… 정신 지배가 통할 거라고 생각하셨습니까? 교주님."

"역시 그 갑옷을 입도록 허락을 해서는 안 되었군. 언제부터 눈치 챈 거지? 최종 배알인가? 오리오울이 알려 준 것인가?"

"아니요. 신의…… 진짜 '여신'님의 인도라고 생각하고 있습니다."

쿠오는 허리를 낮췄다. 검대(劍帶)에 달려 있던 물림쇠가 작게 삐걱거리는 소리를 냈다. 그는 오른손을 펼쳤다. 크게 펼친 손으로 허리의 대검 손잡이를 꽉 쥐었다.

크고 긴 유리검——죽음의 교사를 상징하는 무기, 유리 검신을 지닌 검을 그는 순식간에 뽑았다. 묵직한 검이 공중에 해방되자 무거운 바람 소리를 연주했다. 순간, 그는 외쳤다…….

아무런 의미도 없는 그냥 외침이었다.

외치면서 그는 대검을 크게 휘둘러 얇은 종이에 비친 그림자를 때렸다――특수한 경질 유리로 만들어진 칼날이 가른다고 하기보다는 마구 찢듯이 얇은 종이를 뚫었다. 얇은 종이는 오랜 세월에 걸쳐 납을 빨아들여 상당히 단단해지기는 했지만, 그래 봐야 검을 막기에는 역부족이었다. 유리검이 투명한 궤적을 그리며 한없이 얇은 벽을――하지만 한없이 오랜 시대를 넘어 무언가를 계속 가로막고 있었던 얇은 종이를――그냥 쓰레기로 바꾸었다.

쿠오는 아래로 휘둘렀던 검을 다시 되돌리면서 눈을 험악하게 떴다. 얇은 종이가 찢어졌다. 그 안쪽에는 교주가 있었다. 아무도 그 모습을 본 적 없는, 킴라크 교회의 제세자, 지고한 성인, 라모니로크가…….

의자에 앉아 턱을 괸 채 이쪽을 마주 보고 있는 사람은 눈이 모두 녹색이었다.

가늘었다. 부자연스러울 정도로 사지가 가늘었다. 다리를 꼬고 팔꿈치를 팔걸이에 대고 있는 모습은 커다란 분리결합 퍼즐을 연상시켰다. 쿠오는 멈추지 않았다. 바로 검을 치켜들고――.

교주를 향해 아래로 휘두른 대검은 산산조각이 나고 말았다. 교주의 측두부를 에어 내듯이 세차게 내리쳤는데――그 반동으로 산산조각이 나고 말았다.

노란 먼지까지 뒤덮으며 반짝이는 유리 파편이 공중을 날았다.

쿠오는 즉시 한 발 뒤로 뛰어 물러섰다. 교주는 앉아서 전혀 미동도 하지 않았다. 싱글싱글 웃으며 계속 이쪽을 바라볼 뿐이었다.

쿠오도 아직 따로 표정을 짓지는 않았다. 겉으로 드러날 만한 것은 아무것도 남지 않았다. 그는 곧장 허리 뒤에서 칠흑의 단검을 빼냈다. 그리고 얼룩 없는 숯 같은 검신에 왼손으로 몇몇 마술 문자를 그리자, 단검의 검신이 순식간에 무너져 내렸다——.

직소퍼즐처럼 마구 흩어진 검신은 바닥에 떨어지기 전에 다시 떠올라 검의 손잡이 앞에 반듯하게 정렬되었다. 복잡한 문자 같은 형태를 한 검의 부품은 쿠오가 기세 좋게 검의 손잡이를 들어 올렸을 때에도, 검신의 형태를 유지하며 쫓아왔다. 그리고——위에서 아래로 휘둘렀을 때에도.

무수한 칼날은 유성군처럼 똑바로 교주를 노렸다. 하지만.

처음으로 교주가 움직였다. 왼손을 훌쩍 올린 것이다.

순간——보이지 않는 벽에 차단된 것처럼 칼날의 부품들이 허공에 멈췄다——아무렇지 않게 교주가 들고 있는 왼손 바로 앞에서.

숨이, 막혔다. 복잡한 소리를 목에서 울리며 쿠오는 손잡이를 쥔 손에 더욱 힘을 주었다. 아주 잠깐, 마검의 힘이 강해진 듯한 느낌이 들었지만.

파키잉——.

부서지는 소리를 내면서, 칼날은 힘을 잃고 뿔뿔이 바닥으로 떨어졌다. 실을 잃은 꼭두각시처럼.

"………."

쿠오는 멍하니 서서 가만히 부서진 유리검과 힘을 잃은 별의 문장의 검을 내려다보았다. 모든 것은 순식간이었다. 그 일순 사이에, 교주는 두 번은 죽었어야 한다. 하지만 모든 것이 끝나고 보니, 교주는 이쪽을 보고 팔을 움직였을 뿐이었다.

그 침묵을 즐기듯이, 일부러 입을 닫고 있던 교주가——잠시 뒤, 문득 웃음을 지었다…….

"백마술이라는 것을 알고 있나? 쿠오여."

교주가 녹색으로 빛나는 삼각형 눈을 가만히 감았다가 떴다.

"인간 마술의 궁극형…… . 아니, 인간이라는 종족이 마술에 대항해 내놓은 최종적인 해답이라고 하는 편이 더 가까울지도 모르지…… ."

그렇게 말하면서 교주는 왼손을 내렸다. 가는 팔. 흰 피부의 가는 팔. 기묘한 광택. 관절만이 기묘하게 튀어나온 부자연스러운 골격.

그게 무엇인가를 쿠오는 알았다――.

"드래곤 종족이 만든 인형 주제에…… ."

쿠오는 그렇게 말을 뱉어 내고, 동시에 검의 손잡이를 바닥에 내던졌다. 그러자――높고 날카로운 큰 웃음소리가 성당을 가득 채웠다.

"아하하하하하하하!"

웃은 사람은 교주였다. 아니――교주의 자리에 앉은 인형이었다.

드래곤 종족, 그것도 하늘의 인류라고 불린 윌 드래곤 종족. 그 마술에 의해 만들어진 일종의 인조인간. 아니, 인조인간이라는 호칭은 적절하지 않다. 천인의 인형은 모두 인간을 개조해서 제조한 것이니까…… .

"뭐가 우습나?!"

쿠오는 분노해 소리쳤다. 그리고 오른팔을 계속 휘둘렀다.

"나를 속였구나――. 이 성도의 모든 사람을 속이다니?! 이 인형이――."

"무례하다. 닥쳐라."

조용히 되돌아 온 그 말에.

물리적인 느낌이 들 만큼 엄청난 압박감을 느껴, 쿠오는 하려던 말을 집어삼켰다. 교주의, 녹색 눈이——피부와 마찬가지로 기묘한 광택을 내며 번쩍 빛을 냈다.

"……그래. 나는 천인이 만든 인형과 닮았을지도 모른다."

계란형 머리에 어울리지 않을 정도로 깊게 찢어진 입에 교주는 씨익 웃음을 새겼다.

"하나, 이 교주에게 바쳐야 할 경의를 네가 잊어야 할 이유는 되지 않는다. 이 교주는 그야말로 교주이니까."

매끄럽게 그런 말을 한 뒤——교주는 또 입을 닫았다.

쿠오는 혼자서 뒤에 남겨진 것 같은 기분을 맛보면서 한 걸음 앞으로 나아갔다. 무기가 아직 다 떨어진 것은 아니었다.

그건 교주도 아마 알고 있다. 하지만 교주는 전혀 움직일 기색도 없이 가만히 이쪽을 바라볼 뿐이었다. 연극이라도 보고 있는 듯한 표정으로.

"안심해라, 쿠오. 교주는 화나지 않았다. 교주는 절대 분노하지 않는다……."

교주는 그렇게 말하면서 광택이 나는 뺨을 자신의 손으로 쓰다듬었다.

"이 교주도 어젯밤의 소동은 네트워크로 보았다……. 그 남자의 제자지? 놓쳤는가? 하나, 죽여 버리는 것보다는 나았다……."

큭큭큭, 교주는 웃기까지 했다.

"쿠오여. 모처럼의 기회다. 네놈에게 이야기해 두지. 나는…… 교주 라모니로크."

입을 벌린 채, 교주는 그렇게 말했다.

"그리고 운명의 여신과 해후한 인간 종족의 시조마술사다^{아일망카}……."

◆◇◆◇◆

우아한 겉모양과는 관계없이, 소파는 딱딱했다.

신관의 저택이니까──원래 그런 것일지도 모르지만, 겨우 한 시간 정도 앉아 있기도 굉장히 불편했다. 매지크는 몇 초에 한 번은 자세를 고쳐 앉으면서, 안절부절못한 마음으로 방 안을 둘러보았다. 가느다란 나무를 조립해서 만든 것처럼 보이는 큰 시계는 조금 구부러진 시곗바늘을 시시각각 계속 움직였다. 시곗바늘은 둘 다 10이 있는 곳에서 겹치려고 했다. 비를 맞아 흐린 창문. 커튼은 바람도 불지 않는데 흔들렸다.

그곳은 응접실인 듯했지만, 그런 것치고는 가구가 적었다. 어쩌면 가장 질이 좋지 않은 응접실로 안내를 해 준 것일지도 모른다──실제로 있을 법한 이야기였다. 방의 일각에는 관엽식물 다섯 그루가 한데 놓여 있었다. 각각이 극단적으로 높이가 다르지만, 같은 종류인 나무들. 하나는 훌쩍 천장에까지 닿을 듯했다. 흰 벽. 흠은 하나도 없지만, 흐릿하게 노란 먼지 자국이 보였다. 노란 먼지가 항상 균일하게 공기에 섞여 있기 때문인지, 노란 먼지의 흔적도 전체적으로 골랐다.

이상적이라고는 하기 힘들지만 잘 정돈된 방이긴 했다. 천장에서 내려온 커다란 가스등. 그림자도 하얗다. 무릎 높이의 테이블에도 흰 테이블보가 덮여 있었다. 벽에 걸린 것은 태피스트리인 듯했지만, 단조롭게 기하학적인 문양이 몇 겹이나 이어졌을 뿐이라, 솔직히 말해 비싸 보이지는 않았다. 아마 기계로 대량 생산했겠지. 이 마을에서는 그런 것도 의외로 귀중품일지 모르지만. 그 외에는 테이블 위의 소품. 여신 세 명을 묘사한 작은 조각상. 빈 주전자. 이미 누군가가 사용한 것으로 보이는 유리컵.

그리고──.

잠긴 문과 격투하는 클리오…….

매지크는 오른손으로 얼굴을 감싸고 중얼거렸다.

"아마 안 열릴 거야."

"이상하네~."

움직이지 않는 손잡이에 달라붙어 잘각잘각 소리를 내던 클리오가 갑자기 뭔가 생각났다는 듯이 이쪽을 돌아보았다.

"……그러고 보니, 어떻게 안 돼? 너. 오펜은 문을 마술로 열기도 하고 그랬거든."

"이해도 못하는 걸 마술로 어떻게 해 볼 수는 없어."

"………?"

의심스럽다는 듯이 눈썹을 모은 클리오에게 매지크는 고개를 들고 말을 계속했다.

"잘 모르는 것을 어떻게 해서든 자기 뜻대로 하고 싶어도──그렇게 할 수 없다고. 레키에게 명령을 해도 뜻대로 움직여 주지 않을 때가 있다고 클리오도 말했었잖아? 나는 자물쇠의 구조를 전혀 모르거든."

"오펜은 우리 언니네 방의 문을 열었는데."

"스승님은 어느 정도라면 자물쇠의 구조를 잘 알고 있는 것 아닐까? 아무리 스승님이라도 아주 복잡한 기계식 자물쇠는 못 열 거야. 그런 문이라면 문 그 자체를 날려 버린다거나, 그렇게 하지 않을까?"

"역시 그렇게 할 수밖에 없는 건가~?"

"아니, 그렇게 해 달라는 건 아니고……."

일단 클리오가 진심인 듯해서 매지크는 일어나 말리려고 했다.

그때——.

누군가가 문을 노크했다.

"………?"

클리오가 의심스러운 표정을 지으며 이쪽을 쳐다보았다. 두 사람이 서로 마주 보고 눈을 깜빡이는데, 또 조용히 문을 두드리는 소리가 들렸다.

이어서 침착한 목소리가 문 너머에서 들려왔다.

"문이 잠겨 있는데…… 열어 주면 안 될까?"

"안 열려."

레키를 머리에 올리고 가슴을 편 채——열리지 않는 문을 향해 뽐내듯 몸을 뒤로 젖히고, 콧김마저 내뿜으며 클리오가 그렇게 대답했다. 잠시 뒤, 문 너머에서 목소리가 대답했다.

"…………문손잡이 아래에 있는 손잡이를 열어 봐."

"응?"

가슴을 뒤로 젖힌 채, 클리오는 얼빠진 목소리를 냈다. 그러면서도 수상하다는 듯이 슬슬 그 말대로 아래쪽을 찾았는데——.

몇 초 후, 철컥 하고 소리가 났다.

그다음은 소리도 없이 문이 열렸다.

"…………."

그 자세 그대로 얼어 버린 클리오의 등을 바라보면서 매지크는 문득 깨달았다.

"그러고 보니, 안쪽에서 열리지 않는 잠금 장치를 만들 리가 없구나."

"왜 더 빨리 눈치를 못 챈 거야~~~~~~?!"

그렇게 마구 소리치며 돌진하는 클리오를 피하기 위해 소파 뒤쪽으로 일단 대피하면서도, 매지크는 열린 문의 그늘에서 보이는 남자의 모습을 관찰했다──. 서른 살 정도인가? 얼굴이 날카로워 보이는 남자였다. 각도에 따라서는 젊게도, 늙게도 보였다. 수수하고 장식이 없는 흰색 신관복 같은 옷을 입은 모습인데, 음, 이 마을에서 신관처럼 보인다면 신관이겠지만.

"너희들이 신전에 침입했다는 마술사…… 인가?"

남자는 들어오자마자 문을 닫지도 않고 그렇게 물었다. 얼굴은 이쪽을 바라보고 있었지만, 시선은 미묘하게 다른 방향을 향해 있는 것 같다고, 매지크는 생각했다. 우~ 하고 뚱한 목소리를 내며 다가오는 클리오를 신경 쓰면서 매지크가 일단 대답했다.

"……네에."

"호오."

남자는 가슴 앞에서 가볍게 성인을 그은 뒤, 방 안으로 들어왔다 ──의식적으로 했다기보다는 그냥 습관인 듯했지만.

남자가 들어오는 모습을 보고 클리오도 일단은 돌진을 멈추고 그쪽을 바라보았다. 매지크는 우선 뭐라도 말을 해야 한다는 생각이 들어 입을 열었지만, 구체적으로 무슨 말을 해야 할지는 머릿속에 떠오르지 않았다. 입을 반쯤 벌리고 있는 사이에 남자가 온화한 표정을 지으며 말했다.

"나는 라포완트 솔류드 교사장이다……. 선조의 혈맥을 잇는 자중에서 베르단디를 대표하여 이 가문을 맡고 있지.”
〔현재의 시간〕

아주 에두른 말이었지만——한마디로 이 저택의 주인이라는 말이 겠지 하고, 매지크는 예상을 했다. 교사장, 이라고 하는데, 고위 신관 일지도 모른다. 솔직히 매지크는 교회의 조직에 대해 잘 몰랐다.

단——.

'킴라크 교회 사람이니 마술사를 증오하고 있을 거야…….'

자신에게 말을 하듯이 속으로 그렇게 중얼거린 다음, 매지크는 남 몰래 만일의 때에 내보낼 마술 구성을 떠올렸다. 그리고 될 수 있는 한 경계심이 겉으로 드러나지 않도록 목소리를 냈다.

“……저는 매지크라고 합니다——이쪽은 클리오라고 하고요.”

“왜 네가 소개하고 그래?”

아무래도 좋은 일을 클리오가 옆에서 지적했지만, 일단은 흘려듣 기로 했다.

다행히도 클리오가 계속해서 목소리를——그것도 크게——내려 고 하기 직전에, 라포완트가 말을 먼저 시작했다. 침착하고 온화한 표정에 살짝 쓴웃음을 띄우면서.

“왜 온 건가?”

“네?”

조용한 그 의문에 매지크는 의미를 이해하기 힘들어 그렇게 되물 었다. 라포완트는 살짝 여유롭게 양손을 작게 펴더니 말을 계속했다.

“이 성도에 대해서는 알고 있을 텐데? ——우리가 자네들의 방문 을 원하지 않는다는 것도 말이야. 그런데도 굳이 우리의 평온을 깨뜨 리다니, 매너 위반이 아닌가?”

“아니요, 저어——.”

──저는 스승님을 따라왔을 뿐이에요.

순간적으로 그렇게 나오려던 말을 매지크는 꾸욱 집어삼켰다. 정말로 급히 중간에 멈추었기 때문에 목이 반발해 통증까지 느껴졌다. 온몸에서 화악 분출되는 땀과 오르는 체온에 불쾌해하면서 매지크는 어떻게든 다시 말을 하려고 적당한 말을 찾았다. 하지만 머리가 혼란스러워 아무런 말도 나오지 않았다. 심장만이 목소리보다 크게 뛰고 있다는 사실이 느껴졌다.

그런 혼란스러운 상태인 매지크를 구해 준 사람은 클리오였다. 클리오는 별것 아니라는 듯이 레키를 가슴에 고쳐 안고 입을 삐죽였다.

"가서는 안 되는 장소와 그렇지 않은 장소가 있는 편이 더 이상해."

"만약 내가 네 침실을 어지럽히면 도둑이지? 너희들이 하는 짓은 그런 것과 다름없다. 하다못해 자각은 해 줬으면 한다만."

남자는 클리오의 불평을 정면에서 듣고도 전혀 신경 쓰지 않은 채, 여전히 온화한 모습으로 말했다.

"너희들이 어떻게 느끼고 있는지는 모르겠지만…… 이곳은 우리의 작은 안식처야."

그 말을 듣고 발끈하는 심정이 일었는지──아니면 무언가 반론을 당하면 그냥 참고는 못 있는 성격이기 때문인지도 모르지만, 아무튼 간에 클리오가 번쩍 고개를 들었다. 클리오는 마치 대드는 것처럼 빠르게 말했다.

"굳이 오지 말라고 하지만 않으면 아마 아무도 안 올걸?"

"우리는──."

"우리는──."

거기서 대화가 멈추었다.

클리오가 하는 말을 끊으려고 했는데, 라포완트의 말에 끼어든 모양새가 되어 매지크는 다시 할 말을 잃고 말았다. 깜짝 놀란 표정을 지은 두 사람——클리오와 라포완트가 시선이 향할 곳을 결정했다는 듯이 매지크를 똑바로 바라보았다.

무심코 뒷걸음질을 칠 듯한 느낌을 받았지만, 매지크는 헛기침을 하며 간신히 제자리에 머물렀다. 머리카락을 쓸어 올리는 척을 하며 이마의 땀을 닦고, 매지크가 다시 말했다.

"우리는 그——여러분들을 난처하게 만들려고 온 것이 아니에요. 그 신전에 침입한 것도 의도가 있어서가 아니라…… 지하도 같은 곳에서 헤매다가 그곳에 도착했을 뿐이거든요. 신전을 부수거나, 신관을 다치게 한 것은 이쪽 잘못도 있을지 모르지만…… 그것도 그쪽이 먼저 공격을 해서……."

"다쳐……?"

어쩐 일인지 묘한 곳에서 라포완트가 의아한 목소리를 냈지만——매지크는 말을 멈추지 않았다. 기껏 발을 내디뎠는데, 원래 장소로 되돌아가고 싶지 않았기 때문이다.

'내가…… 어떻게든 해야 해. 스승님이 안 계시니까…….'

숨을 들이쉰 뒤, 매지크가 계속 말했다.

"나가라고 한다면 나가겠습니다. 적어도 그 정도 폐를 끼쳤다는 자각은 있습니다."

"매지크?!"

클리오가 깜짝 놀란 듯 날카로운 목소리로 외쳤다. 목소리가 너무 커서 레키가 귀를 접는 모습이 보였다.

"대체 무슨 소리야?! 오펜이——."

"알아! 클리오는 좀 가만히 있어!"

클리오를 향해 그렇게 외친 다음——슬쩍 시선을 피해 라포완트를 보고 매지크는 말을 계속했다.

"……신전에는 스승님이—— 저희 동료가 아직 있어요. 지저 호수에 떨어졌다고, 클리오가 말했습니다. 그 사람의 생사를 확인할 때까지 저희들은 이 마을에서 그냥 아무 말 없이 나갈 수는——."

매지크는 다시 말을 끊었다.

하지만 조금 전과는 이유가 달랐다.

열심히 이야기를 하는 도중에, 어느새 라포완트의 표정이 바뀌었다는 사실을 깨달았기 때문이다. 목소리는 조금 엄중해도 표정만은 계속 편안하게 유지했던 라포완트가 멍하니 얼굴이 희어졌다. 핏기가 가셨는지 은근히 창백한 뺨은 지탱하는 근육을 잃어 축 늘어졌다. 놀랐다기보다는 절망했다는 표현이 더 어울렸다.

'이 사람과 비슷한 표정을 본 적이 있어…….'

매지크는 확실히 기억을 떠올렸다——반나절에 걸쳐 만든 특대 케이크를 손에 든 채 계단에서 굴러 떨어지는 순간의 엄마 얼굴.

스후우우…… 하는 기묘한 소리를 듣고 매지크는 등골이 오싹했다. 라포완트가 내뱉은 것은 긴 한숨 소리였다. 그 소리가 들릴 정도로 너무나도 이곳이 조용하다는 사실에, 매지크는 한 번 더 놀랐다.

일단 매지크는 클리오의 얼굴을 바라보았다. 클리오는 라포완트의 표정 변화가 아니라 자신에게 소리를 친 매지크를 보고 더욱 놀란 모습이었다. 무슨 일이 일어났는지 전혀 이해를 하지 못해 멍한 표정이었다. 클리오의 가슴에 안긴 채, 레키가 자신의 꼬리를 눈앞에서 이리저리 흔들며 혼자 노는 모습이 보였다.

다시 라포완트에게 시선을 돌리자, 그는 짧은 시간에 조금이나마 제정신을 차린 듯이 보였다. 조금 전까지와 비슷한 표정으로──단, 조금 전보다는 훨씬 시선이 날카로웠지만──라포완트가 말했다.

"……그러니까, 너는 지킬 건 지켰다는 말이구나? 하지만 그건 너희들의 관점에서 한 이야기일 뿐이야……."

일단 하던 대화를 계속하는 것 같긴 했지만, 그 목소리는 누구나가 알 수 있을 만큼 건성이었다──매지크는 조심스럽게 되물었다.

"무슨 의미죠?"

"우리 입장에서 보면 너희들은 이미 용인할 수 없는 엄청나게 큰 죄를 저질렀다는 말이다. 물론 그렇기는 하지만."

옷의 옷깃을 한 번 고치고 라포완트가 계속 말했다.

"──동료의 생사를 확인하고 싶다는 마음은 당연한 거지. 자세한 사정을 설명해 주면, 가능한 한 돕겠다. 워낙에 보고가 엉망이어서 말이야……."

"……그쯤 해 두는 게 어때, 형."

갑자기──.

라포완트를 제지하는 목소리가 방 전체의 공기를 얼어붙게 만들었다. 문 쪽을 보니── 어느새 열린 문에 기대듯이 사루아가 서 있었다. 피투성이였던 신관복은 이제 갈아입었는지 어두운 녹색 운동복과 느슨한 검정 슬랙스 차림으로 바뀐 모습이었다. 아마도 집에서 입는 옷이겠지만, 화려한 저택 안에서 그러고 나타나니 오히려 평상복 차림의 모습이 밖에서 안으로 들어온 침입자처럼 보였다…….

사루아는 작은 열쇠──아마도 이 방의 열쇠──를 키홀더에 매단 채 빙빙 돌리면서, 장난스러운 표정으로 라포완트를 바라보았다. 대조적으로 라포완트의 시선은 매우 차가웠다.

"……내 저택인데, 내 지시를 따르고 싶지는 않은 모양이구나, 사루아."

"공교롭게도 이건 킴라크 교회 비공식 신관위, 죽음의 교사의 한 사람으로서의 발언이야. 성도에 침입한 마술사에게 적극적으로 접촉할 수 있는 것도, 더 나아가 신문을 할 수 있도록 허용된 것도, 죽음의 교사로서 훈련된 신관뿐———. 이것이 형이 속한 곳, 신관청이 결정한 약속 사항 아니었나?"

하지만 그 말을 듣고도 라포완트는 전혀 동요하는 기색이 없다는 사실을 매지크는 깨달았다. 라포완트가 그대로 담담하게 말했다.

"잊은 건 아니겠지? 너는 지금 반역자로서 그 죽음의 교사에게 쫓기고 있는 몸이다."

"도망간 죽음의 교사는 '처형'이 아니라 '심문'을 받지. 즉, 쿠오나 카로타가 지닌 검에 당하기 전까지, 나는 어디까지나 피의자란 얘기야. 신관은 피의자라도 신관으로서의 관한을 잃지 않는다고 법률에 적혀 있을 텐데……."

"궤변이군."

"그래, 맞아. 하지만 그게 형의 전매특허인 것은 아니잖아?"

사루이는 어깨를 으쓱 들어 올린 뒤———보란 듯이 크게 한숨을 내쉬며 이쪽을 보았다. 그리고 빙글빙글 돌리던 열쇠를 이쪽에게 던져주었다.

완만한 포물선을 그리며 날아오는 열쇠를 매지크가 받았다. 동시에 사루아가 불평을 터뜨리는 소리가 들렸다.

"……참나. 내가 왜 일부러 문을 잠갔는지 생각을 못 한 건가? 왜 또 스스로 문을 연 거야? 가끔은 생각이란 걸 하지 않으면 흐늘거리는 뇌가 아마 귀로 흘러나올 거다."

그렇게 말을 하더니, 이쪽의 반론을 기다리지도 않고 사루아가 이리 오라고 하며 손짓했다.

"왜, 왜 그러죠……?"

매지크가 묻자 사루아는――또 스스로 생각을 못 하는 거냐는 말을 들을 줄 알았는데――가볍게 어깨를 으쓱 들어 올리며 말했다.

"긴급할 때는 어디까지나 신속하게――단, 준비는 될 수 있는 한 확실히."

"네?"

"너희들에게도 무기를 주지. 신전은 지금쯤 경비가 넘치도록 많을 테니까."

그 말을 듣고 오싹해서 매지크가 라포완트 쪽을 바라보았다――당연히 그런 말을 들으면 맹렬하게 반발할 거라고 생각했는데.

라포완트는 말을 듣고 있지도 않았다. 그냥 고개를 숙이고 눈을 번쩍 뜬 채, 어깨를 떨고 있을 뿐이었다. 언제부터 그러고 있었는지는 눈치채지 못했지만, 매지크는 신관의 그 모습을 보고 본능적인 두려움을 느꼈다.

하지만――.

"응? 무기?"

묘하게 밝은 목소리로 클리오가 스으으윽 사루아 쪽을 바라보았다.

"어떤 게 있는데? 도끼 같은 건 싫어. 그건 아무리 생각해도 목공 도구잖아."

"……목공 도구는 아니라고 생각한다만."

사루아의 소극적인 반론을 들으면서――.

매지크도 문 쪽으로 걷기 시작했다. 소파를 피해 라포완트의 옆을 지나는데.

"……무슨 일이…… 벌어지고 있는 거지……?"

신관의 중얼거림을 매지크는 확실하게 들었다.

"……여기, 네 방이지?"

눈을 반쯤 뜬 클리오의 조용한 지적에――.

"어떻게 알았어?"

혀를 내밀며 사루아가 넉살 좋게 되물었다.

두 사람 뒤에서 매지크는 혼자 관자놀이를 누르고 있었다. 가벼운 현기증이 덮쳐 왔기 때문이다.

정말, 터무니없는 방이었다. 문을 열자마자 모두를 반긴 것은 기름 냄새가 나는――한마디로 말해, 크레용을 물에 녹인 듯한 냄새였다. 의외로 넓은 그 방의 한가운데에는 주르륵 늘어선 이젤과 수많은 흰 캔버스. 몇 장인가는 난잡하고 품위 없는 색으로 도료를 입힌 상태였다. 결코 '그렸다'라고 형용하고 싶지 않을 만큼 터무니없이 두꺼운 물감으로 칠한 그림은 전부 다 여성의 누드화인 듯했다. 아니, 거의 입체적인 여성의 나체 조각상이라고 해도 과언이 아니었다. 개중에는 사람이 아니라 다른 생물로 보이는 그림도 섞여 있었는데, 그 점에 대해서는 아마 말하지 않는 것이 무난하리라고 매지크는 판단했다.

아무튼 눈에 띄고, 눈길을 끄는 것은 그런 캔버스인데, 그 외에도 롤러보드라든가, 잡지라든가, 소리굽쇠라든가(악기는 아무리 찾아도 없었지만), 접이식 사다리라든가, 많은 물건이 놓여 있었다. 이유는 모르겠지만 어째서 굳이 응달 쪽 구석에 밀어 놓았는지 알 수 없는 침대는 다리를 뻗는 곳이 묘하게 낮았는데, 잘 보니 그쪽의 다리를 일부러 잘라 놓은 듯했다. 매지크가 그곳을 가만히 바라보자, 사루아 가 그런 매지크를 보고 정색도 하지 않고 말했다.

"아, 나는 머리를 높게 해 두지 않으면 잠을 잘 못 자거든."

"네에……."

일단 건성으로 대답은 해 두었다.

방 안에 들어갔지만 난잡함이 줄어들기는커녕, 오히려 그만큼 혼 돈스러운 곳에 발을 들였다는 생각에 조금 후회까지 되었다. 매지크 자신도 특별히 방을 정리 정돈했던 기억은──특히 엄마가 사라진 뒤에는──없었지만, 그래도 이 방은 지금까지의 개념을 뒤집는다고 해도 과언이 아닐 정도였다.

"?"

신기하다는 듯이 눈썹을 모으고 무언가 잘 알기 힘든 파란 물체를 집어 든 클리오가 누구에게라고 할 것 없이 물었다.

"……이게 뭐야?"

"아, 그거?"

사루아가 곧장 대답해 주었다.

"필요 없어진 청바지를 걸레 대신에 사용했더니, 어느새 그렇게 돼 버렸지 뭐야. 아무래도 기름에 녹았나 봐."

"………………아, 그래……?"

감정 없는 목소리로——정말 드문 일이지만——대답한 뒤, 클리오가 그것을 투욱 떨어뜨렸다.

일단은 뭐가 뭔지 알 수 없는 것은 그냥 그대로 두는 편이 좋을지도 모른다. 매지크는 한숨을 내쉬었다.

"응, 아무튼 간에——."

의기양양하게 팔을 벌리고 사루아가 긍지에 넘치는 목소리로 말했다.

"청춘이 넘치는 방, 아닌가?"

"어떻게 보면 인생의 무덤이라고도 할 수 있을 것 같아."

"말 한 번 잘 하는걸?"

쓴웃음을 지으면서 사루아도 순순히 인정했다.

굳이 어느 쪽을 골라야 한다면 매지크도 클리오와 같은 의견이었지만, 그건 그렇다 치고, 매지크가 사루아를 힐끔 올려다보았다. 그리고 노란 먼지 탓에 근질근질한 콧등을 손끝으로 긁으면서 물어보았다.

"그런데…… 저어, 무기는요?"

"오우. 잊어버린 건 아니니까 걱정 마."

그렇게 말하면서 사루아는 어질러진 잡동사니를 발로 차면서 방 한가운데로 걸어갔다.

그런데 갑자기 뒤를 돌아보고는 검지를 세우며 말했다.

"——어때. 이렇게 중요한 물건을 자못 아무렇게나 다루는 모습이 딱 청춘을 구가하는 사람 같지 않아? 난 참 젊지?"

"그렇게 일일이 확인하는 면이 딱 아저씨네, 아저씨."

클리오가 아주 솔직하게 말했다.

살짝 풀이 죽은 듯 몸을 늘어뜨리고 사루아가 다시 방 한가운데로 가더니, 산더미같이 쌓여 있던 책을 후드득 쓰러뜨리고, 그 외에도 그곳에 놓아두었던 '방화용'이라고 적힌 대야나 모래 제거 브러시 등을 대충 집어던진 다음──딱, 하고 바닥을 가리켰다.

"여기다."

클리오와 둘이서 가까이 다가가 보니, 그곳에는 손잡이가 달린 뚜껑 같은 것이 바닥에 박혀 있었다. 사방이 1미터 정도였다.

"지하실?"

매지크는 본 그대로 중얼거렸다. 사루아가 유달리 기분 좋아 보이는 표정을 지으며 고개를 끄덕였다.

"그래, 맞아. 꽤 괜찮은 위장이지?"

클리오가 가차 없이 대답했다.

"잔꾀 같은 느낌이야."

"으으으……."

살짝 우는 소리를 하면서 사루아는 얌전히 몸을 숙여 손잡이를 붙잡았다. 그리고 흐읍! 하고 힘을 주며 문을 열었다──그러자 공기가 흘러들어 가는 듯한 소리가 난 다음, 뚜껑이 튀어 오르듯이 열렸다.

"차, 참고로 말이야, 이건 손잡이를 일정 각도로 기울였을 때만 아래쪽 통로로 공기가 들어가도록 되어 있어서, 그렇게 하지 않으면 아무리 힘을 써도 안 열리는~ 아주 획기적인 물건으로──."

"그렇게 쓸데없는 생각 하지 말고, 그냥 자물쇠를 채워 두면 될 텐데."

"어, 언젠가…… 언젠가는……."

무슨 뜻인지 잘 알기 힘든 말을 하면서 속상한 눈물을 흘리듯 턱을 잔뜩 움츠리는 사루아.

일단 사루아는 무시하고 매지크가 열린 문의 안쪽을 들여다보았다
──지하실로 이어지는 구멍은 수직으로 뚫려서 일단은 밧줄 사다리 같은 것이 달려 있었다. 깊이는 그다지 깊지 않은 것 같았지만.

안쪽을 가리키면서 매지크가 물었다.

"⋯⋯이 구멍은 일부러 판 건가요?"

"바보 같은 소릴. 내가 만든 거 아냐."

사루아는 어깨를 으쓱 들어 올린 뒤, 혀를 내밀고 있는 클리오를 밀어제쳤다.

"잘은 모르지만, 이건 원래 있던 거다. 설계자가 지하실을 아주 좋아하는 녀석이어서 말이지. 용도도 없는 지하실을 도면에도 그리지 않고 만들어 놨다더군. 그래도 일단 있는 것은 이용해야 된다고 생각해서 내가 창고로 사용하는 중이다."

"그러고 보니 우리 집 아빠도 지하실을 좋아했었어."

옆에서 클리오가 그렇게 말했지만, 어떻게 대답해야 할지 감이 안 잡혀서 일단은 그냥 내버려 두었다.

열어 놓은 문이 닫히지 않도록 쇠장식으로 고정한 뒤, 사루아가 말했다.

"아무튼 사람은 지하실을 유달리 좋아하는데, 그건 역시 지하를 좋아하는 천인에게 이어받은 전통이야⋯⋯. 자, 잡담은 그만하고 들어가자."

사루아는 거의 뛰어내리는 게 아닌가 할 정도로 빠르게 밧줄 사다리를 타고 내려갔다.

잠시 뒤──무언가를 문지르는 듯한, 쉬익 하는 소리와 함께 컴컴

했던 지하실이 밝아졌다. 새삼 아래를 들여다보니, 역시 그다지 깊지는 않은 듯했다.

멍~ 하니 있는 사이에 클리오가 레키를 머리에 올린 채, 아래로 내려가려 한다는 사실을 매지크가 눈치챘다.

"무기……라……. 그런데 사루아가 준비한 무기라면 엄청 믿음직스럽지 못한 무기거나 굉장히 대충 만든 무기일 것 같은 느낌이 들지 않아?"

투덜투덜 혼잣말을 하면서 클리오가 아래로 내려갔다.

방에 혼자 남은 매지크는 후우 하고 숨을 내쉬었다. 그리고 문득 창문을 바라보았다. 빗소리는 아직 그칠 줄을 몰랐다.

창문을 두드리고, 흐리게 하고, 씻어 내리는 비는 아직 더 계속될 듯했다. 비. 물――.

'………스승님……….'

지저 호수로 떨어졌다는 오펜의 모습을 매지크는 어떻게 해서든 떠올리려고 열심히 노력했다――하지만 매지크는 그 지저 호수란 것조차도 본 적이 없었다. 매지크를 구해 줬다고 하는 여자 마술사도.

'……아무것도 못하고 쓰러져 버렸구나, 그러고 보니.'

가슴에 손을 댔다. 상처는커녕 흉터도 남아 있지 않았다. 클리오의 이야기를 아무리 축소해서 듣는다고 하더라도, 매지크가 치명상을 입었다는 것만큼은 틀림없는 사실이었다. 그런데 그런 자신을 단시간에 이렇게까지 완벽하게 고친 것을 보면, 그 여자 마술사의 역량은 보통이 아니었다. 아니, 보통이 아닌 정도가 아니라, 그냥 일류(一流)라고 표현하기에도 부족했다.

'스승님과 비슷하거나, 그 이상의 술사야……. 이 세상에는 그런

사람이 꽤 흔하게 있는 건가?'

하지만──.

매지크는 마음을 다잡듯이 자신의 얼굴을 가다듬은 다음, 주먹을 꽉 쥐었다.

'하지만 나도 열심히 노력하면 그런 사람들 틈이 낄 수 있어. 언젠 가는──.'

"매지크, 빨리 와!"

──픽!──.

갑자기 지하실에서 날아온 무언가에 얼굴을 강타당해, 매지크의 생각은 거기서 끊어지고 말았다.

"······대체 뭐야, 이거."

자신의 코에 힘껏 부딪친 말 모양 목각을 한 손에 들고, 매지크는 밧줄 사다리를 타고 내려갔다. 예상대로 별로 깊지는 않았다. 올려다 보니 아직 원래 방의 천장이 크게 보일 정도였다. 밧줄 사다리가 끝 나는 지점까지 와 보니 지하실 자체도 그렇게 크지 않다는 사실을 알 게 되었다. 그렇다고는 하지만 사방이 4~5미터는 되었으니, 표준적 이라고는 할 수 있었다.

바닥에 내려서니 밧줄 사다리 바로 옆에서 클리오가 기다리고 있 었다. 내려가자마자 허리에 손을 대고 클리오가 태연하게 말했다.

"우연히 떨어져 있었어. 주워 보니, 던지기 쉬울 것 같더라."

"······사람의 선물을 그런 이유로 집어 던지지 마······."

지하실 안쪽에서 참 한심하다는 듯한 목소리로 사루아가 말했다. 클리오는 상반신만 빙글 돌려서 유난히 자신감 넘치는 말투로 단언했다.

"창고에 놓아둔 선물이면, 어차피 필요 없는 거였단 거잖아?"

"자신의 방에 놓아두는 것보다는 부서지거나 쉽게 더러워지지 않을 거라고 생각했을 뿐이야!"

사루아가 그렇게 반박했지만——클리오는 유난히 담백하게 무시하고, 다시 매지크를 바라보았다. 클리오의 머리 위에 올라가 있는 레키가 발판이 빙글빙글 회전하자 신기하다는 듯이 두리번두리번 주변을 둘러보았다.

물론 매지크를 본다고 해서 무슨 말을 건네지는 않겠지만. 클리오는 눈을 반짝이면서 기쁜 목소리로 말했다——.

"근데 조금 안심했어."

클리오의 '안심'이라는 말의 뜻이 무엇인지는 금방 깨달았다.

지하실은 위쪽 방과 비교하면 무슨 기적이라도 일어난 것처럼 잘 정리되어 있었다. 벽에 걸린 크고 작은 다양한 창. 전용 선반에 진열된 검, 방패. 겨우 두 벌뿐이었지만, 금속제 갑주도 있었다(단, 녹이 슨 것처럼 보이긴 했다). 팔 보호대나 가슴 보호 용구 같은 세세한 방어구는 더 수가 많았다. 상당히 많은 무기가 한 번만 봐도 모두 파악할 수 있을 만큼 절묘하게 배치된 상태였다. 문득 정신을 차려 보니, 이미 클리오가 타닥타닥 발소리를 내면서 검이 있는 쪽으로 다가가는 중이었다.

"……벽, 나무로 되어 있네요?"

보다가 별로 관계없는 사실을 깨닫고 매지크가 물었다. 방 안쪽에서 방어구를 물색하던 사루아가 어깨너머로 대답해 주었다.

"그래. 물론 바깥은 철골로 튼튼하게 만들어 뒀지. 일단 이곳은 어두우니까 넘어지면 크게 다칠 수 있잖아. 그래서 벽도 바닥도 모두 나무판을 깔아 둔 거야."

그 말을 듣고 올려다보니, 확실히 천장만은 철판인 것처럼 보였다. 사루아의 말대로 어둡기 때문에 그다지 크게 구분이 가지는 않았지만. 불빛은 사루아가 이 방에 항상 놓아두는 것으로 보이는 바닥의 커다란 랜턴뿐이었다.

그때, 클리오가 환희에 찬 목소리로 말했다.

"아♪ 이거 느낌이 꽤 괜찮은데?"

그렇게 말하자마자 클리오가 장검 한 자루를 꺼냈다. 발밑에는 이미 열 개 이상의 검이 흐트러져 있었다──아무튼 한마디로 그것들은 불합격품인 듯했다.

클리오는 곧장 칼을 뺀 뒤, 빛 가까이에 가서 검신을 들어 보았다. 클리오가 전에 집에서 가져온 것과 많이 비슷했다. 은색 검신은 랜턴의 불빛 탓에 오렌지색으로 물들어 황금색으로 빛났다. 칼날은 가늘고 날카로웠다. 그리고 이런 타입의 검치고는 드물게 양날이었다. 조금 불룩하면서도 완만한 곡선이 칼끝까지 흐르는 모양새로, 빛을 흘리는 듯한 광택이 초보자인 매지크의 눈에도 매우 아름답게 보였다.

사루아의 휘파람 소리가 지하실에 울려 퍼졌다.

"꽤 보는 눈이 있는걸? 그 녀석은 아주 잘 들어."

"그래?"

칭찬을 받아 순수하게 기뻤는지, 클리오는 기분 좋은 표정을 지으며 검을 칼집에 넣었다. 사루아가 무언가 방어구 같은 것──허리에 두르는 가죽띠라고 매지크는 상상했다──을 손에 든 채, 씨익 웃었다.

"그 녀석의 이름은 '슬레이크 서스트'로, 한 자루뿐이다……. 근대의 유명 무기 장인 중 한 명인 코렐리 컬렙스가 만든 녀석이지. 복잡한 사정이 있는 이른바 마검이야."

"마검?!"

그 단어를 듣고 클리오가 깜짝 놀라 외쳤다. 그리고 한 번 더 검을 가만히 관찰한 뒤, 어안이 벙벙하다는 듯이 되물었다.

"그럼 이거에는 무슨 마력이라든가 그런 게 깃들어 있는 거야? 조금 전에 엄청 크고 눈빛이 불쾌한 사람이 사용한 검처럼."

"아마 쿠오를 두고 하는 말이겠지만, 녀석을 그렇게 부를 수 있는 배짱이 있는 사람은 아마도 너랑 카로타뿐일 테니 참 잘했어요 도장하나를 찍어 주마."

"아니…… 그런 건 아무래도 좋은데……."

"알아. 참 잘했어요 도장은 너의 오해를 풀어 주려고 주는 거야. 오해는 실질적으로 두 가지다――의미적으로는 하나지만."

사루아가 손가락을 세우고는 조금 어색하게 좌우로 흔들었다.

우우. 클리오가 조금 불만스럽다는 듯이 소리를 내며 물었다.

"그게 무슨 말이야?"

"아무튼 그냥 들어 봐. 일단 첫 번째 오해. 이른바 마술의 힘에 의해 단조된 검은 천인밖에 못 만들어――그런데 코렐리 선생님은 인간이야. 그리고 두 번째 오해. '마검'이라고 불리는 것은 반드시 마력으로 단조한 검만을 의미하지는 않아……."

사루아는 들고 있던 가죽띠를 원래 있던 상자에 되돌린 뒤, 한 발앞으로 나와 강의를 하는 듯한 말투로 설명하기 시작했다.

그리고 조금 뜸을 들이고 윙크를 하더니 말했다.

"마검이라는 것은 사람의 마음이 만들지."

"마음?"

매지크는 무심코 그렇게 되물었다. 그러자 검을 가리키며 사루아가 말을 계속했다.

"그래. 복잡한 사정이 있다고 말했지? 이 검을 만든 사람…… 사용하는 사람…… 사용된 시대…… 사용된 배경. 그것들은 모두 시간과 함께 사라져 가는 것들이지. 검을 쓰던 사람은 언젠간 죽어. 기술과 계승되지 않으면 소실되지. 시대는 흐르고, 배경은 지워지고. 그런 것들을 한데 묶으면 전설이라는 패키지가 되는 거다."

"이야기가 추상적인데……."

"됐으니까, 계속 좀 들어 봐. 그러니까 후세에는 뭐가 남지? 전설이라는 라벨과 라벨이 붙은——그 검뿐 아니겠어? 사람은 그걸 '마검'이라고 부르는 거야. 마력이 있고 없고는 관계없이."

"한마디로……."

클리오는 말을 하면서 천장을 올려다보고 생각했다——하지만 몇 초 후, 고개를 내렸을 때에는 그 표정이 확실히 불쾌하다는 듯이 일그러져 있었다…….

"소문에 과장이 섞였을 뿐, 그냥 검이랑 똑같다는 말이야?!"

"똑같진 않지. 전설로 남을 정도니까 굉장히 좋은 물건임에는 틀림없어."

클리오의 말을 듣고 사루아가 어깨를 으쓱 들어 올렸다. 랜턴에 비친 그림자가 벽에 비치니 그 동작이 더욱 호들갑스럽게 보였다.

"수많은 검들이 마검이라고 불리며 전승되어 오지. 유명한 '오로라 서클'이나 '94일째', '더 카니발'……. 이런 것들은 어쩌면 전설대로의 능력을 가지고 있을지도 몰라. 날이 나가도 저절로 고쳐지거나, 베는 동시에 상처에 독을 흘려 보내거나. 유명 장인이 열심히 궁리를 거듭해 그런 검을 개발했을지도 모르지. 하지만 실제로는——자신의 손으로 사용해 보지 않으면 전설의 진위를 확인할 수 없어."

설명을 계속하면서 사루아가 타박타박 지하실을 가로지르더니 클리오 바로 옆까지 다가갔다. 그리고 클리오를 지나 검을 두었던 선반을 들여다보았다.

이야기를 들으면서——클리오는 멍하니 입을 벌렸다. 매지크는 조금 냉정하게 사루아의 말을 분석하려고 노력했다. 하지만…….

'결국…… 그래서는…….'

사루아는 어디까지나 태연한 표정을 짓고 있었다. 그런 그의 옆얼굴을 보면서 클리오가 허무하다는 듯이 말했다.

"……다들 헛소문에 놀아나고 있다는 건가?!"

"로망이라고 말해 줬으면 하는데? 참고로 슬레이크 서스트, 코렐리 컬렙스는 어떤 남자를 위해서 검을 만든 뒤, 넘겨줄 때에 이런 말을 했다더군——'자, 갈증을 해소하게'라고 말이지. 그 순간, 그 녀석의 이름이 결정됐대."

"수상한 이야기잖아……."

조금 소름이 끼쳤는지, 반쯤 뒷걸음질을 치면서 클리오가 말했다. 머리 위의 레키는 속 편한 모습으로 하품을 했지만.

검을 불길한 표정으로 안으면서 클리오는——.

"그래도, 뭐……. 모양이 마음에 드니까, 이걸로 할래."

떨떠름해 하면서도 클리오가 그렇게 말했다. 그러자 사루아가 돌아보며 씨익 웃었다.

"그 정도 이유면 충분해. 전설은 신경 쓸 필요 없는 거지. 검은 어차피 도구에 지나지 않으니까. 사람의 마음이 마검을 만든다는 말은 그런 걸 뜻하는 거야. 부러질 듯이 마구 휘두르면 그만이지."

그렇게 말하면서——선반을 둘러보더니, 사루아가 새로운 검 한 자루를 꺼냈다.

그 검은 40센티미터 정도 되는 단검이었다. 수수하지만 장식은 있는 검은 칼집에 꽂혀 있었다. 사루아는 그것을 들고 눈을 반짝였다.

"슬레이크 서스트와 이 녀석은 솔류드 가문이 심혈을 기울여 수집한 거야. 딱 쌍으로 말이지."

사루아는 검을 빼지 않고 칼집을 들어 보이더니, 재빨리 검을 회전시킨 뒤 칼집의 끝을 쥐었다. 그리고 곧장 손잡이 쪽을 클리오를 향해 내밀었다.

"이 녀석은 이름이 없어……. 하지만 키리란셀로라면 알고 있을지도 몰라. 녀석에게 줘. 그 역할은 네가 딱 좋을 것 같은데, 어때?"

"키리란셀로——오펜?"

클리오는 그렇게 되물으면서 검을 받아 들었다. 클리오가 검을 받자마자 뽑으려고 하는데, 사루아가 말렸다.

"그 검을 뽑을 자격이 있는 사람은 키리란셀로뿐이야."

"……당신을 더 이상 바보 취급하지 않겠다고 약속할 테니까."

검을 빼는 것은 포기한 듯, 손잡이에 댔던 손을 떼면서 클리오가 가만히 그렇게 중얼거렸다.

"부탁이니까, 오펜은 꼭 오펜이라고 불러 주지 않을래? ……오펜도 그 이름은 싫어했잖아."

클리오의 말에 흘끔 돌아보고 잠시 침묵하던 사루아였지만——.

결국 약속을 해 주지는 않았다. 사루아가 눈을 감고 몸을 돌리면서 말했다.

"너무 지저분해서 손잡이나 다른 부분은 바꾸었지만, 검신에는 손을 안 댔어. 솔직히 말해 어떻게 되든 상관없는 물건이고, 크게 값이 나가는 것도 아니니, 그냥 줄게."

"……이 슬레이크 서스트라는 건? 이건 비싸?"

"근대에 만든 검이니까 엄청나게 비싸지는 않지만…… 그래, 좋아. 그것도 주지. 그만큼 일을 해 줘야겠지만 말이야."

"알았어. 그런데 당신은 뭘 쓸 거야?"

질문을 듣고 사루아가 크게 웃었다——.

사루아는 잘 물어봤다는 듯이, 가벼운 발걸음으로 조금 전의 방어구를 찾던 장소로 돌아갔다. 그리고 뒤적거리며 안을 찾더니 가늘고 긴 무언가를 꺼냈다.

검이었다. 클리오가 발견한 것보다 훨씬 장검으로, 무게도 꽤 나가는 것처럼 보였다. 가죽 칼집에 들어가 있는 검——사루아는 그것을 물 흐르는 듯한 손놀림으로 스윽 뺐다.

검신은 유리로 만들어진 것처럼 보였다.

투명한 검신을 지닌 장검(長劍). 마치 장난감 같기도 했지만, 그것을 들어 올린 사루아의 손에 묵직한 무게가 그대로 전해지는 모습을 눈으로도 확인할 수 있었다. 그 무게는 장검이 장난으로 만들어진 것이 아니라는 사실을 웅변해 주는 듯했다. 매지크는 오펜이 이전에 했었던 말이 떠올랐다. 킴라크 교회가 자랑하는 암살 집단, 죽음의 교사가 다루는 유리검.

"이 녀석이다."

눈을 날카롭게 뜨며 사루아가 말했다.

"쿠오보다는 조금 늦었지만——이 녀석이 있으면 지지 않아."

또다시 부드러운 동작으로 검을 칼집에 넣는 사루아를 보면서——
——매지크가 자연스럽게 말했다.

"——불가능해요!"

핫…….

정신이 번뜩 들었을 때, 클리오와 사루아의 깜짝 놀란 시선이 자신을 향해 쏟아지고 있다는 사실을 매지크는 강렬하게 자각했다. 두 사람 모두 자신이 있다는 사실을 잊고 있었을지도 모른다——두 사람의 표정에 무엇보다도 경악이 가장 강하게 떠올라 있어 매지크는 안절부절못했다.

"당연하잖아요—— 불가능해요."

"……뭐가 말이지?"

침착한 눈빛으로 매지크를 바라보며 사루아가 중얼거렸다.

매지크는 죽음의 교사를 강하게 바라보았다.

"그 검이 있든 없든, 그 갑옷을 입은 사람에게 이길 수 있을 리가 없어요——안 그런가요? 마술에는 마술밖에 통하지 않아요. 그런데 쿠오한테는 마술이 통하지 않았어요. 그 사람이 가지고 있는 마술의 힘을 지닌 무기는 대체 뭐죠? 그게 없으면…… 또 신전에 가 봤자, 이번에야말로 전멸을 당할 거예요……."

"쿠오가 몇 개인가 가지고 있다는 말을 들은 적은 있다. 하지만 사용할 수 있을 만큼 마술 문자를 해독한 것은 그 별의 문장의 검인가 하는 녀석뿐이지만 말이야."

별로 밝지 않은 랜턴의 빛을 받은 사루아의 얼굴은——아주 차분했다. 평소와 달리 표정이 없었다. 평소에 항상 보이는 장난스러운 웃음조차도.

"어차피 그 녀석을 손에 넣어도 문자를 해석하지 않는 한 마술은 발동되지 않아. 해석에 몇 년이 걸릴지 모르겠지만, 키리——으으음, 녀석이 물에 빠져 죽고도 남는 시간이란 것만큼은 확실하군."

'스승님이…… 죽어?'

말도 안 되는 발상이라고——.

매지크는 반사적으로 생각했다. 오펜. 《송곳니 탑》의 키리란셀로. 당대 최강의 마술사 중 한 명…….

그런 사람이 죽을 리가 없다.

"……하지만…… 그럼, 지금은 아직……."

떨리는 무릎을 간신히 감추면서——감출 수가 없었지만——매지크는 목소리를 쥐어짰다. 폐가 내는 묘한 소리를 들으면서.

"지금은 아직…… 아직 가야 할 때가 아니라는…… 거예요."

"무슨 소리야?!"

클리오가 그렇게 외쳤다. 예상대로였지만, 그 목소리를 듣자 매지크는 순간 다리가 얼어붙는 듯했다.

이렇게 좁은 지하실에서는 별로 듣고 싶지 않을 만큼 날카롭게 울리는 목소리로 클리오가 화를 냈다.

"지금도 너무 여유를 부려서 탈이라고 해야 할 정도인데——서두르지 않으면 오펜이 위험하다는 말 못 들었어?!"

매지크의 머릿속에서 차가운 무언가가 터졌다——.

"나도 알아!"

온 힘을 다한 큰 목소리로 매지크가 외쳤다.

발성 연습도 하는 음성 마술사의 음량은 절대 가볍지 않았다. 그런 음성의 최대치를 들은 클리오가 얼굴을 찌푸리면서 말을 삼키는 모습이 보였다. 사루아의 표정에는 여전히 미동조차 없었다.

그게 마음에 들지 않았던 것은 아니었지만, 매지크는 사루아를 향해 더욱 크게 외쳤다.

"의견이야! 내 나름의 의견이라고——도와주러 갈 거면, 적어도 자신의 몸은 지킬 방법을 준비해 가야 의미가 있는 거잖아?! 스승님은 강한 마법사야——나보다 훨씬 강해. 쉽게 안 죽어! 스승님이! 죽을 것 같아?!"

'죽을 것 같아——?!'

외치는 목소리보다도 강하게 매지크는 마음속에서 반복해 외쳤다——.

오펜의 모습이 떠올랐다. 어두운 시야에. 스승은 계속 서 있었다. 매지크를 보고 있었다. 주먹을 가볍게 옆으로 떨어뜨리고, 오른다리를 살짝 뒤로 뺀 모습으로.

다가갔다. 수없이 많이 생각해 봐도 결과는 모두 같았다. 가까이 다가갔는데 잠시 뒤, 매지크는 맞고 쓰러져 지면을 굴렀다.

절대 무너지지 않았다. 매지크의 눈앞에서는 절대로.

"죽을…… 것 같아……?!"

한 번 더 외치고 싶었지만——입에서 나온 것은 힘없는 목소리였다. 바닥에 놓인 랜턴이 흔들리는 빛을 발했다. 지하실에 가득한 무기가 빛을 받아 각각 무기 모양의 그림자가 되어 춤을 추었다.

사루아가——얼굴이 새빨개져서 무언가 외치려고 하는 클리오를 옆으로 밀어내듯 조용히 중얼거렸다.

"물론 그것도 맞는 말이지만……."

기세가 꺾인 클리오까지 사루아를 바라보았다. 사루아는 겸연쩍은 표정으로 얼굴을 긁더니, 살짝 미소를 지었다.

"준비라고는 해도, 이것보다 더한 준비를 할 수는 없어——실질적으로."

"그럴 수가. 그냥 비참하게 죽으러 가자니——."

"그래도 네가 가는 건 아니니까, 좀 봐 줘라."

그 말을 듣고——.

"……네?"

생각도 못한 한마디에 허를 찔려 매지크가 눈을 크게 떴다. 사루아는 역시 미안하다는 듯한 표정으로 이쪽을 바라보았다.

"너는 여기서 집을 지키는 게 일이다."

"네——?!"

매지크는 몸을 앞으로 내밀며 항의했다.

"왜죠?!"

"그거야, 누가 뭘 할 것인가 선택을 한 결과지. 쿠오와 카로타를 동시에 적으로 돌려놓고 싸우면서, 도저히 너희 두 사람을 지켜 줄 자신이 없거든."

"지켜……?"

앞으로 내밀려던 손을 투욱 떨어뜨리고——매지크가 할 말을 잃었다.

지하실 안에서 5미터 정도 거리를 사이에 두고 끝에 서 있는 사루아를 노려보면서 매지크가 떨리는 목소리로 말했다.

"지킨다니, 무슨 말이죠……? 사람을 무슨 방해꾼처럼……. 저도 마술사예요——당신이 저를 지켜 준다고요?!"

"너야말로 날 무시하지 말았으면 좋겠다. 나도 죽음의 교사거든—— 마술사 암살이 전문인 죽음의 교사다."

"자, 잠깐⋯⋯."

아무래도 어색한 분위기를 감지했는지, 자신의 분노도 잊고 클리오가 당황해서 말했다.

하지만 매지크는 클리오를 무시했다. 사루아도 신경을 쓰지 않는 모습이었다.

죽음의 교사를 계속 바라보면서 매지크가 말을 내뱉었다.

"스승님에게는 이기지 못했던 주제에."

"녀석은 《탑》에서도 최강의 암살기술자였다. 아직 햇병아리 술자에 지나지 않는 너와는 달라."

"난 스승님보다 강한 위력을 낼 수 있어!"

양손에 주먹을 쥐고 매지크가 단언했다.

하지만 사루아는 전혀 동요하지 않았다. 오히려 비웃듯이 코웃음을 쳤다——.

"그래서 어쨌다는 거지?"

"그래서 어쨌다는 거냐니⋯⋯."

매지크가 다음 말을 머뭇거리는 사이에 사루아가 말을 계속했다.

"그 젊은 나이에 학생을 받아들인 녀석이 바보인가, 아니면 학생이 순전히 어리석은 것인가——. 나는 모르겠지만, 그런 식이면 너, 평생 녀석을 쫓아가지 못해. 증명하는 건 간단하다. 해 볼까?"

"어~⋯⋯."

목소리를 낸 사람은 매지크가 아니라 클리오였다. 클리오는 검지를 입에 물고 이쪽과 저쪽을 번갈아가면서 바라보았다.

매지크는 아무 말 없이 입술을 깨물었다.

검을 발밑에 놓으면서——사루아가 말했다.

"증명하는 것은 간단하다. 지금 날 쓰러뜨려 봐라. 표정만 보면 물론 의욕이 넘치는 것 같은데——일단 조언을 해 주자면 노려보기만 해서는 쓰러뜨릴 수 없어."

"쓰러뜨려 주겠어!"

매지크는 양손을 내밀었다.

"쓰러뜨려 줄 거야!"

말을 반복하면서 매지크가 의식을 집중했다.

세계가 보이려고 했다.

마력은 술자에게 그런 감각을 안겨 준다. 물론 실제로는 어떤지 알 수 없다——그냥 술자의 착각일지도 모른다. 하지만 집중을 시작한 술자는 그런 것을 신경 쓰지 않는 것이 보통이었다. 순간 자신의 마술이 세계를 지배했다.

사루아가 어처구니없다는 미소를 지으며 등 뒤의 벽에 깊이 몸을 기대는 모습이 보였다. 여유가 넘친다는 듯이 팔짱까지 끼었다.

'나를 얕보다니——.'

분노와 함께 매지크는 구성을 짜 올렸다.

힘의 그물을, 주변의 공간에 펼쳤다. 있는 그대로였던 모든 것을 ——자신이 바라는 것으로 완성해 갔다. 매지크는 신중하게 하지만 대담하게 구성을 만들었다. 처음부터 위력을 낮출 생각은 없었다.

사루아는 맨몸——검을 집어 들려고도 하지 않았다.

순간, 그가 팔짱을 풀고 팔을 들어 올리는 모습이 보였다. 그리고 그대로 오른손 주먹으로——등 뒤의 벽을 쳤다.

쿵, 쿵 하는 강한 진동이 지하실 전체에 울려 퍼졌다.

그러자 곧 그걸 노렸다는 듯이 사루아의 머리 위에서 짧은 창이 떨어졌다. 천장이 어두워 보이지 않았지만, 그곳에 장식되어 있었던 모양이었다. 5~6센티미터 정도의 짧은 투척용 창이었다. 짧고, 굵었다. 잘 연마된 창끝이 빛나는 모습이 보였다.

창을 순간적으로 받아 들고 사루아가 한 발 앞으로 나왔다. 견실하게 어깨 위로 그 창을 들고——.

순간, 매지크의 구성이 완성되었다.

'이쪽이 더 빨라——이겼다!'

매지크는 환성을 지르며 그 구성을 해방시켰다. 주문을 외쳤다.

"나 발하노라——."

——마력의 방출과 함께 찾아온 탈력감.

'——?!'

꿰뚫리는 듯한 불안감이 엄습해 왔다.

'지금보다 조금 더 낮은 수준의 마술을 사용할 때 제어에 실패하면
——.'

그것은 틀림없이 오펜의 목소리였다. 창을 든 사루아의 모습과 화가 난 스승의 얼굴이 순간 겹쳐 보였다.

'넌 확실히 죽을 거야!'

'아냐! 스승님은 자신이 마술을 사용할 수 없게 되어서 날 질투한 거야!'

스승의 환영을 보고 그렇게 외치면서 매지크는 마술 발동을 강행했다.

"나 발하노라, 빛의 칼날!"

내뻗은 손끝에 힘이 모여든다는 사실을 피부로 실감했다.

힘의 흐름 모든 것이 그의 편이었다. 모든 것이 모여 표적을 향했다. 그와 동시에 그것은 그의 체력도 빼앗아⋯⋯.

가지 않았다.

힘은 방출되지 않았다. 구성은 그대로 사라졌다. 내뻗은 손은 허무하게 그냥 떨릴 뿐이었다⋯⋯.

'마술에 실패했다!'

완성되어 가던 구성이 그대로 사라졌다. 아무것도 일으키지 못하는 외침만이 울렸다. 매지크는 간신히 고개를 들었다. 그리고 사루아를 바라보았다. 시야 안에 클리오는 없었다. 사루아는 자세를 잡았던 팔을 굽혔다 내뻗으려고 했다.

마술사가 마술을 발하듯이.

사루아가 기세 좋게 팔을 쭉 뻗는 모습이 유난히 느리게 보였다.

'그렇⋯⋯구나⋯⋯.'

자신의 사고마저도 속도가 느려졌다. 하지만, 이상하게 기분이 좋았다. 아주.

'알았다⋯⋯ 대충 알긴 알았는데⋯⋯.'

사루아의 팔이 뻗어 창이 날아오면 1초도 지나지 않아 자신은 죽는다.

그게 슬펐다. 눈물을 흘릴 시간조차 없었다.

창끝이, 가장 날카로운 형태로——즉, 정면에서——보였다⋯⋯.

그 순간.

시야 바깥에서 갑자기 클리오가 나타났다. 창이 사루아의 손에서

내던져지는 순간, 클리오의 작은 몸이 사루아의 몸을 향해 부딪쳤다
──.

사루아의 자세가 조금 무너지는 것처럼 보였다. 그 순간 후.

쿠웅──!

둔탁한 소리가 고막을 울렸다.

뭐가 뭔지 몰랐던 순간이 지나고──주박이 풀린 것처럼 감각이
원래 시간으로 돌아갔다. 매지크는 바닥에 엉덩방아를 찧으면서 주
변을 둘러보았다. 자신이 죽지 않았다는 것은 확실했다.

그렇다면, 창은.

그의 머리 옆, 몇 센티미터 정도를 벗어난 벽에 꽂혀 있었다…….

"………."

말도, 숨도 안 나왔다. 그저 땀만이 분출되었다. 바닥에 앉은 채,
매지크는 공기를 갈구했다. 하지만 숨을 못 쉬는데 공기를 들이쉴 수
있을 리가 없었다.

그리고──클리오의 목소리.

"무, 무슨 생각을 하는 거야?! 지금 진짜로 맞출 생각이었지?!"

클리오가 사루아에게 사납게 화를 냈지만, 정작 사루아는 담담한
표정으로 클리오를 밀치고 이쪽으로 천천히 다가왔다. 한 걸음, 두
걸음…… 별로 넓지 않은 보폭으로 걸어왔다. 그리고 금방 앉아 있는
매지크 앞에 도착해──.

옆을 통과해 벽의 창을 붙잡고 빼냈다.

그리고 그 창끝을 이쪽의 코앞에──그를 올려다보고 있는 얼굴
의 코앞에 겨누었다.

"사루아?!"

클리오의 목소리는 그냥 무시한 채, 사루아가 가만히 중얼거렸다.

"……왜 날 쓰러뜨리지 않았지?"

"——뭐?"

날카로운 창끝에 실제로 찔린 듯이 움직이지 않은 채, 매지크는 그런 말만을 흘렸다.

사루아는 작게 혀를 찼다.

"나는, 유일한 무기——이 창을 명중시키지 못했다. 그 뒤에 나를 쓰러뜨리는 것은 간단했을 텐데? 그런데 왜 쓰러뜨리지 않은 거지?"

"………."

생각도 하지 못했다——.

그 유일한 대답을 하지 못해, 얼어붙어 있던 매지크는 사루아가…… 그 표정을 점차 미소로 바꾸어 가는 모습을 멍하니 바라보았다.

"이런 점이——."

죽음의 교사가 창을 거두며 어깨를 으쓱했다.

"너와 녀석의 차이 중 하나다. 물론 아직도 많아. 일일이 증명하고 싶지는 않다만."

"나는……."

온몸의 떨림을 멈출 수 없어, 매지크는 시선을 떨구었다. 무슨 말을 하면 좋을지 몰랐지만, 힘이 빠진 몸의 차가운 땀이 무언가를 전달하려고 한다는 사실은 잘 알았다.

"물론 바로 이해하지 못해도 좋아. 그렇다곤 해도——나중에라도 확실히 이해하기 위해서는 역시…… 그 미숙한 스승이 필요하겠군."

"……………네……."

간신히 목소리를 내어 대답을 하고 고개를 끄덕였다. 그 순간.

콰아앙!———.

하고 위에서 호들갑스러운 소리가 울렸다. 문을 발로 차서 부수는 소리였다.

"……뭐지?"

사루아가 경악한 목소리로 천장을 올려다보았다. 그때에는 이미 천장 위에서 우르르르 하는 여러 발소리가———그리고 잡동사니를 발로 차는 소리가. 그리고 무언가를 질질 끄는 소리가. 그리고.

잠시 뒤, 밧줄 사다리가 걸려 있는 입구에서 투우욱 하고 무언가가 떨어졌다. 사람의…… 시체가.

클리오가 딸꾹질을 하는 듯한 소리가 들렸다———비명이 차마 나오지 않아 그런 소리가 나온 모양이었다. 시체는 너덜너덜한 신관복을 두르고 있었다. 물론 잘려서 너덜너덜해진 듯했다. 시체는 확실히 본 적이 있었다. 사루아가 신음소리를 흘렸다…….

"형?!"

그리고 마지막으로.

구멍 위에서———한없이 장소에 어울리지 않는 장난스러운 목소리가 들렸다.

"하아~이."

유난히 무사태평한 여자의 목소리.

"슬슬 출두할 시간이야, 꼬마야———."

"나왔군……. 이 요괴 자식."

사루아의 쓸쓸한 목소리가———.

마치 바닥에 떨어진 시체의 목소리처럼 들렸다.

제11장 강철의 후계자
석세서 오브 레이저 엣지

메첸 아미크는 창문너머의 비 때문에 흐릿한 신전의 그림자를 멀찍이서 바라보았다.

흰 마을에 잿빛 비가 내려 황토색 바람과 섞이자, 그림자색이 되었다.

먼 옛날부터 이 마을은 이랬다. 그 옛날…… 인간 종족이 이 대륙에 표착했을 때부터.

이제 감각이 없는 오른팔을 쓰다듬으면서 메첸은 창문 앞에 서 있었다. 응급 처치를 한 덕분에 피는 멈췄다. 하지만 상처가 아문 것은 아니었고, 혈색도 돌아오지 않았다. 비가 내리는 가운데 계속 도망친 탓에 몸이 차게 식어 문제였던 것인지도 모른다──아직 손끝만이라면 살짝 움직이는 듯했지만, 그것도 오래지 않아 움직이지 않을 것이라는 사실을 그녀는 깨달았다.

'어쩌면 영원히 움직이지 않을지도 몰라…….'

얄궂구나──하고 메첸은 쓴웃음을 지었다. 사루아의 이야기로는 자신도 신전에서 쿠오 바디스 파테르에게 난도질을 당했다는 모양이었다. 메첸은 카로타와 접촉하여 딱 한 번 공격을 받았다. 소리도 없을 정도의 공격이었다. 하지만 사루아는 지금도 사지가 멀쩡하게 움직였다. 반면에 메첸의 오른팔은 이제 검도 쥘 수 없었다.

'그게 쿠오와 카로타의 차이일까?'

메첸은 혀를 차며 인정했다.

검술 실력만이라면 사루아에게 당할 자가 없다──오레일에게 지도를 받은 자는 그뿐이니까. 오레일에게 실력을 인정받은 자도 마찬가지였다. 마술 문자의 해석에 성공한 사람은 쿠오 외에는 없었고, 스스로의 생명력을 깎아서까지 전투력을 올린 네임 온리의 신체 능력은 확실히 인간의 한계를 넘었다. 실전 경험으로 따지면, 요절한 아버지의 임무를 소녀 시절부터 이어받은 메첸이 가장 많았다.

반면 카로타는 아무것도 없었다. 그녀에게는 아무것도 없었다.

하지만 그녀가 실패했다는 이야기도 들은 적이 없었다.

10년 전——어떤 남자 한 명이 이 성도에 침입했다.

어디에서 들어온 것인지 아무도 눈치채지 못하게 남자는 홀연히 유그드라실 신전에 나타났다.

그 당시에는 아무도 그 남자를 몰랐다. 젊었지만, 상당히 노련한 한 명의 암살자. 남자는 교사장 몇 명과 죽음의 교사 세 명을 살해하고 《시성의 방》으로 나아가기 직전, 쿠오 바디스 파테르와 오레일 사리돈에 의해 격퇴되었다. 그때 오레일은 중상을 입고 은퇴를 선언했다. 그리고 성스러운 임무를 스스로 포기했다는 죄로, 성도에서 영원히 추방되었다. 그리고 뒤를 이어 쿠오가 죽음의 교사를 책임지고 관리하는 역할을 부여받았다…….

사루아가 오레일에게 지도를 받은 것은 그즈음이었던 듯하다. 하지만 메첸은 그즈음에 다른 사람을 신경 쓸 여유가 없었다. 인원이 급감한 죽음의 교사 멤버로 메첸 자신이 발탁되었기 때문이다——이유는 간단했다. 살해당한 세 명 중 한 명이 그녀의 아버지였으니까.

메첸은 계속 성도 외의 임무를 할당받았다. 몇 년 후에 멤버로 합류한 사루아도 마찬가지였지만.

'……노란 먼지가 불지 않는 부정한 땅에서 지금 바라보는 이 광

경을——비에 젖은 성도의 모습을——몇 번이나 꿈꾸었던가…….'

마음속으로 메첸은 중얼거렸다. 그리고 창틀에 손을 댔다. 아직 움직이는 왼손으로.

'돌아올 때마다 나는 울었지……. 더 이상 나가지 않겠다고 마음에 맹세했어……. 아빠가 죽음을 무릅쓰고 지킨 이 성도에서.'

메첸은 창틀을 댄 손에 힘을 주었다. 끼익, 물림쇠가 삐걱거리는 소리가 공기보다도 팔에 먼저 전달되었다. 눅눅한 나무의 감촉. 표면은 모래로 더러워져 있었지만, 입자가 가는 노란 먼지에는 꺼끌꺼끌한 감촉이 나지 않았다.

'하지만 어느새 울지 않게 됐어…….'

메첸이 창문을 열었다. 격렬한 빗소리가 바깥을 시끄럽게 했다.

빗방울이 사정없이 방 안으로 들이쳤다. 그녀의 몸에도 튀는 빗방울을 메첸은 피하려고 하지 않았다. 모두 다 스며들면 되는 거야. 이 비도 성도의 일부니까…….

메첸이 울지 않게 되었을 때, 성도를 덮친 암살자의 이름이 귀에 들어왔다. 킴라크의 교사장을 암살하여 단숨에 유명해진 남자——차일드맨. 그 이름은 반년도 되지 않아 차일드맨 파우더필드 교사로 바뀌었다. 《송곳니 탑》의 교사가 되었다고 한다.

그 탁월한 능력 덕택에 《십삼사도》의 리더이며 최강의 흑마술사라고 불린 마인 플루토와도 호각이 아닐까 하는 소문이 돌았다.

'차일드맨…… 파우더필드 교사. 그 최후의 학생이…… 키리란셀로. 지금은 오펜이라고 칭하는 그 남자…….'

사루아의 이야기로는 《시성의 방》에 들어갔다고 한다.

활짝 열린 창문 바로 밖에서 바람이 소용돌이친 듯했다. 더욱 강해진 빗방울이 얼굴을 때렸다. 하지만 메첸은 두 눈을 뜬 채 밖을 계속 바라보았다. 계속 바라보자——그냥 조용히, 그렇게 혼자 중얼거렸다.

'계속 바라보자. 일찍이 나를 울린 마을을⋯⋯. 그게 모두 뒤집히는 모습을⋯⋯.'

"신을 봉인하는 뚜껑을——."

지쳐서 그런 것인지 문득 불안해졌다. 아직 잠들어서는 안 되는 때다.

10년. 죽음의 교사가 된 지 10년. 메첸은 모든 것을 실전에서 배웠다. 검을 다루는 법도, 마술사가 주문을 외칠 때의 타이밍도, 싸우는 법도, 도망치는 법도, 부뚜막을 만드는 법도, 불을 지피는 법도, 싸구려 숙소의 이불에서 빈대를 없애는 방법도, 장갑을 낀 채로 눈의 먼지를 빼는 방법도. 기도하는 방법도. 사랑하는 방법마저도. 모든 것을 실전에서 배운 것 같았다.

"여신이여⋯⋯. 저의 운명을 엮은 위대한 분이여⋯⋯."

메첸은 비를 향해 성인을 그었다. 오른팔을 사용할 수 없어서 조금 어색한 동작이었지만.

"당신에게 저의 더러워진 얼굴을 보이고 싶지 않습니다⋯⋯. 그래도 저는 당신을 봐야만 합니다. 모든 자가 당신을 위해 죽었으니까요——그 '죽음'조차도 엮어 낸 것이 당신이라면, 저는 당신의 곁에서 제 아버지의 이름을 외쳐야만 합니다."

메첸은 눈을 감았다. 성인을 풀고, 왼손으로 오른팔의 상처를 두른 파란 천을 만졌다.

"전지⋯⋯ 전능⋯⋯ 무한의 모든 것. 운명을 잣고, 그물처럼 전

세계에 던지는 여신……. 그런데도 아무것도 하지 않다니."

바람이 윙윙거리는 소리가 들렸다.

"당신을 사랑합니다. 아버지가 당신을 사랑했듯이……. 하지만 대륙은 당신을 필요로 하지 않습니다……. 아무도, 당신에게 얼굴을 보이고 싶어 하지 않습니다……."

메첸은 팔에 감은 천을 풀고, 그것을 한 손만으로 요령껏 머리에 감았——천을 감는 방법을 터득한 것도 실전 중이었던 듯하다고, 메첸은 생각했다. 천에는 피가 스며들어 거무칙칙한 보라색으로 변색되어 있었다.

무슨 일이 벌어지고 있는 거지……?

서재의 의자에 살짝 걸터앉아 책상에 팔꿈치를 대고, 라포완트 솔류드는 계속 그 말만을 반복했다.

펼친 책에 손을 대고는 있었지만, 읽지는 않았다. 그런 기분을 맛보면서 그는 책상에 댄 자신의 손을 가만히 바라보았다. 문득 펜꽂이에 꽂아 둔 펜이 덜걱덜걱 소리를 내기 시작해, 오싹한 심정이 일었다——하지만, 곧장 그것이 무엇인지 눈치채고 한숨을 내쉬었다. 책상에 대고 있던 손이 떨리고 있을 뿐이었다.

웃고 있을 때가 아니다. 그건 잘 알았다. 하지만 그는 웃고 싶었다——될 수 있다면. 얼빠진 바람이기는 했다. 그것도 잘 알았다.

'내가 할 수 있는 것이라고는…… 바라는 것뿐인가.'

그런 사실을 떠올린 그는 겨우 쓴웃음을 지었다.

라포완트는 의자에서 허리를 일으켰다. 벽에 걸린 시계를 바라보았다. 딱 11시. 시간이었다.

그는 일어서서 서재를 둘러보았다. 책장. 진열된 귀중한 서적. 트로피――주로 그의 것이었다. 그리고 창문. 문.

그는 서재 책상의 제일 긴 책상서랍을 열었다. 아무것도 들어가 있지 않은 그곳에는 검 한 자루가 놓여 있었다. 아주 평범한 장검.

그 손잡이를 꽉 잡고, 아무 말 없이, 그는 서재를 나섰다.

비는 끝없이 내렸다. 하늘 그 자체를 떨어뜨리는 듯한 비가 현관에서 정문까지 계속되었다. 물론 비구름은 성도 전체를 뒤덮고 있었지만――그에게 세계는 지금 서 있는 현관에서 정문까지에 불과했다.

지붕과 지하도가 아닌 한, 언제나 집을 등지고 움직여야만 한다――――현관에서 밖으로 나갈 때는 즉, 원래 그런 것이라고 그는 생각했다. 항상 등쪽 방향에 집이 있다. 앞쪽에는 비가, 바람이, 노란 먼지가……. 그리고 그것들과 아주 비슷한 사람들이. 기다리고 있었다.

대각선으로 떨어지는 빗속에서, 그는 발을 내디뎠다. 세차게 내리는 비 탓에 흐릿한 앞쪽에서 무언가를 본 것 같은 느낌이 들었다.

착각은 아니었다.

그는 확신했다. 절대로 시간만큼은 어기지 않는 여자니까.

빗방울이 머리를, 얼굴을, 어깨를, 온몸을 때렸다. 아플 정도의 기세였다. 검을 쥔 손가락 사이에도 물이 스며들었다.

그는 상관하지 않고 걸음을 내디뎠다. 한 걸음, 한 걸음, 조심스럽게. 조금씩 앞으로 나아갔다.

정문은 아직 멀지만――완만한 커브를 그리는 통로 위를 걸으면 1

분도 걸리지 않는다──. 그는 될 수 있는 한 최단 거리를 걸었다. 잔디를 밟았으니 정원사가 화를 낼까? 화를 내지는 않겠지. 교사장인 라포완트 솔류드에게 화를 내? 말도 안 되는 이야기다.

가는 눈을 반쯤 뜨고 걸었다. 조금 걸음이 빨라졌다.

이윽고──정문까지 도착한 그를 기다리고 있는 것은 이런 한마디였다.

"늦었네. 이게 목숨이 걸려 있는 일이 될 수도 있다는 사실을 모르는 걸까?"

"……그럼 그렇게 눈에 띄는 우산을 쓰고 올 필요는 없었다고 생각한다만."

라포완트는 즉시 대꾸했다.

하지만 스스로도 그렇게 말할 정도로 눈에 띄는 우산이라고는 생각하지 않았다──이렇게 비가 내릴 때에는 옅은 핑크색의 은은한 얼룩밖에 보이지 않겠지. 여성용 형광색 우산을 편하게 쓰고 라포완트를 바라보는 사람은 말할 것도 없이 카로타였다. 입은 옷은 평소의 신관복이 아니었다. 그녀의 뒤로 주루룩 늘어서 있는 몇 명의 신관병과 비슷하지만 조금 편해 보이는 옷이었다. 후드와 마스크로 얼굴을 숨기고도 있었다. 그렇지만 그녀의 눈을 한 번이라도 본 적이 있다면, 얼굴의 다른 부분이 안 보인다고 해서 잘못 볼 사람은 없겠지만…….

그녀는 마치 라포완트의 말은 귀에도 들어오지 않았다는 듯이, 느긋한 모습으로 물었다.

"고용인들은?"

"휴가를 보냈다. 내일까지는 안 돌아온다."

"그래?"

여유 있게 말을 하면서 카로타는──턱을 움직여 대기하고 있던 신관병 한 명을 재촉했다. 신관병은 말도 없이 앞으로 나오더니, 문을 열 생각인지 철책 문 위에 손을 올렸다…….

순간, 라포완트는 들고 있던 검의 날을 신관병의 손 위에 가볍게 댔다. 신관병의 움직임이 딱 멈췄다.

신관병뿐만이 아니었다. 카로타를 비롯한 모든 사람이 의표를 찔린 표정을 지으며 움직임을 멈췄다. 쏴아아 하는 빗소리만이 주변을 가득 채웠다.

"무슨 속셈이지?"

생긋 웃지도 않고 그렇게 물은 카로타에게 라포완트가 말했다. 비에 젖은 앞머리가 눈꺼풀 위에 들러붙어 있는 모습이 자신에게도 보였다.

"……내 저택에 들어오기 전에 물어보고 싶은 것이 있다."

"이곳은 교주님의 성언(聖言)으로 보호받은 성도야. 당신의 토지 따위는 처음부터 존재하지 않았어."

"궤변이라면 얼마든지 말해도 좋다. 내 전매특허는 아니라고 한마디 들은 참이다."

라포완트는 독설을 내뱉은 뒤, 검의 손잡이를 쥔 손에 힘을 주었다. 칼날이 손에 닿은 신관병의 손등에서 피가 배어 나오기 시작했다.

"쿠오가 거짓말을 했어."

그가 날카롭게 속삭였다.

"……《시성의 방》에 마술사가 들어갔을 가능성이 밝혀졌다. 그 사실은 그 무엇보다도 우선해야 할 문제지. 신전에 돌아가 사태를 처리해라. 이건 신전청의 명령이라고 생각해라."

하지만——.

돌아온 것은 길고 긴 한숨뿐이었다.

하아아…… 하고. 그 한숨의 주인——카로타가 가볍게 고개를 저었다. 그녀는 눈을 가늘게 뜨고 고양이라도 어르는 듯한 말투로 말했다.

"그 일이라면 교주님도 알고 계셔."

"…………뭐라고?"

카로타의 말은 2중의 의미로 충격이었다. 몸이 떨렸다. 비가 차갑기 때문이 아니었다.

"교주님이 알고 계시다고?! ——아니, 그것보다, 카로타. 네놈이 교주님의 말씀을 들었다는 말인가?!"

"문을 열어, 라포완트 교사장. 계속 투덜거리면 남동생을 감싸는 행위로 판단하겠어."

그녀의 눈이 무언가를 쥐어짜듯이 가늘어진 모습을 보고——.

"큭……!"

라포완트는 뒤로 뛰어 물러섰다. 동시에 검을 양손으로 쥐고 자세를 잡았다. 꽉 잡은 검을 옆으로 휘두르자 은색 번쩍임이 뛰었다.

키이잉! 하고——.

날카로운 소리와 충격이 팔에 전해져 왔다. 잘 보니, 검에 손등이 눌려 있던 신관병이 다른 손으로 검을 뽑았다.

누가 발로 찼는지는 모르겠지만, 문이 열렸다. 카로타를 제외한 다섯 명의 신관병이 일제히 정원 안으로 쏟아져 들어왔다. 어느새 모두 칼을 뽑은 상태였다. 모두 똑같이 아주 조금 칼날이 휘어 있었다.

"쳇!"

이 사이로 삐걱거리는 숨을 내뱉으며, 라포완트는 신관병 한 사람의 잇따른 검 공격을 칼끝을 휘감듯이 뿌리쳤다. 동시에 후퇴에서 전진으로 방향을 바꿔, 검을 대각선 위로 휘둘렀다.

촤악──. 무언가를 가르는 듯한 소리가 나는 것과 동시에 신관병의 목을 덮고 있던 후드가 순식간에 피로 물들었다. 비명도 없이 버둥거리면서 신관병이 비에 젖은 땅에 쓰러졌다.

그래도 라포완트는 움직임을 멈추지 않았다. 시선을 좌우로 움직인 뒤, 오른쪽으로 뛰면서 다가오는 다른 신관병의 칼날을 검으로 막았다. 검이 맞닿은 것은 아주 순간에 불과했다. 상대가 힘을 주고 검을 밀어 버리려고 하자──라포완트는 상대가 앞으로 다가오는 것보다도 긴 거리를 뛰어 뒤로 피했다. 그리고 비틀거리며 쓰러지는 상대의 목 뒤에 라포완트가 날카로운 칼끝을 적중시켰다. 역시 후드에 뒤덮여 있던 목을 딱 한 번 부르르 흔들더니, 신관병은 더 이상 움직이지 않은 채 피를 뿜었다…….

"굉장하네……. 사루아 꼬마보다 실력이 좋은 건가?"

갑작스러운 목소리. 카로타였다.

정신을 차려 보니 나머지 신관병 세 사람이 카로타 뒤로 물러섰다. 그녀는 천천히 정원에 들어오더니, 시체가 된 두 사람을 각각 힐끔 본 뒤, 자신의 마스크를 입 아래에까지 내렸다. 도톰하게 보이는 입술 사이로 아주 살짝 혀를 내민 뒤, 그녀가 말을 계속했다.

"그런데 왜 이렇게 바보 같은 짓을 하는 거지? 죽음의 교사의 추적 심문을 방해하고, 신관병을 둘이나 살해하다니……. 당신이 아무리 신관청의 높으신 분이라도, 이래선 책임을 면하기 힘들어.”

“뭐, 라고? ……네놈들이야말로 이게 뭐 하는 짓이냐?”

라포완트는 다 들리도록 이를 가는 소리를 냈다. 비에 섞여 피 냄새가 피어올랐다.

“배신, 분열, 속임수……. 첩보 놀이라도 하는 건가?! 네놈들은 이 성도를 수호하는 임무가 있다! 그걸 뭐라고 생각하는 건가?!”

“흐음, 글쎄.”

카로타는 안색도 바꾸지 않은 채 그렇게 말하면서——가볍게 어깨를 으쓱 들어 보였다——.

“우리는 오히려 이 성도가 장난감 상자같이 보이지만 말이야.”

“이 자식!”

라포완트가 그렇게 외치며 발을 내디뎠다.

그 순간——.

카로타의 웃는 모습만이 보였다. 얼굴의 아래쪽만 보이고 위쪽이 보이지 않았던 것은 그녀가 우산을——깊숙이 쓰고 있었기 때문이었다.

그 순간에는 그녀가 왜 그런 행동을 했는지 이해할 수 없었다. 화려한 색채를 지닌 그녀의 우산이, 빗속에서, 파앗 튕기듯이 흔들린 뒤…….

라포완트는 아무것도 볼 수 없게 되었다.

“——!”

목에서 미처 나오지 못한 비명이 위 안에서 폭발했다.

“아아아…… 아아아악?!”

검을 떨어뜨리며 라포완트는 그 자리에서 쓰러졌다. 얼굴이 뜨거

왔다——맹렬하게 두개골 안쪽으로 저릿한 통증이 스며들었다.

파삭. ……그것은 카로타가 우산을 또 위로 올리는 소리였다. 자신의 비명 안에서도 라포완트는 그 소리를 정확하게 들었다. 선혈이 분출되는 자신의 왼쪽 눈을 누르면서.

"너——너 이 자식……."

거친 숨을 쉬면서 라포완트가 신음소리를 내뱉었다. 카로타가 가엾다는 듯이 내던지는 시선을 노려보면서…….

그녀는 신경도 쓰지 않은 채, 문득 무언가가 생각난 듯이 자신의 우산을 올려다보았다. 그리고 우산 끝에 무언가가 달려 있다는 사실을 깨달았다. 그걸 보고 조금 얼굴을 찌푸린 카로타를 보고——라포완트는 그 우산은 그녀가 애지중지하는 것이라는 사실을 깨달았다——. 우산을 접은 카로타는 팟 하고 한 번 털었다.

뾰족한 우산의 끝에 들러붙은 살덩이가 지면에 떨어졌다. 보지 않아도 알 수 있었다. 그의 눈알이었다.

"안타까워."

그녀는 진심으로 안타깝다는 듯이 고개를 저으며 우산을 다시 폈다.

"……두 사람이나 먼저 살해당했으니, 당신을 죽여 봐야 이쪽이 손해잖아."

그리고 라포완트는 그녀가 등 뒤에 있는 신관병들에게 무언가 신호를 보내는 모습을 보았다. 무슨 신호인가는 들을 필요도 없었다——떨어진 검을 찾으면서 그는 절망적으로 신음소리를 흘렸다. 떨어진 검은 사각에 굴러다니고 있는지 아무리 찾아도 찾을 수 없었다.

검을 쥔 신관병 세 사람이 다가왔다. 카로타는 미소를 지었지만——

─이미 곁눈질로도 보지 않았다.

"……그리고 보니 당신, 자신의 침실에서 죽지 않으면 체면이 서지 않는다고 했던가?"

놀리는 듯한 쾌활한 목소리.

"안 돼. 그냥 여기서 죽어."

"자, 문제는 말이다."

볼칸의 끝나지 않는 수다를──그렇게 귀여운 것이 아니었지만─
─들으면서, 도틴은 걸었다. 어둠 속을 조심스럽게 걸어가자니 굉장
히 불안했지만, 정말 신기하게도 계속 어둠 속을 걸어가자, 간신히
발밑은 보이기 시작하는 듯했다. 정말로 제대로 보이고 있는지 어떤
지는 모르겠고, 그들 자신도 그러든 말든 상관없는 일이었지만, 그들
형제는 끝없이 계속되는 그 지하도를 터벅터벅 계속 걸었다.

아무튼 그 굴은 똑바로 나 있었고, 수평이었고, 평평했다. 그야말
로 훌륭하다고 표현해도 될 정도의 통로였다. 넘어지지 않고 쭉쭉 걸
어 나간 탓인지 매우 따분했는데, 넘어지는 일도 없이 걷고 있기 때
문이기도 했다.

──행운인지 불행인지, 솔직히 도틴은 단정할 자신이 없었다. 매
번 마찬가지지만.

"듣고 있냐, 도틴? 문제는 말이다."

"응, 문제는?"

건성으로 대답한 뒤, 도틴은 앞으로 계속 걸으며──가는 듯했다

──볼칸에게 되물었다. 꽤 오랫동안 걷는 중이다. 지인에게는 체질적으로 근육통이 생기지 않지만, 피로는 인간과 다름없이 쌓인다. 다리의 근육에 피로가 너무 쌓여서 일단 멈추면 한나절 정도는 걷지 못할 것 같다고, 도틴은 음울하게 생각했다.

──그런데도 피곤함을 전혀 느끼지 못하는 형의 목소리가 되돌아왔다.

"문제는 이 통로에 뱀이 나오면 어떻게 할 것인가이다만."

생각하고 싶지도 않았다.

하지만──그 말을 들은 이상 무시할 수는 없었다. 도틴은 한숨을 내쉬면서 대답했다.

"……이곳에는 먹이가 없으니까 뱀은 안 나올 거야. 반대로 먹이가 많으면 뱀이 배가 많이 부르지 않을까?"

그런 위안으로도 볼칸은 납득을 해 준 모양이었다.

"그것도 그렇군."

응. 그렇게 마음이 놓인 목소리를 냈는데──몇 초 뒤, 또 볼칸이 말했다.

"……곰이 겨울잠을 자고 있으면 어떻게 하지?"

"말하면서 걷고 있으면 곰은 다가오지 않는다는 모양이야."

"으음."

또 몇 초 후.

"……범고래는 강적이지?"

"응."

결국 형은 따분할 뿐이라고, 도틴은 그렇게 판단했다.

그 뒤로는 말이 거의 없이 또 통로를 계속 걸었다──.

시간 감각도 마비된 상태에서, 긴 듯한 짧은 듯한 침묵을 거친 뒤, 다시 볼칸이 말하는 소리가 들렸다.

"문득 생각한 거다만."

"뭔데, 형?"

"왜 우리는 이런 곳을 걷고 있는 것이냐?"

알맞은 대답이 떠오르지 않아, 도턴은 대충 대답했다.

"글쎄…… 떨어진 탓이 아닐까?"

"왜 떨어졌지?"

"클리오라는 아이가 그냥 어쩌다 보니……려나?"

"그냥 어쩌다 보니, 라고 하기엔 굉장히 가혹한 상황이라는 생각이 든다만."

"응, 나도 그렇게 생각해."

"이런 일이 용서받을 수 있을 거라고 생각하나? 배심원은 뭐라고 할 거라 생각하나? ——그 역분사 계집애에게 털이 나는 약을 먹여 수염이 나게 한 뒤 죽이는 아이디어에 모두 서명을 해 줄까?"

"……아마 그러기보다는 왜 법정에 지인이 있는 거야? 라고 말하지 않을까?"

"종족 차별이군. 아무튼, 소인배들은 영웅을 질투하는 법이지. 유명세라는 녀석이다."

"전혀 다르다고 생각하지만, 아무튼 좋아. 아무도 피해를 입은 건 없으니까."

"으음. 그런데 한 가지 신경이 쓰인다만."

"응? 뭔데?"

"머리가 깨질 듯이 아프다."

"나도 아파. 전부터 그렇지만."

"그런 것보다 우리, 지금 피가 줄줄 흐르고 있는 것 같다만, 털썩."

"어?"

앞쪽에서 무언가가 실제로 쓰러지는 소리가 나서——도틴은 걸음을 멈췄다. 그리고 아주 불길한 예감을 느끼면서 천천히 앞으로 나아갔다. 그랬더니 발끝에 무언가가 닿았다.

부드러웠다. 돌은 아니었다. 익숙한 느낌의 털가죽 망토. 도틴이 입고 있는 것과 똑같았다.

형이 쓰러진 듯했다.

"아~아."

깊게 한숨을 내쉬고——도틴은 그 자리에 주저앉았다. 피로해진 근육이 그곳에 뿌리를 내리는 것이 꿈이었다고 말하는 것처럼, 휴식을 환영했다. 실제로 쉴 수 있어서 매우 다행이었다. 어차피 형은 몇 분 만에 부활할 테니까.

'참나……. 운이 없네. 새삼스럽지만. 그러고 보니 그 이상한 극장인가에서도 비슷한 일을 당했었지?'

불쾌한 기억을——불쾌하지 않은 기억이라곤 없긴 했지만——마음속에 떠올리고 말아, 도틴은 후회했다. 그 일은 최악이었다.

물론 최악이었던 이유는 즉, 그때는 이런 통로에 갇힌 것도 모자라 물에 휩쓸렸기 때문이었지만, 그 하나를 제외하면 지금 상황도 사실 큰 차이는 없었다. 그런 슬픈 현실은 될 수 있는 한 깨닫고 싶지 않았다.

'그런데 깨닫고 싶지 않다고 생각하면 꼭 깨닫게 되더라. 참……

어라?'

도틴은 꿈찔 귀를 움직였다——아니, 움직인 것 같은 기분이었다. 당연히 통로는 여전히 컴컴한 채였지만, 어디선가 소리가 들려왔다.

쪼르륵——하는 작은 물의 흐름이었다.

'물의 흐름…… 뭐지? 마실 수 있는 물인가?'

도틴은 자리에서 일어섰다. 피로도 잊고 물소리가 어디에서 나는지 알아보려고 귀를 기울였다. 목이 굉장히 말랐다. 보이지는 않지만 당연히 공기에 섞여 있을 노란 먼지 탓도 있어, 목 안에 씁쓸한 맛이 배어들었다. 마실 수 있는 물을 확보해 두면, 굉장히 큰 도움이 된다.

일단 형의——다리인지 목덜미인지를 붙잡고, 질질 끌면서 도틴이 걷기 시작했다. 물소리는 작았지만, 의외로 가까운 곳에 있는 듯했다. 점점 걸어가는 사이에 공기에 물 냄새가 섞여 나기 시작했다.

"아!"

도틴은 무심코 소리를 질렀다. 문득 벽에 손을 대 보니, 벽이 눅눅했다.

그 순간——.

뚝. 머리에 무언가가 떨어져 도틴은 걸음을 멈췄다.

"뭐지?"

팔을 뻗어 보니, 그때까지 키가 닿지 않았던 천장이, 거기만 극단적으로 낮았다. 아니——정확하게 말하면 천장이 그곳만 무너져 있다고 해야 했다. 그리고 그 무너진 곳의 끝 부분의 움푹 들어간 곳으로 물이 떨어지고 있었다——.

후득…….

손으로 더듬거리며 만지자 천장의 일부가 갑자기 떨어졌다.

"……어~……."

머리 정도 높이였던 부분이 손 안에 남았다. 형의 다리 하나를 끌면서, 다른 한 손으로 천장 조각을 안고 도틴은 어떻게 해서든 상황을 분석하려고 스스로에게 말했다.

비가 내렸다. 아니, 계속 내리고 있었다.

그 비는 당연히 하늘에서 떨어진다.

중력에 따라 떨어진다.

지면에 떨어진 뒤에도 계속 지하로 떨어져 내린다.

두 사람은 지하에 있다.

지금 킴라크 시에 내리는 비의 양을 최대한 적게 잡아 상상해 보았다(적게 잡아야 마음이 편할 듯했다. 맹렬하게).

쿠구구구구구구구구구구…….

조금 전의 무너진 천장에서 떨어지는——아니, 흘러 떨어지는 물소리가 어느새 완벽하게 변했다.

"어~……."

아직 어디까지나 상황 분석에 힘쓰고 있던 도틴은 호쾌하게 흐르는 물에서 튀는 물보라를 온몸에 맞으면서, 배심원이든 뭐든 제발 누가 있기라도 하면 살려 달라고 외치고 싶은 심정이었다.

"나만이 안 된다고 생각했어."

천마의 마녀는 침착한 표정으로 그렇게 중얼거렸다. 동굴의 천장으로 무언가를 받들 듯이 양손을 올리고——.

"뭐가?"

오펜은 아자리에게 되물었다. 조금 떨어진 장소에서 그녀의 모습을 보면서.

아자리는 시선만을 오펜에게 향하고는──눈꺼풀을 조금 내리깔며 웃음 비슷한 표정을 지었다.

"석세스 오브 레이저 엣지──강철의 후계자. 차일드맨 파우더필드의 모든 것을 이은 자 중 한 명이지만 나만 잇지 못했다고 생각했어."

"그러니까 뭘 잇지 못했냐고 묻잖아."

어이가 없다는 듯한 목소리로 오펜이 그렇게 말했다. 하지만 아자리는 그만두지 않았다. 독백을 하듯이 계속 말을 거듭했다.

"포르테는 그 사람이 서 있던 장소를 찾아 싸우는 중이야. 선생님의 지위를 이은 사람이 포르테야. 코르곤은…… 어디에 있는지 발견하지 못했지만, 그는 분명히 선생님의 강함을 이어받았을 거야. 5년 전에도 그는 완벽했거든. 그리고──너는? 너는 선생님의 기술을 이어받았어. 나는 너를 시험해 보고 싶었지. 인형을 사용해 '키리란셀로'를 만들어 너를 도발했어. 물론 그 외의 목적도 있었지만. 너의 힘은 그것을 뛰어넘었어. 그리고 이겼지."

"그건 우연──."

반박을 하려는 오펜을──아자리가 시선을 날카롭게 뜨며 가로막았다. 그리고 그대로 말을 계속했다.

"티시나 하티아나 코미크론은? 몰라. 하지만 나는 그 애들이 부러웠어. 그들은…… 어쩌면 선생님의 바람을 각각 체현한 사람들일지도 모르니까."

"바람?"

"사람을 사랑하는 것에 대한 갈망…… 아무에게도 주목받지 않고자 하는 갈망…… 그리고──인생을 끝내 버리는 갈망……."

"아자리……?"

의지가 빠진 목소리가 목을 적셨다──오펜은 자신의 가슴에 손을 대면서 더 이상 목소리를 내지 않기로 결심했다. 아자리가 계속 말을 하게 해야 한다. 누군가가 말했다. 그녀 자신일지도 모른다. 자신일지도 모른다. 다른 누군가일지도 모른다.

아자리는 더 이상 오펜을 보지 않았다. 천장을 바라보았다. 그녀가 바라보는 장소에서──무언가 날카로운 것이 스르륵 나타나는 모습이 보였다.

아자리는 말을 계속했다.

"나는? 나는 선생님의 지식을 이어받았어야 했어……. 그가 나에게 준비한 유산은 지식. 그의 지식이었지."

천장에서 나타난 것은 칼끝이었다. 보고 있는 사이에도 벽을 통과해 서서히 모습을 드러냈다──크고 긴 검. 그 검신에는 마술 문자가 새겨져 있었다.

"하지만 나는 그가 지닌 것을 이어받기 전에, 그를 죽이고 말았어……."

검이 완전히 천장에서 빠져나왔다. 검은 바닥에 떨어져 까라랑 하는 소리를 냈다.

"내가 후계자를 자처하려면 나는 그의 모든 것을 알아야 해. 그렇지 않아? 그래서 나는 이곳에…… 온 거야. 스태버 차일드맨의 명성이 역사에 등장한 이 장소에서부터 시작하려고 생각한 거지."

결연하게 말을 한 뒤, 아자리는 발밑의 검을 주워들었다. 발트안델스의 검을.

그리고──이쪽을 바라보았다.

눈동자가 조금 흐릿해져 있었다. 흐릿한 이유는 눈물 때문이었다.

"……그를 이 세상에서 사라지게 만든 속죄라면, 틀림없이 할 수 있을 거라 생각해. 하다못해 그라는 인간이 이 세상에 존재했다는 사실을 헛되게 만들고 싶지는 않아. 그가 지니고 있던 것은 모두 전해주어야만 해. 그게…… 나의 속죄."

눈의 흐릿함은 금방 사라졌다. 눈도 깜빡이지 않았는데.

오펜은 아무런 대답도 하지 않았다. 단지──천천히 고개를 끄덕였다.

그녀도──고개를 끄덕였다.

"가자, 키리란셀로. 여기서 도망칠 수는 없어. 이 《시성의 방》에서 그가 무엇을 봤는지, 그것을 알기 위해서."

"그녀가 알고 있을 것 같은데 말이야."

그는 중얼거리면서 동굴 바깥을 바라보았다.

지저 호수 위에 매달린 여자는──아직도 여전히 아무 말 없이 이쪽을 바라보고 있었다.

제12장 흉악한 빚쟁이

세계가 열리듯이 어둠에 빛이 비쳤다.

호수 수면에 빛나는 반짝임을 검이 반사한 것에 지나지 않았다. 눈이 부시지도 않았다. 밝지도 않았다. 단지, 어둠 속에서 번뜩였기 때문에 깨달은 빛. 호수의 수면은 여전히 피부가 수축할 정도의 냉기를 방출했다. 물 그자체가 죽음의 세계인 것처럼. 죽음의 세계로 가는 문인 것처럼.

오펜은 동굴 가장자리에서 호수의 수면을 바라보았다. 소리도 없이 단지 빛만이 술렁였다. 그때, 등 뒤에서 기척이 났다.

"가자."

아자리가 서 있었다. 그는 어깨너머로 그녀를 바라보았다. 날카로운 그녀의 얼굴에서는 평소의 장난스러운 눈빛을 찾아볼 수 없었다. 위압감이 넘치는 눈빛──쓸쓸한 눈동자였다.

오펜은 그녀에게 고개를 끄덕인 뒤, 가장자리에서 다리를 떨어뜨렸다. 그가 수면까지 떨어지기 전에, 그녀가 손에 들고 있던 검의 끝을 물에 찔렀다.

검신이 빛났다. 반짝임이 검은 호수 수면으로 이동해 번뜩이며 사라졌다.

순식간에 호수의 수면이 두꺼운 얼음으로 변했다. 호수 수면 전체가 언 것은 아니었지만, 꽤 넓은 빙원이 형성되었다. 부츠의 바닥면이 얼음에 닿았다. 언 호수의 수면은 조용하게 그의 체중을 받아주었다.

그때.

뚜욱……하는 소리와 함께, 목덜미에 오한이 느껴져 오펜은 몸을 움츠렸다. 손을 대 보니, 천장에서——멀리 높은 천장에서 물방울이 떨어진 듯했다.

지상의 비는 아직 그치지 않은 듯했다. 지하의 이 장소로 그 수량이 거의 모두 흘러들어 오는 모양이었다. 오펜은 젖은 손끝을 흔들어 물방울을 털었다. 손끝에서 떨어진 물방울이 얼음 위에 떨어졌다.

검고 넓은 호수 수면——그것은 눈동자 같았지만 깜박이지도 않았고, 그곳에는 아무것도 비치지 않았다. 단지 그냥, 가만히 그 위에 매달려 있는 여자를 바라보는 것 같았다.

여자…… 역시 아래를 내려다보고 있다. 손가락 하나 움직이지 않고 계속.

"저건——여신이 아니야."

옆으로 다가온 아자리가 가만히 그렇게 중얼거렸다. 그것이 얼어붙은 수면 위로 부는 바람을 따라 멀어져 갔다.

"천인의 유적을 엿보고, 세계서를 읽고, 내 나름대로 추측한 결론이 있어. 저건 여신이 아니야……."

"정답이다."

대답은——.

저 멀리 위쪽, 빛이 비쳐 들어오는 신전 쪽에서 들려왔다. 목소리는 계속 말했다.

"저것은 오리오울. 천인 종족의 시조마술사다."

아자리와 얼굴을 마주 보며, 오펜은 눈으로 경계를 하자고 신호를 보냈다. 말할 것도 없이 알았다는 표정으로 그녀가 고개를 끄덕였다.

목소리를 계속 말을 이었다.

"일찍이 키에살히마의 역사 이전, 1000년 이상도 더 옛날……. 신들을 직접 엿보고, 마법의 비밀을 훔친 자――그게 시조마술사라고 불리는 드래곤 종족들의 왕."

오펜은 그 목소리를 들으면서 이마를――반다나가 없는 이마를 손바닥으로 쓰다듬었다. 아자리가 낮은 목소리로 외쳤다.

"떠올라라……."

둥실――.

그러자 체중이 사라졌다.

천천히, 그의 몸은 위로 떠올랐다. 잘 보니, 바로 옆에 아자리도 마찬가지로 공중에 떠 있었다. 중력에서 해방되어 그와 그녀는 아무렇지도 않고 속박 받지 않고 고도를 올렸다. 손 붙일 곳 없는 벽면을 바라보면서, 똑바로, 위쪽으로.

목소리가 계속 말했다.

"누구보다도 깊게 '마술'을 이해하고, 구사한 자…… 그게 시조마술사이다."

오펜은 아무런 대답을 하지 않았다. 얼마든지 대답을 할 수 있는 말이 있었지만, 그 대답을 해야만 하는 사람이 누구인지, 너무나도 잘 알고 있었기 때문이다.

아자리도 아는 듯했다. 그 목소리와 대결해야만 하는 사람이 누구인가.

그녀는 상대의 얼굴도 보이지 않는 상태에서 확실하게 소리 높여 말했다.

"당신들이 숭배하는 것이 그것일 리는 없지……?"

킴라크 교회의 교의는 불가사의한 비밀주의에 의해 지켜져 왔지만
——그래도 확실한 부분이 있었다. 딱 한 가지.

"마술을 멸망시켜라——그게 당신들의 교의일 텐데."

하지만.

목소리가 계속 이어졌다.

"……착각을 하면 곤란하다만. 우리가 넘어서야 하는 벽은…… 네
놈들뿐이다. 과거의 잘못 때문에 인간 종족에 출현한 마술사——단
지 그뿐이다."

순간——.

오펜은 상대의 모습을 확인했다.

고도가 올라 《시성의 방》이 내려다보이는 통로로 시야가 활짝 열
렸다. 아직도 불안정하게 공중에 뜬 채였지만, 오펜은 자연스럽게 통
로를 향해 시선을 내던졌다. 딱 6시간 전, 아자리의 마술에 의해 파
괴된 넓은 통로…….

시야의 끝에 진홍의 갑옷을 몸에 두른 쿠오가 있었다. 벽에 기대
팔짱을 끼고 오펜과 아자리를 바라보는 중이었다. 꾹 다문 입술에는
위엄보다는 옅은 고통이 보이는 듯했다. 쿠오 이외에는 사람이 없었
다——인간은 말이다.

오펜은 의아하다는 듯이 눈썹을 모았다. 쿠오에게서 떨어져 서 있
는 사람은 꽤 익숙한 모습이었다.

"인형……?"

자신도 모르게 그런 말이 입술에서 새어 나왔다.

그것은 전에도 보았던 살인 인형——천인 종족이 만들어 낸 살인
골렘이었다. 특징적이고 뒤틀린 골격. 얼마나 단단한지 쉽게 상상할

수 있을 정도로 광택이 나는 피부. 둥근 햄에 칼날로 새긴 칼자국 같은 입. 유리 같은 눈동자. 눈동자?

오펜은 더욱 수상하게 여겼다. 그 인형은 눈동자만이 두드러졌다. 선명한 녹색. 인간에게는 없는 거의 원색에 가까운 녹색. 광채, 또는 더 깊은 장소에서 흘러나오는 듯한 반짝임. 삼각형으로 치켜 올라가서 추하게 보이는 두 눈……

무언가가 달랐다. 정확하지는 않지만, 오펜은 직감했다. 반사적으로 몸을 움츠렸다가 오펜은 발판이 없다는 사실을 깨달았다.

"인형, 인가."

그 인형은 씨익 하고 입을 벌렸다.

"인형이, 이런 것이 가능할까……?"

순간, 인형의 모습이 사라졌다.

이상한 느낌에——오펜은 뒤를 돌아보았다. 우연일지도 모르지만, 딱 돌아본 곳에서 인형의 모습을 발견했다.

"공간전이……?!"

신음소리를 내는 오펜에게 맞추듯이 아자리도 외쳤다.

"유사 전이가 아냐——틀림없이 전이했어!"

인형은 대답하지 않았다. 상대도 공중에 뜬 채, 이쪽을 향해 그 가는 팔을 들어 올렸다.

관절이 비틀린 듯한 기묘한 다섯 개의 손가락이 팟, 하고 튕기듯이 벌어졌다.

그것뿐이었다.

'——?!'

충격이 뒤로——신전의 통로 쪽으로 두 사람을 날려 버렸다. 바람

에 날리듯이 날아간 두 사람은 공중에서 회전해 통로의 바닥에 내던져졌다. 낙법을 구사하기 힘들 정도로 강하게 등부터 떨어져, 오펜은 작게 비명을 내질렀다. 그리고 파괴되어 파편투성이가 된 바닥을 굴렀다.

2회전, 3회전을 한 것은 아니었지만, 반고리관이 진동하는 소리를 실제로 듣고 있는 듯한 마음으로 그는 일어섰다. 그리고 땅에 부딪친 등을 손으로 누르며, 좌우를 살펴 아자리의 모습을 찾았다──.

처음에 발견한 사람은 쿠오였다.

그 거한이 발소리도 없이 움직여──그 물드아우르라는 검의 손잡이를 휘두르는 모습이 똑똑히 보였다. 유성처럼 끈을 길게 늘어뜨리며 일제히 흐르는 칼날의 무리. 그 흐름이 향한 곳에──.

"아자리!"

오펜이 외쳤다. 하지만.

그 순간 후, 바닥에 쓰러져 있는 아자리의 몸을 쿠오의 마검이 대각선으로 가르는 모습이 보였다.

아자리의 몸이 크게 튀었다. 그리고 그대로 꼼짝도 하지 않았다. 상처가 얼마나 깊은지는 알 수 없었지만, 칼날이 몸에 맞은 것만은 분명했다.

오펜은 그녀에게 달려가려고 일어섰다. 하지만 그보다도 먼저 쿠오가 앞을 가로막듯이, 흩어진 검의 날을 이쪽으로 겨누었다. 잔잔한 파편으로 나뉜 검날의 일부에 피 같은 것과 함께 그녀가 입고 있었던 것으로 추정되는 검정 천이 달라붙어 있었다.

"비켜라……."

오펜이 처절한 목소리로 소리쳤다. 하지만 쿠오는 전혀 동요하지 않았다.

"멈춰라."

쿠오의 입술이 쓴웃음을 지었다.

"제세자, 교주 라모니로크 님의 앞이다……."

"뭐라고……?"

하지만 대답을 한 것은 인형이었다.

"그뿐만이 아니다."

목소리는――공중에 떠오른 채 인형의 목소리는.

킴라크 교회 교주, 라모니로크의 목소리는 계속 말했다.

"네놈은 우리 운명의 여신 앞에서 추태를 보이고 있구나――더러운 피의 추태를."

'그런 건――.'

알 바 아니라고, 오펜은 혼자서 중얼거렸다. 쿠오가 겨눈 칼날의 저편에, 아자리가 힘없이 쓰러져 있었다. 발트안델스 검을 안고 엎드린 채.

움직이지 않는 그녀의 뒷머리만을 가만히 바라보면서 오펜이 말했다.

"비키라고 했을 텐데."

그만, 평소의 습관대로 독설을 내뱉으면서 오펜이 마술 구성을 짜기 시작했다. 하지만 구성은 그에게 두통을 안겨 주었을 뿐, 의미도 없이 무산되었다.

'젠장…….'

초조했지만 오펜은 아무것도 할 수 없었다. 진홍의 갑옷을 두른 거인――쿠오 바디스 파테르를 앞에 두고 오펜은 자세를 잡았다.

'이렇게 된 이상 이렇게라도 할 수밖에.'

일찍이 천인이 인간의 마술사와 싸울 힘을 안겨 주기 위해 남긴 검. 그리고 갑옷.

'어차피 마술을 사용할 수 있었어도 통하지도 않아. 그렇다면 어차피 똑같겠지……'

오펜은 자신에게 그렇게 말하면서 의욕을 불어넣었다. 맥박은 그대로였지만, 체온은 상승했다. 주먹에 힘을 주고 오펜은 뛰쳐나갔다. 그런데──.

몸이 제대로 움직이지 않았다.

"……죽음을 재촉할 필요는 없지 않나?"

오펜의 몸 전체가 돌이 된 것처럼 차갑게 굳었다. 심장에서 격렬한 통증이 느껴질 정도로 갑자기 내려간 체온에 오펜은 전율했다. 이제 와서 추위를 느끼지는 않았지만, 의식이 점차 멀어져 갔다. 이 감각은…….

기척만으로 주변을 살폈다. 이미 시야가 희게 변해 아무것도 보이지 않았지만, 그만큼 다른 감각이 날카로워졌다. 쿠오는 전혀 움직이지 않았다. 그리고 등 뒤에──그의 등 뒤에, 있었다.

"교주가 네놈들에게 물어야만 하는 것이 있다."

몸이──움직였다.

손가락이 몸에 닿아 있었다. 교주의 손가락이 자신의 목덜미에. 그 외에 특별한 뭔가를 했던 것은 아니다. 그냥 손가락이 닿아 있을 뿐이었다. 뿐이었지만.

그 손끝 하나에 오펜은 몸이 공중에 떠올랐고, 그에 더해──몸이 굳어 움직이지 않는 상태로 오펜은 다시 뒤로 내던져졌다. 교주의 머리 위를 넘어 그 어깨너머로 믿을 수 없는 속도로 내던져졌다.

교주의 손가락에서 떨어진 순간, 굳었던 몸이 풀렸다.

위험할 뻔했지만 간신히 몸의 자세를 잡고——고개를 들었다. 들어 보니, 그는 5미터 정도 날아간 뒤였다. 등을 돌린 채 교주가 시익 웃으며 어깨너머를 돌아보았다.

오펜은 확실하게 깨달았다.

"백…… 마술인가……?"

"그렇다."

교주는 미소를 지은 채 고개를 끄덕였다. 그리고 아자리를 가리키며 말을 계속했다.

"저기 있는 계집이 다루는 치졸한 기술과는 다르다. 진짜 백마술이라는 것을 본 적은 없을 테지. 보면 귀족 연맹이 왜 백마술사를 감금하고 있는지 알 것이다……. 그들은 대륙 탈출의 열쇠이니 말이야."

'백마술…….'

본 적이 없는 것은 아니었다. 아자리는 백마술과 흑마술, 양쪽을 모두 다룰 수 있고, 그 재능을 숨기려고도 하지 않았다. 하지만 분명히 아자리의 백마술은 제대로 훈련을 받지 않았기 때문에, 이른바 수습생 수준에 지나지 않았다…….

더욱이 육체를 버리고 정신체가 된 백마술사를 만난 적도 있는데, 그 사람도 그렇게 대단하지는 않았다. 정신 제어를 위한 특별한 훈련을 받은 오펜이라면 그렇게 어렵지 않게 방어할 수 있는 정도였다.

하지만 교주가 사용하는 마술은 막기는커녕, 저항하는 것도 불가능했다. 주문조차도 사용하지 않았다. 그것은 천인이 사용하는 침묵

마술에도 필적할 만한 힘으로…….

오펜은 문득 깨달았다.

"어떻게 된 거지?! 인형이 인간의 음성마술을 사용한다고……? 천인이 만든 인형은 천인의 마술 문자밖에 사용할 수 없을 텐데."

"네놈도 역시 뭔가 오해를 하고 있는 모양이군. 나는 천인 따위에게 만들어진 존재가 아니다."

교주는 그렇게 말을 하더니, 완전히 몸을 돌려 이쪽을 바라보았다.

"교주는 어떠한 자의 명령에도 굴복하지 않는다……. 나는 다른 자의 주명(主命)에도 따르지 않는다. 나는 내가 생각하는 대로 존재한다……."

'인형이, 아니야……?'

오펜은 오싹한 심정으로 인정했다. 인형이 아니다. 처음 본 순간부터 느꼈던, 인형들과 다른 무언가는——이것이었다. 명령에 따라서가 아니라, 스스로 움직인 것이다. 저 교주란 자는.

교주는 천천히 팔을 움직였다.

"네놈에게 물어봐야 하는 것이 있다……. 기억을 뒤져도 좋지만, 닿자마자 무너져 버리는 자들이 많아서 말이다. 네놈의 입으로 이야기하는 편이 좋을 것이다——."

움직였던 팔을 다시 뒤로 빼면서 그가 말했다.

"네놈이 차일드맨 파우더필드라고 불렀던 그 남자…… 녀석은 지금 어디에 있지?"

"선생님……?"

신음소리를 흘리면서 엄청난 통증이 나는 옆구리를 누른 채——

오펜은 되물었다. 간신히 무릎을 세우고는 있었지만, 바닥에 내던져진 충격이 몸에 남아 그것조차도 용서하지 않으려고 했다.

"그런 걸 물어서 어쩌려고 그러지……?"

"……유일한 남자니까 말이다. 이 교주와 대면할 수 있는…… 유일한 자. 나의 '네트워크'와 동격의 힘을 지닌……."

교주는 말이 많았다. 그게 평소에도 그러는지 어떤지, 오펜은 알 수 없었지만──무언가, 진언하는 듯한 무언가가, 그 의지 있는 인형의 말을 계속 재촉하는 것 같은 느낌이 들었다.

무언가 생각났다는 듯이 그가 덧붙였다.

"흐음. 무지한 자에게 무엇을 물을 수는 없지. 조금 이야기를 해주마."

"교주님……."

교주의 뒤에서 나무라듯이 쿠오가 참견했지만──교주는 무시한 채, 말을 계속했다.

"너는 신이 무엇이라고 생각하느냐?"

'………?'

뭐든 상관없다──.

오펜은 가슴속에서 이를 갈았다. 하지만 대미지를 조금씩이라도 회복하기 위해서, 시간을 벌 필요가 있는 것도 사실이었다.

바닥에 엎드린 채, 오펜은 교주를 노려보았다. 그리고 속삭이듯이 대답했다.

"……킴라크 교회가 숭배하는 것은 운명의 세 자매……. 그들이 구세계, 거인의 대륙의 모든 존재를 탄생시키고, 운명의 실을 자아 연결시켰다. 그리고 드래곤 종족은 신들에게 마법의 비밀을 훔쳐, 마술로서 구사하는 방법을 배웠다……."

"세계의 탄생. 그것 자체가 신의 발생이었다."

교주는 이쪽의 대답을 들은 것인지 안 들은 것인지 바로 그렇게 말했다. 그리고 이쪽에게서 시선을 돌린 뒤──《시성의 방》을 바라보았다…….

"신이란 무한한 존재다. 끝없이 광대하며, 무한한 힘을 지녔다. 세계 그 자체다. 신이라는 것은. 전지전능. 그리고…… 영지영능(靈知靈能)하다. 신에게는 세계를 알 필요가 없다. 또한 힘도 필요 없다. 세계 그 자체가 자신이기 때문이다! 아기가 자신의 손이 무엇으로 되어 있는지 알 필요가 있는가? 피와 살과 혈관의 구조를 알아야 할 필요가 있다고 생각하는가?"

"마치 직접 봤다는 듯한 말투군."

"봤다."

교주는 태연하게 말했다. 그리고 자신의 얼굴을 손바닥으로 문지르고──녹색 눈동자만을 날카롭게 움직여 이쪽을 바라보았다.

"그리고…… 운명을 빼앗겼다. 마술의 힘. 불노불사. 시조마술사. 그것이 이 모습…… 바로 나다. 천인은 이런 나의 모습을 보고 인간을 인형으로 변화시키는 힌트로 삼았다."

"웃기는 소리."

오펜이 독설을 내뱉으며 간신히 자리에서 일어섰다. 몸이 아팠다. 그리고 두통이 심했고, 점점 더 심해져 갔다.

교주는 자신에게 통증이 있다는 사실을 아는 것이 아닐까. 오펜이 그렇게 생각할 정도로, 의사가 있는 인형은 그의 고통에 비례해 더욱 크게 웃었다. 그러더니 팔을 펼치고 손가락을 펼치고, 입을 벌리고,

외쳤다.

"그런가? 나에게 그런 말을 해 준 사람은 네놈의 스승이다만?"

오펜은——.

순간 옆으로 뛰었다. 아니, 상당히 높은 확률로 예상했다. 곧장 그가 피하기 전의 그 자리에 칠흑 같은 칼날의 파편이 날아들었다.

"쿠오?!"

불쾌하다는 듯한 목소리로 교주가 외쳤다. 교주를 피해 앞으로 나가며 쿠오 바디스 파테르가 더욱 높이 검의 손잡이를 들어 올렸다. 꿰뚫는 듯한 통증이 머리 뒤에서 이마로 빠져 나갔다——하지만 오펜은 눈치챘다. 고통을 참기만 하면, 그 고통은 자신을 더 날카롭게 해 준다는 사실을!

쿠오의 다음 행동이 보였다. 오펜의 예상보다 더 느리게, 물드아우르의 검이 아래로 날아들었다. 더욱 강하게, 더욱 멀리, 오펜은 달렸다. 옆이 아니라, 앞으로.

그리고 어떤 한 점에서 멈춰 섰다.

그를 머리끝에서부터 양단하는 궤적으로——칼날의 무리는 땅으로 떨어졌다.

하지만 도중에…… 멈췄다.

앞으로 수 센티미터. 이마 바로 앞에서 칼날 하나가 멈췄다. 칼날의 무리 너머에 보이는 쿠오의 경악하는 얼굴.

그리고 죽음의 교사의 두꺼운 가슴을 등 뒤에서 꿰뚫는 검.

발트안델스 검의 검신에는 쿠오의 피가 한 방울도 묻어 있지 않았다——단지, 빛나는 문자가 몇 개 은빛을 발할 뿐이었다. 검정 전투복에서 피를 잔뜩 떨어뜨리며 아자리가 검에 기대 서 있었다. 아자리는 양손으로 잡은 손잡이를 다시 고쳐 쥐고…… 거친 숨을 내쉬었다.

검으로 쿠오를 꿰뚫은 채, 아자리가 입을 열었다.

"……그 검을 버려. 이 발트안델스 검의 힘이 어떤지는 알고 있겠지? 지금은 당신에게 상처 하나 나지 않았지만, 내가 손을 떼거나 의식을 잃으면——이 검은 그냥 평범한 검으로 되돌아갈 거야. 내 명령하나로 당신을 돌로도, 바나나 파르페로도 《변화》시킬 수 있다는 것은 말할 것도 없고 말이지."

쿠오는——아무 말 없이 검의 손잡이를 바닥에 떨어뜨렸다. 동시에 공중에 떠 있던 칼날의 파편들도 제각각 바닥에 떨어졌다.

"아자리……."

오펜은 안도의 한숨을 내쉬었다. 그녀는 다부지게 윙크했다. 하지만 미소를 지어 봤자, 중상을 입었다는 사실에는 변함이 없었다. 이마에 비지땀이 배어 있는 모습이 확실하게 보였다.

그녀는 숨을 쉬면서 교주 쪽을 보고 말했다.

"……하던 말, 마저 해. 선생님이…… 어쨌다고?"

"약 200년 전——."

"선생님에 대해 말하라니까!"

"녀석의…… 이야기다."

교주 라모니로크는 얄궂다는 듯이 미소를 지었다.

"이 교주와 아일망카 결계와 드래곤 종족과 인간 종족, 천인 종족의 시조마술사 오리오울과 사역마 이스타시바, 그리고…… 이스타시바의 제자, 'XX'라고 불리는 청년의 이야기다……."

"XX……?"

"배신자^{도펠 익스}의 기호로서, 그 남자의 이름은 역사에서 지워졌다. 마술사 동맹은 자신들의 역사에 그 이름을 남기는 것만은 할 수 없었다. 세계 최강이자 최후의 흑마술사인 그의 이름을 남기는 것만은……."

파문이 잔잔해지듯이 교주의 얼굴에서 웃음이 사라졌다.

"네놈들은 《시성의 방》에 있으면서도 최종 배알을 받지 못한 건가? 마술사라면 아주 쉬웠을 텐데."

"최종 배알?"

되물은 사람은 오펜이었다. 어딘가에서 들어 본 적은 있는 말이었지만.

교주는 가볍게 고개를 끄덕였다. 지금까지 봤던 인형과는 다른 부드럽고 인간다운 움직임으로.

"'과거'와 해후하는…… 최종 배알."

"과거──."

오펜의 뇌리에 꿈속에서 만난 여자와 시스터 이스타시바, 그리고 차일드맨 교사의 모습을 떠올렸다…….

"네놈은 봤는가?"

'봤다…… 본 건가? 아니, 그건 꿈이 도중에 끝나서…….'

고동이 높아졌다. 분명히 그 꿈은 도중에 끝났다. 아자리가 깨우는 소리를 듣고…… 눈을 떴다…….

그리고 두통도 더 심해졌다.

'아니야──.'

그 여자는──계속, 계속 오펜을 바라보았다. 죽었을 텐데도 살아 있는 눈빛으로. 무언가를 말하고 싶은 것처럼…….

정신이 번뜩 든 오펜은 《시성의 방》을 돌아보았다. 여자는 지금도 모래 먼지 속에서 지저 호수 위에 매달려 있었다. 그리고 아직 오펜을 바라보고 있었다.

그 여자의 눈동자 속으로 자신이 빨려들어 가는 감각을 느끼면서
오펜은 눈을 감았다…….

"그대를 너무 오래 붙잡아 두었군. 미안하다…….”

그 여자의——자신의 첫 번째 목소리에 그는 정신이 번뜩 들었다.
몸이 멋대로 목소리를 냈기 때문이었다. 차일드맨의 표정에 괴로운,
몸을 베이는 듯한 무언가가 떠올라, 천장으로 고개를 들었다.

그 여자의 이름은 몸이 알고 있는 듯했다. 하지만 원래 오펜도 머
릿속 한구석에서 기억하고 있었다. 시스터 이스타시바.

바질리콕 유적에서 살인 인형이 조소했던 이름…….

'끝난다…….'

오펜은 조용히 예감했다.

물에 떠오르는 듯한 그 감각. 사후(死後)와 착각할 것 같은 부유감
과 불안감…….

하지만 눈을 떠서는 안 된다. 마지막까지 봐야 한다.

그는 확신했다.

이건 이스타시바의 기억이다.

마술은 그녀의 생명력을 한없이 빨아들이며 수렴해 갔다——.

하지만 그녀는 문자를 그리는 손가락을 멈추려고 하지 않았다.

그래. 멈추지 않았다. 이제 자신의 생명이 고갈되었다는 사실을 잘 안다. 하지만 그를 맞아들일 수 있는 것은 이 마술 정도뿐이다──.

그녀가 허공에 문자를 거듭할 때마다 남자의 얼굴이 경악에서 비장함으로 변화해 간다는 사실을 확실히 알 수 있었다.

"그만하십시오!"

그는 크게 외치며 단검을 내리고 계속 말했다.

"당신에게 그렇게 큰 마술을 사용할 수 있을 만한 여력이 남아 있을 리가 없습니다──."

천인 종족은 피폐했다. 종족 모두가 쇠퇴해 갔다. 몰락의 원인이 태고부터의 인연…… 저주에 있다는 사실을 그녀는 알았다.

그는 계속 떨기만 할 뿐이었다. 그녀는 그 모습을 보고 내심 쓴웃음을 지었다──아직 약한 종족. 인간 종족. 그들은 자신들의 조력 없이도 살아갈 수 있을 것인가?

'아마도 가능하겠지──.'

그녀는 오히려 자신을 위로하듯이 그렇게 생각했다. 가능하다. 믿어야 한다. 그들은 그녀의 아이들이니까.

그는 계속 힘없이 이쪽을 바라보았다. 자신의 죽음을 어떻게 보고 있을까, 저 남자는──그녀는 일부러 웃지 않았다. 미소를 지어 주고 싶었다. 단, 그런 다정함을 보이면 분명 그를 슬프게 할 것이다…….

그 대신 그녀는 담담하게 말했다.

"이 문자는 그대를 죽일 것이다. 최소 단위까지 분해하여 수백 년 후가 지나야 재구축될 것이다."

빛의 문자는 시시각각 커져 갔다. 그리고 속도가 급격히 빨라졌다.

그 빛이 드디어 큰 공간을 가득 채운 순간——.

그는 절규했다.

무엇을 외쳤는지 들리지 않았다. 듣고 싶기도 했다. 들으면 자신은 아마 울겠지. 틀림없이 울겠지. 듣고 싶었다.

그 절규가 끝났을 즈음에는 빛도 사라졌다.

그리고 그녀는 쓰러졌다. 얼굴만을 간신히 들고. 그 동작은 마술을 사용하는 것보다 훨씬 힘들어 보였다. 더 이상 하나도 닮은 점이 없는 자신의 아름다운 초상화를 등 뒤의 재단 위에 짊어지고…….

그런가. 그녀는 또 쓴웃음을 지었다. 그림에는 의미가 있었다.

그와 그녀의 딱 중간 정도에 문자 하나가 떠 있었다. 문자는 소리도 없이 천천히 그에게 향해 갔다.

하지만 무시무시할 정도로 느렸다. 그의 곁으로 다가가기까지, 몇 분은 걸릴 듯했다.

이스타시바의 신음소리와도 비슷한 중얼거림이 큰 방에 새어 나왔다.

"이 문자가…… 나의, 나의 마지막 마술."

그는 아무 말도 하지 않았다. 단지, 문자를 가만히 바라보기만 했다.

"이 문자를 만지면——그대의 몸은 소멸하고, 몇 백 년 뒤에 이 대륙의 어딘가의 땅에서 재생될 것이다. 하나, 물론."

그리고 그녀는 자조했다.

"물론 그대는 이 문자를 피할 수도 있겠지……. 옆을 지나 나의 숨통을 완전히 끊는 것도 크게 어렵지 않을 것이다. 나의 아들이여. 그대는 결단력이 있는 남자다. 그러니 그대에게 결단을 맡기겠다. 어떤 결단을 하든, 나에게는 그다지 중요한 일이 아니다. 어느 쪽이든 간에, 나의 죽음은 피할 수 없다. 이 요새는 우리 종족의 무덤으로서 부족함이 없는 장소다. 죽어도 좋은 곳에서 죽음에 저항하는 것만큼 꼴사나운 짓도 없지."

그가 다시 무언가를 외치려고 하는 모습이 보였다. 하지만 목소리가 나오지 않는 듯했다.

고개를 젓는 그.

그리고 그는 그대로 문자를 바라본 채, 움직이지 않았다. 그녀는 계손 혼자서 말했다.

"하나, 어떤 결단을 하던 간에, 잠시 시간을 내 주어야 한다. 그대에게는 지금부터 긴 이야기를 들려 주어야만 하니──."

그 이야기는, 그래──그에게 있어서는 신화에 지나지 않았다.

하지만 그녀에게는 달랐다. 신화 속에서 그것을 들려주었다…….

그녀는 의식이 흐릿해져 가는 것을 느꼈다. 그 감각이 그와 동조해 가는 것은, 그녀에게는 기쁜 일이었다. 아마도 마지막의.

티긱──.

메마른 소리가 귓속에서 울려 퍼졌다. 무심코 눈을 깜빡이자, 광경이 순식간에 변했다.

그는 광대한 하늘에 있었다. 거칠게 부는 바람은 그에게 닿지 않았다. 정신체 같은 감각으로 공중에 떠 있었다.

바다는 한없이 넓었고, 무수히 많은 대륙이 눈 아래에 보였다. 무수한──.

무수히 많은 대륙이! 키에살히마 대륙이 아니었다……. 여러 대륙이 보였다.

그녀는 말했다.

"이야기를 해 주마. 내가 죽기 전까지."

티긱──.

또다시 귀를 울리는 소리. 또 눈을 깜빡이자, 눈 앞이 바뀌었다. 다음은 그 반복이었다.

"그것은 태고의 시대…… 우리의 지도자, 우리 종족의 시조마술사 오리오울 님의 기억에 따르면, 800년도 전의 옛날…… 아직 우리가 이 키에살히마 대륙에 없었던 시대……."

그가 서 있는 곳은 어딘가의 지상이었다. 풍성한 숲이 멀리 보이는 작은 언덕 위. 햇빛이 아낌없이 쏟아지고, 바람이 온화하게 소용돌이치는 곳. 하지만 풍성한 것은 그런 자연뿐만이 아니었다. 더 크게 시야를 차지한 것은──화려하고 아름다운 도시였다. 돌로 만든 나선인도. 높은 첨탑. 너무나도 광대하고 어디가 중심인지도 모르는 곳.

불만이 있을 수 없을 정도로 아름다운 도시였다. 그곳을 활보하는 것은――사람처럼 보였다. 아니, 아니었다…… 아니어야 했다.

검정 머리카락…… 거의 모두가 검정 머리카락이었지만, 인간과는 어딘가 모르게 분위기가 달랐다.

천인 종족과 많이 닮았다.

"세계는 서서히 번영하기 시작했다. 아무것도 없었다. 단지 여섯 종의 교활한 종족이 각자 독자 문명을 이룩한 뒤…… 때로는 교류하고 때로는 싸웠다."

길을 걷는 사람들은 여자가 많아 보였다. 하지만 남자도 있었다. 걸으면서 이야기를 하고, 웃고, 서로 장난을 치는 모습이 매우 자연스러웠다.

마치…… 인간 종족처럼.

"드래곤 종족――그것이 그 종족들의 총칭이었다. 압도적인 군사 문명을 쌓은 강철의 군마, 워 드래곤. 밀림의 끝없는 방랑자, 레드 드래곤. 그늘에서 숨쉬는 자, 딥 드래곤. 예술의 아름다운 도시를 만든 페어리 드래곤. 모든 것을 손에 넣은 미스트 드래곤. 그리고 우리…… 하늘의 인류, 월드 드래곤……."

"그 여섯 종족이 모두 융화한 기념해야만 할 시대가 있다. 그리고…… 그게 또 파괴의 시작이기도 했다."

"우리는 스스로의 문명을 더욱 고도의 차원으로 밀어 올리기 위해 각각의 종족에서 하나씩 지혜로운 자를 보냈다. 드래곤 종족의 여섯 현자. 마슈마프라. 가리아니. 렌하스니누. 프리실라. 파프. 그리고…… 오리오울. 그들의 모임을 현자회의라고 불렸으며, 우리 종족 모두의 자랑이기도 했다. 그들은 그 자랑에 부끄럼 없는 계획을 지니고 있었다."

"그들은…… 세계를 제어하는 방법을…… 고안하려고 한 것이다……."

"그 녀석들이 발견한 것은…… 이 세계를 구성하는 법칙…… 아니, 원칙이라고도 할 수 있는 것이었지."

꿈과 현실의 경계에서——오펜은 두 사람의 이야기를 들었다. 그리고 다시 눈을 떴다. 아마 몇 초도 지나지 않았겠지. 하지만 모든 것을 기억해 냈다. 꿈속에서 본 모든 것을.

교주는 초연하게 오펜과 아자리와…… 그리고 가슴을 검으로 꿰뚫린 채 움직이지 않는 쿠오까지 돌아보고, 고개를 끄덕였다. 의미 있는 행동이었는지 어떤지는 알 수 없다. 하지만 교주는 바로 시선을 《시성의 방》으로 옮겼다.

"《상세계법칙(常世界法則)》——녀석들은 그 법칙을 그렇게 불렀다. 세계 전반의 모든 법칙이지. 물리적인 법칙이 아니라 물리적인 시스템…… 시스템 유그드라실이다. 이것은 신들이 마땅히 갖추어야 할 모습이었다. 분명히 시스템은 절대적이었지. 하지만 불변은 아니다……."

교주에게 이끌려 《시성의 방》을 보고, 오펜은 긴 한숨을 내쉬었다. 여자는——오리오울은 더 이상 오펜을 바라보지 않았다. 눈을 감고 있었다.

'그런가…….'

오펜은 고개를 끄덕였다. 어깨에서 힘이 빠져나갔다. 더 이상 전투 자세를 잡을 필요가 없었다.

"그들은 그 법칙을 발견하고, 그리고…… 시스템을 조종하는 방법을 찾았지."

주먹을 펴고, 오펜은 계속 말했다. 교주의 모습을 보고 낮은 목소리로——하지만 서서히 목소리를 크게 하면서.

"마술."

녹색 눈이 오펜을 바라보았다.

"……네놈인가, 이어받은 자가."

"………."

아무 말도 하지 않자, 아자리가 오펜을 불렀다.

"키리란셀로."

아자리의 부름에는 대답하지 않고 오펜은 말을 계속했다. 자기 입으로 말하면서도, 자신의 말이 아닌 것처럼 말이 계속해서 샘솟았다.

"하지만 문제가 일어났어. 법칙을 자기 것으로 만드는 마술은…… 그 법칙인 '마법' 그 자체에 모순을 만들어 냈다. 지금의 나와 마찬가지야. 법칙을 넘어서 법칙을 지배하는 법칙을 법칙 그 자체에 내포하고 만 거지."

"특히 드래곤 종족의 수장——현자회의가 손에 넣은 힘은 절대적이었다. 각 종족의 마술과는 비교도 할 수 없을 정도의 마력에……
그리고 불노불사. 신들에게 직접 접촉한 그 녀석들은 모두 각인이 찍
혀 운명을 빼앗겼지──죽을 수가 없게 된 거다. 녀석들이 기뻐했는
지 어떤지는 모른다. 알고 싶지도 않다. 중요한 것은 그 힘을 얻은 대
가다──세계에 미친 결과다!"

외침이 광대한 《시성의 방》 구석구석까지 울러 퍼졌다.

"그 결과──세계는 미쳐 버렸다."

교주는 짐짓 일부러 가슴을 펴고, 팔을 움직였다. 그리고 머리를
기울인 뒤, 계속 말했다.

"법칙. 즉, 신들은 전지전능하고 영지영능. 무한의 힘이 그런 것
이라는 사실은 이미 말한 바다. 하나, 마술의 출현으로 무너졌다. 신
들은 전지전능보다 한 단계 작아졌고, 영지영능보다 한 단계 더 커졌
다. 그것이…… 어떤 일을 일으켰는지, 네놈은 알고 있겠지?"

교주는 오펜을 보고 물었다. 오펜은 즉시 대답했다.

"'현출(現出)'"

"신들의 현출, 즉, 상세계법칙으로밖에 존재하지 않았던 것이, 생
물로서 구현되어 버린 것이다."

"신들은 무한하지는 않지만 그에 가까운 힘을 지닌 채, 그냥 생물
로서 현출하고 말았어. 더 나아가 육체가 있는 생물로서 존재하여,
의지를 가지게 되었지. 신들은 격노했어. 웃고, 울부짖었지. 그리
고…… 구세계는 그 힘에 의해 파괴되었어."

빠르게 말하면서──계속 격렬해지는 두통에 오펜은 얼굴을 찌푸
렸다. 하지만 통증을 무시하고 그는 말을 계속했다.

"그리고 그들이 그 뇌로 생각한 것은 단 하나. 자신들을, 세계를

원래대로 되돌리는 것. 그를 위해 그들은 드래곤 종족을 전멸시키는 것이 최선이라고 판단했어. 마술이 구사되지 않으면 법칙에도 모순이 사라지니까……."

"마술을…… 절멸……시킨다. 신들의…… 의지. 그것이 당신들의…… 교의의 정체였단 말이야?"

거칠게 숨을 쉬면서──이제 정말로 체력이 한계인 듯했다──아자리가 그렇게 외쳤다. 검을 쥔 손이 떨리는 모습이 보였다. 하지만 핏기가 가신 표정에는 확실한 분노가 엿보였다.

그런데 그 말을 들은 교주는 무사태평하게 어깨를 으쓱 들어 올릴 뿐이었다.

"우리 교의는…… 조금 더 절실한 것이다. 게다가 신들이 드래곤 종족을 멸망시키고자 한다면 마음대로 하면 된다. 우리와는 관계가 없으니 말이다. 모든 것은 우리 인간 종족만의 문제이다."

"인간 종족…… 인간의…… 마술사."

아자리가 크게 외쳤다.

"신들이 인간 마술사도 멸망시킨다──설마."

"그래, 그 설마다."

허무하게 비틀린 계란형 머리가 위아래로 움직였다.

"이 대륙에는 아직 신들이 들어와 있지 않다. 하나, 언젠가는 들어오겠지. 그리고 마술사의 존재를 보면, 인간 종족 전체를 멸망시킬 것이다! 그러니 신들이 이 대륙에 오기 전에…… 우리는 인간 종족에서 세계 전체의 배신자인 '마술사'의 더러운 피를 모두 제거하지 않으면 안 된다."

물방울이 다시 오펜의 목덜미를 매만졌다. 외치려고 했다──무엇을 외칠 것인지는 잘 모르겠지만——모아 두었던 숨이 오한과 함께 사라졌다. 의아해하며 올려다보니, 역시 6시간 전에 아자리의 마술이 파괴한 신전의 천장이 크게 물로 얼룩져 있었다. 저 천장 부분도 지하에 있을 테니, 지하수가 스며드는 것인지도 몰랐다. 즉, 지하실에서 물이 새는 것이다.

하지만 그런 것은 어떻게 되든 상관없었다. 시선을 내리자, 교주를 향해 아자리가 독설을 내뱉었다.

"웃기지 마!"

얼굴색이야 어쨌든 분노가 서린 두 눈만은 생기가 넘쳐 불타고 있었다.

"그렇게 동화 같은 이야기와 뒤섞인 헛소리를 하다니——현출한 신들?! 그런 게 대체 언제 온다는 거지?!"

"이미 저기에 있다."

비틀린 팔을 우아하게 움직이며 교주는 《시성의 방》을 가리켰다. 여전히 공중에 떠 있는 여자——.

아자리가 더욱 크게 외쳤다. 입술에 피가 번져 있었다. 목이 파열된 탓인가. 아니면 더 깊은 곳에서 출혈이 있는지도 모르지만.

"저건 여신이 아냐! 보면 알잖아? 녹색 눈동자를 지닌 천인 종족! 저게 당신이 말하는 진짜 시조마술사인지야 어쨌든 간에!"

"그럼 저 목을 붙잡고 있는 자는 누구지?"

교주는 팔을 거두지 않은 채, 부드럽게 말했다. 아자리의 목소리가 ——딱 멈췄다. 더 이상 힘이 없기 때문이 아니었다. 그 눈동자에 선명한 경악이 떠올랐다. 대검에서 한쪽 손이 스르륵 떨어졌다.

아자리도 깨달은 것이다.

침묵이 계속되는 가운데, 교주가 자신의 눈을 가리키며 입을 열었다.

"이 녹색 두 눈에 대해 가르쳐 주지. 이것이 낙인이다. 신들의 모습을 본 자에게 새겨지는 낙인."

녹색 눈이 빛났다.

"나는 신의 모습을 봤다. 그리고 신도 나를 봤다. 그래서 나는 교주인 것이다. 나는 운명의 여신에게 운명을 빼앗겨 인간 종족의 시조 마술사가 될 수밖에 없었다."

오펜은 뇌리에 떠올린 생각에 신음을 흘렸다.

"젠장맞을…… 결국…… 네놈의 모습을 신인가 뭔가가 보고 각인을 부여했다면, 어차피 인간 종족은 끝이라는 얘기지 않나……."

"아니다. 우리 인간 종족 전체에는 아직 각인이 새겨지지 않았다. 하나, 마술사의 피가 강해지면, 언젠가 자연히 각인이——드래곤 종족의 녹색 눈이——나타날 것이다. 그것이 인류 모두에게 퍼지기 전이라면 아직 기회는 있다."

"그……그럴 수가……."

목소리를 떨면서 바닥에 쓰러지려고 하는 아자리를 보고 오펜이 혀를 찼다. 저 모습은 힘이 다했기 때문이 아니었다.

'정신지배!'

순간적으로 달려가려고 했지만, 그보다도 먼저 쿠오의 갑옷에서 빛의 날개가 퍼지는 모습이 보였다.

날개는 주저앉으려 하던 그녀의 몸과 그녀의 검을 동시에 쳐냈다. 수평으로 구르는 아자리와 호를 그리며 날아가는 발트안델스의 검.

가슴에 품은 숨을 크게 내뱉듯이 쿠오가 울부짖었다. 날개가 지금까지보다 훨씬 크게 펼쳐져, 날개라기보다도 꽃잎처럼 펼쳐졌다.

오펜은 온힘을 다해 달렸다. 교주의 옆을 지난 순간, 전혀 흥미가 없다는 듯한 표정을 보았다. 울부짖는 쿠오가 오펜을 보았다──.

순간 의식이 끊어졌다. 쿠오가 놀라울 정도로 빠르게 양팔을 끌어당겨 날개를 펄럭였다. 무너지는 바닥을 빛의 날개가 한 번 치자, 그 반동으로 물드아우르의 검의 손잡이가 튀었다. 죽음의 교사의 왼손이 검을 붙잡았다.

오펜은 멈추지 않고 거리를 좁히려고 했다. 쿠오의 손에 검이 돌아간 순간, 여기저기 흩어져 떨어졌던 칼날 조각도 공중에 떴다.

'앞으로 한 걸음!'

쿠오의 얼굴에 난 주름까지 보고 알 수 있을 만큼 가까이에 접근해, 오펜은 더욱 발에 힘을 주었다. 그 순간──.

그 사이를 파고들 듯이, 빛의 날개가 눈앞에 나타났다.

일순간에, 그는 날개에 맞고 튕겨나갔다. 어느 쪽으로 날려가고 있는지는 모르겠지만, 부유감이 몸을 감싼 뒤, 충격. 바닥에 떨어졌다.

결국 맨 뒤로 날아가 부딪친 모양이었다. 오펜은 원래 쓰러져 있던 위치에 쓰러져 있었다. 하지만 대미지는 별로 느껴지지 않았다. 오펜은 곧장 자리에서 일어섰다.

'바로 반격이 올 거야……!'

오펜은 자세를 잡고…… 그리고 쿠오가 비웃으면서 오펜을 향해 등을 보이는 모습을 보았다.

그리고 아자리를 향해 검을 겨누었다.

쿠오가 검을 들어 올렸다.

"그만둬!"

오펜이 마술처럼──외쳤다. 하지만 그 외침으로는 적을 돌아보게 할 수 없었다.

물드아우르의 무수히 많은 칼날이 일어나려고 몸부림치는 아자리에게 심한 타격을 주었다. 이번에야말로 확실히 선혈이 노란 먼지를 향해 뿜어져 나왔다.

"이──."

다시 달리려고 자세를 잡으며 오펜이 욕설을 날렸지만, 이번에는 몸이 움직이지 않았다. 눈동자만을 움직여 보니, 교주의 가느다란 손가락이 오펜을 향하고 있었다.

"쿠오 녀석…… 어리석은 놈이다만 상황 판단 정도는 할 줄 아는 모양이군."

몸의 자유를 되찾으려고 발버둥이라도 치려 했지만, 오펜은 손가락 하나 움직일 수 없었다. 할 수 있는 것이라고는 오펜을 가리킨 손가락과 오펜을 바라보는 녹색 눈을 노려보는 것밖에 없었다.

"왜──아자리를!"

오펜은 침을 튀기며 외쳤다. 아자리는 이제 움직일 수 없는데──그런 그녀를 가지고 놀듯이 쿠오의 마검이 두 번, 세 번, 아자리를 휩쓸었다.

대답을 한 쪽은 교주였다.

"네놈에게는 들어야 할 이야기가 있으니 말이다……. 네놈을 죽이려고 했다면 내가 방해했을 것이다."

"그럼──빨리 물어! 난 바쁜 볼일이 있으니까!"

"흐음……?"

기대를 품듯이 숨을 쉬는 교주…….

상대가 실제로 입안에 있다면 씹었을 것이라고 확신을 할 정도로 힘차게 이를 갈면서 오펜은 상대의 말을 기다렸다. 몸이 움직이지 않았다. 어떻게 해서든 교주의 백마술을 풀어야 하는데——.

'손이 닿는 위치가 아니야…….'

설사 닿는 위치라고 해도 몸이 움직이지 않았다.

교주는 회상을 하듯이 선선한 목소리로 말했다.

"나와 마찬가지로 과거에서 온 자…… 도펠 익스, 아니, 네놈이 차일드맨이라고 부르는 남자는 어디에 있지?"

"과거에서…… 온 자……."

오펜은 확인하듯이 그렇게 반복했다. 꿈속의 기억이 되살아났다. 그러는 사이에도 쿠오의 검이 아자리의 몸을 휩쓸어 선혈이 흩날렸다——.

아자리가 비명을 지르자 교주가 시끄럽다는 듯이 그쪽을 바라보았다. 하지만 슬쩍 바라만 볼 뿐 다시 오펜을 돌아보았다.

"나는 200년 이상이나 계속…… 이곳에 있었다. 우리의 교의를 위해——인간 종족의 정의를 위해."

"웃기지 마라!"

"네놈들의 존재가 신들의 분노를 사, 종족을 멸망시킬지도 모르는데 말이냐?! 네놈의 목숨과 말에 무슨 의미가 있는가?! 이 교주가 알 필요가 있는 것은 그 남자뿐이다!"

"그…… 남자……."

"나를 죽일 수 있는 힘을 지닌 남자는 그 남자뿐이다. 인간 종족의 시조마술사인 나는 불노불사, 결코 죽지 않는다. 신들에게 접촉해, 시스템 안에 편입되어 버렸기 때문에 말이다! 시조마술사는 열쇠다!

시스템 안에 박힌 쐐기다! 나를 통해 너희들은 마술을 사용하는 중이다——나의 존재가 있기에 비로소 인간은 시스템에 개입할 수가 있다! 하나…… 내가 죽으면 인류 안의 마술의 힘은 사라진다."

"인간은 마술의 힘을…… 천인과의 혼혈을 통해 얻었어…… 너랑 무슨 관계가 있다고 그러지……?!"

"천인에게 얻은 것은 제어하는 힘이다. 마력을 마력으로 감지할 수 있는 감각이다. 둘 중 한 쪽이 결여되어 있으면 마술이라고 부를 수 없다는 것을 네놈도 잘 알 텐데? 종으로서의 생명력이 넘치는 드래곤 종족은 자연히 갖추고 있지만, 인류에게는 없었다. 하나, 혼혈에 의해 그 특성을 얻었다."

교주는 거기서 말을 끊고, 더욱 말에 힘을 주었다.

"그 남자…… 녀석은 이스타시바에게서 나를 죽이기 위한 비책을 받았겠지. 그래서 이스타시바는 그 남자를 암살자로 키운 것이다! 녀석의 행방이 왜 중요한지 이제 알겠느냐! 하지만 녀석은 갑자기 우리 '네트워크'에서 사라졌다——."

"죽었으니까."

그 짧은 말을 듣고——.

교주의 표정에서 모든 감정이 다 사라졌다.

어이없다는 듯이 오펜을 바라보았다. 그 얼빠진 얼굴을 보고 오펜은 어두운 만족감을 얻었다.

"죽었어. 차일드맨은. 그러니까 아렌하탐의 인형들이 움직인 거야. 그 꿈——최종 배알인가 뭔가 모르겠지만, 한마디로, 그 오리오울이라는 여자의 정신파잖아? ——아무튼, 뭐라고 부르든 자유이지만, 네놈도 그걸 봤지? 정신제어에 능한 사람이라면 감응할 수 있을 테니까. 마술사라면 간단해. 그렇지 않은 자도 우연히 감응할 수 있을지도 모르지. 그만큼 강력한 환시(幻視)라면 말이야. 이스타시바인가. 그 오리오울의 사역마──아니, 사제라고 했었나? 그러니까 기억을 공유하고 있는 것이겠지. 그리고 보니, 이스타시바의 초상화도 불탔어. 그 인형을 전부 부숴 버린 사람도 나다…….”

생각나는 것은 모두 말했지만, 교주는 아무런 반응이 없었다.

그냥 멍하니 서 있을 뿐이었다.

‘젠장……. 기왕이면 정신지배도 풀어라 좀…….’

오펜은 입안에서 중얼거렸다. 몸은 아직도 움직이려고 들 기색이 없었다.

그러고 있는 사이에도 쿠오는 아자리를 마구 난도질했다──무기가 무기다 보니 일격에 치명상을 안겨 주지는 못하는 듯했지만, 작은 상처라도 자꾸 쌓이면 그것만으로도 큰 상처가 된다. 하지만 오펜은 한 걸음도 움직일 수 없었다…….

아니.

“……마술.”

오펜은 문득 깨달았다. 움직이지 않아도. 할 수 있는 일이 있다.

‘목소리는 낼 수 있잖아. 구성만 짜면…… 마술은 사용할 수 있어.’

떠올리는 것만으로도 다시 두통이 도졌다. 얼굴을 찌푸리면서, 오펜은 각오를 다졌다.

‘할 수밖에…… 없어.’

오펜은 쿠오의 등을 바라보았다. 날개는──필요가 없기 때문이겠지──이미 접어 두었다. 마술만 사용할 수 있으면 일격에 쓰러뜨릴 수 있다.

십자로 날아다니는 칼날이 너덜너덜해진 아자리를 더욱 강하게 몰아붙였다. 아자리는 더 이상 비명도 지를 수 없었다. 정신을 잃은 건지, 아니면 그냥 움직일 수 없는 건지는 모르겠지만.

상처투성이가 된 그녀의 얼굴을 바라보면서 오펜은 하다못해 전자이길 빌었다.

오펜이 마음속으로 외웠다. 자신에게 들려주듯이.

'마술이──있으면──그냥 한 방만이라도 좋아. 몇 초라도…….'

진심으로──마술을 원한 적은 한 번도 없었다. 마술은 언제나 그와 함께했다.

절대로 부정은 할 수 없었다. 마술은 또 하나의 자신이니까.

어느 쪽이 크다고 할 수 없었다. 둘 다 자신이었다.

한쪽만으로는──더 이상 살아갈 수 없다.

'지금 필요해. 뭐가 부족한 거지? 뭐가 부족해서 힘을 사용할 수 없는 거지?'

아자리의 말이 가슴속에 되살아났다.

──결국 너는 마음의 수준을 키리란셀로…… 소년 시절로 되돌려 버린 거구나.

'아니야…… 나는 나야. 옛날도 지금도. 나는 나야.'

──성장했을 때로 되돌리지 못하면, 즉, 너는 지금 그대로라는 얘기야.

'아니라고 하잖아!'

그는 외치기 시작했다.

"나──."

구성은 가장 익숙하고 단순한 것——.

"발하노라——."

하지만 가장 강력한 것——.

"빛의——."

말보다도 빠르게 미끄러져 나오는 것——.

"빛의 칼날!"

빛이——.

눈꺼풀 뒤로 눈을 깜빡이면서, 오펜은 비명을 질렀다. 격렬한 통증이 몸 안을 휘돌았다. 두통뿐만이 아니었다. 내장부터 피부에 이르기까지 모든 곳이 구석구석 불타는 듯한, 강렬한 통증이 그의 비명을 쥐어짜냈다.

마술은——발동되지 않았다.

쿠오가 이쪽을 보았다. 눈물이 흐르는 시야에 그 모습이 보였다. 쓰러지는 것도 몸부림치는 것도 못하고, 오펜은 그저 절규했다. 결국 아무것도 할 수 없었다…….

죽음의 교사가 더 이상 피가 묻어 있지 않은, 파편이 하나도 남지 않은 물드아우르를 한 손에 들고 무력한 자신을——마술을 잃은 마술사를 비웃었다. 쿠오는 오펜을 향해 칼끝을 겨눴다. 아자리에게 휘둘렀던 것처럼 오펜을 향해 검을 높게 들었다. 오펜은 딱히 의미도 없는 욕설을 되뇌었다——.

하지만 가슴속은 유난히 차분했다.

'이게 나의 죽음인가. 여기서 끝인가…….'

죽음에는 저항해야만 한다, 라고 언젠가 자신이 했던 말조차 허무하게 느껴졌다.

'몸은 움직이지 않고, 마술도 못 쓰고, 구해 줄 사람도 없어. 클리오도 매직크도, 아무도 없으니. 이걸로 끝인가……'

뚜욱.

또 물방울이 목덜미를 적셨다. 그리고.

──쿠우우!──

오펜은 이 소리가 무엇인지 잘 알 수 없었다.

하지만 다음 순간, 엄청난 양의 물이 머리 위에서 아래로 쏟아졌고, 그와 함께 잔해도 우르르 떨어졌다.

꽝음이 신전을 흔들고, 충격이 바닥을 흔들었다.

마지막 순간, 오펜은 몸을 움직일 수 있게 됐다는 사실을 깨달았다. 오펜은 급히 옆으로 뛰었다──.

쿠오가 아래로 휘두른 검은 떨어진 물과 잔해에 막혀 칼날조각 중 단 하나도 오펜에게는 도달하지 않았지만, 어차피 목표는 빗나갔다.

무슨 일이 벌어졌는지, 그 자리에 있는 모두가 눈치채지 못한 사이에──.

물과 잔해 모두가 바닥으로 떨어졌다.

멍하니, 오펜은 그 잔해 더미를 바라보았다. 그가 뛰어 피한 바로 옆 자리의 천장 대부분이 떨어져 내린 듯, 잔해가 잔뜩 쌓였다. 그것들은 노린 것처럼, 교주가 멍하니 서 있던 부근을 그대로 직격했다.

잔해에 묻혀 교주의 모습은 보이지 않았다.

모든 잔해가 다 쌓인 위에.

"빙그르……."

눈이 빙글빙글 도는 볼칸과 도틴이 있었다.

"…………………."

침묵.

"…………………."

깊고 깊은, 끝없는 침묵.

"…………………이…………."

떨리는 폐를 간신히 진정시키고, 오펜은 소리를 냈다.

"……이?"

되물은 사람은――그때에는 아무도 몰랐지만, 쿠오였던 듯하다, 아마도. 그 외에는 소리를 낼 사람이 아무도 없었다.

"이………."

그 말만을 반복하면서, 딸꾹질을 하듯이 오펜은 내장이 움츠러드는 느낌을 받았다. 무언가가 보인다.

"이…………."

찢어져 있던 무언가가 이어졌다.

"이 멍청이가아아아아아아아아!"

오펜은 절규한 다음, 오른손을 들었다. 전 세계의 모든 힘이―― 호들갑이 아니라 정말 그렇게 느껴졌다――자신이 원하는 한 점으로 모여들었다. 순간적으로 순백의 광구가 발생했다. 대기를 모두 휘감는 듯한 격렬한 정전기가 소리를 냈다. 오펜은 그 정전기의 중심에 서서 거리낌 없이 힘을 해방시켰다.

빛의 띠가 늘어났다. 광열(光熱)과 충격파의 소용돌이가 살짝 곡선을 그리며 지인들의 곁으로 도달했다. 순간, 귀가 먹먹해지는 굉음과 튀어 되돌아오는 빛, 열이 주변 모두를 밝게 불태웠다――.

"끄아아아아아아아아아?!"

비명이 들린 듯했다. 하지만 아무튼 간에 그 열을 동반한 충격파는 폭발하고 파열하여 잔해와 함께 지인들을 멀리 날려 버렸다. 빛은 딱 두 사람의 중간에서 폭발하여 지인 형제를 좌우로 날렸지만——잔해의 대부분은 똑바로 안쪽으로, 즉, 《시성의 방》의 지저 호수로 떨어졌다.

후드득 하고 떨어지는 막대한 양의 잔해 안에 교주의 모습도 보였다…….

"……어라?"

무심코 그렇게 말해 버렸다.

문자 그대로 망가진 인형 같은 꼴로 교주는 순식간에 잔해들과 함께 지저 호수로 잠겨 버렸다.

멍하니——서 있을 때, 잠시 침묵이 다시 찾아왔다.

검게 타서 쓰러져 있는 지인 두 사람을 오펜은 번갈아 바라보았다. 둘 중 누가 더 많이 탔다고 하기 힘들 정도로 둘 다 완전히 똑같은 정도로 알맞게 구워져 연기가 피어올랐다. 그건 그렇고——.

두통이 사라졌다. 완벽하게 사라졌다.

조용히——귓속에서 울리던 바람 같은 소리도 더 이상은 들리지 않았다.

내장은 더 이상 뒤집히지 않았다. 팔다리도 뻣뻣하지 않았다. 고통이 모두 사라졌다.

냉수를 뒤집어쓴 것처럼 눈이——크게 번쩍 뜨였다.

아니, 오펜은 눈꺼풀이 한계까지 올라가기 전에 멈췄다. 씨익 하고 눈을 대각선으로 치켜 올렸다. 오펜은 얼굴을 들었다. 그곳에 쿠오가 있었다. 마검과 갑옷을 몸에 걸친 죽음의 교사.

진정이 되자, 상황이 금방 파악되었다.

지하 통로다. 사루아가 말했다. 천인이 일찍이 쌓은 요새 위에 마을이 있다고.

그 통로가 우연히 이 신전의 지하 부분 근처를 통과한 것이다.

오펜도 비가 계속 내리는 바람에 통로에 물이 고여 있으리라고 생각하고 있었다.

지하 통로에 물이 고여——이 마을의 지하에 무수히 많다는 틈새인가 뭔가에서 이 장소의 천장 근처로 물이 흘렀다.

아자리의 마술로 파괴된 천장은 원래 작은 충격으로도 무너질 정도였다. 그게 물의 무게를 견디지 못하고 와해되었다…….

지인이 같이 떨어져 내려온 이유는 모르겠지만, 그거야 어찌되었든 좋다.

웃고 싶었다. 아자리가 일어나 크게 웃었다면, 아마 같이 웃었다.

오펜은 대신에 쿠오를 노려보았다. 죽음의 교사의 거구 너머 바닥에 피를 흩뿌린 채 아자리가 쓰러져 있었다.

"그렇군…… 그래, 맞아. 완전히 잊어버리고 있었지만, 겨우 보여줄 수 있을 것 같아."

오펜은 대담하게 웃으면서 말을 계속했다.

"이게 나다."

제13장 나다

"그건 자포자기를 뜻하는 건가?"

"웃기지 마라."

오펜은 상대를 바라보면서 옆으로 걷기 시작했다. 그리고 퉤, 하고 발밑에 날카롭게 침을 뱉고는 입술에 남은 침방울을 손가락으로 닦았다.

"덩치만 쓸데없이 커서는. 눈도 그에 맞춰 키웠어야지."

"⋯⋯⋯?"

역시 그런 대답이 돌아올 줄은 상상도 못했는지, 쿠오가 어리둥절한 표정을 지으며 할 말을 잃었다.

화가 난 것은 아니겠지만──죽음의 교사는 아무 말 없이 날개를 펼치기 시작했다. 진홍의 갑옷에서 펼쳐진 빛의 날개.

그가 손에 쥐고 있는 검에 시선을 집중하며 오펜이 말을 이었다.

"죽음의 교사인지 뭔지 모르겠지만, 그 외에 할 일은 없는 건가? 가끔은 창가에 앉아 시라도 지어 보면 어때? 주변에 뚝뚝 새가 떨어져 사냥꾼들도 엄청 기뻐할걸?"

"⋯⋯⋯⋯."

쿠오는 아무런 대답도 하지 않았다. 눈으로만 이쪽을 바라보았다.

"너는 말이야, 처음 봤을 때부터 이상하게 불쾌한 느낌이 들더라고. 체격부터 말투까지 선생님이랑 똑같거든. 물론 선생님이었으면, 귓구멍에 모래를 잔뜩 쑤셔넣은 다음 위에서 때려 주고 싶다고는 생각하지 않았겠지만──."

"차일드맨······ 인가. 그 젊은이는."

쿠오는 천천히 중얼거린 뒤, 오른손을——검을 쥔 오른손을 천천히 들어 올렸다. 그리고 턱을 살짝 정확하게 이쪽으로 향한 뒤, 검을 내리쳤다.

날아오는 칼날의 무리를 오펜은 대각선 뒤로 뛰어 피했다. 굳이 전진하려고 집착할 필요는 없다.

칼날은 튀어 오르더니, 수평으로 공격의 궤도를 변경했다. 튀어 오른 칼날은 더욱 뒤로 물러서 피하고, 그리고——.

"나 잣노라——."

순식간에 짜 올린 구성을 날렸다.

"광륜(光輪)의 갑옷!"

빛의 고리로 짜 올린 쇠사슬 같은 벽이 몰드아우르의 검을 막았다. 그 충격으로 몇 개인가 칼날이 튕겨 나가, 쿠오가 곧장 검 전체를 다시 자신에게로 거둬들였다. 하지만 칼이 막혀도 전혀 동요하지 않고 쿠오가 중얼거렸다.

"······10년 전. 10년 전부터 그 젊은이는 내 목표가 되었다."

"10년 전, 너는 선생님을 물리쳤다고 들었는데."

마술 장벽이 사라지는 모습을 보면서 오펜이 그렇게 말했다. 쿠오는 검을 고쳐들며——.

"녀석은 나와 싸우려고 하지 않았다."

담담하게 말했다.

"내가 녀석을 봤을 때, 이미 녀석은 이 《시성의 방》에서 최종 배알을 마쳤다. 그리고······ 나를 보고······ 비웃었다."

표정을 전혀 바꾸지 않은 채, 쿠오가 검을 쥔 손에만 힘을 주었다.

"녀석은 나의 옆을 그냥 지나쳐 갔다. 나는 아무것도 할 수 없었다. 두려워했다. 그 이후…… 계속 나는 두려워했다!"

"……오늘은 또 말이 많은걸?"

"네놈을 쓰러뜨리면 그 공포는 사라진다! 석세스 오브 레이저 엣지!"

쿠오의 절규가 메아리쳤다. 죽음의 교사는 마검을 양손으로 쥐고 더욱 높이 들어 올렸다.

"주문을 외워 봐라. 쓸데없는 돌진을 계속해 봐라! 내 기억의 어둠이 걷히도록!"

외치는 동시에 쿠오가 검을 내리쳤다.

"내가 알 바 아니지만——."

오펜이 반걸음 옆으로 걸어 마검의 날을 피했다. 양손으로 잡으면 검은 자연히 궤적이 좁아진다. 흩뿌려진 장난감처럼 돌바닥에 닿은 칼날 무리가 소리를 냈다.

칼날 중 하나를 발끝으로 차내면서 오펜이 말했다.

"아자리에게 저지른 만큼의 빚을 갚도록 하지."

쿠오는 더 이상 아무 말도 하지 않았다.

오펜도 바로 행동을 시작했다——.

적이 칼날을 거두는 사이에 오펜이 외쳤다.

"나 발하노라, 빛의 칼날!"

광열파가 쿠오를 덮쳤다. 하지만 쿠오의 갑옷은 한쪽 날개만으로 광열파를 튕겨 냈다. 폭발하는 여파가 튀어 나와 오펜의 바로 옆을 통과해 날아갔다.

오펜은 그 결과를 보기도 전에 달리기 시작했다. 아직 남아 있는 잔해를 밟고 넘어 전력을 다해 뛰면서도, 구성은 이미 짜 올린 상태였다.

"나 부수노라⋯⋯."

마술을 방어하기 위해 쿠오는 양 날개를 거둘 수밖에 없을 터였다.

"나 부수노라, 원초의 정적!"

순간, 쿠오가 서 있던 장소를 중심으로 공간이 진동하여 폭발의 파문이 사방으로 뻗었다.

그 순간 직전에 쿠오의 갑옷은 착용자를 감싸듯이 날개를 접었다. 날개에서 나온 빛이 복잡하게 변화하여 마술 문자로 변하더니, 구성 그 자체를 지우기 시작했다——.

그 결과 날개로 감싼 부분만은 마술 효과가 닿지 않았다. 폭발음은 났지만, 그 중심에 있는 쿠오는 머리카락 하나 흔들리지 않았다.

이 밀폐 공간 안에서의 폭발은 충격파를 균등하게 주변의 벽에 반사시켜, 균등하게 튕겨 냈다——복잡한 힘의 흐름이 공기를 휘저었다. 오펜은 그 안을 빠져나가면서 이미 다음 구성을 짜 올렸다.

'시간을 벌기만 하면 돼⋯⋯.'

"나 춤추노라, 하늘의 누각!"

이번엔 공격을 위해 날린 구성이 아니었다.

이제 얼마 남지 않은 거리를 더 줄이기 위해, 오펜이 전개한 구성은 그의 몸을 순간적으로 3미터 정도 순간 이동시키는 것이었다. 오펜이 카메라의 셔터처럼 시야에서 사라졌다가, 다시 시야에 나타났다.

그리고 목적지에 도착했다.

쿠오는 오펜을 바라보았다——.

오펜은 발밑에 쓰러져 있는 아자리를 바라보면서, 그녀의 바로 옆에 떨어져 있는 발트안델스의 검을 주워들었다. 이제 검신에서는 마술 문자의 빛이 사라져 금속 그 자체에 새겨진 문자의 흔적만이 차갑게 남아 있을 뿐이었다. 오펜은 문자의 흔적을 손가락으로 문질렀다.

"아자리 정도는 아니지만——."

길고 큰 검의 중량이 화악 제로에 가까워졌다——그리고 검신에 은색 빛으로 빛나는 마술 문자가 불타올랐다.

"이 검의 사용법이라면 나도 알아……!"

쿠오와의 거리는 5미터.

이제 마지막 순간이다. 오펜은 문득 그런 예감이 들었다.

서로 비장의 무기를 가지고 있다. 더 이상 싸움을 길게 끌 이유가 없었다.

죽음의 교사의 빛의 날개는 이미 펼쳐져 있었다. 쿠오는 검을 허리 옆에 두고, 시야 전체를 갈라 버리기 위한 자세를 잡았다.

순서를 기다리듯이, 물드아우르의 검은 칼날을 늘어놓았다. 거리는 벌어져 있다. 압도적으로 유리한 사람은 녀석이다——오펜은 검을 손에 들고 냉정하게 분석했다. 아자리를 내려다보았다.

쿠오가 움직이기——전에 먼저.

오펜은 빛나는 검을 아자리의 등에 꽂았다. 그럼에도 전혀 손에 느낌이 없다는 점이 굉장히 불길하게 느껴져, 등에 소름이 돋았다. 검신의 문자가 하나하나 그녀의 몸으로 이동해 갔다. 문자가 모두 이동한 것을 확인한 다음, 오펜은 발트안델스의 검을 그녀의 몸에서 뽑았다.

빛의 문자가 순식간에 튀어서 사라졌다. 순간——그녀는 건강을 회복해 갔다.

어쩌면 만신창이 상태에서도 의식은 유지하고 있었을지 모른다. 그녀는 기다렸다는 듯이 재빨리 굴러 몸의 방향을 바꾸더니, 양손을 쿠오에게 내밀었다.

"빛이여!"

그녀의 마술이 불꽃과 폭발음을 내자마자──.

오펜은 발밑에 굴러다니는 잔해 하나를 발끝으로 차 올렸다. 그리고 얼굴 높이까지 올라온 돌의 파편을 손바닥을 이용해 앞으로 튀기며 외쳤다.

"나 춤추노라, 하늘의 누각!"

유사 공간 전이. 하지만 전이된 것은 돌 파편이다.

광속에 가까운 속도로 돌 파편은 쿠오에게 날아갔다. 순간. 돌 파편이 쿠오의 몸을 관통하고 그 후에 실체화되기까지의 일순간. 아자리의 마술로 이미 불꽃에 휩싸여 있던 쿠오의 주변에서 소리가 사라졌다. 공기를 모두 빨아들이듯이 정적을 만든 뒤, 그 공간이 순식간에 파열되었다. 충격은 바람이 되어 오펜의 얼굴을 때렸다.

모든 것이 끝난 뒤…….

쿠오는 아직 서 있었다. 다친 곳 하나 없이 완벽하게.

날개는 아직 기세를 잃지 않은 채, 빛을 발하고 있었다.

"………."

오펜은 아무 말 없이, 그 모습을 바라보았다. 옆에 아자리가 서 있는 기척을 느꼈다. 그녀는 아무 말도 하지 않은 채, 스윽 손을 내밀었다. 오펜은 그 손에 발트안델스의 검을 건네주었다.

쿠오는 움직이지 않았다. 오른손에는 검. 양 날개를 손을 든 것처럼 올리고 그냥 서 있었다. 험악한 표정에도 변화는 없었다.

"헛짓거리를 했군."

쿠오는 딱 그 말만을 했다. 딱 그 말만을.

"······할 수 있는 데까지는 할 거야."

빈 양손으로 손가락을 튕겨 소리를 내면서 오펜이 말했다.

"적어도 교주는 사라졌으니까. 손 쓸 방법이 없어질 때까지는 계속 공격하겠어. 쿠오 바디스 파테르."

"나의 신앙은 어디에 있는가······."
_{쿠오 바디스 파테르}

오펜이 아무런 생각 없이 말한 이름을 쿠오는 반복했다. 그리고 그 입이 크게 찢어지더니 몇 시간 전에도 봤던 이상한 웃음을 짓기 시작했다. 온몸의 근육을 사용해 조소(嘲笑)하는 듯한, 병적인 웃음.

"교주 따위······ 녀석은 위선자다."

"······위선?"

예상하지 못했던 단어에, 오펜이 그렇게 되물었다. 그 말을 들었는지 못 들었는지는 모르겠지만, 쿠오가 말을 계속했다.

"차일드맨이 녀석을 죽이는 방법을 알 것 같아? 그럴 리가 있나. 나의 여신조차 300년이나 계속 저 상태로, 시조마술사를 죽이지 못하고 있는데 말이다. 자신이 죽지 못한다는 사실을 알고 그 방법을 찾았으면 하는 막연한 기대가 있었을 뿐이다, 녀석은······. 그리고 앞으로도 계속 그렇겠지. 내가, 네가, 모든 죽음의 교사와 마술사들, 그 이외의 모든 사람이 죽은 다음에도, 계속."

그렇게 말하면서 그가 가리킨 곳은 《시성의 방》이었다.

"나는 최종 배알을 완수하고 이 갑옷을 입었기 때문에 교주의 정신지배에서 벗어날 수 있었다. 교주와 접촉한 적이 없는 사루아나 메첸, 카로타도 지금은 크게 영향을 받고 있지 않다⋯⋯."

"──무슨 말을 하고 싶은 거지?"

검을 겨누고 아자리가 그렇게 따져 물었다.

쿠오는 즉시 대답했다. 역시──검을 겨누고.

"발소리가 들려서 말이다⋯⋯. 시간을 벌려고 한 소리다."

"⋯⋯뭐?"

오펜은 되물었다. 그들은 《시성의 방》을 등지고 서 있었다──그와는 반대로 쿠오의 등 뒤에는 신전의 지하 부분과 이어진 넓은 계단이 있었다.

'발소리? 시간 벌기⋯⋯?'

"어려운 얘기가 아니다."

쿠오의 대답을 들으면서──오펜은 일단 주변을 둘러보았다. 볼칸과 도틴이 아직도 불탄 채 굴러다녔다. 원래 아자리가 부쉈던 데다가 계속해서 날뛴 탓에, 통로는 더 이상 무사한 곳이 없을 정도로 완벽하게 파괴되었다. 여기저기에 떨어진 천장의 파편. 아자리가 곧장 옆에서 검을 겨눴다.

이윽고.

쿠오의 등 뒤로 이어지는 계단에 그림자가 드리워졌다. 다섯 명 정도──아니, 일곱 명. 제일 처음에 모습을 드러낸 사람은 여자였다. 부채를 손에 든 서른 살 정도의 여자. 흰 피부에 금발은 잘 어울렸지만, 느긋하면서도 위험해 보이는 분위기를 풍기는 눈빛은 그 이외의 인상을 모두 지워 버릴 듯했다.

그녀의 뒤로 쭉 늘어선 눈에 익은 네 사람. 사루아와 메첸, 클리오와 매지크였다. 네 사람 모두 양손을 머리 뒤로 올리고, 여자의 뒤를 따랐다. 네 사람의 뒤에는 신관병 두 사람이 있었다. 그게 모두다.

인질——.

"이래도 아직 손을 쓸 방법이 있다고 할 수 있을까?"

쿠오가 가만히 중얼거렸다.

"…………."

오펜은 아무런 대답도 하지 못했다. 아자리도 전혀 움직이지 않은 채, 입을 닫았다.

금발 여자가 데리고 온 일행은 계단의 제일 아래쪽 단까지 앞으로 오다가 걸음을 멈췄다.

뒤를 돌아보지 않고 오펜을 바라보는 채로——쿠오가 말했다.

"잘 와 주었다, 카로타."

"……네, 쿠오."

금발 여자——카로타라고 불린 그 사람은 매우 무사태평한 목소리로 대답했다.

"…………."

오펜은 계속 말없이 서 있었다.

"일단 먼저 보고해 둘게요, 쿠오. 라포완트 솔류드 교사장이 우리의 심문을 방해해서 처형했어요."

"흥. 역시 그렇군."

"그리고, 쿠오…… 물어보고 싶은 게 있는데요."

"응?"

"저분들은요?"

카로타라는 여자가 부채로 가리킨 사람은 오펜과 아자리였다. 쿠오는 대수롭지 않게 술술 대답했다.

"침입자다. 이제 곧 끝난다."

"……그런가요?"

카로타도 역시 별로 대수로울 것이 없다는 듯이 대답했다.

오펜은 고개를 숙였다. 앞머리로 얼굴을 숨기듯이──자신의 발 끝을 바라보았다.

오펜은 필사적으로 감정을 겉으로 드러내지 않으려고 참았다. 보여 주고 싶지 않았다.

"…………."

"왜 그러지? 석세스 오브 레이저 엣지."

쿠오의 말 하나하나에 반응하고 싶어졌지만, 그것도 참았다.

참으려는 필사적인 마음이──아주 조금 배어 나와 어깨를 떨었다.

아자리가 어쩌고 있는지는 잘 알 수 없었다. 단지 그녀도 아무 말이 없는 걸 보면 그와 마찬가지로──참고 있는 모양이었다.

큰 웃음이…… 아니, 조소가 조용히 울리기 시작했다.

"큭, 훗…… 후, 하하하……."

물론 쿠오였다.

그 등 뒤에서, 클리오의 금발 안에서 빼꼼, 검은 꼬리가 튀어나왔다…….

"후하하하하하하하하하……."

큰 웃음의 소리가 점점 더 커져 갔다. 쿠오의 웃음소리를 들으면서 오펜은 계속 어깨를 떨었는데──역시 그 정도로는 부족해졌다. 오펜은 목을 떨면서 소리를 내기 시작했다.

"헤, 헤헤헤헤헤……."

"하하하하하하하하하——."

쿠오의 웃음소리에 비하면 작았지만, 오펜은 도저히 웃음을 참을 수가 없었다. 히스테리를 일으키는 것처럼 몸 안에서 무언가가 경련을 일으켰다.

메첸이 왼손으로 카로타의 어깨를 쭈욱 밀었다…….

"헤헤헤헤헤헤헤헤헤헤——."

"하하하하하하하하하——."

메첸이 강하게 어깨를 밀자 카로타가 어딘가 질렸다는 듯이 옆으로 비켜 뒤의 네 사람에게 길을 양보했다…….

"헤헤헤헤헤헤헤헤헤헤헤헤헤——."

"하하하하하하하하하하하하하——."

사루아가 뒤로 돌렸던 손을 앞으로 내밀었다. 그 손에는 검신이 유리로 된 크고 긴 검이 쥐어져 있었다…….

"헤헤헤헤헤헤헤헤헤헤헤헤헤헤——."

"하하하하하하하하하하하하하하——."

동조하듯이 오펜과 쿠오는 계속 웃었다. 오펜도 이제는 고개를 들고 있었다. 확실히 쿠오의 얼굴을 보고 웃었다. 양손을 펼치고, 자신도 바보 같다는 생각이 들 정도로 웃음을 멈추지 못했다.

클리오까지 뭔가 커다란 검을 들고 있었다…….

참고로 말하자면 매지크도 마찬가지였다. 매지크는 칼을 빼지 않았지만, 단도를 안고 심각한 표정을 지은 모습이었다…….

"헤헤헤헤헤헤헤헤헤헤헤헤헤헤헤——."

"하하하하하하하하하하하하하하——."

계속 웃는 쿠오의 등 뒤에서,

대폭발이 일어났다. 아마 레키의 마술이다──아무런 예고도 없이 흰 폭염이 피어오르자, 쿠오의 거체가 장난감처럼 한 번 바닥에 가라앉았다가 튀어 올랐다.

빛의 날개의 한쪽이 찢겨 사라졌다.

날개는 마치 찢어진 비단처럼 무수히 많은 빛의 실이 되어 허공으로 흩어졌다.

쿠오는 어떻게 해서든 뒤를 돌아보려고 했을지도 모른다. 하지만 설사 그렇게 했더라도 유리검을 들어 올린 사루아의 얼굴이 보였을 뿐일 가능성이 높았다.

보이지 않는 검신에 일격을 받아 날개를 잃은 쪽의 어깨──왼쪽 어깨의 쇄골이 완전히 함몰됐다. 어중간하게 돌아본 탓에 쿠오는 옆을 바라보고 있는 자세였다. 그래도 돌아보려고, 어떻게 보면 마지막 남은 단 한 명의 죽음의 교사인 그는 오펜에게 등을 보였다.

그런 그의 옆을 빠져나가며 금발 소년이 외쳤다.

"스승님!"

매지크는 가지고 있던 단검을 던졌다.

"그거──사용해 주세요!"

오펜은 단검을 양손으로 잡고 거의 무의식적인 동작으로 검집에서 검을 빼냈다. 새로 만든 검은 손잡이는 의외일 정도로 잡기 편했다. 칼집은 오펜이 좋아하는 강철제였다. 《송곳니 탑》에서 지급되던 것과 많이 닮았다. 하지만 그 검신은──은색으로 빛나는 검신은 다른 장소에서 본 적이 있었다.

'이건……'

하지만 마음속에서 확신을 하기도 전에, 맹수의 울부짖음과도 비슷한 쿠오의 비명 소리가 들려왔다.

클리오의 검을 쿠오가 왼팔로 받아내는 모습이 보였다. 피보라가 뿜어지는 바람에 이번엔 클리오가 비명을 질렀다.

사루아는——벌써 몇 순간 전의 일이었지만——아직 살아 있는 한쪽 날개에 맞아, 지금은 공중으로 튀어 올라간 참이었다.

그 직후, 클리오도 얻어맞았다.

"이 자시이이이이익!!"

오펜은 단검을 겨누고 달렸다. 쿠오가 어깨너머로 오펜을 바라보았다.

그리고 날개를 펄럭였다. 한쪽밖에 없는 마인의 날개가 소리도 없이——하지만 빠르게——옆으로 휩쓸듯이 오펜을 향해 다가왔다. 하지만 그는 그 모습을 보고도 아무런 걱정을 하지 않았다.

"나 치켜드노라——."

구성을 발하기 위한 주문을 외우는 사이에도 오펜은 바로 자신의 뒤를, 자신이 가장 신뢰하는 사람이 지켜 주고 있다는 사실을 새삼 느꼈다.

"강마(降魔)의 검!"

아무것도 들고 있지 않은 왼손에, 묵직……하게 검을 쥐고 있는 듯한 무게가 더해졌다. 빛의 날개는 이제 눈앞까지 다가왔지만——.

오펜에게 닿기 직전, 움직임이 멈췄다. 아자리가 달려와 발트안델스의 검을 날개에 꽂았기 때문이다.

그녀가 무엇인가를 외치자마자 팡, 하는 파열음 같은 것이 울리며 쿠오의 날개가 사라졌다. 동시에, 무수히 많은 작은 종이가——금, 은, 백, 적, 무수한 색의 색종이 조각이 시야를 가득 채웠다. 아자리가 《변화》시킨 모양이었다.

종이가루를 돌파한 오펜은 크게 외치면서 왼손의 '검'을 쭉 뻗었다. 검의 역장(力場)에 시야를 가로막고 있던 색종이가 소용돌이를 그리며 한 점으로 빨려 들어——사라졌다.

마술의 '검'은 그대로 쿠오의 오른쪽 어깨를 꿰뚫었다. 비대한 근육으로 이루어진 쿠오의 어깨에 큰 구멍이 뚫렸다.

그 모습을 보면서 오펜은 오른손의 단검을 휘둘렀다. 그렇게 쿠오의 오른팔을 봉쇄했다. 왼쪽은 이미 사루아의 검으로 쇄골이 부러져 움직일 수 없었다. 반격을 받지는 않는다. 이제는 다리를 망가뜨리면 완벽하게 무력화할 수 있다——.

오른쪽 허벅지를 노리고 내민 단검은 단단한 무언가에 튕겨 나왔다.

'…………?!'

뭐가 뭔지 알 수 없어 비명을 질렀다. 단검을 받아 낸 것은 쿠오가 지닌 물드아우르의 검——그 손잡이였다. 쿠오가 오른손으로 그 검을 들고 있었다——.

'진짜 괴물인가?!'

오른쪽 어깨에 구멍이 뚫린 상태로 쿠오는 믿을 수 없는 괴력을 발휘했다——마검의 손잡이를 들어 올려 단숨에 옆으로 세게 360도로 검을 휘둘렀다.

"우와아아아아아아?!"

가장 큰 비명은 사루아가 질렀다. 오펜은 순간적으로 몸을 굽혀 칼날을 피했지만, 당연히 모두가 그렇게 할 수는 없었다. 실제로 계단에 우뚝 서 있던 신관병 두 사람이 피를 뿜으며 쓰러지는 모습이 보였다. 사루아도 조금이지만 얕은 상처를 입은 모양이었다. 클리오는 원래부터 바닥에 쓰러져 있어서 다행히 다치지 않은 듯했다. 다른 사람들도 잘 피했는지, 아니면 우연히 범위 밖이었는지, 역시 무사해 보였다.

오펜은 곧장 반격에 나서려고 했지만——쿠오가 더 빨랐다. 단, 공격을 해 오지는 않았다. 쿠오는 여전히 거체에 어울리지 않는 속도로 아무도 없는 방향으로 뛰어 전선을 이탈했다. 통로 가장자리에서 가장자리로 도망친 뒤, 몇 초 만에 그에게 달려든 사람과 모두 대치하는 모습으로 이쪽을 바라보았다.

무사히——라고는 말하기 힘든 만신창이였다. 빛의 날개를 만들었던 진홍의 갑옷은 무참하게 박살났다. 첫 일격으로 왼쪽 반은 비틀려서 떨어져 나갔다. 오른쪽 어깨는 완벽하게 소실되었다. 아자리의 검으로 갑옷의 일부분이 색종이 조각으로 변화했기 때문이었다. 날개가 없어지자, 갑옷은 역할을 제대로 할 수 없게 되었다. 왼쪽 쇄골은 사루아가 부수었다. 안 그래도 왼쪽 팔에서는 클리오의 공격을 받아 엄청나게 피가 흘렀다. 오른쪽 어깨는 오펜이 마술로 망가뜨렸다. 하나하나 모두가 치명상을 입은 상태였다.

평범한 사람이라면 벌써 전의를 잃고도 남았을 텐데…….

쿠오는 처절한 눈빛으로 카로타를 노려보았다.

"어떻게 된 거지——? 배신할 생각인가?!"

하지만 카로타는 여전히 태연했다.

"생각 좀 해 보세요, 쿠오……."

카로타는 항복이라는 듯한 자세를 취했다——부채를 든 채.

"마술사에 딥 드래곤. 게다가 엄청난 실력의 죽음의 교사가 둘이

나 적으로⋯⋯. 저 혼자서는 짐이 너무 무거웠어요. 안 그런가요?"

그렇게 말하며 힐끔, 옆에 서 있는 메첸을 시선으로 가리켰다. 메첸이 왼손에 든 검의 칼끝을 카로타의 목덜미에 딱 대고 있었다. 아니, 칼날은 이미 2~3밀리미터 정도 살을 파고들었다.

쿠오가 혀를 차는 소리가 들렸다.

"이런 때에⋯⋯."

"게다가 교주님의 명령이 있었어요. 틈이 보이면⋯⋯."

조금 변덕이라도 일으켰다는 듯이 고개를 갸웃하는 카로타.

"어쩔 수 없죠?"

"네놈도——배신할 셈이냐?!"

쿠오가 절규했다. 구멍이 뚫린 어깨로——실제로 봐도 믿을 수 없었지만——오른팔을 들어 올려 검을 내리쳤다. 무수히 많은 칼날의 흐름이 메첸과 함께 카로타를 쓰러뜨렸다.

"메첸?!"

사루아가 외쳤다. 메첸은 쓰러져 똑바로 누운 채 고개를 들더니 말했다.

"괜찮아——그보다도, 쿠오를 상대해!"

무사한 사람은 메첸뿐만은 아니었던 듯했다. 카로타도 몸을 돌려 재빨리 계단 위로 도망쳤다. 메첸이 카로타를 쫓으려고 하자, 사루아가 말렸다.

"그냥 내버려 둬!"

메첸이 따라가려다가 말았다. 놀라울 정도로 빠른 걸음으로 도망친 카로타는 벌써 계단 위로 사라져 보이지 않았다.

돌아보는 메첸——입술을 깨물고 있었다——에게 사루아가 고개를 저었다.

"저 여자는 어떻게 되든 좋아······. 지금은, 아직."

"······알았어."

신음소리처럼 그렇게 대답한 뒤, 메첸이 쿠오를 돌아보았다.

오펜은 단검을 손에 들고 쿠오를 응시했다. 더 이상 말은 필요 없었다──하지만, 침착한 것은 그 때문이 아니었다.

검을 한 손에 들고 타닥타닥 금발 소녀가 달려왔다. 머리 위에는 강아지 같은 드래곤이 무사태평하게 꼬리를 흔들었다. 클리오는 오펜 옆으로 오자──빙글 방향을 바꿔, 쿠오를 보고 검끝을 겨눴다.

달리지는 않은 매지크는 그녀의 뒤에 스윽 자리를 잡은 듯했다. 일단 그곳이 가장 안전한 곳이라고 판단한 모양이었다──좋은 판단이다. 오펜은 그렇게 생각하며 쓴웃음을 지었다.

아자리는 아까와 마찬가지로 검을 손에 들고 가만히 서 있었다. 사루아와 메첸도 계단 아래에서 자신들의 전 상사를 노려보았다.

그들 모두와 쿠오는 혼자서 대치했다······.

"끝이군, 대장."

유리검을 들고 사루아가 말했다. 천장 바로 아래의 공간을 탁하게 만드는 듯한, 무언가가 서려 있는 말투.

"당신을 죽여야겠어."

"······왜 카로타는 네놈들을 죽이지 않은 거지?"

쿠오 바디스 파테르는 마치 남의 얘기를 하는 것처럼 물었다. 아니, 어쩌면 자문이었을지도 모른다.

"카로타가 네놈들을 상대하기 힘들어 했다? 만약 그랬다면 그 사람은 처음부터 네놈들을 발견하려고 하지 않았을 테지······."

"그 여자를 상대하는 법 중에 내가 하나 잘 아는 게 있거든."

사루아가 씨익 웃는 모습이 보였다.

"거래를 했지. 우리가 당신을 죽이는 대신, 그 사람은 우리를 무사히 여기까지 데려다 주기로."

"후……."

쿠오가 웃음이라고도, 한숨이라고도 할 수 있는 소리를 흘렸다.

"결국…… 그녀가 내 죽음을 가지고 온 것인가. 교주와 성도…… 내 정신지배는 풀리지 않았다고 할 수 있을지도 모르겠군……."

"……?"

의미를 알 수 없어 오펜이 눈썹을 모았다. 쿠오는 견제하듯이 오른팔을 들어 올린 뒤, 시선을 《시성의 방》으로 돌렸다.

어두운 지저 호수는 지금도 노란 먼지에 둘러싸인 채, 계속 침묵을 유지했다. 이 싸움의 모든 것을 지켜봤던 것일까——아니면 전혀 보지 않았을까. 시조마술사 오리오울의 눈동자가 허무하게 빛났다.

"과거…… 대체 몇 명이나 되는 인간이 이곳에서 최종 배알을 받았는가……."

어깨와 팔. 대량의 출혈 때문에 쿠오의 온몸은 갑옷의 색과는 전혀 다른 진홍으로 물들었다.

"저건 대륙 멸망의 열쇠다."

쿠오는 오리오울과 그녀의 목을 붙잡은 팔을 가리켰다——.

"내가 천인의 유산을 해독하는 사이에 이해한 것이 있다. 이 대륙은 아이망카 결계라고 불리는 강한 방벽으로 둘러싸여 있다——그 때문에 바깥 세계와는 격리되어 있지……. 이 노란 먼지는 죽음의 모래다. 바깥 세계에서 불어오는 죽음의 모래다……."

오펜은 피를 잃어 창백해져 가는 안색에 반비례하듯이 쿠오의 눈빛에 힘이 들어간다는 사실을 눈치챘다. 단검을 든 채, 온몸에 돋는 소름을 느꼈다. 쿠오는 아직…… 죽지 않았다. 그런 사실에 소름이 끼쳤다.

쿠오는 천천히 말을 계속했다.

"신들도 통과할 수 없는 아일망카 결계……. 그 탓에 드래곤 종족은 과거 몇 번에 걸쳐 신들이 행한 구제의 손길에서 벗어나는 데 성공했다."

"구제라고?"

아자리가 되물었다. 쿠오는 시선을 《시성의 방》에서 되돌리지는 않았지만, 대답은 해 주었다.

"신들은 세계를…… 원래대로 되돌리려고 하셨다. 그것만이 이 닫힌 대륙을 구제하는 길이었기 때문이다. 그렇지 않은가?"

대답하는 사람은 아무도 없었다.

"그런데 결계에는 구멍이 있었다. 그 구멍으로 마수라고 불리는 신의 종들이 강림했지만, 모두 패퇴했다."

쿠오의 숨이 거칠어졌다. 체력은 시시각각 급격히 떨어지는 것이 눈에 보일 정도였는데——오펜은 그의 말이 이어질 때마다 점점 불안해졌다.

누구나 그랬을지도 모른다. 하지만 아무도 움직일 수 없었다.

"구멍의 존재를…… 드래곤 종족은 첫 마수인 바질리콕이 대륙에 침입하기 전까지는 몰랐다. 결계에 구멍이 있다는 것을 알았을 때, 그들은 전율했다고 한다. 대륙은 안전해야 했다. 그들이 간신히 내놓은 가설은…… 간단했다. 마술은 반드시 그 힘에 한계가 있다——시조마술사들의 힘의 총량에 비해, 이 키에살히마 대륙이 너무 넓었던 것이 아닌가……. 결계가 완벽하지 않다는 것을 알면서도, 결정적인 대책은 세우지 못한 채 세월이 지났다. 그리고 300년 전……."

생기 그 자체를 토해 내는 것 같은 쿠오의 말. 쿠오의 말은 계속 이어졌다.

"300년 전. 대륙에 대한 마지막 침공――여신이 직접 오신 것이다……."

자싹……. 기묘한 소리. 오싹해하며 오펜은 깨달았다. 쿠오의 발소리였다. 지금까지 듣지 못했던 쿠오의 발소리.

"라그나로크 요새의 전투……. 시조마술사 오리오울은 자신을 희생해 여신을 결계 밖으로 밀어냈다."

쿠오는 《시성의 방》으로 시선을 돌렸다. 천천히. 피를 흘리면서.

"오리오울은 자신의 몸으로 결계의 구멍을 막았다. 그걸로 여신이 손쓸 방도는 사라졌어야 했다. 하지만, 그때까지의 싸움으로 드래곤 종족은 이미 깊은 상처를 입었다. 종으로서의 존재 자체에 대미지를 입은 것이다. 특히 천인 종족은 심각했다. 바질리콕의 독에 당해 자손을 남기지 못하게 된 것이다."

"………."

"그 뒤로는 최종 배알이 말해 준 대로다, 키리란셀로."

그때가 되어 처음으로――오펜은 쿠오의 말이 자신에게 하는 것이라는 사실을 깨달았다. 아무런 대답도 하지 못하는 사이에 쿠오가 말을 계속했다.

"천인 종족은 오리오울을 잃은 뒤, 두 개의 파로 나뉘었다……. 《펜릴의 숲》의 성역에 은둔하는 오리오울파(派)와 오리오울의 사역마, 그리고 그녀를 숭배하는 단 한 사람의 사제이기도 한 이스타시바를 새로운 수장으로 하는 파로 말이다. 이스타시바는 자신들의 자손을 남기기 위해 한 가지 계획을 짰다⋯⋯."

"⋯⋯인간과의, 혼혈⋯⋯."

무심결에 오펜이 그렇게 중얼거렸다. 쿠오가 고개를 끄덕였다.

"그렇다. 가능한 한 유전 정보를 재조합해, 이종족끼리 혼혈이 가능하도록 만들었다——하지만 태어난 자는⋯⋯ 인간 마술사에 지나지 않았다. 노르니르가 아니라."

쿠오는 어느새——《시성의 방》이 내려다보이는 통로의 가장자리까지 나아갔다.

"그때, 어떤 어리석은 남자가 이 불모의 전장터에서 허공에서 뻗어 나온 여자의 다리를 발견했다. 아무것도 모르는 어리석은 자는 그것을 이쪽으로 잡아당겼다——하지만 그로 인해 여신에게 승기가 찾아왔다. 결국 그 일로 인해 이스타시바라는 여자는 초조해졌다. 교주가 시조마술사가 되어——그녀들이 낳은 아이들이 본격적으로 마술의 힘을 얻어 버렸기 때문이다——그때까지는 기껏해야 마술의 구성이 보이는 정도였는데 말이지. 드래곤 종족의 유전 정보를 가지고 있다는 것만으로도 위험했던 자들이, 확실히 여신의 분노를 사는 존재로 악화되었다. 그녀는 성역에서 규탄을 당했고, 십몇 년 후, 인간 종족의 마술사와 드래곤 신앙자, 더 나아가서는 천인 그 자체와의 전쟁인——'마술사 사냥'이 벌어졌다. 환시로 볼 수 있는 것은 그 말기의 기억이다⋯⋯."

여기까지 말을 하고서야 비로소 쿠오는 이쪽을 돌아보았다. 마검을 들고——숨을 뱉었다.

"······내가 무슨 일을 할지, 알겠지······?"

솔직히 말하면 몰랐다. 불안을 느끼고 있기는 했지만, 단지 그뿐이었다.

쿠오는 갑자기 사루아를 바라보았다.

"······무엇을 대륙에 공개할 생각이었지? 사루아. 어리석은 젊은이여."

"뭐라고?"

사루아가 되물었다. 하지만 쿠오는 상대도 안 했다.

"이 모든 광대놀음을 말인가? 어리석군. 우리 따위가 대체 뭘 할 수 있단 말인가······. 꼭두각시는 무력한 너 자신이다. 네가 교주와 성도와 전설과──모든 것에 꼭두각시로 이용당했던 것이다. 그래. 나를 보고 있지? 네가 생각한 대로다. 나도 마찬가지다. 꼭두각시다."

그렇게 큰소리를 치는 거인의 입에서 주륵······하고 한 줄기 붉은 액체가 새어 나왔다. 피다. 하지만 그것은 토혈이라고는 생각하기 힘들 정도로 선명하고 아름다웠다.

"너희들의 어리석은 짓 때문에 나는 미처 준비도 하지 못한 채 행동에 옮겨야만 하는 상황에 처했다. 내가 해야만 하는데, 내 목숨은 여기서 끝난다. 하지만 마술사의 더러운 피도, 그것을 받아들이려고 하는 배신자들도──모든 어리석은 배신자들도, 이걸로, 이걸로 끝이다."

피를 닦지도 않고 쿠오는 검을 들어 올렸다.

"세계를 모두, 원래의 주인에게 돌려주겠다──그걸로 이 불완전한 뱀의 안뜰이 제대로 된 신의 정원, 유그드라실로 돌아갈 수만 있다면!"

"아차!"

아자리가 비명을 질렀다.

그 목소리에 반응을 보이듯, 오펜도 번뜩 정신을 차렸다.

'그래…… 당연한 거였어!'

하지만 쿠오의 움직임이 더 빨랐다. 그는 몸을 돌려——.

마지막 숨을 내쉬었다.

"여신이여! ——오시오……. 당신을 맞이할 자가 여기에 있으
니……!"

쿠오 바디스 파테르가 물드아우르의 검을 《시성의 방》을 향해 내
밀었다.

오펜은 뛰쳐나갔지만 이미 늦었다는 사실은 스스로도 잘 알았다.
그래서 절망적으로 외쳤다——.

"안 돼애애애애!!"

쿠오의 검이, 그 무수히 많은 칼날이 어두운 지저 호수의 위를 똑
바로 꿰뚫었다——.

촤악……!

작은 소리와 함께 오리오울의 창백한 미간에 붉은 것이 튀었다. 검
은 칼날이 두개골을 꿰뚫고, 붉은 실과 반투명한 물보라를 천인의 두
개골에서 튀게 만들었다.

그리고 진동이 시작되었다.

스르륵…… 오리오울의 어깨가 떨어진 것처럼 보였다. 충격으로
입을 벌리고 팔다리에 경련을 일으켰다.

그녀의 목을 쥐고 있던 팔이——.

천천히 움직이기 시작한 것처럼 보였다. 오리오울의 몸이 떨리기 시작했기 때문인지…… 아니면 팔 그 자체가 움직인 것인지. 그 시점에는 아직 알 수 없었다.

"하아하하하하하하하하하하!"

흔들리는 신전 안에서——쿠오 바디스 파테르가 크게 웃었다. 상처투성이의 몸으로, 피투성이인 몸으로, 그 온몸으로 모든 조소와 기쁨을 드러내며 웃었다.

진동이 격렬해진 바닥 탓에 휘청거리면서——쿠오가 오펜을 바라보았다. 깊고 낮은 진동이 그의 조소와 호응하는 듯했다.

"시조마술사는 불사의 존재……. 이 정도로는 죽지 않는다. 하나, 조금이라도 그녀의 힘이 약해지면——여신을 막고 있는 장애물은 사라진다!"

눈을 뜨고, 핏발 선 눈을 뜨고, 죽음의 교사의 수장(首長)인 남자는 계속 외쳤다.

"어쩔 수 없지……. 좋다! 모든 인류의 목숨으로 속죄하지! 그것이 세계를 소생시키는 방법이라면! 여신이여——내가 제세자다!"

"너는 대체에에에에!"

아자리가 완전히 뒤집어진 목소리로 외치는 소리가 들렸다. 그녀가 발한 광열파에 쿠오의 몸 절반이 말려들었다.

폭발음과 함께 거한의 몸이 박살났다. 오른팔과 오른쪽 다리가 찢어지며 날아가 지저 호수로 떨어졌다. 그 반동으로 남은 몸은 통로 쪽으로 쓰러졌다. 쿠오의 오른팔과 함께 물드아우르의 검도 호수 아래로 가라앉아 갔다.

죽음의 교사는 비명을 질렀을지도 모른다. 하지만 들리지 않았다. 그는 얼굴 가득 조롱하는 웃음을 지은 채, 똑바로 누워 쓰러졌다.

"하아……하하하."

약해졌다――하지만 여전히 날카로운 조소가 열린 입에서 흘러나왔다.

"하아……."

쿠오의 폐에서 쉬익, 하고 공기가 새어 나오는 소리가 들렸다. 그대로 거한은 움직이지 않았다.

하지만…… 진동은 계속되었다.

"여신……님?"

메첸이 멍하게 흘리는 목소리가 들렸다. 메첸을 보니, 검을 바닥에 떨어뜨린 채, 무릎을 떨면서…… 한 손만으로 성호를 그으려고 했다.

"아냐!"

그렇게 부정한 사람은――사루아였다. 그는 검을 버리지 않았다.

"자신의 죽음을 우러르면 정말 끝장이야!"

비어 있던 손으로 성호를 그으려고 한 메첸의 손을 사루아가 쭈욱 들어 올렸다. 무릎을 꿇은 그녀를 끌어올리듯이 사루아가 힘을 주어도, 메첸은 움직이기를 거부하고 어깨를 떨었다.

그때――.

"오와와와와와와와!"

덜덜 떨리면서 귀에 거슬리고 성가신 목소리가――라고 오펜은 생각했다――들려왔다. 바닥의 진동으로 머리를 몇 번이나 부딪쳐 눈을 떴는지, 볼칸이 부스스 일어섰다.

"뭐야――뭐지?! 뭐라고 해야 하나, 물에 휩쓸려 높은 곳에서 떨어진 것도 모자라, 가난한 마술사의 근성이 비뚤어진 마술을 얻어맞은 것처럼~ 아픈데?!"

"……옷이 젖고 천장에 구멍이 뚫리고 잔해가 여기저기 굴러다니고 조금 탄 걸 보면, 정말 그 말대로가 아닐까?"

아주 대충──하지만 정확하게, 도틴이 분석적으로 중얼거렸다. 이쪽도 어느새 눈을 뜨고 볼칸 근처로 움직인 듯했다. 물론 떨어졌을 때부터 의식이 있었다고 하더라도, 오펜은 의외라고 생각하지 않을 테지만.

"그·렇다는 것은──!"

볼칸은 일어서더니, 처억 하고 이쪽을 가리켰다.

"역시 네놈인가! 이 마스마튜리아의 투견, 전사 볼카노 볼칸의 영광스러운 길을 가장 마지막으로 막아서는 흉악한 빚쟁이!"

검을 빼고 뭐가 즐거운지 볼칸이 생기 넘치게 기세를 올렸다.

옆에서 도틴은 침통한 표정을 짓고 있었지만.

"……그 영광스러운 길인가 뭔가에 왜 항상 돌아가는 길이 없는지, 굉장히 간단하지만 해답을 알 수 없어……."

아무래도 철학적인 막다른 길에 들어선 모양이었다.

그런 것과는 상관도 없다는 듯이, 볼칸이 말을 계속했다.

"즉, 네놈을 쓰러뜨리기 위해, 이 몸은 궁극 필살기로, 미지근한 물에 넣어 미지근하게 죽이겠다…… 어라? 아니, 잠깐만. 그럴 듯하게 정리가 안──."

카앙!

등 뒤에서 사루아의 유리검으로 정수리를 한 대 맞고 볼칸은 서서히 바닥에 가까워졌다. 털썩 쓰러진 형의 옆에서 도틴이 한숨을 내쉬었다.

"참나. 이렇게 엄청 바쁠 때에……."

투덜거리면서, 사루아는 오펜 쪽으로 시선을 들었다.

"——어떻게 할 거야? 키리란셀로!"

"어떻게 할 거냐니……."

오펜은 그렇게 말한 뒤, 단검을 쥔 손에 힘을 주었다. 아직도 진동이 멈추지 않는 《시성의 방》과——그리고 아자리의 얼굴을 번갈아 보았다. 그녀는 가만히 검을 어깨에 얹은 채, 오리오울과 여신의 팔을 복잡한 표정으로 바라보았다…….

난처한 빛이 진해진 날카로운 눈빛으로, 더 이상 쿠오의 시체가 있는 곳은 바라보지도 않았다.

그는 갑작스럽게 깨달았다.

'……방법이 없구나.'

무슨 일이 있으면——그녀는 벌써 어떻게든 움직였을 텐데.

'아자리마저 아무것도 할 수 없다면…… 나에게도 할 수 있는 일이, 없어…….'

절망적인 감정의 파도가 밀려왔다.

오펜은 시선을 아자리에게서 사루아에게로 옮겼다. 죽음의 교사는 검을 손에 들고 역시 오펜을 바라보았다.

"이제——."

방법이 없다.

소리를 내면서 진동하는 《시성의 방》으로 몸을 돌렸다. 검은 호수의 수면이 거품을 냈다. 잇따른 진동이 수면에 무수한 파문을 새겼다. 오리오울의 발밑에 딱 하나 커다란 파문이 일었다.

시조마술사의 목을 붙잡은 팔이 조금씩——뻗어 나오고 있는 모습이 오펜에게도 확실히 보였다. 이제는 팔만 보이는 것이 아니라, 어깨까지 보였다.

"오펜!"

클리오가 매지크와 함께 달려왔다.

"왜 그래? 대체 무슨 일이——."

"위험해! 물러가 있어!"

오펜은 가까이 다가온 그녀를 뒤로 물러서게 하면서 외쳤다. 그러는 사이에도 《시성의 방》에 파직 하고 불꽃같은 것이 번뜩였다. 공간에 금이 간 틈새 같은 섬광. 노란 먼지가…… 한층 더 진해진 노란 먼지가, 오리오울의 주변에 화악 소용돌이쳤다.

갑자기 아자리의 목소리가 울렸다.

"——다들, 엎드려!"

뭔가를 확실히 알게 된 것은 아니다——명확한 징조가 있었던 것도 아니었다. 그런 것보다는 단순히 냄새로 위험을 감지한 것이다. 오펜은 아직 느끼지 못했지만.

그래도 오펜은 순간적으로 바닥에 엎드렸다. 그 순간.

————!

소리로 표현할 수가 없다. 엄청난 양의 탄산이 터지는 듯한 충격에 대기가 물결쳤다. 폭발음에 대지가 흔들렸다. 눈을 감고, 몸을 감싸는 무감각에 오펜은 확실한 공포를 느꼈다.

이윽고——.

무언가 작은 흉기로 온몸을 무수히 얻어맞았다. 오펜은 순식간에 피에 젖은 몸을 꽉 껴안았다. 숨을 쉴 수 없었다. 커다란 소리. 그리고 바람…….

그는 눈을 떴다.

그리고 올려다보았다. 그의 몸을 때린 것은 비였다. 세찬 비. 억수 같은 비가 《시성의 방》과 통로에 쏟아졌다. 천장이 사라졌다.

물론 그 위에 있던 신전도 사라졌다. 신전의 거의 절반이 사라져 버린 듯했다. 저 높이 솟아 있던 거대한 신전이 세로 단면도처럼 서 있었다.

충격파에 모두 쓰러졌다. 지인 형제는 공벌레처럼 굳은 채 뒹굴었고, 클리오와 매지크도, 사루아와 메첸까지 실신한 상태였다. 아자리는, 그녀는 서 있었다.

"이럴 수가……."

오펜은 욕설을 내뱉었다. 비가 내리는 《시성의 방》에서는 여전히 오리오울과 여신의 팔이 보였다. 팔이 뭘 어떻게 한 것은 아니었다. 단지 그것이 움직였을 뿐인데——그 작은 움직임만으로도 파괴가 일어났다.

참사가 일어난 지 몇 초 뒤늦게 빗속에서 비명이 들려 왔다.

술렁거림이 울려 퍼졌다. 아까부터 울린 싸우는 소리가 뭔지 이미 궁금했었겠지만——지상에서 신관이니 뭐니 하는 사람들의 발소리가 들려오는 듯했다. 계속 닫혀 있던 《시성의 방》——지금은 지상에서 보면 모든 것을 다 살펴볼 수 있었다.

물론 대륙이 붕괴할 때까지의 이야기지만…….

"드래곤 종족……."

오펜은 될 대로 되라는 심정으로 말했다. 세찬 비를 맞아 얼굴에서 흐르는 물방울을 손으로 닦으면서.

"드래곤 종족이라면 그 여신인가 뭔가와 싸울 수 있었을 거야⋯⋯."

"300년 전 정도의 힘이 아직 그들에게 있다면⋯⋯ 말이지."

조용히 그렇게 대답한 사람은 아자리였다. 그녀는 검을 어깨에서 내리고 얄궂은 미소를 지었다.

진동. 이 흔들림은 어디까지 영향을 미쳤을까. 오펜은 의아했다. 이 신전뿐인가? 킴라크 전체인가? 아니면 대지 전체인가?

비. 노란 먼지. 그리고 진동. 그 안에 있는 아자리의 모습은 매우 작아 보였다. 떨고 있다. 오펜은 믿을 수 없다고 생각하면서도 그런 사실을 깨달았다.

그녀는 계속 말했다.

"⋯⋯들었던 말을 모두 믿는다면, 이지만——300년 전의 드래곤 종족에는 모든 시조마술사가 모여 있었어. 그들은 요새까지 건설해 적을 기다렸지. 현재, 성역에 숨어 사는 그들에게 과연 얼마나 힘이 남아 있을까⋯⋯?"

환시 안에서——오펜은 이스타시바가 한 말을 떠올렸다. 드래곤 종족이 은둔하는 성역에는⋯⋯ 더 이상 여력이 없다.

"알았어. 겨우 알았어⋯⋯."

아자리가 이쪽을 바라보았다. 그 눈동자에는 옛날에 보았던 장난스럽게 빛나는 갈색 빛을 더 이상 찾아볼 수 없었다. 그녀의 눈은 어떤 각오와 공포, 그리고 환희로 불타고 있었다.

"선생님은⋯⋯ 멸망해 가는 드래곤 종족의 후계자를 찾으려고 했어——그의 '어머니'의 유언에 따라서⋯⋯."

"아자리?"

"나도, 이제야 기억났어. 나도 그 환시를, 꿈을 꿨어……. 자는 사이에."

번쩍——!

섬광이 빗방울 틈새를 가르며 어둠과 그림자를 압도했다. 충격음을 듣고 얼굴을 팔로 감싸면서, 오펜은 굉음이 작열한 쪽을 들여다보았다. 번개가 여신의 팔을 직격했다——비구름에서 벼락이 떨어졌는지, 아니면 여신의 팔에서 방전된 것인지는 모르지만…….

아무튼 간에, 그 굉음 속에서도 아자리는 미동도 하지 않은 채 《시성의 방》을 마주 보고 있었던 듯했다.

여신의 팔은 이제는 명백하게 어깨까지 들어와 있었다. 그 가늘고 부드러운 팔이 움직일 때마다, 황금색 먼지가 대량으로 흩날렸다.

"알았어. 전부 알았어. 세계서에 적혀 있던 것은 의미가 없는 이야기가 아니었다는 사실을……."

무언가에 빙의된 듯이 아자리가 혼잣말을 했다.

"저게 이쪽으로 다 들어오면…… 대륙은 멸망해. 그걸…… 이제 드래곤 종족은 멈출 수가 없어……."

"아자리?"

오펜은 그녀의 이름을 반복해서 불렀다. 그리고 단검을 칼집에 넣은 다음, 그녀에게 다가갔다.

그녀는 예상하고 있었던 것처럼 오펜을 돌아보았다. 그리고 말했다.

"하지만, 방법은…… 있어."

"응?"

"키리란셀로. 정신사(精神士)라고 알아?"

"······본 적은 있는······데——."

중얼거리면서 오펜은——아자리의 생각을 문득 깨달았다.

"안 돼!"

그리고 외쳤다. 그는 아자리에게 바짝 다가섰다.

"절대 안 돼! 그런 건——."

아자리가 입고 있는 방수 전투복은 비에 젖어 질식할 것 같은 광택을 내뿜었다. 그녀는 결심이 흔들림 없다는 듯한 눈으로 오펜의 손에——발트안델스의 검을 떠넘겼다.

그리고 담담하게 말했다.

"정신사······ 육체를 정신체로 모두 변환한 백마술사의 한 형태야. 정신체가 된 술자는 매우 불안정한 존재가 되긴 하지만, 그 대신 일체의 물리적·육체적 속박에서 해방돼. 그 마력도 드래곤 종족 수준으로 증대되고······."

"그게 가능할 것 같아?"

오펜은 건네받은 검을 바닥에 내던지고 소리쳤다.

"안 돼. 아자리——정신체가 될 수 있는 대마술을 구사하려면 시간도 기술도 필요하다는 거 잘 알잖아?!"

"가능해. 순식간에."

아자리는 침착한 목소리로 단언한 뒤, 오펜이 내던진 검을 주워들었다. 그리고 다시 이쪽을 향해 내밀었다.

"이 검이라면 육체를 정신체로 《변화》시킬 수 있어······."

"————!"

말보다도 강한 숨결이 목에 걸려 오펜은 소리 없는 외침을 내질렀다. 다시 말을 하려고 숨을 들이쉬려고 하는 사이에 그녀가 말을 계속했다.

"다른 수가 없잖아! 정신체가 되어도 존재를 유지할 수 있는 사람은 나뿐이기도 하니까──나 이외에 이 검을 사용할 수 있는 사람은 너뿐이야!"

"나는 이제 누나를 잃고 싶지 않아!"

비가, 진동이, 천둥이 울려 퍼졌다. 초조하다는 듯이 오펜이 고개를 들었다.

실망한 듯, 아자리가 혀를 찼다.

"……대륙을 지키기 위해서 선생님은 200년이라는 세월을 넘어왔어……."

그녀의 목소리보다도 이제는 진동이 훨씬 더 컸다. 뚜렷한 흔들림이 바닥에 구르는 잔해 같은 것들을 덜컥거리게 만들었다. 지상에서 빗물이 흘러 들어와 복숭아뼈를 적실 정도가 되었다. 세차게 물이 흘러 지저 호수로 흘러들었다. 호수 수면은 이제 검지 않았다──빛에 닿아 밝은 수면이 드러났다.

오펜은 빗소리가 소음의 장막을 치는 가운데 그녀의 말을 들었다. 바로 앞에 있는데도 아주 멀리서 들리는 듯한 목소리.

"저 시조마술사를 위해 생애를 바친 시스터 이스타시바는 생명을 걸고 선생님을 우리 시대로 보냈는데…… 나에게는, 그게 나를 위해서였던 것이 아닐까 하는 생각이 들어."

"아자리가 희생할 필요는 없는 거잖아?"

"선생님도 자신이 살았던 시대를 버릴 필요는 없었어──그도 이스타시바의 마술에 따를 필요는 없었던 거지. 나도……."

"어쨌든…… 정신체가 됐다고 해서 여신에게 대항할 수 있을 리가 없잖아."

"가능해."

그녀는 단언을 한 뒤, 《시성의 방》을 가리켰다. 그곳을 보니 여신의 팔은 이제 어깨뿐만이 아니라 한쪽 가슴까지 들어와 있었다. 옆쪽 목덜미가 보였다. 모든 것이 절망적인 듯했다. 하지만──.

그 팔 끝의 오리오울이 자신의 목을 붙잡고 있는 손을 붙잡았다. 시조마술사가 입었던 상처는 이미 사라지고 없었다.

오리오울은 곁눈질로 싸늘하게 여신을 노려보면서──왼손 손가락으로 작게 빛의 문자를 그렸다. 도깨비불처럼 흔들리면서 은빛 문자가 여신의 목덜미에 닿아 튀었다.

대폭발이 호수의 대부분을 날려 버렸다. 지상에서 흘러오는 빗물과는 반대 방향에서 호수가 해일이 되어 밀려왔다. 오펜 일행이 서 있는 장소까지 닿을 정도까지 되어서는 높이도 무릎 정도까지 내려갔지만, 그래도 오펜은 호수의 무게에 몸을 휘청거렸다.

가만히 여신을 바라보며──아자리가 입을 열었다. 그녀는 체중이 가벼워 그런지 한쪽 무릎을 꿇고 있었지만, 천천히 일어서면서 말했다.

"오리오울이 힘을 되찾고 있어. 여신을 밀어내기에는 힘이 모자라지만…… 가세하면 어쩌면──."

"그래도──안 돼."

오펜은 그녀가 내민 검을 옆으로 밀어 버렸다. 순간──.

그녀의 주먹이 그의 얼굴에 작렬했다. 눈에 비가 흘러 들어온 탓에 좁아졌던 시야의 시각에서 날아온 일격이었다. 눈 뒤에 불꽃이 튀며, 오펜은 옆으로 쓰러졌다. 빗속에서 그는 낙법을 구사했다──하지만 오히려 낙법을 쓴 것을 후회했다. 몸을 구른 탓에 그녀에게서 몇 미터 정도 떨어지고 말았기 때문이다.

"이제 됐어."

그녀는 그 말만을 남기고 그에게서 등을 돌렸다──《시성의 방》으로 천천히 걸어가면서 스스로 검의 검신을 손가락으로 문질렀다.

"스스로 할 거야."

"자신이 스스로를 《변화》시킬 수 없다는 건 너도 잘 알잖아?!"

오펜은 젖은 바닥에 부츠가 미끄러지는 가운데에서도 간신히 자리에서 일어섰다. 발트안델스의 검신에 하나, 또 하나, 빛의 문자가 빛을 냈다.

그리고 《시성의 방》에서는.

아직도 여신과 시조마술사와의 다툼은 계속되었다. 여신의 팔이 움직이려고 하면──오리오울이 저지하려고 몸부림쳤다.

번개가 회색 비를 창백하게 물들었다. 이어서 귀를 찢는 듯한 천둥소리.

오펜은 외쳤다.

"절대로──그렇게 내버려 두지 않아!! 나는 너를──."

──죽일 수 있는 유일한──.

달렸다. 물의 무게가 한 걸음, 한 걸음을 계속 방해했지만, 그는 온 힘을 다해 아자리의 등을 향해 달려갔다.

"너를 막을 수 있는 유일한 인간이니까!"

그렇게 외치고 나서, 이해했다.

'그래──나도야, 아자리. 겨우 알았어. 왜 선생님이 나를 너에게 대항할 수 있는 인간으로 키우고 싶어 했는지…….'

아자리가 뒤를 돌아보았다.

하지만 오펜은 그녀가 아닌 차일드맨 파우더필드의 모습을 보고 있었다. 아니, 그렇다기보다는 환시 중에 본 절망에 울었던 그 남자를.

'너를 죽이는 일이라면 선생님도 가능했어──선생님은 나에게 자신은 하지 못했던, 할 수 없는 일을 시키고 싶었던 거야.'

도펠 익스──교주는 '배신자의 기호'라고 읽었던가? 이스타시바를, 가장 사랑했던 상대를 자신의 곁에 두지 못했던 남자.

'누나는 세계에 필요한 사람이야……. 선생님에게도 필요했던 인간이라고──하지만 이유는 뭐든 좋아. 난 너를 막을 거야! 5년 전에도 나는 막았어야만 했어──.'

5년 전.

"보지 마……."

완전히 똑같은 중얼거림이 들려왔다.

무심코 발이 미끄러지고 말았다──.

흐르는 빗물에 균형을 잃은 오펜은 앞으로 넘어졌다. 너무나도 빨리 아래쪽으로 가라앉은 시야 속에서, 오펜은 확실히, 그녀의 가슴에, 발트안델스의 검이 꽂혀 있는 모습을 보았다.

보지 마──.

5년 전과 다른 점은 그것이 비명이 아니고, 애원도 아니고, 그냥 충고였다는 것일지도 모른다.

물속에 세차게 앞으로 넘어져 물이 튀는 소리가 고막을 울렸다.

오펜은 그래도 억지로 고개를 들었다. 보이는 것은 아자리의 발끝 뿐이었지만──.

그 모습이 문득 사라지는 광경을 보고 심장이 크게 뛰기 시작했다.

마지막 몇 순간, 그는 움직이지도 못하고, 눈을 깜빡이지도 못한 채, 그 모든 것을 보기만 했다.

하지만 나중이 되어, 그는 자신의 기억이 군데군데 정확하지 않다는 사실을 알게 되었다.

봐서는 안 된다. 그녀의 충고에 따르려고 마음속 어딘가로 생각을 돌렸는지도 모른다.

그녀의 다리가 사라졌다. 그 자리에, 참방, 하고 발트안델스의 검이 떨어졌다──힘을 다 쓴 것인지 주륵, 하고 무너져 빗물에 섞여 들어갔다. 검게 변한 검의 잔해는 기세 좋게 흘러 빗물을 타고 《시성의 방》으로 퍼져 나갔다.

빛이 시야를 태웠다. 시조마술사가 다시 마술 문자로 여신을 공격한 듯했다. 조금 전과 똑같은 빛이었다. 그 빛 안에 흰 사람 그림자가, 빨려 들어가는 모습을──본 것 같았다.

잇따라 빛이──직전에 번쩍인 빛이 사라지기 전에 다음 빛이 번쩍이는 형태로 연속해서 폭발했다. 빛뿐만이 아니라 열풍이 불어 왔다. 빗물에서 수증기가 피어올라 주변의 습도를 극단적으로 올렸다.

갑자기 빛이 사라지고…….

오펜은 아주 잠깐 동안 그것을 보았다. 허공에 빨려들 듯이 사라지는 시조마술사의 다리──.

여신의 팔은 이제 그 어디에도 없었다──.

그리고 오리오울과 함께 흰 그림자가 된 아자리의 뒷모습이 결계의 '구멍'으로 빨려들어 사라져 가는 모습을 보았다.

"이럴 수가……."

그는 힘없이 신음소리를 흘렸다.

허공에 남은 것은 검은 구멍이었다. 공간에 열려 있는 구형(球形)의 그림자. 결계의 구멍이겠지만——그것은 보면 알 수 있을 정도로 급속하게 작아져 갔다.

결계의 구멍이 닫히는 중인 것이다.

그때——.

"이걸로…… 끝났다고 생각 말아……라."

그 목소리는 쿠오였다. 오싹한 심정으로 돌아보니——조금 전에 넘겨졌던 장소에 아직 쿠오가 있었다. 하지만 잇따른 지저 호수의 물보라와 빗물의 흐름 탓에 서서히 《시성의 방》으로 떨어지려고 했다.

몸의 반이 날아가 살아 있을 수 없는 몸으로 쿠오는 미소를 지었다.

"사위스러운 시조마술사의 결계에는…… 그 힘의 총량에는…… 한계가…… 있다. 이 장소에서 구멍이 닫혔다는 것은…… 대륙 어딘가에 또 다른 구멍이 생겼다는…… 말이다. 어디일까? 마스마튜리아인가?! 왕도인가? 아니면 대륙의 중심——드래곤 종족의 성역인가?! 어디든 좋다——우리의 여신은…… 반드시 이긴다……."

더 이상은 크게 웃을 여력이 남아 있지 않은 듯했다. 하지만 훨씬 강한 미소를 지은 채——쿠오는 지저 호수로 떨어졌다.

"………."

오펜은 아무 말 없이 단지 그 모습을 바라보았다. 조용했다. 놀라울 정도로. 더 이상 아무것도 남지 않았다——.

그는 《시성의 방》을 올려다보았다. 결계의 구멍도 이제는 없었다.

노란 먼지도 옅어진 듯한, 그런 기분이 들었다.

비만이 세차게 계속 내렸다.

단검을 안듯이 쥐고——단검에 말을 걸기까지 하면서 그는 주변을 둘러보았다.

매지크는 조금 떨어진 곳에 쓰러져 있었다. 클리오도 같은 장소에 쓰러져 있었다. 물속에 금발을 꽃잎처럼 펼친 소녀의 머리 위로 레키의 모습이 보였다. 역시 딥 드래곤 종족이라 그런지 물을 전혀 무서워하지 않았다. 레키는 열심히 클리오의 얼굴을 핥았다.

사루아와 메첸. 쓰러져 있다. 사루아는 검을 쥔 채. 메첸의 검은 물살에 조금 흘러간 곳에 있었다. 죽음의 교사. 하지만 진짜 의미에서 죽음의 교사라 할 수 있는 유일한 남자는——죽었다.

볼칸은 말할 것도 없이 무사했다. 하지만 말할 것도 없이 기절한 채였다. 도틴도 마찬가지였다. 오펜은 한숨을 내쉬었다——여러 가지 의미로. 무엇보다도 마음이 무거웠던 이유는 이 두 사람에게 감사 인사 한 번 정도는 해 두어야 한다는 생각이 떠올랐기 때문이었다…….

오펜은 일어섰다. 무거웠다. 비에 젖어 무겁고, 몸 안의 피로와 통증 탓에 무거운 몸을 오펜은 스스로 일으켰다.

"또 어딘가에서…… 결계의 구멍은…… 열린다."

스스로에게 들려주듯이 오펜이 중얼거렸다.

그리고——억지로 웃었다. 아직 끝나지 않았다. 포기할 필요도 없다.

비만이 세차게 계속 내렸다. 언젠가는 그칠 비이긴 하지만, 지금만큼은 영원히 이 성도에 계속 내렸다.

에필로그

킴라크를 감싸는 햇빛은 대기에 남은 습기에 반사되어 평소와는 달리 반짝반짝 빛났다——.

반사된 반짝임이 보석 같은 형태로 보는 사람의 눈을 태울 정도였다. 흰 도시. 젖은 토지에 세워진 돌로 만들어진 성도. 슬럼에 둘러싸인 아름다운 신전…….

그 신전은 반쯤 파괴되어 있었다.

그리고 수백 년에 걸친 이 땅에 계속 거칠게 불어 닥쳤던 노란 먼지——.

파괴된 옛 세계보다도 더 많이 불어 닥쳤던 죽음의 모래. 그것을 날아오르게 했던 황폐한 선풍——.

그것도 이제는 없었다.

신전의 바깥 부분이 대부분 무너져 내렸지만, 가장 안쪽에 있는 교주의 성실(聖室)만큼은 완벽하게 무사했다. 그래, 완벽하게——촛불 하나도 쓰러지지 않았다. 카로타는 얄궂다는 표정은 털끝 하나에도 드러내지 않은 채, 얌전히 무릎을 꿇었다. 그녀가 고개를 숙인 곳 앞——얇은 종이에 비친 성자(聖者)의 그림자.

그것은 평소와 다름없는, 성도가 지닌 영원성의 일부였다.

시선을 움직이지 않고 옆을 보니, 머리에 철가면을 쓴 소년이 머리를 깊게 숙여 가장 정중한 자세로 인사를 한 모습이 보였다. 바닥에 엎드린 그 모습은 거의 무언가 장식물 같았다. 이 모습도 역시 변하지 않는 것의 일부. 단, 무언가가 변하지 않는 한 변하지 않을 뿐인, 일시적인 영원함이었지만.

카로타는 성자의 말을 기다렸다. 기다리는 일은 고통스럽지 않았다. 어차피 벌써 몇 년이나 기다렸으니까.

"카로타여."

교주 라모니로크의 성스러운 말이 성당의 공기에 스며들었다.

"너를 죽음의 교사의 수장으로 임명한다. 일찍이 없던 매우 힘들고 어려운 시대이나 그 임무를 짊어지고 살아라. 이것은 교회의 기밀이다……."

그녀는 깊숙이 머리를 숙였다.

변화가 시작되겠지.

카로타는 얄궂게도 그런 계산을 했다.

배신자들——메첸과 사루아. 꺼림칙한 두 사람. 적어도 그들은 목적을 달성했다. 언젠가 이 성도에 변화가 찾아온다. 결정적인 변화가.

하지만 변하지 않는 것도 남는다.

변화.

그중에서 변하는 것과 변하지 않는 것을 정확하게 판단하는 자만이 후세에 남을 수가 있다.

그녀는 알고 있다. 그것을 평온이라고 한다. 평화라고도 한다.

"……먼저 간다고?"

낫슈워터는 레지본의 산기슭에 있는 크지도 작지도 않은 그냥저냥한 도시다. 오펜은 게이트 록의 바로 남쪽에 자리잡은 마을에 투숙하는 중이었다.

외벽이 있는 것도 아니고, 검문소도 없는 그 마을의 외곽에서 오펜은 두 사람을 배웅했다. 사루아와 메첸을.

"좀 더 요양하는 편이 좋지 않아? 조금만 더 산을 오르면 좋은 온천이 있다던데."

메첸의 오른팔──붕대로 감고 목에 건──을 보면서 오펜이 일단 그렇게 말해 보았다. 하지만 그녀는 역시나, 푸른 천을 두른 머리를 좌우로 흔들었다.

"오레일이 걱정이라……. 일단 오레일이 사는 집에 들른 다음, 또 어디로 갈지 생각해 볼게. 안 그래도 성도에서 탈출하는 데 시간이 걸리기도 했고……."

"──라고 하는군."

실망스러운 얼굴로 사루아가 그렇게 중얼거렸다.

독특한 눈초리로 사루아를 보면서 메첸이 웃었다. 팔을 걸 때 불편하다는 이유로, 메첸은 갑옷을 입지 않았고, 짐을 모두 사루아가 들게 했다.

음, 그것에 관해선, 원래 그런 사이인 모양이었다.

"……아무튼 간에, 이거."

메첸이 내민 것은 붉은 반다나와 문장 두 개였다──검에 휘감긴 다리가 하나인 드래곤 문장. 그의 것과…… 또 하나.

"옷이나 무기는 부피가 커져서 가지고 오지 못했지만, 그 정도는, 괜찮지 않을까 해서."

오펜은 메첸이 내민 물건을 받으며 고개를 끄덕였다.

그리고 메첸에게 받은 반다나를 머리에 꽉 둘렀다. 잠시 하지 않은 탓인지, 어딘가 모르게 쑥스러운 기분이 들었다. 오펜은 계속해서 문장인 펜던트도 목에 걸었다. 목 뒤에 닿는 익숙하고 가는 쇠사슬의 감촉.

그때 문득 생각나 오펜은 품에서 단검을 꺼냈다──검은 칼집에 꽂힌 단검. 신전에서 받은 것이었다. 오펜은 그것을 사루아에게 보여주면서 물었다.

"이 녀석, 정말 받아도 돼?"

이 검의 형태는 확실히 기억하고 있었다. 최종 배알, 그 환시 속에서 차일드맨이 가지고 있던 은색 단검…….

"……너 아니면 누가 쓰겠어?"

메첸의 가죽 갑옷이 들어 있는 거대한 백팩을 짊어지면서 사루아가 웃었다.

"차일드맨 파우더필드가 10년 전, 오레일의 전사로서의 목숨을 빼앗은 물건이지. 아저씨의 허벅지에 손잡이 부근까지 꽂혔어. 풍치 있는 얘기는 아니지만, 사연이 있는 물건으로는 부족함이 없잖아? 이렇게──마검이 또 하나 늘어난 셈이지. 이름은, 알아서 지어."

"하아~하하하~! 아무튼 간에 물에 휩쓸리고 높은 곳에서 떨어진 것도 모자라, 가난한 마술사의 근성이 비뚤어진 마술을 한 방 먹은 듯한 통증이지만, 역시 용사! 용사다운 회복력! 벌~써 다 나아서 건

강해졌어!"

"그런 이야긴 휠체어에서 내려온 다음에 하는 편이 좋을 것 같은
데……."

드르륵 하고 휠체어를 밀면서 도틴이 말했다.

킴라크 교회의 관리하에 있는, 속칭 게이트 록이라고 불리는 토지
가 대륙의 북부에 펼쳐져 있다.

아무것도 없는——그야말로 성도 킴라크 이외에는 아무것도 없는
시시한 토지이지만, 그 토지에 들어가기 직전, 아무도 모르는 작은
오두막이 있었다.

오두막이긴 하지만 그곳에 사람이 사는 기척이 났다. 벌써 경작이
끝난 밭에 둘러싸인 목조 집. 창문에는 커튼이 쳐져 있었고, 쓰레기
장에는 아직 그렇게 오래되지는 않은 쓰레기가 보였다.

하지만 그 오두막에는 아무도 없었다.

작은 방에도, 헛간에도, 모든 것이, 지금은 바람에 흔들려 조금씩
풍화되길 기다렸다. 아무 말 없이 계속 썩어 가길 기다렸다…….

비가 그쳤다고 아내가 호들갑스럽게 떠들기 시작했다. 내리면 당
연히 그친다. 습기가 없어지면 노란 먼지가 공중에 떠돈다. 그 정도
는 듣지 않아도 충분히 알았다. 쓸데없는 일로 호들갑 좀 떨지 말라

고 했더니 아침밥을 안 차려 줬다. 이해할 수 없는 처사다.

란드는 볼품없게 깁스로 감싸인 다리를 툭툭 두드렸다. 잠시 침대에서 지내자. 그렇게 생각하는 것 외에는 위로가 될 만한 것이 없었다.

얼마 전 술집에서 그의 다리를 발로 차 부러뜨린 젊은 사람들의 얼굴을 떠올리자 기분이 나빠졌다. 침대도 굉장히 딱딱해진 것 같았다. 매트도 가끔은 말리라는 말을 해도, 그의 목숨이나 마찬가지인 제시는 그 말을 들어준 적이 없다.

물론, 그게 그녀다운 모습이다——하고 혼자서 팔불출 같은 미소를 지으면서, 그는 침대 바로 근처에 있는 창가를 짚고 일어섰다. 그리고 커튼을 열었다.

비가 그쳤다. 아무것도 변한 것이 없다. 멀리 우뚝 솟은 신전의 그림자가 조금 작게 보이는 것 같기도 하지만.

"후, 아암~."

그는 크게 하품을 하고 단번에 기분을 전환했다. 역시 술집에 가자. 이 상처는 라니오트 녀석 탓이니, 녀석에게 치료비를 청구하는 것은 당연한 일이다. 제시도 그렇게 많이 버는 편이 아니다. 검소하게 사는 것도 좋은 생각이다. 녀석이 이 시간에 술집에 와 있지 않을 리가 없다.

"하아~하하하! 음, 이런저런 일이 있어서 휠체어를 탄 채로 계단에서 굴러 떨어진 듯한 대미지도 어려움 없이 쾌유하는 이 생명력!

그야말로 마스마튜리아의 투견, 영웅님 볼카노 볼칸인 이유는, 최초의 영웅에 님 자를 붙이면 후세의 볼칸에게 님을 붙일 수 없지 않나 펀~치!"

"일단 왜 얻어맞으면서 이런 말을 들어야 하는지는 모르겠지만, 꼭 붙이고 싶다면 양쪽 다 붙여도 일일이 불평하는 사람은 없을 거라 생각해."

부서진 휠체어를 덜컥덜컥 밀면서 도틴이 앓는 소리를 했다.

킴라크에서 멀리 남쪽으로 떨어진 땅을 사람 그림자 셋이 걸었다.

한 사람은 거대한 검을 등에 짊어진 호리호리한 남자. 커다란 백팩을 메고 있었다. 또 한 사람은 오른팔을 붕대로 감고 가슴 앞에 매달고 있는 여자. 그녀는 머리 주변에 푸른 천을 감은 모습이었다. 마지막 한 사람은 키가 작은 노인.

"이거 참."

남자가 의미 없는 불평을 중얼거렸다.

"왜?"

이 질문은 여자의 것이었다.

노인은 아무 말도 하지 않고 두 사람의 뒤를 따랐다. 하지만 다리가 느린 것이 아니라——오히려 흐늘거리며 앞을 걷는 남자에게 맞춰, 일부러 천천히 걷기까지 했다.

남자는 더욱 호들갑스럽게 한숨을 내쉬고 말했다.

"기껏 몸이 가벼워졌다고 생각했는데, 보호자 동반이라니, 이게 어떻게 된 거야?"

"뭐가 '기껏'이야. 완전히 도망 생활인데⋯⋯. 그리고 어떻게 된 거냐니, 뭐가?"

"뻔한 거 아냐?"

남자는 대답하면서 길가의 풀을 발로 찼다. 이름도 없는 흰 꽃이 투욱 떨어졌다.

그 모습을 보면서 여자가 불쾌하다는 듯이 항의했다.

"하지 마. 양아치처럼."

"시끄러."

"뭐가 시끄러워? 그래, 대체 뭐가 뻔하다는 거야?"

"⋯⋯⋯⋯."

남자는 어쩌다 타이밍을 놓쳐 말을 하기 힘들어졌는지, 한 번 입을 우물거렸다. 그리고――.

"또 따분해졌어."

노인은 두 사람의 뒤를 아무 말 없이 따라갔다.

"하하하하하핫! 아무튼 그렇게 돼서 조금 바퀴가 찌그러진 탓에 똑바로 달리지 못하는 이 호화 장갑 전차가 운전사 도틴의 어리석은 실수에 의해 우연히 길을 걷고 있던 양아치에게 부딪쳐 이래저래 트집을 잡혔지만 물론 무사히 격퇴한 것도 으음~ 그러니까 뭐냐⋯⋯."

"⋯⋯⋯."

더 이상 움직이지 않는(바퀴가 없어서) 휠체어에 줄을 묶어 질질 끌면서, 도틴은 더 이상 아무 말도 하지 않았다.

"……이런 책을 출판할 수 있을 리가 없지 않습니까. 교회 손에 죽습니다."

"굳이 대대적으로 판촉을 할 필요는 없어."

"왜죠?"

"딱 한 권이면 돼. 한 권만 만들어 어디 고서점 같은 곳에 팔아 주면 그걸로 충분해."

"……그래서는 장사가 안 됩니다."

"손해를 본 만큼 타프렘 시의 레티샤 맥크레디에게 청구해 줘. 주소 적어 줄 테니까."

"음, 그렇게까지 말씀하신다면……. 저희가 특별히 손해를 보지 않는다면 해 드리겠습니다."

"응, 좋아. 아주 훌륭해. 그렇게 나와야지."

"……그런데 이 책의 제목은 어떻게 하실 건가요?"

"없어도 돼. 아, 아니…… 그래. 세계서로 하지. 제목은 그걸로 해 줘. 될 수 있는 한 화려하게 부탁해. 가장자리도 꾸미고, 금박도 입히고, 엠보스 가공도 해 주고. 표지는 핑크에 녹색 스트라이프는 어때?"

그리고——.

"온천이다아아~ ♪"

타박타박타박타박…….

옆방에서 유난히 덜렁대는 환성이 들린다 싶더니, 잠시 뒤 발소리
가 복도를 지나 오펜이 머무는 방으로 접근했다.

타악!

노크도 없이 문이 열렸다. 오펜이 잠에서 일어나 머리가 멍한 상태
로 문 쪽을 보고 있는데도, 전혀 상관하지 않고 금발 소녀는 머리에
올린 검정 새끼 드래곤과 함께 회전을 하며 스커트의 옷자락을 펄럭
였다. 그리고 미끄럼방지 장치에 걸리기라도 한 듯이 딱 급정지하더
니, 생글거리면서 손뼉을 치기 시작했다.

"안녕, 온천. 안녕, 온천. 오펜 온천 아직 잤어 온천? 빨리 온천에
출발 안 하면 온천, 물이 식어 버릴지도 몰라 온천. 다시 끓이려면 힘
들어 온천."

"아니…… 그렇게 호들갑을 떨 정도의 일은 아니라고 생각하는
데…… 그냥 약탕 온천일 뿐이니……."

침대 위에 앉은 채, 오펜은 눈을 반쯤 뜨고 말했다. 클리오는 얼른
뛰어들듯이 방 안으로 들어와서 말했다.

"약탕?"

클리오는 기분 좋을 때면 굉장히 솔직하게 고개를 갸웃거린다.

"오펜, 다쳤었어?"

"아니, 안 다쳤는데…… 요즘 들어 이래저래 힘들어서 피로를 풀
고 싶다고 해야 할지, 뭐라고 해야 할지."

"그럼 빨리 가야지. 온천가, 이 산 위에 있다며? 마차를 타면 한 나절 정도 걸린댔지? 오늘 출발하기로 약속했잖아. 얼른, 얼른. 빨리 안 일어나면 아래층에서 바닥에 구멍을 뚫어 억지로 밖으로 꺼낸다?"

'농담이 아닐 수도 있다는 게 무서운 점이야……'

투덜투덜, 오펜이 혼자 중얼거렸다.

"음…… 나는 이 마을에도 좀 더 있다가, 천천히——."

"무슨 소리야?! 천천히라니, 여기에 머문 지 벌써 한 달이나 지났잖아! 피로는 벌써 풀리고도 남았겠다. 사흘 정도 피로를 가득 쌓았다가 들어가는 편이 좋지 않아?"

"참, 일주일 만에 비계가 아닌 진짜 고기를 먹고 싶다고 세 끼를 굶으며 준비하는 애도 아니고……."

"그렇게 무서운 생활을 할 수 있는 사람은 오펜밖에 없어."

그녀는 그렇게 말하면서 타박타박 가까이 다가오더니, 오펜의 팔을 잡고 당기기 시작했다.

"얼른, 얼른~. 앗, 그리고 보니 매지크는?"

"그 녀석은 아침 일찍 일어나서 조깅하러 갔어. 걔가 오기 전까지는 아무튼 나갈 순 없는 거잖아? 그런 것보다 옷 갈아입어야 하니까 좀 나가 줘."

"우엥~. 오펜 너무 심술궂어."

울면서 나가는 클리오를 오펜이 눈을 게슴츠레하게 뜨고 바라보았다.

클리오가 몸을 돌리지도 않고 뒤로 닫은 문을 향해 한숨을 내쉬면서, 오펜은 침대 밖으로 나갔다. 그리고 주섬주섬 옷을 갈아입었다.

오펜이 창밖을 바라보았다. 날씨가 아주 맑았다.

한밤중에 창을 활짝 열어 놓았는데, 그래서 그런지 새벽 때는 조금 추웠다. 이제 슬슬 창문은 닫고 자는 편이 좋을지도 모른다.

오펜은 문득 창문 가까이로 다가갔다. 그리고 창가에 손을 대고 몸을 밖으로 내밀었다. 레지본 고지(高地)의 차가운 공기가 상쾌했다.

그때──.

슈웃!

창밖에서 뭔가 뺨을 스치며 날아들었다. 보통 기세가 아니다──적어도 시야에는 그림자밖에 보이지 않을 정도의 속도였다. 천천히 돌아보니 뒤쪽 벽에 화살 하나가 박혀 있었다.

오펜은 아무 말 없이 몸을 돌려 벽에 꽂힌 화살이 있는 곳까지 다가갔다. 그리고 힘껏 화살을 뺐다. 나뭇가지에 돌을 갈아 만든 화살촉을 끼운 조잡한 물건으로, 그렇게 빠르게 날아왔다는 것 자체가 기적이나 마찬가지였다. 일단은 화살을 쥐고 창문으로 돌아가 보았다.

그러자 이번엔 목소리가 들려왔다.

"하~하하하하! 봤느냐 도틴, 저 빚쟁이, 진짜로 겁먹었다! 이 최강 전차에서 발사한 포탄이 오늘도 또 하나 악을 꿰뚫었구나! 이것이야말로 이 민족의 영웅님 볼카노 볼칸 님의 '일부러 저렇게 어리석은 남자를 위해 보행 거리를 늘릴 필요가 없으니 멀리서 사격을 하여 옷걸이로 목을 매달아 죽이자 작전!'이다. 지금 명백하게 이 몸의 승리가 역사에 기록되었다──."

"'님'을──."

오펜은 창문에서 몸을 내밀어 화살을 어깨 위로 들더니──.

"두 번이나 붙이지 마아아아아아아아아!"

화를 내며 화살을 온 힘을 다해 던졌다──창문 바로 아래에서 역시 대충 만든 활로 자세를 잡은 붕대투성이의 볼칸을 향해.

화살은 똑바로 지인의 정수리에 명중했다. 꽂힌 것이 아니라 화살에 격돌한 볼칸이 지면을 향해 기울었다…….

도틴이 줄을 묶어 질질 끌고 있는 정체불명의 다 망가진 휠체어 위에서, 투욱 떨어지는 볼칸. 그 모습을 2층의 창문에서 내려다보며 오펜이 응응, 하고 고개를 끄덕였다.

"음, 좋아. 이것으로 통산 248승 무패. 250승까지 이제 두 번 남았네."

"일일이 기록하셨던 건가요……?"

도틴이 중얼거렸다.

"그런 사람이에요, 본질적으로."

마치 지나가는 사람처럼──.

그렇게 말한 사람은 매지크였다. 타월을 목에 걸고 조깅을 하는 모습으로, 제자리에서 달리기를 하며 도틴 등 뒤에 있었다.

"방금 뭐라고 했냐?"

오펜이 묻자 매지크는 살짝 눈을 피했다.

"그런 말을 이 사람이 한 모양이에요."

"아니?!"

매지크가 무책임하게 지목하자 도틴이 비명을 질렀다. 오펜은 한숨을 내쉬었다.

별로 곤란할 건 없지만.

"……꽤 늦었네. 출발이 늦어서 클리오가 잔뜩 화났어."

"잠깐 길을 우회했거든요."

계속 제자리에서 뛰기엔 지치는지, 그 자리에서 조깅을 하듯 작게 빙글빙글 돌면서 매지크가 대답했다.

"요즘 들어 눈치챘는데, 스승님은 좀 훈련 메뉴가 느슨한 것 같아서요. 제어법 강의도 어제는 졸린다고 하면서 그냥 넘어갔잖아요."

"음, 그러고 보니 그렇다만."

뺨을 손가락으로 긁으면서 오펜이 애매하게 대답했다.

매지크는 이쪽을 올려다보며 입을 삐죽였다.

"오늘 밤에는 제대로 좀 가르쳐 주세요. 배워야 할 게 굉장히 많잖아요?"

"그렇지…… 뭐어."

무슨 일이 있었는지는 모르겠지만——.

오펜은 내심 무심코 씨익 웃었다. 엄하게 하라는 의미라면 얼마든지 해 줄 수 있었다.

뭔가 한마디 할까도 생각했지만, 그보다도 먼저.

"매지크!"

콰당! 하고 숙소 현관문을 안쪽에서 발로 차서 열고는 클리오가 길로 뛰쳐나왔다. 그리고 여전히 레키를 머리에 올린 채, 처억 매지크를 가리켰다——소년의 얼굴이 확실히 난처한 표정으로 변했다.

"왜 이렇게 늦었어! 조깅 정도는 2초면 끝낼 수 있지 않아?! 처벌이라는 게 뭔 줄 알아?! 지금까지는 그냥 장난이었어! 본격적인 건 이제부터 5초 후!"

"어째서어어어어어?!"

비명을 지르면서——조깅이 아닌 속도로 매지크가 도망쳤다.

"아, 잠깐 기다려! 도망가면 벌이 더 무거워지거든?!"

클리오도 역시 매지크를 쫓아 길 저편으로 달려갔다. 시간이 잠시 흐른 뒤──.

몇 블록 저편에서 작은 폭발이 일어났다. 음, 한 달이나 있다 보니 이 마을 사람들도 저런 일이 익숙해졌겠지만…….

"으음~."

도틴이 난처한 듯이 중얼거렸다.

"일단 저는 어떻게 하면 좋을까요."

"아마 가장 시급한 일이라면 그 쓸모없는 녀석이랑 연을 끊는 것이 아닐까?"

"……저도 전부터 그렇게 생각은 했지만요."

멍하니 그렇게 말을 하면서──도틴이 피투성이가 된 형을 휠체어(라고 부를 수 있을지 어떨지는 모르겠다. 바퀴가 없으니까)에 싣고 질질 끌면서 퇴장했다…….

오펜은 훗, 하고 웃었다. 창가에 체중을 싣고 바람을 쐬었다.

'끝나지 않는 건가……. 하지만 어차피 뜻밖에 시작한 여행이었으니까.'

결계의 구멍은 또 대륙 어딘가에 열렸다.

물론──그곳을 통해서라면 결계의 밖으로 나갈 수 있다.

키에살히마 대륙의 바깥. 아자리도 그곳에 있다.

오펜은 하늘을 올려다보더니, 조금 몸을 움츠리게 하는 바람을 맞으며 중얼거렸다.

"이제 곧 가을이구나……."

후기

"후기…… 오오! 후기, 라는 것은 전부 끝났다는 말이지?! 저자 교정(전문용어)도 끝이지?! 굉장해! 비바 후기! 어쩌면 좋을까. 이렇게 기분이 상쾌한 내 옆을 스쳐 지나가는 당신! 당신에게도 선물을 줄게──아?! 왜 도망가?! 기다려, 야아아아아아아!"

"그만하라니까요(파악)."

"오오?!……피가……."

"안 나오거든요?!"

"으음. 누구냐?! 이 저자의 환희에 찬물을 끼얹는 괘씸한 자식은!"

"자기가 선보인 캐릭터 정도는 기억해야죠!"

"으으음…… 어어어…… 맞아. 사카키바라 이쿠에…… 바탕으로…… 오오! 칼! 카로타 마우센!"

"……어떤 경로로 떠올리게 된 건지……. 아무튼 좋아요. 그래, 왜 그렇게 혼자 난리였던 거예요?"

"으음, 겨~우 10권 원고를 다 썼거든. 잠시 방 한가운데에서 4미터 정도로 퍼져서 느긋하게 지내볼까 하고."

"4미터?"

"그래. 근데 퍼졌는데 뜨거운 물을 누가 부으면 큰일이니, 중요한 건 우산이야. 아니면 회사에서 슬쩍해 온 망가진 기계 조작 패널."

"…………?"

"그것만 조심하면, 음, 완벽하겠지. 거짓말이지만."

"……거짓말이에요?"

"아무튼, 지금 그런 말을 무심코 할 정도로 저자는 지금 마음이 편하다는 이야기야."

"……마음이 편한 걸 넘어서, 인격 방어에 중대한 결함을 안고 있는 것처럼 보이는데요……."

"(무시) 그런데 참, 도중에 어떻게 될까 걱정을 하면서도 어떻게든 끝났으니까. 매수(枚數)는 크게 오버됐지만. 으으음. 근데 여기까지 오는 데 10권이나 걸렸구나. 절절, 절절."

"쓸데없는 시간이었네요."

"(또 무시) 이렇게 됐으니 이제 다음 전개를 생각해 봐야 하는데. 번외 편은 역시 취소하자(망설임 없는 결단). 여하튼 다음 권에서는 무사태평하게 시끌벅적한 이야기를 할 생각이니까."

"머리 나쁜 사람이 생각도 안 하고 내린 결단은 가끔 망설임 없는 것처럼 보일 때가 있더라고요."

"………………………………."

"……………."

"…………이봐………."

"자, 다음 계속하세요."

"시끄러워! 일일이 딴지나 걸고!"

"아무리 그래 봐야, 솔직한 마음을 정직하게 말해 봤을 뿐이에요."

"태연하게 말하지 마, 태연하게!"

"솔직하면 손해군요…….."

"(무시) 바보는 그냥 내버려 두고, 아무튼 간신히, 겨~우, 일단, 일단락이 지어진 이번 시리즈. 독자 여러분, 오래도록 함께해 주셔서 감사합니다(꾸벅). 근데 이번 권이 최종권은 아니라는 점이 이 시리즈다운 모습이라면 모습입니다. 다음권부터는 새로운 전개를 생각하고 있습니다──음, 해야 할 일은 크게 다르지 않다고 생각합니다만 (하하)."

"너무 평범해──."

"(파악) 자아. 상상하신 대로 지금까지가 '서부 편'이었으니, 다음부터는 '동부 편'입니다. 지금까지 이름만 나왔을 뿐, 그 이외에는 전혀 알려진 것이 없었던 무대가 슬슬 등장할 듯합니다. 기대해 주신 만큼 그에 부응하고자 생각 중입니다……. 그런데, 왜 그래? 카로타."

"한 구절, 떠올랐어요."

"호오……?"

"'그런 식으로

독자들 앞에서는

착한 척을 하네'. 한 글자 초과."

"계절 관련 단어가 안 들어가 있잖아아아아아아아!(파악)."

1997년 9월

아키타 요시노부

마술사 오펜 뜻밖의 여행 애장판 5

초판 1쇄 발행   2017년 12월 31일

저자 아키타 요시노부

발행인 원종우
발행처 (주)이미지프레임

주소 (13814) 경기도 과천시 뒷골1로 6, 3층
영업부 02-3667-2653   **편집부** 02-3667-2654   **팩스** 02-3667-2655
메일 edit01@imageframe.kr   **웹** vnovel.co.kr

ISBN 978-89-6052-677-8 02830   **(세트)** 978-89-6052-649-5

Majyutsushi Orphan Haguretabi Shinsoban Vol.5
by Yoshinobu Akita
Copyright © 2012 Yoshinobu Akita   Illustrated by Yuuya Kusaka
First published in Japan in 2012 by T.O Entertainment, Inc.
Korean translation rights arranged with T.O Entertainment, Inc.
through Shinwon Agency Co.

이 책과 수록 내용의 한국 내 저작권은 신원 에이전시를 통한
T.O Entertainment와 독점 계약으로 (주)이미지프레임이 소유합니다.